Die dunklen Wasser von Venedig

Zum Buch

Urbino Macintyre ist ein Kunstliebhaber, wie er im Buche steht. Deshalb hat er sich auch in Venedig niedergelassen. In der Lagunenstadt schreibt er seine Biographien und verbringt seine Zeit ansonsten in Museen und Ausstellungen. Doch hat Urbino darüber hinaus eine Begabung als Detektiv. Als eine gute Freundin, die ehrwürdige Contessa da Capo-Zendrini, in den Mord an einem jungen Mädchen verstrickt wird, stellt er diskret seine Ermittlungen an – und dabei lernt er seine Stadt Venedig von einer dunklen und mysteriösen Seite kennen, wie selbst er es nicht für möglich gehalten hätte.

Zum Autor

Edward Sklepowich, Jahrgang 1943, studierte in New York Literatur und Kunstgeschichte. Nach ausgedehnten Reisen nach Ägypten, Algerien und Tunesien ließ er sich in Venedig nieder.

Edward Sklepowich

Die dunklen Wasser von Venedig

Roman

Aus dem Amerikanischen von
Uta Rupprecht

Econ & List Taschenbuch Verlag

Veröffentlicht im Econ & List Taschenbuch Verlag 1998
Der Econ & List Taschenbuch Verlag ist ein Unternehmen
der Econ & List Verlagsgesellschaft, München

Published by Arrangement with Author

Die Originalausgabe erschien unter dem Titel «Liquid Desires»
bei William Morrow, New York
Aus dem Amerikanischen übersetzt von: Uta Rupprecht
Umschlagkonzept: Büro Meyer & Schmidt, München – Jorge Schmidt
Umschlagrealisation: Init GmbH, Bielefeld
Titelabbildung: ZEFA, Düsseldorf
Druck und Bindearbeiten: Ebner Ulm
Printed in Germany
ISBN 3-612-27575-5

... mich in den strahlenden und venezianischen Elementarteilchen des herrlichen Körpers meiner Gala verlieren.

Salvador Dalí

PROLOG

Venedig schmilzt

Venedig versank nicht im Meer. In diesen letzten Julitagen hatte man eher den Eindruck, die Stadt schmelze in die Lagune hinein.

Vor zwei Tagen hatte Urbino Macintyre das Vaporetto bestiegen, um an den Lido zu fliehen, und dabei war es ihm vorgekommen, als verlasse er ein riesiges plastisches Schaubild Salvador Dalís.

Man hätte es *Die Beharrlichkeit des Sommers* nennen können. Die berühmten Gebäude der Stadt wurden formlos und begannen sich aufzulösen, ihre geflügelten Löwen spiegelten sich in glänzenden Pfützen aus geschmolzenem Gold, der Uhrturm zerfloß in Blau- und Bronzetöne, und die schneeweißen Kuppeln von Santa Maria della Salute sanken wie riesige Kugeln Vanilleeis in den Canal Grande.

Selbst hier auf der Veranda des Grand Hotel des Bains, wo sich die Adria in nur sechzig Meter Entfernung und ein Campari Soda direkt vor ihm befanden, fühlte sich Urbino an diesem Nachmittag dem Ersticken nah. Falls es in New Orleans jemals so schrecklich heiß gewesen war, dann versagte seine Erinnerung. Gedanken an New Orleans mahnten ihn allerdings auf unangenehme Weise an den unmittelbar bevorstehenden Besuch seines ehemaligen Schwagers Eugene Hennepin. Urbino lenkte sich ab, indem er sich das kleine Drama noch einmal ins Gedächtnis rief, dessen ahnungsloser Zeuge er gestern nachmittag in der Biennale-Kunstausstellung in den Giardini Pubblici, dem Stadtpark, geworden war.

Es war bei seinem zweiten Besuch in der diesjährigen Ausstellung gewesen. Gerade war er auf den italienischen Pavillon zugegangen, um noch einmal einen Blick auf die Gemälde einer Gruppe italienischer Künstler zu werfen, als eine Gestalt die Stufen des Gebäudes hinabstürmte und an ihm vorbeirannte. Er konnte zwar erkennen, daß es sich um eine Frau handelte, erhaschte aber nur einen ganz kurzen Blick auf ein angstvolles und bleiches Gesicht hinter einer großen, dunklen Brille. Ein brauner Schal bedeckte ihre Haare, und sie hielt ein Messer umklammert, das sie eng an den Körper preßte.

Wie die Leute um ihn wich Urbino der Frau instinktiv aus, und sie lief durch den Ausgang und tauchte in der Menge unter. Aus dem italienischen Pavillon kamen mehrere Männer, die hinter ihr herrannten. Einer von ihnen war ein tränenüberströmter Wachmann.

Als Urbino einige Minuten später das Gebäude betrat, erfuhr er, was geschehen war. Die Frau hatte das umstrittene Gemälde *Nackte in einer Beerdigungsgondel* des venezianischen Künstlers Bruno Novembrini zerschlitzt: Vor dem Hintergrund der überfluteten Piazza San Marco lehnte eine wunderschöne nackte Frau mit glänzender perlweißer Haut, strahlendgrünen Augen und einem sehr attraktiven Körper verführerisch in einer Beerdigungsgondel. Sie trug nichts weiter als Smaragdohrringe, ein dünnes Goldarmband und einen orientalischen Turban in Altrosa, der ihr Gesicht, den langen Hals und die Brüste leuchten ließ. Sie starrte dem Betrachter offen und provozierend ins Gesicht und hatte wie Tizians nackte Venus eine ihrer schlanken Hände zwischen die Beine gelegt. Die Gondel war ein dunkler Schatten aus Ebenholz, verhängt mit dicken schwarzen Tüchern und von Blumen und Kränzen überhäuft. Am Bug stand der Engel des Todes mit einer Fackel. Ein weiterer Engel, so bärtig wie ein biblischer Patriarch, und ein Löwe, der in ein schwarzes Taschentuch weinte, schwebten über der Frau.

Die Angestellten des italienischen Pavillons erzählten Urbino, die unbekannte Attentäterin sei geradewegs auf das Gemälde zugegangen und habe es mit einer einzigen schnellen Bewegung zerschlitzt. Dann sei sie entkommen, nachdem sie den beiden Wachmännern, die sie festhalten wollten, eine chemische Substanz ins Gesicht gesprüht hatte.

Jetzt schlug Urbino den *Gazzettino* von heute auf und fand einen Bericht über das Attentat. Man hatte die Frau nicht gefaßt. Massimo Zuin, der venezianische Galerist des Künstlers, sagte, der Schaden an dem Gemälde sei noch nicht geschätzt worden.

Wenn Urbinos gute Freundin, die Contessa da Capo-Zendrini, die den Sommer in ihrer Villa in Asolo verbrachte, von diesem Attentat erfuhr, amüsierte sie sich bestimmt darüber. Mit Sicherheit würde sie sagen, etwas anderes habe die ganze moderne Kunst gar nicht verdient – und ganz besonders nicht dieses Bild, von dem sie eine Reproduktion im *Corriere della Sera* gesehen hatte. Die Kommentare der Contessa über die Biennale waren mindestens so scharf wie das geschliffene Messer der Vandalin. Und seit Urbino auf einer Biennale vor zehn Jahren die Contessa kennengelernt und ihre Bemerkungen zum ersten Mal gehört hatte, waren sie nicht stumpfer geworden.

Während der letztjährigen Biennale hatte sich die moderne Kunst allerdings an ihr gerächt. Das geschah im amerikanischen Pavillon, wo Jenny Holzer ausstellte, eine amerikanische Künstlerin, die Worte als Medium verwendet und in jenem Jahr den begehrten Goldenen Löwen gewann. Die elektronischen Leuchtzeilen mit Jenny Holzers Texten, die von den Wänden eines mausoleumartigen Raumes in fünf Sprachen ideologische Botschaften, Pop-Psychologie und «spöttische Klischees», wie die Künstlerin das nannte, verkündeten, berührten die Contessa so unangenehm, daß sie beinahe ohnmächtig geworden wäre. Ein Spruch nach dem anderen wirkte wie eine persönliche Beleidigung auf sie:

LETZTLICH VERSTEHT MAN NUR SEINE GESCHLECHTSGENOSSEN
MACHTMISSBRAUCH KANN UNS NICHT ÜBERRASCHEN
AUS LIEBE STERBEN IST SCHÖN ABER DUMM
ELITEN SIND UNVERMEIDLICH
SEINE MOTIVE ZU VERBERGEN IST VERACHTENSWERT
TÖTEN IST UNVERMEIDLICH ABER KEIN GRUND STOLZ ZU SEIN
ROMANTISCHE LIEBE WURDE ERFUNDEN UM DIE FRAUEN ZU MANIPULIEREN
VÄTER SIND OFT ZU GEWALTSAM
MÜTTER SOLLTEN NICHT ZU VIELE OPFER BRINGEN
PRIVATBESITZ ZEUGT VERBRECHEN
ALLES HÄNGT AUFS FEINSTE ZUSAMMEN
MORD HAT SEINE SEXUELLE SEITE
KEINER IST GRAUSAMER ALS KINDER
STERBEN SOLLTE SO EINFACH SEIN WIE AUS DEM SATTEL FALLEN
SELBST DEINE FAMILIE KANN DICH VERRATEN
MÄNNER SIND VON NATUR AUS NICHT MONOGAM

Solche Sätze waren auch in die Steinbänke und die marmornen Bodenplatten der übrigen Ausstellungsräume eingraviert und auf T-Shirts, Hüte, Poster und Reklametafeln gedruckt. Man konnte ihnen nicht entkommen, nicht einmal in den öffentlichen Bootslinien Venedigs oder in den Taxis von Mestre auf der anderen Seite der Lagune. Aber es war die elektronische Version im amerikanischen Pavillon gewesen, die die Contessa so sehr erschüttert hatte.

Sie hatte sich an Urbinos Schulter geklammert und sich von ihm erst an die frische Luft und ans Sonnenlicht und dann auf eine beruhigende *coppa di gelato* ins Caffè Paradiso vor den Toren der Biennale führen lassen.

In diesem Jahr ging die Contessa kein Risiko ein. Kühl und ungestört verbrachte sie diese Zeit nicht weit von Venedig in ihrer abgelegenen Villa La Muta in der hügeligen Stadt Asolo. Sie hatte geschworen, sich dem Gelände der Biennale nicht mehr zu nähern, bis das letzte zweifelhafte Kunstwerk wieder in seiner Kiste verstaut war, aus der man es nie hätte herausnehmen sollen.

Beim Durchblättern der Zeitung entdeckte Urbino einen neuen Artikel zu einem Fall, der die Stadt in der letzten Woche erschüttert hatte. An einem der heißesten Tage des Sommers war ein fünfzehnjähriges Mädchen namens Nicolina Ricci vergewaltigt und ermordet worden. Als ihre Eltern von einem Ausflug zum Ostufer des Gardasees nach Hause zurückkehrten, fanden sie den nackten Körper ihrer Tochter in deren Zimmer vor. Keine grausige Einzelheit war der Öffentlichkeit vorenthalten worden, weder die blutbefleckten Laken noch die zahlreichen Stichwunden oder das Haarbüschel, das eine von Nicolinas Händen umklammert hielt. Die heutige Zeitung berichtete, ein vierundvierzigjähriger Mann, ein enger Freund der Familie, der im selben Haus lebte, habe den Mord gestanden. Sexuelle Besessenheit und der drückende Schirokko, sagte er, hätten ihn verrückt gemacht.

Venedig war eine relativ ruhige Stadt, und die Ausbrüche von Gewalt blieben gewöhnlich aufs Festland beschränkt, aber dieser Sommer hatte bereits den grausamen Mord an Nicolina Ricci, das Zerschlitzen eines Gemäldes auf der Ausstellung zeitgenössischer Kunst und mehrere Überfälle auf Touristen in den weniger belebten Straßen gebracht.

Urbino faltete die Zeitung zusammen und blickte über die Adria.

Die grauen Umrisse der Schiffe wirkten wie Geister am Horizont. Ein kleines Flugzeug dröhnte übers Wasser, und hinter der Hecke des Hotels fuhren Vespas und Fahrräder den Lungomare Marconi entlang. Vor den Toren des Hotels rief ein alter Mann mit einer flachen Mütze: «*Fragole fresche!*» Eilig verließ Urbino die Veranda, um sich eine kleine Schachtel frischer Erdbeeren zu kaufen. Während er sie aß, überlegte er, was er als nächstes unternehmen sollte.

Vielleicht würde er an den privaten Strandabschnitt des Hotels hinuntergehen, ein bißchen schwimmen und dann in einer der Strandhütten ein Nickerchen halten. Seine Pläne für morgen und übermorgen sahen kaum anders aus.

Dieses *dolce far niente*-Dasein im Grand Hotel des Bains erfüllte Urbino zwar nicht mit besonderem Stolz, aber zu Hause im Palazzo Uccello, wo er vergeblich versucht hatte, seine Gedanken auf ein neues biographisches Projekt zu richten und sich innerlich für den Besuch seines Ex-Schwagers Eugene zu stählen, hatte er sich keinesfalls besser gefühlt.

Urbino wollte gerade aufstehen und auf sein Zimmer gehen, um sich für den Strand umzuziehen, als von dem gepflasterten Bürgersteig unterhalb der Veranda eine vertraute und willkommene Stimme zu ihm heraufdrang. Es war die Contessa da Capo-Zendrini, die gerade jemanden vom Personal begrüßte. Während sie langsam die muschelförmigen Steinstufen hinaufstieg, kam Urbino bereits auf sie zu.

«Barbara, was tun Sie denn hier?»

Mit einem etwas verstimmten Lächeln auf ihrem attraktiven Gesicht wandte sich die Contessa ihm zu. Sie trug ein blau und grün gemustertes Fortuny-Kleid, das einst ihrer Mutter gehört hatte, und einen kecken Strohhut. Unter dem Arm hielt sie einen zusammengerollten grünen Schirm.

«Ich bin gekommen, um Sie vor diesen purpurroten Hortensien und Farngewächsen hier zu retten und mit nach Asolo zu nehmen – und zwar nicht nur für mein morgiges Gartenfest, sondern für den Rest des Sommers. Erzählen Sie mir nicht, Sie hätten keine Zeit! Schließlich sitzen Sie hier in Ihrem cremefarbenen Anzug herum und schmachten. Ich weiß schon, Sie sind in der Lage, sich auf geradezu unziemliche Weise dem Sommer hinzugeben, aber ich bestehe darauf, daß Sie es droben in Asolo tun.»

Urbino küßte ihre Wange. Sie war angenehm kühl.

«Milo wartet mit dem Boot. Sie können gleich nach Hause fahren, packen und Serena holen, wenn Sie möchten.» Serena war die Katze, die Urbino an einem nassen Novembertag in den Giardini Pubblici, wo auch die Biennale abgehalten wurde, gerettet hatte. «Das Auto steht an der Piazzale Roma.»

«Ich kann nur übers Wochenende kommen, Barbara.»

«Erzählen Sie mir nicht, daß Sie dieses Hotel der Villa La Muta vorziehen.»

Die Contessa blickte sich auf der Veranda um. Sie verzog die Nase, als sei das Grand Hotel eine Pension mit stinkenden Abflußrohren.

«Haben Sie vergessen, daß am Montag mein Ex-Schwager Eugene aus Florenz zu Besuch kommt?»

«Können Sie nicht eine weniger plumpe Bezeichnung für den armen Mann finden?» fragte sie ihn, während sie sich setzte. «Es ist Ewigkeiten her, seit Sie mit seiner Schwester verheiratet waren.» Sie legte ihren Schirm auf einen leeren Korbstuhl. «Ich hätte gern eine *Coppa Fornarina*», sagte sie und meinte damit ihr mit Makronen und Kirschen garniertes Lieblingseis, das sie im Café Florian immer bestellte. «Das gibt es hier doch, oder?»

«Ich bin sicher, daß sie es für Sie machen werden, Barbara.»

Nachdem er die Eiscreme-Kreation für die Contessa und für sich selbst einen weiteren Campari Soda – diesmal aufgebessert mit einem Schuß Weißwein – bestellt hatte, erkundigte sich Urbino, wie die Dinge in Asolo standen.

«Wenn Sie öfter zu Besuch kämen, dann müßten Sie nicht fragen! Teenagerbanden rennen herum, reißen die Pflanzen heraus und werfen Fenster ein. Das läßt mich beinahe froh darüber sein, daß ich keine eigenen Kinder habe. Sie wären jetzt auch gerade in diesem schwierigen Alter.»

Zu dieser Übertreibung der Contessa sagte Urbino nichts. Wenn sie und Alvise je Kinder gehabt hätten, dann hätte auch das jüngste seine schwierigen Jahre längst hinter sich. Die Contessa ging bestimmt schon auf die Sechzig zu, auch wenn er bis zu ihrem fünfundsiebzigsten Geburtstag, an dem sie die Enthüllung des Geheimnisses versprochen hatte, nur Vermutungen anstellen konnte. Urbino, der zwanzig Jahre jünger war, fand, daß sie ein

Recht auf Eitelkeit hatte, zumal sie mindestens zehn Jahre jünger aussah.

«Ich hoffe, Sie wissen es zu schätzen, daß ich meine sämtlichen Vorbereitungen für das Gartenfest unterbrochen habe, nur um Sie in die Hügel von Asolo zu locken, *caro*. Übrigens bin ich schwach geworden und habe auch dieser alten amerikanischen Schauspielerin, die Sie kennenlernen wollten, eine nachbarliche Einladung überreicht – derjenigen, die immer in kurzen Hosen und einem Turban herumläuft. Vermutlich taucht sie bald mit einem Leopardenanzug und einer Federboa auf! *Ich* habe ja noch nie von ihr gehört», sagte die Contessa etwas zu beiläufig, «aber Silvestro hat mir alles über sie erzählt.»

Silvestro Occhipinti war achtzig Jahre alt und ein langjähriger Freund von Alvise, dem verstorbenen Ehemann der Contessa. Weil er Geld brauchte, vermietete er seine Villa an Ausländer – gegenwärtig an die zurückgezogen lebende Schauspielerin Madge Lennox – und wohnte selbst in einer geräumigen Wohnung in der Innenstadt von Asolo.

«Diese impertinente Person in kurzen Hosen ist mein letzter Versuch, Sie davon zu überzeugen, daß Sie uns alle mit Ihrer Anwesenheit beehren müssen. Ich weiß schon, daß Sie *les grandes fêtes* nicht mögen, mein Lieber, aber hier handelt es sich schließlich um ein Fest von mir. Wenn Sie sich noch einmal weigern, werde ich Sie von Milo im Polizeigriff abführen lassen.»

Der Kellner brachte das Eis und den Campari Soda. Einige Minuten lang widmete sich die Contessa in genüßlichem Schweigen ihrer *coppa*, um Urbino dann in den Klatsch von Asolo einzuweihen. Das Interessanteste war die Geschichte über einen jungen Amerikaner, der versucht hatte, sich mit einem Trick bei Freya Stark, der bekannten britischen Reiseschriftstellerin, die seit Jahrzehnten in Asolo wohnte, Zutritt zu verschaffen.

Dann schwieg die Contessa wieder und aß den Rest ihrer *coppa* mit der gebremsten Begeisterung eines wohlerzogenen Kindes.

«Sie sehen aus, als könnten Sie auch eine Stärkung vertragen», sagte sie, als sie fertig war. «Warum bestellen wir nicht ein Eis für Sie? Alkohol schwächt Sie bei dieser Hitze doch nur.»

«Möchten Sie denn selbst noch eine *coppa*, Barbara?»

«Ganz bestimmt nicht.»

Aber trotz dieser Ablehnung wußte Urbino, daß die Contessa in Versuchung geführt war. Was sie zurückhielt, war nicht, daß sie satt war oder Angst hatte zuzunehmen, sondern, daß es ihr peinlich war, dabei gesehen zu werden, wie sie zwei *coppe* hintereinander verdrückte. Mit Sicherheit hatte sie nichts dagegen, ihr zweites Eis woanders zu essen.

«Aber La Muta wäre für Ihr abgehärmtes Aussehen bestimmt ein sehr viel besseres Heilmittel als ein Eis», betonte die Contessa. «Die frische Luft wird Wunder wirken! Ich sorge viel besser für Sie, als man das hier tut – und es kostet Sie nicht eine einzige Lira. Sie *kommen* doch mit, oder?» Auf ihrem Gesicht lag ein flehender Ausdruck. «Es ist nur so, daß ich Sie so grauenvoll vermisse. Ist die Tatsache, daß ich an einem der heißesten Tage dieses Sommers den ganzen Weg von Asolo hierher mache, nicht Beweis genug?»

«Ich habe Sie auch vermißt, Barbara. Natürlich komme ich.»

«Glauben Sie, daß ich diesen Ex-Schwager von Ihnen einmal zu Gesicht bekommen werde, oder wollen Sie ein großes Geheimnis aus ihm machen, wie Sie das mit so vielen Dingen aus Ihrer Vergangenheit tun?»

«Sie werden ihn kennenlernen. Vielleicht gefällt er Ihnen sogar besser als ich.»

«Das ist noch unmöglicher als unmöglich, *caro*, selbst wenn er besser aussehen und jünger sein sollte als Sie. Ich bin vom Schicksal dazu verdammt, Ihnen auf ewig verfallen zu sein. Aber ich hoffe doch, daß er ein paar Geschichten aus der Zeit kennt, als Ihr Haar noch so blond war wie das von Huckleberry Finn und Sie noch nicht so müde aussahen!» Sie griff nach ihrem Schirm. «Trinken Sie aus, dann verschwinden wir von hier, und zwar schnell. Ich mache einen Spaziergang im Garten, während Sie sich um Ihre Sachen kümmern. Vielleicht haben wir, ehe wir fahren, noch Zeit für eine echte *Coppa Fornarina* im Café Florian. Diese hier» – mit einem Kopfnicken deutete sie auf den leeren Eisbecher – «hat viel zu wünschen übriggelassen.»

Dazu gab Urbino keinen Kommentar ab, sondern winkte dem Kellner.

TEIL I

Tod im Canal Grande

I

«Na, ist das hier nicht genau das, was Sie brauchen?» fragte die Contessa am folgenden Nachmittag leise, als sie gerade an ihm vorüberschwebte, um im Garten hinter der Villa La Muta einen frisch angekommenen Gast zu begrüßen.

Urbino lächelte. Was die Contessa mit «das hier» bezeichnete, war nicht nur die Villa aus dem sechzehnten Jahrhundert, der parkähnliche Garten mit den Rasenterrassen und dem mit Lorbeer überschatteten Delphinbrunnen, die versteckten, wie zufällig sprühenden Wasserspeier, die sich aus geheimen Quellen speisten, das Labyrinth und der *giardino segreto*, wo sie oft gemeinsam Tee oder Cocktails tranken. «Das hier» umfaßte auch den Ausblick auf die weite Ebene von Treviso, die bis zu den Ausläufern der Alpen reichte, die Stadt mit ihren Mauern und Arkaden, dem Schloß und der Zitadelle über ihnen, die kristallklare Luft, die sanft über die Hügel wehte, und alles andere bis hin zu dem herrlich bunt gefiederten Papagei in dem Messingkäfig unter der Pergola, der deutlich und mit freundlicher Stimme immer wieder «*Ciao*!» sagte.

Die Gäste der Contessa hatten sich in dekorativen Gruppen über die verschiedenen Ebenen des Gartens verteilt. Ein Streichquartett spielte mit Vivaldi gegen das Rauschen des Windes und den Vogelgesang an. Die ganze idyllische Szenerie, durchwirkt von vornehmer und höflich scherzender Konversation, hätte von Watteau stammen können, zumal sie sogar die leise Andeutung von Melancholie und Vergänglichkeit aufwies, die man so oft in seinen Gemälden findet.

Die Familie da Capo-Zendrini hatte ihren Sommersitz gut gewählt. Anstatt in den Fußstapfen – oder genauer gesagt, im Kielwasser – anderer Venezianer des achtzehnten Jahrhunderts ihre *villeggiature* an die Ufer des inzwischen brackig gewordenen Brentakanals zwischen Venedig und Padua zu stellen, hatten sich die da

Capo-Zendrinis hinaufbegeben in die Hügel von Asolo, vierzig Kilometer nordwestlich von Venedig, wo sie La Muta übernahmen, eine Villa, die Palladios Nachfolger Scamozzi zugeschrieben wurde. Die Briten, die regelmäßig in die Gegend kamen, um Villen zu besichtigen, hielten La Muta fälschlicherweise oft für einen von Palladios eigenen Entwürfen.

Die Frau, mit der sich Urbino gerade unterhielt, sagte jetzt, sie habe diesen Fehler einst selbst begangen. Allerdings war sie keine Britin. Sie war die ehemalige amerikanische Schauspielerin, die die Contessa gestern am Lido erwähnt hatte – die Frau, die Silvestro Occhipintis Villa, weiter oben am Hügel auf die Stadt zu, gemietet hatte.

Auch wenn die Contessa behauptete, noch nie von ihr gehört zu haben, Urbino kannte sie sehr wohl. Madge Lennox hatte sich mit einem Dutzend amerikanischer Filme, in denen sie meist unabhängige, freigeistige Frauen dargestellt hatte, einen ansehnlichen Ruhm erworben und war außerdem berüchtigt, weil man sich erzählte, sie interessiere sich für beide Geschlechter. Bekanntgeworden war sie als «die Frau, die sowohl von der Garbo als auch von Huston geliebt wurde». In den frühen sechziger Jahren war sie, weil man ihr in Amerika nicht mehr genug Rollen anbot, nach Europa gekommen. Hier hatte sie bis zum Ende ihrer Karriere vor fünfzehn Jahren in französischen und italienischen Produktionen mitgewirkt.

Madge Lennox war eine große, schlanke Frau mit hohen Wangenknochen und einer Haut, die verriet, daß sie sich selten der Sonne ausgesetzt und einen hervorragenden plastischen Chirurgen hatte. Sie wirkte sehr viel jünger als ihre siebzig Jahre. Ein breitkrempiger Hut beschattete ihr Gesicht, das von beinahe weißem Make-up bedeckt war, was ihre alternde Schönheit zeitlos und in gewisser Weise sogar geschlechtslos wirken ließ. Daß sie ihre große Sonnenbrille immer wieder auf- und absetzte, betonte sowohl ihre großen dunklen Augen als auch ihre wohlgeformten Hände. Ihr Haar wurde vollständig von einem Schal in dunklem Pink bedeckt. Sie trug Hosen aus Rohseide und ein pfirsichfarbenes Herrenjackett. Aus der Art und Weise, wie sie ihren Kopf hielt und zu Urbino aufblickte, schloß dieser, daß sie auf sein kritisches Urteil nur dann Wert legte, wenn es wohlwollend war. Sie wollte so wahrgenommen werden, wie sie sich selbst zu ihren besten Zeiten gefühlt hatte. Wenn er ihr zu verstehen gab, daß er das tat, würde sie ihn besonders freundlich und zuvorkommend behandeln.

«Als ich die Villa vor zehn Jahren kennenlernte», erklärte sie mit ihrer schönen, äußerst beherrschten Stimme, «da war ich mir sicher, daß sie von Palladio stammt. Wissen Sie etwas über ihre Geschichte?»

Urbino tat Madge Lennox den Gefallen und begann mit dem Namen der Villa - *La Muta*, «Die stumme Frau». Er erzählte ihr, der Name leite sich von einer Frau ab, die sich im siebzehnten Jahrhundert nach Asolo zurückgezogen habe, nachdem sie in Florenz Zeugin eines Mordes geworden sei und daraufhin in der Öffentlichkeit nie mehr gesprochen habe. Diese etwas gespenstische Verbindung habe die Contessa beunruhigt. Nach mehreren vergeblichen Versuchen, einen neuen Namen einzuführen, fand sie endlich einen Weg, das Problem zu umgehen, indem sie eine Kopie von Raphaels Gemälde einer Adligen, das man unter dem Titel *La Muta* kannte, anschaffte. Das Gemälde hing nun für jeden sichtbar an der steinernen Wendeltreppe in der Vorhalle.

«Ja, ich habe es gesehen», sagte Madge Lennox. «Wurde das Original nicht gestohlen?»

«Das geschah 1975. Die Kunstpolizei kam und prüfte die Kopie der Contessa.»

«Ich habe gehört, der Conte da Capo-Zendrini hätte sich geschmeichelt gefühlt, daß man sich die Mühe machte, die Kopie zu prüfen», sagte Mrs. Lennox in ihrer weichen, klaren Stimme und verriet damit, daß sie durchaus etwas über *La Muta* – oder zumindest den Conte – wußte. «Er war ein ungewöhnlicher Mann. Die Leute hier halten ihn bis heute hoch in Ehren.»

«Ich habe ihn nie kennengelernt. Er starb, bevor ich der Contessa begegnet bin.»

«Oh, ich verstehe.» Sie schien etwas enttäuscht zu sein. Dann betrachtete sie Urbino eingehend mit ihren scharfen schwarzen Augen. «Ich habe gerade überlegt, Mr. Macintyre», sagte sie, setzte die Sonnenbrille wieder auf und lächelte ihn an, «ob Sie sich vielleicht mit mir in das Labyrinth wagen würden. Ich finde, Sie sind dafür sehr passend gekleidet.»

Mrs. Lennox' dunkle Augen wanderten über Urbinos breiten Strohhut, die rote Fliege, den Blazer und die Flanellhosen. Die Contessa hatte seine Aufmachung «entzückend» genannt, aber Urbino war sich dessen nicht so sicher.

«Bedauerlicherweise muß ich gestehen, daß ich mich darin selbst nicht auskenne», sagte Urbino, «aber es gibt verdeckte Wegweiser, die Ihnen weiterhelfen, wenn Sie sich verlaufen haben.»

«Aber das macht doch keinen Spaß! Ich möchte mich entweder verirren oder von jemandem, der sich auskennt, hindurchgeführt werden.» Sie trank einen Schluck von ihrer Bowle. «Leben Sie auch hier? Ich habe Sie mit der Contessa im Caffè Centrale gesehen.»

«Nein. Ich wohne in Venedig, aber ich komme oft hierher.»

«Ach, Sie müssen der amerikanische Freund mit dem Palazzo sein, von dem mir jemand in der Stadt erzählt hat!»

«Vermutlich. Ich habe von meiner Mutter ein kleines Haus geerbt. Sie war Amerikanerin, aber ihre Familie stammte aus Italien. Venedig ist nun schon seit mehr als zehn Jahren mein Zuhause.»

«Wie interessant! Ich hatte nie den Mut, ganz auszuwandern und alle Verbindungen zu kappen, die ich noch zu meiner Heimat habe. Ich bewundere Sie, aber besteht da nicht die Gefahr, daß Sie den Kontakt verlieren – zu Ihrer Vergangenheit, Ihrer Herkunft? Ständig in Venedig zu leben!» Madge Lennox schüttelte langsam den Kopf. «Ganz besonders um diese Jahreszeit! Venedig ist eine stinkende, schlüpfrige Falle, in der Sie auf die eine oder andere Weise hängenbleiben. Nehmen Sie nur das arme Mädchen, das vergewaltigt und ermordet wurde! Sie werden mir doch nicht weismachen wollen, das habe nichts mit der Hitze zu tun, die in diesem Sommer in Venedig herrscht. Ich war in der letzten Woche zwei Tage lang dort, und das war mehr als genug! Einmal steckte ich mitten in einer schwitzenden Menschenmenge fest, die drängte und schob, um einen Blick auf die Seufzerbrücke werfen zu können. Ich wurde beinahe ohnmächtig. ‹Die Lebenden sind nur Tote auf Urlaub.› Das hat Maeterlinck gesagt – und damit hätte er Venedig zur Hochsaison meinen können. Aber Asolo!» Sie seufzte beinahe. «Seit April bin ich hier, und ich will gar nicht mehr weg.»

An dieser Stelle trat Silvestro Occhipinti zu ihnen, ein glatzköpfiger Mann, der an einen dürren Vogel erinnerte und das Pech gehabt hatte, den größten Teil seiner Familie und seiner Freunde, darunter auch den Ehemann der Contessa, zu überleben. Er war mit einem weißen Anzug und einem Halstuch äußerst passend gekleidet.

«Ich hoffe, daß Sie uns niemals verlassen, meine Liebe», sagte Occhipinti mit einer hohen, dünnen Stimme in akzentreichem Englisch. «Die Villa Pippa steht Ihnen zur Verfügung, solange Sie wollen. ‹Gott ist im Himmel – alles stimmt in der Welt!› Es wäre mir wirklich die größte Freude!»

Occhipinti würzte seine Konversation oft mit Zitaten von Robert Browning. Der Dichter hatte zusammen mit seiner Frau in Asolo in einer Straße gewohnt, die jetzt Via Browning hieß und wo auch Occhipinti seine Wohnung hatte. Manchmal paßten die Zitate, gelegentlich wirkten sie aber auch unverständlich oder deplaziert. Allerdings wurden sie stets präzise zitiert, denn das Alter hatte dem Erinnerungsvermögen des alten Freundes von Alvise da Capo-Zendrini nichts anhaben können.

«Wie ich Ihnen bereits sagte, Signor Occhipinti, muß ich leider im Oktober abreisen. Die Geschäfte rufen mich.»

Occhipinti runzelte die Stirn. Mit seinen runden, kleinen Augen blickte er zu der Frau auf und sagte: «‹Such nicht dort, wo sich der Apfel rötet, damit wir unsere Paradiese nicht verlieren, Eva und ich.›»

Magde Lennox gelang es, unter ihrem dicken Make-up zu erröten wie besagter Apfel des Gartens Eden. Und ihr Gesicht wurde noch dunkler, als Occhipinti hinzufügte: «Vielleicht haben Sie ja vor, wieder zum Film zurückzukehren. Das wäre wirklich herrlich! Wie gut kann ich mich an Ihre Darstellung in *Die Dame in Schwarz* erinnern! Mein Herz flog Ihnen zu. Aber das ist schon lange her. Sie haben eine großartige Karriere hinter sich. Vielleicht möchte Signor Macintyre ja ein Buch über Sie schreiben.»

«Sie sind Schriftsteller, Mr. Macintyre?» fragte die Schauspielerin und wandte sich mit sichtlicher Erleichterung an Urbino.

«Biograph. Ich schreibe über Leute, die irgend etwas mit Venedig zu tun hatten. Keine vollständigen Biographien, sondern lediglich Berichte über den Teil ihres Lebens, der mit Venedig in Verbindung steht.»

«Er hat auch ein Buch über Robert Browning geschrieben! ‹Was von der Seele wohl noch übrig war, als das Küssen enden mußte!›»

»Bestimmt kennen Sie Venedig so gut wie Ihre eigene Westentasche, Mr. Macintyre. Warum besuchen Sie mich nicht einmal in der Villa Pippa? Ich bin sehr aufgeschlossen. Ich würde sehr gern lernen, Venedig zu lieben.»

Occhipinti nickte, als wisse er genau, wovon sie sprach, und zitierte mit einem schmallippigen Lächeln: «‹Die geliebten toten Frauen mit den schönen Haaren – was wurde aus all dem Gold, das an ihrem Hals hing und den Busen streichelte? Kühl wird mir, und ich fühle das Alter.›»

Erst verblüfft, dann ärgerlich zog Madge Lennox die Augenbrauen zusammen.

«Betrachten Sie das als eine ständige Einladung, Mr. Macintyre», sagte sie und hob den Kopf etwas höher. «Am Mittwoch fahre ich für ein paar Tage nach Mailand. Vorher oder nachher paßt es mir jederzeit.»

Urbino sagte, er werde vorbeikommen. Dann entschuldigte er sich und ging hinüber zur Contessa, die neben dem blau und weiß gestreiften Zelt stand.

«Wie läuft es, Barbara?»

«Wie geschmiert!»

Die Augen der Contessa strahlten vor Freude. Sie war in ein fließendes cremefarbenes Gewand gekleidet und sah mit dem weitkrempigen Hut, der ganz leicht schräg saß, an diesem Nachmittag besonders attraktiv aus.

«Also haben Sie endlich die gewünschte Bekanntschaft der Lennox gemacht. Was halten Sie von ihr? Nein, Sie müssen es nicht sagen! Ich sehe schon, daß sie Ihnen gefällt. Seien Sie vorsichtig! Sie ist Schauspielerin bis in die Fingerspitzen.» Nur für den Fall, daß Urbino diese Aussage als ein Kompliment verstanden haben könnte, fügte sie hinzu: «Allerdings habe *ich* noch nie von einem Film gehört, in dem diese Frau mitgewirkt hat. Aber entschuldigen Sie mich, *caro*, ich sehe, daß die Rienzis sich wie üblich früh verabschieden wollen.»

Nachdem die Contessa gegangen war, stieg Urbino zur Terrasse neben dem Gewächshaus hinauf, um mit Tommaso Beni zu plaudern, dem Landschaftsarchitekten, der das Labyrinth entworfen hatte. Beni kam bald auf eines seiner Steckenpferde zu sprechen – Capability Brown, den englischen Landschaftsgärtner aus dem 18. Jahrhundert –, und Urbino gab die passenden Antworten, während er die Schar der Gäste betrachtete.

Sein Blick fiel auf eine etwa fünfundzwanzigjährige Frau, die von der Vorderseite des Hauses her durch den mit Fresken ausgemalten

Atriumhof kam. Neben ihr marschierte Catullus, der Dobermann der Contessa. Der Hausdiener Gervasio lief hinter ihr her, wobei er Schritt hielt mit einem Mann, dem er eine Hand auf die Schulter gelegt hatte. Der Mann – er war klein, drahtig und beinahe bis zur Häßlichkeit unansehnlich – blieb stehen und rief der Frau etwas zu. Sie ging weiter. Gervasio eilte ihr nach.

Urbino kannte die beiden nicht. Catullus allerdings, der Fremden gegenüber leicht reizbar war, benahm sich, als kenne er die junge Frau oder habe sie augenblicklich ins Herz geschlossen. Die Frau kam Urbino vage bekannt vor, aber er glaubte nicht, sie zuvor schon einmal gesehen zu haben. Daran hätte er sich erinnert.

Sie war schlank, hatte einen ziemlich langen Hals und dichtes kastanienrotes Haar. Ihre präraffaelitische Erscheinung wirkte sehr anziehend. Die Gesichtszüge waren zwar nicht ganz, aber doch beinahe vollkommen. Als die junge Frau unterhalb der Terrasse vorbeikam und ihm ihr Gesicht zuwandte, konnte Urbino sie genau betrachten. Sofort fielen ihm die dunkelgrünen Augen und die schön geschwungenen Lippen auf, und er wußte, daß er dieses Gesicht so bald nicht vergessen würde – und auch ihr wehendes Haar nicht, das in der Sonne bronzefarben und golden glänzte.

Aber etwas fehlte in diesen Augen. Er hatte nicht erwartet, Erkennen oder Interesse oder auch nur Neugier darin zu finden, aber doch wenigstens irgendeinen Ausdruck. Dieser seltsam leere Blick gab ihrem auffallenden Gesicht etwas Lebloses. Dennoch lag Kraft oder sogar Gewaltsamkeit in ihren Bewegungen, während sie, ohne auf die anderen Gäste zu achten, über die untere Ebene des Gartens marschierte. Köpfe drehten sich zu ihr um, aber niemand schien sie zu erkennen.

Die Frau mit den kastanienroten Haaren ging geradewegs auf den von einer steinernen Pergola eingefaßten Teil des Gartens zu, wo sich die Contessa mit Occhipinti unterhielt. Sie blieb einen Moment vor den beiden stehen, wobei sich Catullus brav an ihrer Seite hielt. Gervasio trat neben die Contessa und beugte sich zu ihrem Ohr. Die Contessa schüttelte den Kopf, und Gervasio ging wieder. Er kehrte zu dem häßlichen Mann zurück, der noch immer am Ausgang des Atriums stand, und führte ihn zur Vorderseite des Hauses.

Occhipinti blickte die junge Frau, die nun etwas zur Contessa sagte, durch seine Brille hindurch an. Ein ärgerlicher Ausdruck verzerrte sein Gesicht. Die Frau lächelte, und in ihren Zügen war unmißverständlicher Triumph zu lesen.

Aber die Mimik der Contessa sprach am deutlichsten. Sie sah aus, als sei in ihr etwas zerbrochen und als versuche sie mit aller Kraft, das Gesicht zu wahren. Ihre Bemühungen, ihre Betroffenheit zu verstecken, hätten wohl jeden getäuscht, nicht aber Urbino. Sie war in Not. Noch ehe die Contessa ihm über die Köpfe der Gäste hinweg einen Blick zuwerfen konnte, der ein stummer Hilfeschrei war, eilte Urbino bereits über die Stufen der Terrasse nach unten.

Er trat genau rechtzeitig neben sie, um die junge Frau in leisem, weichen Italienisch sagen zu hören: «Ja, Contessa, ich bin Ihre Tochter.» Sie machte eine Pause und warf Urbino aus ihren grünen Augen einen kurzen Blick zu. «Oder genauer gesagt: die Tochter Ihres Ehemannes Alvise. Hat er Ihnen das nie erzählt?»

Sie streckte die Hand aus und tätschelte dem verzückten Catullus den Kopf.

2

Urbino und die junge Frau warteten im *salotto verde* auf die Contessa. Auf dem Aubusson-Teppich lag Catullus und ließ die Frau nicht aus den Augen, die mit ihrer schlanken Hand über die geschnitzten und vergoldeten Brustolon- und Corradini-Möbel strich und die Pastellzeichnungen und Miniaturen von Rosalba Carriera betrachtete.

«Ich weiß, daß ich die Contessa verärgert habe», sagte sie auf italienisch mit einer Stimme, die klang, als käme sie aus weiter Ferne. «Das tut mir leid. Es ist schrecklich, von jemandem, den man liebt und dem man vertraut, betrogen zu werden. Aber der Conte Alvise da Capo-Zendrini war wirklich mein Vater. Finden Sie denn nicht, daß ich ihm ähnlich sehe?»

Sie drehte ihr Gesicht noch mehr zu Urbino. Weshalb kam sie ihm so bekannt vor?

«Nun, Signore, sehe ich aus wie er oder nicht?»

Urbino hatte Alvise nie persönlich kennengelernt, aber aufgrund von Fotografien, Porträts und Erzählungen wußte er, daß dieser blaue Augen gehabt hatte und sowohl in der Jugend als auch im späteren Alter ein gutaussehender Mann gewesen war. Urbino konnte keine Ähnlichkeit zwischen ihm und dieser jungen Frau erkennen, aber wenn er Alvise jemals persönlich gesehen hätte, wäre das vielleicht anders gewesen.

Die Frau lächelte, doch das Lächeln reichte nicht ganz bis zu den grünen Augen. Auf ihrer Stirn standen Schweißperlen.

«Das macht nichts. Ich möchte nicht, daß Sie Ihre Freundschaft zur Contessa aufs Spiel setzen. Mein Name ist Flavia. Und Sie sind...?»

«Urbino Macintyre.»

«Natürlich. Ich habe von Ihnen gehört. Der Amerikaner mit der Vorliebe für ältere Frauen. War das der Grund, warum Sie nach Italien gekommen sind?»

Flavia lachte. Erneut stellte Urbino erstaunt fest, daß ihre Augen dabei keinerlei Humor verrieten. Flavia betrachtete seinen Blazer, die Flanellhosen, die Fliege und den Strohhut, den er jetzt in der Hand hielt. Menschen wie sie hatten Urbino immer schon aus der Fassung gebracht – Menschen, die einfach den Mund aufmachten und ohne Rücksicht auf die Folgen aussprachen, was ihnen gerade in den Sinn kam.

Während sie auf die Contessa warteten, redete Flavia in beruhigendem Tonfall auf Catullus ein, was den Dobermann noch ergebener zu seiner neuen – oder vielleicht alten? – Freundin aufblicken ließ.

Als die Contessa zu ihnen trat, stellte Flavia sich vor, wobei sie, genau wie wenige Minuten zuvor gegenüber Urbino, lediglich ihren Vornamen nannte.

«Bitte, setzen Sie sich, meine Liebe.»

«Nein danke, Contessa. Ich bleibe nicht lange. Ich sehe, daß ich Sie verärgert habe, und das war nicht meine Absicht.»

Flavia sah das Gesicht der Contessa aufmerksam an und schien den bestürzten und etwas gekränkten Blick, den sie dort entdeckte, mit Befriedigung wahrzunehmen.

«Aber Signorina, Sie haben doch sicher nicht vor, mich zu überfallen und dann einfach wieder zu verschwinden. Natürlich bin ich verärgert über das, was Sie gesagt haben!» erklärte die Contessa leidenschaftlich. «Und auf eine solche Art und Weise – vor meinen Gästen! Was haben Sie nur damit gemeint?»

Zwei rote Flecken, beinahe so leuchtend, als seien sie aufgemalt, zeichneten sich auf den Wangen der Contessa ab. Sie warf Urbino einen raschen Blick zu. Es schien ihr sehr peinlich zu sein, daß man sie in eine Situation gebracht hatte, in der sie solche Dinge sagen mußte. Aber einen Augenblick später wußte Urbino ihre Reaktion richtig zu deuten. Was der Contessa die Wangen rötete und die Stimme zittern ließ, war nicht Verlegenheit. Es war Angst.

«Es ist die Wahrheit. Aber ich verlange gar nichts von Ihnen.» Darüber schien Flavia noch einmal nachzudenken, denn sie fügte hinzu: «Nur eine Fotografie meines Vaters.» Sie machte eine Pause und sagte dann: «Ihres Ehemanns Alvise.»

Flavia ging langsam im Zimmer herum, bis sie vor einem zuvor übersehenen Porträtbild auf einer Staffelei in der Ecke stehenblieb. Es zeigte Alvise etwa um die Zeit seiner Hochzeit. Flavia starrte das Bild einige Augenblicke an und stieß dann einen leisen Seufzer aus.

«Mein Vater war ein so gutaussehender Mann.»

Ohne einen Moment zu zögern, sagte die Contessa: «Das ist mein Mann, der Conte Alvise Severino Falier da Capo-Zendrini.»

Flavia löste sich von dem Porträt und nahm eine der handgemalten Keramik-*fischietti* von der Marmorplatte des Goldbronzetisches. Die Pfeife in ihrer Hand hatte die Form eines Seepferdchens. Einen Augenblick schien es, als wollte sie das Pferdchen an die Lippen halten, aber dann legte sie es wieder auf den Tisch zu den anderen Pfeifen in Vogel- und Tiergestalt und lächelte. Ihre Bewegungen wirkten so einstudiert wie bei einer Schauspielerin.

«Mein Vater – ich meine den Mann, der *behauptet*, er sei mein Vater –, dieser Mann», stellte sie mit einer gewissen Heftigkeit klar, «wäre von Ihrer kleinen Sammlung hier begeistert. Lorenzo sammelt ebenfalls. Er hat ein ganzes Zimmer voll mit Fotografien und Porträts meiner Mutter.» Ihr Gesicht verdüsterte sich, als wäre ihr diese Erinnerung unangenehm. «Sie war sehr schön, meine Mutter, und Lorenzo bestand immer wieder darauf, sie malen und fotografieren zu lassen. Vielleicht findet sich sogar in Ihrer Villa ein Porträt von ihr, Contessa.»

Flavia blickte sich im Raum um, als suche sie nach einem Bild ihrer Mutter.

«Meine liebe Signorina», sagte die Contessa leicht gereizt. «Sie werden allmählich unerträglich. Ich fürchte, ich muß Sie –»

«Bitten, zu gehen?» beendete Flavia den Satz der Contessa. «Aber ich habe bereits gesagt, ich bleibe ohnehin nicht lange. Sie haben doch sicher noch Zeit, sich diese Fotografie von mir anzusehen.»

Flavia griff in eine Tasche ihres Kleides und holte eine kleine Schwarzweißfotografie mit gezähnten Rändern heraus. Sie reichte sie der Contessa, die einen Blick darauf warf und sie an Urbino weitergab. Ein hübsches, etwa zehnjähriges Mädchen lächelte ihn an.

«Ja, das bin ich, vor vielen Jahren», sagte Flavia. Ihre Stimme klang leblos. Sie nahm die Fotografie wieder an sich und steckte sie in die Tasche.

Dann ging sie zur Tür, wo sie stehenblieb, um ihre Hand in eine *acquasantiera* zu stecken, die mit geweihtem Wasser gefüllt war. Allerdings bekreuzigte sie sich nicht, sondern rieb sich das Wasser über die Stirn, als habe sie Fieber. Tatsächlich war ihr Gesicht gerötet und längst nicht mehr so ausdruckslos wie zuvor. Ihre grünen Augen glänzten jetzt. Der leblose Blick war verschwunden und durch etwas ersetzt, das Leidenschaftlichkeit nahekam.

«Denken Sie daran, Contessa, ich möchte eine Fotografie meines Vaters! Ich werde deswegen mit Ihnen Kontakt aufnehmen.» Mit einer ungestümen Geste strich sie sich das kastanienrote Haar aus dem Gesicht. «Ich muß sie von Ihnen bekommen – nur von Ihnen! Auf Wiedersehen!»

Bevor die Contessa noch etwas sagen konnte, eilte Flavia hinaus in die Eingangshalle. Catullus machte Anstalten, ihr zu folgen.

«Catullus!»rief die Contessa in strengem Ton.

Der Hund blieb stehen und schien zwischen zwei Wünschen zu schwanken – der Frau nachzulaufen oder seiner Herrin zu gehorchen. Nach einigen ungebührlich langen Sekunden der Unentschiedenheit drehte sich Catullus um und stellte sich neben die Contessa. Die Contessa, auf deren Gesicht sich nun sämtliche Jahre jenes Jahrzehnts zeigten, das sie normalerweise verleugnen konnte, stieß einen erleichterten Seufzer aus. Dieser stand in einem völligen Mißverhältnis zu ihrem winzigen Sieg über die schöne junge Frau, die ihr idyllisches Gartenfest zerstört hatte.

3

Es war Sonntag. Urbino und die Contessa saßen auf der Terrasse des Caffè Centrale auf dem Hauptplatz von Asolo. An anderen Tagen genossen sie hier die idyllische Szenerie der Piazza Garibaldi – das verträumte Plätschern des Brunnens mit seinem geflügelten Löwen aus dem 15. Jahrhundert, die üppigen, bunten Blumen vor den Bogenfenstern, das Ankommen und Abfahren der kleinen Busse vom Fuß des Hügels, die Leute, die über das rosafarbene und gelbe Marmorpflaster spazierten, und den Blick auf das aus goldbraunen Steinen gemauerte Schloß und die grünen Hügel dahinter.

Heute allerdings wirkte nicht einmal der Charme der Stadt, die Browning so sehr geliebt hatte, daß er seinen letzten Gedichtband nach ihr benannte, beruhigend auf die beiden, vor allem nicht auf die Contessa. Selbst jemand, der sie mit einem nicht so scharfen Blick wie Urbino betrachtete, konnte sehen, wie aufgewühlt sie war.

«Sogar der Name erscheint mir heute wie der blanke Hohn», sagte sie müde und starrte mit Augen, denen ihre Schlaflosigkeit anzusehen war, auf die gegenüberliegende Arkade. Das Meergrün ihres Kleides, das ihr sonst sehr gut stand, ließ sie an diesem Nachmittag blaß wirken. Urbino wußte, was sie meinte. Die Stadt, in deren Rosengärten Giorgione sich mit seiner Laute die Zeit vertrieben und wo die venezianische Königin von Zypern märchenhaft hofgehalten hatte, lieh einem Verb ihren Namen. Pietro Bembo, ein Renaissance-Humanist, der Asolo als Schauplatz seiner Dialoge über die Liebe gewählt hatte, prägte einst das Wort *asolare* und beschrieb damit den Zustand des Dolcefarniente.

Während ihrer Sommeraufenthalte hier war *Asolo in Asolo* einer der Lieblingsausdrücke der Contessa, was kaum zu übersetzen ist, aber soviel bedeutet wie: «Ich vertreibe mir in Asolo die Zeit mit süßem Nichtstun.»

«Ich werde keinen ruhigen Augenblick mehr haben, bis dieses Rätsel gelöst ist, Urbino», sagte sie, legte den Löffel neben ihre kaum angerührte *Coppa Tartufo* und spielte geistesabwesend mit ihrer Kette aus Süßwasserperlen. «Ich bin verzweifelt. Sie wollte mir keinen Streich spielen. Alles, was sie gesagt hat, meinte sie ernst. Das habe ich in ihren Augen gesehen.»

Urbino, der gestaunt hatte, wie wenig in Flavias Augen zu sehen war – abgesehen von einer überaus deutlichen Leblosigkeit –, verblüffte diese Bemerkung der Contessa.

«Oh, ich meine nicht, daß etwas Wahres daran ist. Ich habe absolut keinen Grund, das anzunehmen, gar keinen», betonte sie, ohne Urbino in die Augen zu sehen. «Aber sie war so überzeugt von dem, was sie uns mitteilte.»

«Die beste Art, um jemanden von den Lügen, die man erzählt, zu überzeugen, ist, selbst daran zu glauben», meinte er und kam sich schon albern vor, ehe er den Satz vollständig ausgesprochen hatte.

Der Contessa gelang ein trockenes Lächeln.

«Danke, *caro*, ich nehme den beabsichtigten Trost gern an.»

«Flavia hat gesagt, sie wolle lediglich ein Bild von Alvise.»

«Spielen Sie doch nicht den Naiven, Urbino. Das steht Ihnen wirklich nicht. Sie will mehr als ein Bild. Bestimmt denkt sie an Geld. Es sei denn, sie will Alvises – und meinen – Ruf aus purer Bosheit zerstören. Ich habe bereits mit meinem Rechtsanwalt hier gesprochen und ihn vorgewarnt. Er sagt, ich solle nichts tun, und ich habe ihm dasselbe geraten. Wenn ich ihr ein Bild geben würde, dann hieße das doch, daß ich bereit bin, ihr alles zu geben – oder etwa nicht? Es wäre eine Geste der Anerkennung. Damit würde ich zugeben, daß sie die Wahrheit spricht. Ich kann nicht einmal behaupten, daß ich je einen solchen Verdacht gehabt oder so etwas für möglich gehalten hätte. Aber vielleicht bin *ich* diejenige, die naiv ist. Flavia ist sicher nicht viel älter als fünfundzwanzig. Das heißt, es wäre etwa neun Jahre nach unserer Heirat geschehen.»

Die Contessa runzelte die Stirn, während sie offenbar versuchte, sich die fragliche Zeit ins Gedächtnis zu rufen. Dann schüttelte sie den Kopf und griff nach dem Löffel, nur um ihn wieder abzulegen.

«Damit handelt es sich um die Zeit, in der das Labyrinth entstand. Alvise wollte eigentlich nie eines. Ich hätte seinen Wunsch respektieren sollen.»

Und als wäre dies die eigentliche Sünde, für die sie jetzt bestraft wurde, seufzte sie tief.

«Natürlich, wenn überhaupt etwas an dieser Sache ist», sagte sie mit leiser Stimme, als spreche sie zu sich selbst, «könnte es auch schon vorher angefangen haben, lange vorher.»

Urbino unterbrach die Gedankengänge der Contessa nicht, sondern zupfte seine Trauben in dem geeisten Schüsselchen ab und aß sie, während er geistesabwesend die Leute betrachtete, die aus dem Kleinbus stiegen. Unter ihnen befand sich ein lächelnder Mann mit breitem Gesicht, den Urbino einige Schrecksekunden lang zu erkennen glaubte. Aber dann unterhielt sich der Mann laut auf deutsch mit einer kräftigen Frau hinter sich, und Urbino verwarf die Vorstellung, sein Ex-Schwager Eugene habe es auf irgendeine Weise geschafft, ihn zu diesem gänzlich unpassenden Zeitpunkt in Asolo aufzuspüren.

«So kann ich nicht weiterleben», sagte die Contessa. «Ich *weigere* mich! Ich muß es wissen.»

Silvestro Occhipintis hohe Stimme klang Urbino in den Ohren. Er erinnerte sich, wie der dürre Mann gestern seinen geliebten Browning zitiert hatte – die Gefahr, unsere Paradiese zu verlieren, indem wir dort suchen, wo der Apfel sich rötet. Es war offensichtlich, daß die Contessa erst dann zufrieden sein würde, wenn sie den Obstgarten ihrer Vergangenheit mit Alvise abgesucht hatte. Aber was kam danach? Urbino konnte die Angst verstehen, die sich auf dem Gesicht seiner Freundin abzeichnete.

«Sie können mir helfen, *caro*. Sie können herausfinden, ob es möglich ist, daß diese junge Frau die Wahrheit sagt. Falls es so wäre, dann schulde ich ihr mehr als nur das Bild, das sie haben will. Und falls dem nicht so ist – oh, falls es nicht wahr ist, Urbino, dann werde ich Ihnen ewig dankbar sein!»

Aber was würde geschehen, wenn er ihr sagen mußte, daß Flavia tatsächlich Alvises Tochter war?

«Ich *muß* es einfach wissen, *caro*», sagte die Contessa nochmals und streckte die Hand aus, um die seine so zärtlich zu drücken, als sei er derjenige, der Trost brauchte. «Machen Sie sich wegen meiner Angst keine Sorgen. Sie hätten die Chance, eine Ihrer romantischen Phantasien auszuleben», meinte sie, und ihr Gesicht hellte sich auf, als sie ihm zulächelte. «Der edle Ritter, der eine Dame in Bedrängnis rettet. Und was immer Sie auch herausfinden, die Dame wird Ihnen für Ihre Unterstützung immer dankbar sein. Sie können gar nicht verlieren. Sehen Sie das nicht?»

«Ich sehe, daß ich mich in einer schwierigen Lage befinde.»

«Weil Sie glauben, keine Wahl zu haben? Sie können immer noch nein sagen.»

«Was ich auf ewig bedauern würde.»

«Also werden Sie mir helfen. Sehen Sie, Sie können nichts vor mir verbergen, so sehr Sie sich auch bemühen. Und ich weiß, was *ich* jetzt tun muß. Ich werde Ihnen noch einmal alles über Alvise und mich erzählen müssen, und zwar nicht das, was ich bereits berichtet habe, sondern andere Dinge. Es ist ja nicht so, daß ich Ihnen absichtlich etwas vorenthalten hätte – nicht, wie *Sie* das oftmals tun, Sie Schlimmer! –, manches habe ich eben einfach für mich behalten. Das ist nicht dasselbe, *caro*, also sehen Sie mich nicht so an!»

Soweit es Urbino bewußt war, sah er sie lediglich mit ernsthaftem Interesse an. Er hatte sich schon oft über die Ehe der Contessa Gedanken gemacht, denn obwohl er viel darüber wußte, kam es ihm immer so vor, als gebe es da etwas, das er nicht verstand. Vielleicht würde er jetzt erfahren, was es war. Aber es war ihm keineswegs recht, daß es ausgerechnet zu einem Zeitpunkt geschah, an dem für die Contessa einiges auf dem Spiel stand und von ihm selbst so viel erwartet wurde. Als Biograph war er sich zudem wohl bewußt, daß die besondere persönliche Beziehung zwischen ihnen ihn zögern lassen konnte, unangenehme Wahrheiten aufzudecken, oder ihn möglicherweise eifrig nach Gegenbeweisen Ausschau halten ließ.

«Ich versichere Ihnen, ich werde Sie nicht verantwortlich machen, wenn ich irgendwann einmal bedaure, daß ich Ihnen das alles erzählt habe – oder wenn Sie auf Ihre unnachahmliche Weise etwas Unangenehmes ausgraben. Aber ehe ich anfange, brauche ich noch eine neue *coppa*», sagte sie und sah hinab auf das beinahe vollständig geschmolzene Eis.

Nachdem er eine weitere *Coppa Tartufo* und für sich selbst einen Campari Soda bestellt hatte, wartete Urbino, daß die Contessa mit ihrem Bericht begann, aber sie aß erst langsam und schweigend ihr Eis, als bereite sie sich innerlich auf eine schwierige Aufgabe vor.

4

«Als ich aus London nach Venedig kam, um hier am Konservatorium Musik zu studieren», begann sie, «da war ich ein ganz unerfahrenes Mädchen, auch wenn Sie sich das jetzt vielleicht nicht mehr vorstellen können. Ich selbst hielt mich natürlich für eine der kultiviertesten jungen Damen, die die Welt je gesehen hatte. Wie eine Tigerin kämpfte ich mit meinen Eltern, damit ich nach Italien gehen durfte. Schließlich stimmten sie zu, aber nur, weil ich mich bereit erklärt hatte, bei ihren Freunden, den Wilverlys, zu wohnen, und weil der Direktor des Konservatoriums versprach, sich persönlich um mich zu kümmern. Selbst meine Schwester Patricia wollte mich zurückhalten, sie sagte, es könnten alle möglichen schrecklichen Dinge passieren. Aber ich war entschlossen. Venedig sollte ein Abenteuer für mich werden. So kam ich hierher, und wie sich herausstellte, sollte ich nie mehr wirklich nach Hause zurückgehen, nicht mehr, um dort zu leben. Ich war auf immer fortgegangen.»

«Wie Sie ja wissen», fuhr sie fort, «studierte ich im Palazzo Pisani Gesang und Klavier. Ich war eines jener von Hoffnung erfüllten Mädchen, die Sie hören können, wenn Sie über den Campo Morosini gehen oder sich dort hinsetzen, eine von denen, deren Soprantriller niemals ganz das hohe C erreichen. Am Klavier war ich besser. Tatsächlich war es sogar mein Klavierspiel, das Alvise und mich zusammenbrachte. Das geschah bei den Wilverlys. Ich übte die Barcarole aus *I Quattro Rusteghi* von Wolf-Ferrari, der damals der Direktor des Konservatoriums war. Alvise hörte mich zufällig. An jenem Abend standen die Fenster des *salone* offen. Als ich die Barcarole beendet hatte, klingelte es an der Tür. Ich ging hinunter, und vor der Tür stand ein gutaussehender Mann mit einem Mädchen, das ungefähr in meinem Alter war. Er war etwa vierzig und hatte schwarze Haare, die helle Haut eines Venezianers und blaue Augen. Zunächst glaubte ich, er wäre der Vater des Mädchens, aber dann erkannte ich aus der Art, wie sie ihn ansah, daß das nicht stimmen konnte. Er lächelte mich verschmitzt an und entschuldigte sich für die Störung. Dann erklärte er mir in korrektem Englisch, das nur einen ganz leichten Akzent aufwies, er habe unbedingt wissen wollen, wer die Barcarole so göttlich spiele. Er und die junge Dame seien gerade vorbeigegangen, und er sei erstaunt gewesen, dieses Stück heute schon zum zweiten Mal zu hören. Bestimmt hätte ich es doch am Vormittag im Konservatorium schon einmal gespielt? Meine Interpretation sei unverwechselbar. Zu diesem Zeitpunkt wurde das Mädchen ungeduldig. Ich nahm an, daß sie vielleicht kein Englisch verstand, deshalb sagte ich auf italienisch etwas zu ihr. Mit arroganter Haltung antwortete sie mir auf englisch. Danach blieben die beiden nicht mehr lange, aber bevor sie gingen, gab er mir seine Karte. Ich war ärgerlich, als ich bemerkte, daß ich ihm meinen Namen nicht genannt hatte – und daher wußte ich, daß er mir gefiel. Erst als ich seine Karte las, sah ich, daß er ein Graf war. Er hatte sich nur als Alvise da Capo-Zendrini vorgestellt.»

Ein sanfter Ausdruck trat in das Gesicht der Contessa, während sie von der ersten Begegnung mit ihrem Ehemann erzählte. Urbino war davon überzeugt, daß sich die Saat eines späteren Bruchs in einer Beziehung bereits in den Umständen ihres Beginns finden ließ. Falls das zutraf, was enthüllte dann die romantische kleine Geschichte der Contessa?

Jetzt, nachdem die junge Frau in ihr Leben eingedrungen war, mußte sich die Contessa einer möglichen dunklen Seite ihrer ehelichen Romanze stellen. Aber auch wenn sie sich vollständig bewußt war, wohin sie – und mit ihr Urbino – die Beschwörung ihrer Erinnerungen führen konnte, hier auf der Terrasse des Caffè Centrale ließ sie die Freude des Zurückdenkens leicht erröten.

Es war schon lange her, seit Urbino sich an sein erstes Zusammentreffen mit Evangeline erinnert hatte. Würde er dabei eine ähnliche Freude verspüren? Eugenes morgige Ankunft bot ihm vielleicht die Möglichkeit, das herauszufinden – oder sie erschwerte es ihm zumindest, die Gedanken an seine frühere Ehe weiterhin zu verdrängen.

Die Contessa hatte offensichtlich nicht vor, etwas zu verdrängen. Sie nahm einen Schluck von ihrem Mineralwasser und fuhr fort.

«Ich wollte ihn wiedersehen, aber ich hatte natürlich nicht vor, ihn anzurufen oder ihn gar zu besuchen. Allerdings ging ich zu seiner Adresse und stellte verblüfft fest, daß es sich dabei um einen der größten, wenn auch nicht am besten erhaltenen Palazzi am Canal Grande handelte. Die Vorstellung, daß ein armer italienischer Graf eine junge Frau heiratet, die genug Geld besitzt, damit sie beide angenehm, wenn auch nicht luxuriös leben können, war mir nicht fremd – oh, nach unserem nur so kurzen Zusammentreffen lief meine Phantasie auf Hochtouren! Von solchem Stoff waren nämlich jene Romane, von denen ich nicht genug bekommen konnte. Genau das hatten meine Eltern auch befürchtet. Aber ein Graf, der in einem echten Palazzo wohnte, ganz egal, wie viele Reparaturen nötig waren, war doch etwas völlig anderes! Ich war mir sicher, daß ich ihn nie wiedersehen würde. Aber er wußte, wo er mich finden konnte, und er fand mich auch», sagte sie mit einem zufriedenen Lächeln.

«Bei den Wilverlys?»

«Nein, im Konservatorium. Einige Tage später war ich gerade mit meinen Gesangsübungen fertig, als kein geringerer als Alvise den Raum betrat. Er war tadellos gekleidet und hielt eine Rose in der Hand. Die reichte er mir und fragte mich, ob ich mit ihm einen Kaffee trinken würde. Wir gingen ins Caffè Paolin, und ich bestellte Pistazieneis. Es hatte mir noch nie so gut geschmeckt! – Das war das erste Treffen von vielen. Aber Alvise machte mir auf schickliche Weise den Hof. Bald darauf besuchte er das Haus der Wilverlys, während sie zu Hause waren. Das verursachte eine ziemliche Aufregung. ‹Weißt du, wer das ist, Barbara? Das ist die beste Partie von Venedig, eine der besten in ganz Italien! Drei Generationen von Frauen haben versucht, ihn zu heiraten – aber er ist alt genug, um dein Vater zu sein!› Vermutlich stimmte das – er war einundvierzig und ich… ich war sehr viel jünger. Aber ich war reif für mein Alter, und er war jung, gemessen an seinen Jahren. Wir trafen uns in der Mitte. – Gemeinsam durchstreiften wir ganz Venedig. Meine Studien litten darunter, aber ich lernte so viel anderes, daß es keine Rolle spielte. Ich meine nicht das, woran Sie vielleicht denken, *caro* – ich meine Dinge über Venedig, die ich, wäre ich allein unterwegs gewesen, nie erfahren hätte. Alvise schien alles über die Stadt zu wissen, wie man das von jemandem, dessen Familiengeschichte angeblich bis ins achte Jahrhundert zurückreicht, ja auch erwarten kann. An Sylvester bat er mich, seine Frau zu werden, und ich sagte ja. Erst später erfuhr ich, daß er daran gedacht hatte, das Mädchen zu heiraten, in dessen Begleitung er damals bei den Wilverlys geläutet hatte. Ich traf sie mehrmals, wenn ich mit Alvise durch Venedig spazierte, und sie war immer eiskalt. Sie begann schließlich, mit Silvestro auszugehen, gab aber den Versuch, ihn vor den Altar zu zerren, bald auf. Er war noch älter als Alvise und ein überzeugter Junggeselle. Tatsächlich heiratete sie erst zehn Jahre nach uns.»

Die Contessa trank noch einen Schluck Mineralwasser.

«Patricia warnte mich, meine Eltern und Freunde warnten mich, aber ich hörte nicht auf sie. Ich war mir sicher. Ich heiratete ihn und habe es niemals bereut. Oh, wir hatten auch unsere Auseinandersetzungen, ich will nicht den Eindruck erwecken, daß wir nur im siebten Himmel schwebten. Die schwierigste Zeit war etwa zehn Jahre nach unserer Hochzeit, kurz vor der großen Überschwemmung. Die Ärzte in Genf erklärten uns, ich könnte nie Kinder bekommen. Das war ein schwerer Schlag, obgleich wir es zu diesem Zeitpunkt längst vermuteten. Das war der Tiefpunkt unserer Ehe, aber Alvise benahm sich wunderbar. Er sagte, es spiele gar keine Rolle, er mache sich nur Sorgen um mich, weil er wisse, wie sehr ich mir ein Kind wünschte. – Ich stürzte mich auf den Garten der Villa La Muta, um ihn wieder so zu gestalten, wie er einst gewesen war, und ich plante ein Labyrinth. Alvise war davon überhaupt nicht begeistert, obwohl er es nie offen sagte. Vermutlich dachte er, die Beschäftigung mit dem Garten sei eine Form der Therapie für mich, was wohl auch zutraf, und darüber war er froh.»

Die Contessa fuhr fort: «Im Juli fuhr ich mit Tommaso Beni» – das war der Landschaftsarchitekt, der gestern auf ihrem Fest gewesen war – «nach England, um ihm englische Labyrinthe zu zeigen. Ich wollte unbedingt ein viktorianisches Rätsellabyrinth haben. Tommaso stürzte sich auf das Projekt. Er studierte alle berühmten Labyrinthe: die Irrgärten von Hampton Court, Breamore House und Somerlyton Hall. Er fotografierte, zeichnete und brütete über Büchern zu Gartenthemen und Plänen von Schloßanlagen. – Ich glaube, Alvise war nicht sonderlich glücklich über die Vorstellung, daß ich ständig mit Tommaso zusammen war, obwohl er mir vertraute. Da Alvise nicht während meiner Abwesenheit in der Villa La Muta bleiben wollte, fuhr er mit Silvestro in dessen Villa am Gardasee. Alvise und ich telefonierten mehrmals wöchentlich miteinander, aber er erzählte nicht viel. – Während ich unterwegs war, erhielt ich zwei seltsame Telefonanrufe. Einer kam von Silvestro. Ohne mich sei Alvise völlig verloren, sagte er, und wann ich denn vorhätte, den armen Mann aus seinem Elend zu erlösen? Der zweite Anruf kam von Oriana.»

Oriana Borelli war eine Freundin der Contessa, die in Venedig auf der Insel Giudecca lebte. «Oriana sagte, als Freundin gebe sie mir den Rat, sofort zurückzukehren. Als ich wissen wollte, was sie damit meine, sagte sie nach kurzem Zögern, die Leute würden reden, ‹Leute, auf die es ankommt›, betonte sie. Sie können sich vorstellen, wie verwirrt ich war. Oriana, die sich darüber Sorgen machte, was die Leute dachten, wo doch sie und Filippo ihre außerehelichen Affären aufführten wie eine Opera buffa! Aber ich nahm an, daß sie um meinen Ruf besorgt war, wenn ihr der ihre schon egal war. Ich verließ England innerhalb von achtundvierzig Stunden. Tommaso blieb noch eine Woche länger. – Alvise kehrte vom Gardasee zurück und erwähnte meine Englandreise mit Tommaso kaum. Er überraschte mich mit einem Geschenk – die Nymphe, die jetzt im Mittelpunkt des Labyrinths steht.» Ihr Gesicht verdüsterte sich. «Es ist eine große Belastung für eine Beziehung, wenn zwei Menschen, die gerne Kinder hätten, keine bekommen können, aber ich hatte nie das Gefühl, daß Alvise mir die Schuld daran gab.»

«Das ist ja wohl auch keine Frage von Schuld.»

«Sie wissen schon, was ich meine. Er gab mir nie das Gefühl, daß ich der Grund dafür war, wenn ihm... wenn *uns*», betonte sie, «etwas vorenthalten wurde. Aber genau so kam es mir vor, *caro* – wie etwas, das uns vorenthalten wurde, etwas, das fehlte. Ich dachte, das würde mit den Jahren besser, aber es ist schlimmer geworden, seit Alvise tot ist.»

Urbino hatte immer geglaubt, die Tatsache, daß die Contessa keine Kinder hatte, wäre der einzige wirkliche Makel an ihrer ansonsten idyllischen Ehe gewesen, einer, mit dem sie und Alvise sich mit den Jahren abgefunden hatten. Aber jetzt war Flavia aufgetaucht, war – um es genau zu sagen – gewaltsam in ihr Leben eingedrungen. Was für eine drastische Korrektur mußte die Contessa jetzt wohl am Bild ihrer Ehe vornehmen?

Sie war beinahe am Ende ihrer Erzählung angelangt und sprach jetzt schneller, als wolle sie ihre Aufgabe eilig hinter sich bringen, damit Urbino mit der seinen beginnen konnte.

«Nach diesem Tiefpunkt schienen wir noch enger zusammenzuwachsen. Die Nymphe und das Labyrinth kamen mir beinahe wie eine Art Symbol vor für das, was wir durchgemacht hatten – eine schwierige Zeit, die nun hinter uns lag. Ich hatte niemals einen Grund, das anders zu sehen.»

Die unausgesprochenen Worte der Contessa – «bis jetzt» – hingen über ihnen, während sie jetzt schweigend auf der Terrasse des Caffè Centrale saßen. Sie betrachteten die Szenerie vor sich, die sich so deutlich vom Trubel Venedigs in der Hochsaison unterschied, wohin Urbino heute abend zurückkehren würde. Geistesabwesend begrüßte die Contessa eine Bekannte, die gerade an dem geflügelten Löwen vorbeiging.

«Das ist also meine Geschichte, *caro*. Machen Sie daraus, was sie wollen. Ich bin nicht dumm, und ich erwarte nicht, daß Sie so tun, als wären Sie es. Diese junge Dame wurde offenbar um die Entstehungszeit des Labyrinths herum geboren. Finden Sie soviel wie möglich heraus, aber seien Sie diskret. Mir wäre es lieber, wenn ich Ihnen keine Liste von Alvises Freunden und Geschäftspartnern geben müßte, solange das nicht absolut nötig ist. Und vergessen Sie bitte diejenigen, die noch von seiner Familie übrig sind. Das würde mir noch fehlen! Oriana könnte allerdings hilfreich sein. Sie und Filippo kannten wir von Anfang an. Aber vielleicht müssen Sie lediglich mit Silvestro reden.»

«Aber ist es nicht wahrscheinlich, daß er Alvise schützt?»

Der verletzte Gesichtsausdruck der Contessa machte Urbino von neuem klar, wie schwierig und delikat diese Angelegenheit zu werden versprach.

«Ja, das stimmt, aber er hat mich im Lauf der Zeit sehr lieb gewonnen, manchmal glaube ich sogar, zu lieb. Es kann gut sein, daß er das Gefühl hat, mir die Wahrheit, wie auch immer sie aussehen mag, schuldig zu sein.»

Aber wenn Occhipinti die Contessa so sehr mochte, was geschah dann, wenn die Wahrheit schmerzlich war? Vielleicht gab es nur einen guten Weg für Occhipinti, um den beidseitigen Ansprüchen seines alten, verstorbenen Freundes und der Witwe, die er so sehr ins Herz geschlossen hatte, gerecht zu werden: indem er nämlich durch unbekümmertes, wohlwollendes Lügen beide schützte. Und wie würde er es aufnehmen, daß Urbino nicht nur in der Vergangenheit der da Capo-Zendrinis, sondern auch in seiner eigenen herumstocherte?

Urbino hatte seine Ermittlungen nach der möglichen Wahrheit von Flavias Behauptung noch gar nicht aufgenommen, aber er konnte schon erkennen, was sie für ihn bereithielten.

5

Eine Stunde später näherte Urbino sich in der Via Browning gerade dem Haus, in dem Occhipinti wohnte, als er den alten Mann, einen Strohhut auf der Glatze, unter den Arkaden auf sich zukommen sah. Occhipinti machte kraftvollere Schritte, als man das von einem Mann seines Alters erwartet hätte. Pompilia, sein Cockerspaniel, der seinen Namen von einer Gestalt aus Brownings «Der Ring und das Buch» hatte, lief neben ihm an der Leine.

«Ach, Sie sind es, Signor Macintyre.» Die hohe Stimme des Mannes klang so überrascht, als sei es sehr ungewöhnlich, in einer so kleinen Stadt wie Asolo einen Bekannten zu treffen. «Machen Sie einen Spaziergang?»

«Eigentlich wollte ich gerade zu Ihnen, Signor Occhipinti.»

Obwohl Urbino Occhipinti schon bei vielen Anlässen getroffen hatte, begegneten sie einander noch immer förmlich. Der kleine bebrillte Mann schien in vieler Hinsicht aus einer anderen Epoche zu stammen. Für diesen Eindruck sorgten nicht nur sein Alter und seine Vorliebe für Browning, diesen vollkommen viktorianischen Dichter, sondern etwas in der eigentlichen Substanz dieses exzentrischen kleinen Mannes.

«Dann kommen Sie doch bitte mit nach oben», sagte Occhipinti, jetzt auf englisch.

Er ließ Pompilia von der Leine. Der Cockerspaniel war der jüngste aus einer Reihe von Hunden, die seine Schwester ihm immer wieder kaufte, damit die Leute nicht dachten, er rede auf seinen Spaziergängen mit sich selbst.

Urbino stieg hinter Occhipinti und Pompilia her die dunkle Treppe hinauf bis zur Wohnung im ersten Stock. Vor fünfzehn Jahren, als Occhipinti seine Villa Pippa zu vermieten begann, war er hier eingezogen. Was er an diesem Haus am meisten mochte, war die Tatsache, daß Browning im Nebenhaus gewohnt hatte.

Occhipintis *salotto* war geradezu vollgestopft mit Erinnerungsstücken an Browning. Hinter einem schweren Polstersessel befand sich eine ganze Wand voll mit englischen und italienischen Ausgaben von Brownings Dichtung und Briefen sowie mit Biographien und literaturwissenschaftlichen Werken über den Dichter. Eine andere Wand war gerahmten Fotografien gewidmet, auf denen der Dichter, sein Zuhause hier in Asolo, die Ca' Rezzonico in Venedig, wo er gestorben war, und sein Grab in Westminster zu sehen waren. Außerdem befanden sich dort ein Originalbrief von Browning an seinen Rechtsanwalt und verschiedene Programme viele Jahre zurückliegender Londoner Aufführungen von Brownings Stücken. Auf Regalen und kleinen Tischen lagen verschiedene Objekte – darunter ein Füllfederhalter, ein Messer zum Aufschneiden von Buchseiten und ein angeschlagener Turm von Pisa aus Gips –, die vermutlich alle aus dem Besitz des Dichters stammten. Occhipinti besaß eine größere Sammlung von Browning-Memorabilien als das örtliche Museum. Auf dem Sofa lag ein besticktes Seidenkissen mit dem Spruch: «Öffne mein Herz, und du wirst sehen / drinnen eingraviert: ‹Italien›.»

«Bitte setzen Sie sich doch, Signor Macintyre.» Occhipinti selbst ließ sich in dem Sessel vor der Bücherwand nieder. «Aus welchem Grund wollten Sie mich denn besuchen?»

Urbino setzte sich neben Pompilia auf das Sofa.

«Die Contessa schickt mich, Signor Occhipinti.»

«Ach ja, unsere schöne Barbara. Das war ein herrliches Fest gestern, nicht wahr? ‹Sommerlicht im Überfluß, Himmelsblau ein Hochgenuß› – und das alles in dem unvergleichlichen Garten der Contessa.»

Occhipinti zwinkerte mit seinen winzigen Augen hinter seiner randlosen Brille.

«Ja, es war schön», stimmte Urbino zu, «aber nicht ganz sorgenfrei für Barbara.»

«Das sind Feste für Gastgeber nie. Ich erinnere mich gut an die Zeiten, als meine Schwester und ich noch Partys in der Villa Pippa veranstalteten. Sie mußte schon vor Beginn mindestens zwei Gläser Prosecco haben. Aber bei *la bella* Barbara schien mir das nie der Fall zu sein. Sie war immer der Mittelpunkt des Vergnügens.»

«Außer an ihrem gestrigen Gartenfest – Sie waren doch dabei, als die junge Frau sie unter der Pergola ansprach.»

«Wie könnte ich das vergessen? ‹Ein Gesicht, für das man seine Jugend verlieren, von dem man im Alter träumen, für das man dem Tod ins Auge sehen möchte›! Nicht nur schön, sondern auch vertraut. Ein Gesicht, das man schon einmal gesehen zu haben glaubt –

vielleicht im Traum. *La bellezza* ist immer sowohl vertraut als auch fremdartig, finden Sie nicht auch, Signor Macintyre?»

«Und Sie haben auch gehört, was die junge Frau gesagt hat, nicht wahr, Signor Occhipinti?» fragte Urbino vielleicht etwas zu abrupt, aber er wollte die Neigung des alten Mannes, einfach draufloszuplaudern – wie poetisch auch immer – nicht ermutigen.

«Ja, das habe ich gehört. ‹Die Nase kann ungestraft eine Rose zerstören›», zitierte er und nickte langsam mit seinem kleinen Kopf, «aber das Ohr ist gezwungen zu hören, was es lieber nicht hören würde. So war das gestern nachmittag.»

«Glauben Sie, daß etwas Wahres ist an dem, was die Frau gesagt hat?»

Occhipinti warf seinen kleinen Kopf nach hinten und ließ ein helles, schneidendes Gelächter ertönen.

«Also darum hat Barbara Sie geschickt! Sie möchte, daß ich Sie beruhige! Wie albern von ihr, daran auch nur einen Gedanken zu verschwenden! Die junge Frau ist wunderschön, aber sie hat Unsinn geredet.» Er schien einen Augenblick nachzudenken, ehe er hinzufügte: «Die schöne Barbara mit solchen Dummheiten aufzuregen! Alvise war der treuste, der ergebenste aller Ehemänner.»

«Barbara bittet Sie um Ihre Hilfe, Signor Occhipinti. Sie ist sehr beunruhigt. Sie will die Wahrheit wissen, und sie verläßt sich darauf, daß Sie ihr helfen.»

«Ich kann ihr nur helfen, indem ich die Wahrheit sage. Die junge Frau hat einen Vater wie jeder von uns, aber es ist nicht Alvise da Capo-Zendrini!» Pompilia, die eingedöst war, fuhr auf und sah ihren Herrn an. «Woher soll ich eigentlich wissen, ob Barbara Sie wirklich hergeschickt hat, um mir diese Fragen zu stellen? Ich weiß doch, daß Sie ständig Fragen stellen. Es ist Ihr Beruf, nicht wahr?» Er deutete auf die Bücherwand. «Wie einige von diesen Autoren mit ihren verrückten Ideen über Browning! Manche Dinge, die sie behaupten, kann ich kaum lesen! Lügen! Gute Menschen sollten, wenn sie dahingegangen sind, vor solchen Dingen bewahrt bleiben. Aber bitte entschuldigen Sie. Ich weiß, daß Sie ihr ebenfalls ein guter Freund sind. Leider können wir ja die Menschen, die wir lieben, nicht immer vor den Grausamkeiten anderer schützen.»

«Sind Sie dieser Meinung? Glauben Sie, daß die junge Frau grausam war?»

«Grausam oder bösartig! Manchmal ist das bei den jungen Leuten heutzutage dasselbe.» Occhipinti stand auf. «Ich würde gern ein Glas Wein trinken. Leisten Sie mir Gesellschaft?»

Occhipinti holte zwei Gläser Weißwein. Nachdem sie einen Schluck getrunken hatten, sagte Occhipinti, während er auf das bestickte Kissen starrte, das neben Urbino auf dem Sofa lag, mit tonloser Stimme: «‹Ginsterblüte, nimm die Liebe weg und mach unsere Erde zum Grab.› Alvise liebte Barbara, er liebte sie bis zum Tag seines Todes. Ihre Ehe war hervorragend, mein Freund! Das heißt nicht, daß sie nicht auch ihre kleinen Probleme hatten, ihre Sorgen – was wäre das Leben ohne Sorgen? Aber ihr gemeinsames Leben war... war genau wie das der Brownings!»

Nachdem Occhipinti diesen Superlativ hervorgestoßen hatte, lehnte er sich zurück und nickte zufrieden. Urbino tat es leid, daß er den Advocatus Diaboli spielen mußte, aber wenn er es nicht tat, würde er nichts erfahren.

«Sie haben von ‹Sorgen› gesprochen. Welche Sorgen meinten Sie damit?»

Mißtrauen glänzte in Occhipintis kleinen Augen.

«Sind Sie noch so jung, Signor Macintyre, daß Sie nicht an den Tod denken – den ‹bleichen Priester der stummen Menschen›, wie Browning ihn nannte? Der Tod ist bestimmt die größte Sorge. ‹Schweigend kommt der Tod und führt sie dorthin, wo sie niemals mehr die Sonne sehen.›»

«Aber gab es vor Alvises Tod nicht auch kleinere Sorgen?»

«‹Kleinere Sorgen›? Ich denke, sie hatten die üblichen.»

«Welche zum Beispiel?»

Ungeduld gab dem vogelähnlichen Gesicht des Mannes einen harten Ausdruck.

«Was man eben so kennt! Schließlich hatten sie keine Kinder, nicht wahr?» Occhipinti schien ärgerlich, weil er diese Tatsache aussprechen mußte. «Da konnte man eben nichts machen. Sie fanden sich damit ab, weil ihnen nichts anderes übrigblieb. Vielleicht gab es einmal Gerede, aber das heißt nicht, daß daran etwas Wahres war.»

«Wann gab es Gerede?»

«Ich weiß nicht genau. Irgendwann vor der großen Überschwemmung.»

Die Überschwemmung, von der Occhipinti sprach, war die Naturkatastrophe vom November 1966, die Venedig und Florenz verwüstet hatte.

«Das muß also um die Zeit gewesen sein, als in La Muta das Labyrinth angelegt wurde. Als Barbara und Tommaso Beni zusammen nach England gefahren sind.»

«Was meinen Sie damit? Ich sagte doch, an diesem Gerede war nichts Wahres!»

«Und was tat Alvise während dieser Zeit?»

«Er fuhr mit mir an den Gardasee. Er war traurig – welcher Mann wäre das nicht? Er wünschte sich ein Kind, und die Frau, die er liebte, war nicht bei ihm.» Ob dies die deutlichste Kritik war, die Occhipinti je an der Contessa üben würde? «All unsere Freunde wohnten um den Gardasee, aber er hatte kaum Lust, sie zu besuchen.»

«Barbara sagt, Sie hätten, als sie in England war, bei ihr angerufen und sie gebeten, nach Hause zu kommen.»

Occhipinti wirkte überrascht.

«Ja, ich habe sie angerufen», gab er zu, «aber Alvise hat mich nicht darum gebeten.» Offenbar merkte er sofort, daß er seinen Freund damit nicht ins beste Licht stellte, denn er ergänzte, wobei er alles nur noch schlimmer machte: «Er wollte es nicht.» Dann sagte er, offensichtlich erschöpft: «Er wußte nichts von diesem Anruf! Ich dachte, es wäre für den armen Alvise, der so traurig und einsam war, das beste, wenn Barbara so schnell wie möglich in die Villa La Muta zurückkäme. Alvise war nur mit mir an den Gardasee gefahren, weil er nicht allein in La Muta bleiben wollte. Glauben Sie nur nicht, daß er seine Freiheit genoß. Ja, er sah gut aus, stets bemühten sich Frauen um seine Aufmerksamkeit, aber er war Barbara treu.» Ärgerliche Flecken zeigten sich auf Occhipintis Gesicht. «Und diese schöne junge Frau gestern! Sie sollte wirklich nicht solche Dinge sagen. Es ist nicht nur Barbara, an die wir dabei denken müssen, sondern auch das Angedenken von Alvise – sein guter Ruf! ‹Wir, die wir ihn so liebten, ihm folgten, ihn ehrten und zum Vorbild machten für unser Leben und unseren Tod!›»

Dann erinnerte sich Occhipinti zurück an seine und Alvises Jugend zwischen den beiden Weltkriegen und enthüllte dabei lediglich, wie tief die Freundschaft und Treue der beiden Männer zueinander gewesen war, lange bevor die Contessa auf der Bildfläche erschien.

6

Eugene Hennepin, Urbinos ehemaliger Schwager, war ein etwa vierzigjähriger und untersetzter Mann, der zur Glatzköpfigkeit neigte und mit Zuckerrohr Millionen von Dollar verdient hatte. Daheim in Louisiana nannte man ihn den «Zuckerrohr-Prinzen», aber nur deshalb, weil sein Vater Emile, der «König», noch äußerst lebendig war. Als Eugene am Montagmorgen aus dem Zug stieg, stellte Urbino erleichtert fest, daß ihn Evangeline, die vor ihrer Verheiratung als die «Prinzessin» gegolten hatte, nicht begleitete.

Noch ehe Urbino Evangeline erwähnen konnte, sagte Eugene schon: «Evie ist in Florenz, aber darüber sprechen wir später» – ein Versprechen, das Urbino beunruhigte. Wollte sich Eugene wieder einmal um eine Versöhnung bemühen? Eugene hatte immer wieder versucht, zwischen Urbino und Evangeline und zwischen Urbino und der Familie Hennepin Frieden zu stiften. Aber seine angestrengten Bemühungen hatten die Ehe nicht retten können, die trotz aller guten Vorsätze von Anfang an ein Fehler gewesen war.

«Ich will unbedingt eine Gondel», sagte Eugene bereits in der ersten Stunde nach seiner Ankunft. «Stell sie dir auf dem See hinter dem alten Haus vor – wäre das nicht eine tolle Sache?»

Und so befanden sich Urbino und Eugene nun bei dem *squero* am Rio di San Trovaso, einer der wenigen Bootswerften, wo man Gondeln in Auftrag geben konnte. Die Tatsache, daß der Gondelbauer Urbinos Übersetzung häufig fragend wiederholte, hatte keineswegs etwas mit der Qualität von Urbinos Italienisch zu tun, sondern lag allein an dem, was Eugene sagte.

«Rot, weiß und blau?»

«Wie die amerikanische Flagge», fügte Urbino unnötigerweise hinzu.

«Sag ihm, daß ich Platz für einen Außenbordmotor brauche – und so ein Ding da will ich auch.» Mit einem dicklichen Finger deutete er auf eine Illustration, die er aus einer Zeitschrift herausgerissen hatte. Darauf war als Bestandteil einer Gondel eine geschlossene Kabine oder *felze* zu sehen. «Ich möchte Sterne darauf – weiß auf blauem Hintergrund.»

Pflichtschuldigst übersetzte Urbino alles. Der Gondelbauer

blickte verzweifelt hinauf zu dem alten, mit Geranien bedeckten Holzbalkon, der über den an Land gezogenen Gondeln hing.

«Sag ihm, daß ich ihm mehr zahle, wenn er so rechtzeitig damit fertig wird, daß Evangeline und ich sie in ein paar Wochen mitnehmen können.»

«*Impossibile!*» sagte der Mann.

Diesen Ausruf verstand Eugene problemlos.

«Warum macht er nur solche Schwierigkeiten?» Eugene wischte sich mit seinem Taschentuch über die Stirn. «Er sollte doch zwei oder drei von diesen Dingern pro Woche zusammenbasteln können! Aber sein Schuppen hier ist ja auch ziemlich schäbig. Vermutlich nehmen ihm seine Konkurrenten das ganze Geschäft weg.»

Urbino erklärte nochmals, daß der Squero di San Trovaso der beste von ganz Venedig sei.

«Sie bauen nur drei oder vier Stück im Jahr.»

«Im *Jahr*!» Eugene schrie so laut, daß der Gondelbauer zusammenzuckte. «Was ist denn das für eine Art, eine Firma zu führen? Vermutlich macht der Kerl noch ein paar andere Geschäftchen nebenher.» Eugene betrachtete den Mann mit einer Mischung aus Mitleid und Verachtung. «Sag ihm, daß ich der nächste auf seiner Liste sein will.»

Wie sich herausstellte, mußte sich Eugene mit einer viermonatigen Wartezeit abfinden, bis seine Gondel geliefert werden konnte. Als Urbino begann, die Erklärung des Gondelbauers über die zweihundertachtzig Holzteile aus Mahagoni, Kirsche, Rüster und fünf anderen Holzarten, die einzeln ausgewählt und zugeschnitten werden mußten, zu übersetzen, winkte Eugene ab und meinte, der Mann solle aufhören, sich zu entschuldigen. Hauptsache, das Ding sei bis Weihnachten in Louisiana. Aber warum es so lange brauche, ein simples kleines Boot zu bauen, das gehe über seinen Verstand.

Nachdem sie den *squero* verlassen hatten, spazierten Urbino und Eugene am belebten Zattere-Ufer entlang, wo die Venezianer sogar im Winter gern spazieren, weil es nach Süden gerichtet war. Auf der anderen Seite des Kanals lag die Insel Giudecca, die erst vor einer Woche durch eine Pontonbrücke vorübergehend mit dem Zattere verbunden gewesen war, zur Feier des Redentore-Festes. Über diese schwimmende Brücke pilgerten die Venezianer jedes Jahr über den Giudecca-Kanal zur Palladio-Kirche Il Redentore, die man im sechzehnten Jahrhundert erbaut hatte, um dem Herrn für die Erlösung von der Pest zu danken. Zu diesem Fest gehörten auch ein Feuerwerk und ein Bad im Lido bei Morgengrauen. Urbino liebte das Fest, aber die Contessa mied es, als sei es selbst die Pest.

Urbino verlangsamte seinen üblichen forschen Schritt wegen Eugene, der unter der Hitze zu leiden begann und sich die Stirn und den Nacken mit einem Taschentuch abtupfte. Vor ihnen lag das Ristorante Da Gianni, und sie entschieden sich, dort auf der Terrasse an einem Tisch unter einem Sonnenschirm zu Mittag zu essen.

«Ich kann immer noch nicht verstehen, weshalb du keine eigene Gondel hast», sagte Eugene und sah eines der sargähnlichen Boote an, das gerade vorbeifuhr. «Was ist dann überhaupt das Besondere daran, in Venedig zu leben? Du leidest ja nicht gerade unter Geldknappheit. Schließlich hast du das Gebäude hier geerbt, das Haus an der Prytania Street verkauft, das ganze Geld von Mama und Papa bekommen, als sie bei dem Autounfall starben, und dazu noch die Kohle, die du mit deinen Büchern verdienst – und ich weiß, daß du Evie nie einen Penny zahlen mußtest. Also, warum investierst du dann nicht in eine Gondel?» bedrängte ihn Eugene. «Hat denn diese Freundin von dir, diese Gräfin, eine?»

«Der letzte Mensch, der eine eigene Gondel besaß, war Peggy Guggenheim.»

«Das ist die Dame, über die ich im Zug etwas gelesen habe. Sie führte ein ganz schön lustiges Leben und hatte einen Haufen Geld. Sie soll täglich ein Bild gekauft haben, stimmt's?»

«Richtig», sagte Urbino. «Während des Zweiten Weltkriegs erstand sie Werke von Kandinsky, Klee, Dalí, Miró und anderen Meistern der Moderne. Schließlich hat sie ihre Sammlung hierher nach Venedig gebracht. Man kann sie in ihrem Palazzo besichtigen.»

«Das war eine Frau!» stellte Eugene mit solcher Begeisterung fest, daß Urbino sich fragte, ob er damit Peggy Guggenheims skandaldurchwirktes Leben oder ihr Engagement für die moderne Kunst meinte. Eugene fuhr fort, indem er mitteilte, daß er es, solange er hier in Venedig sei, genau wie Peggy Guggenheim halten werde – er wolle jeden Tag etwas Schönes kaufen. Er stellte klar, daß er dabei Urbinos Unterstützung erwarte. «Heute habe ich bereits eingekauft, und ich bin erst ein paar Stunden hier. Bis morgen müssen wir uns also keine Gedanken machen.»

Das hörte Urbino gern. Er war jetzt noch weniger darauf eingestellt, für Eugenes Unterhaltung zu sorgen, als er es vor Flavias Auftauchen auf der Gartenparty der Contessa gewesen war. Das, was er von der Contessa und von Occhipinti erfahren hatte, beschäftigte ihn viel zu sehr. Außerdem versuchte er herauszubekommen, warum ihm die junge Frau so bekannt vorkam. Hatte Occhipinti nicht auch so etwas gesagt? Urbino hatte vor, noch heute Oriana Borelli aufzusuchen. Er sah hinüber zur Giudecca, wo Oriana und Filippo wohnten.

«Und du mußt mit mir zu diesem Palast von der Guggenheim gehen», sagte Eugene gerade, «und ich will in diese große Kunstausstellung. Vor ein paar Wochen hatten sie in der *Times-Picayune* einen Artikel darüber. Dann gibt es da noch diese Glas-Insel, dort könnte ich einen schönen und großen Lüster finden, und diesen Ort, wo kleine alte Damen Spitze herstellen. Denk daran, Urbino, ich bin nicht viel länger hier als eine Woche. Und es gibt noch viele andere Dinge, die ich sehen will.»

Innerlich stöhnte Urbino auf, während sie sich an einem Tisch auf der schwimmenden Terrasse des Da Gianni niederließen. Prüfend betrachtete Eugene den grauhaarigen Kellner, der ein Tablett mit Eiscreme-Sodas und Mineralwasser balancierte.

Während des Essens beklagte sich Eugene über die Probleme, die er und Evangeline in Rom und Florenz gehabt hatten, «wo wir natürlich niemanden fanden, der uns herumgeführt hat», und Urbinos Gedanken wanderten wieder zu Flavia. Allmählich kam er darauf, warum sie ihm bekannt vorkam. Er hatte sie schon einmal gesehen. Und die Contessa hätte sie ebenfalls gesehen, wenn sie sich nicht so hochmütig nach Asolo zurückgezogen hätte, um jener Art von Kunst zu entgehen, welche die von Eugene so bewunderte Peggy Guggenheim gekauft hatte, als handle es sich nur um eine Reihe von Bonbons.

7

«Ein Haufen Müll!» stellte Eugene verächtlich fest, während er das Arrangement aus grauen Steinen, abgetragenen Armeestiefeln und rostigen Gewehren und Säbeln betrachtete. «Keinen Cent würde ich für so etwas bezahlen.»

Urbino und Eugene waren auf der Biennale-Ausstellung. Bis jetzt ähnelten die Bemerkungen seines Ex-Schwagers, wenn auch nicht im Stil, so doch im Geiste, so sehr denen der Contessa, daß Urbino allmählich vermutete, die beiden müßten schnell Freunde werden.

«Ich habe nicht vor, *solches* Zeug mit nach Hause zu nehmen. Auf keinen Fall! Ich will hübsche Sachen.»

Eugene wäre jetzt ohne Bedauern ins klimatisierte Hotel Danieli zurückgekehrt, aber Urbino überredete ihn, sich noch einen weiteren Pavillon anzusehen.

Es war der italienische Pavillon, der etwas zurückgesetzt am Giardini-Kanal stand. Urbino ließ Eugene in einem der vorderen Räume zurück und begab sich zu den Gemälden von Bruno Novembrini. Er ging nicht sofort zu der leeren Stelle an der Wand, wo ein Gemälde fehlte, sondern wanderte langsam von einem Bild zum anderen. Die meisten zeigten venezianische Szenen, in denen die bekannten Touristenattraktionen der Stadt – Gondeln, die Seufzerbrücke, die Basilika, der Dogenpalast, die Piazza San Marco – auf phantastische Weise nebeneinandergestellt waren oder wie in einem Traum oder einer Halluzination schwebten oder dahinsegelten.

Direkt vor der leeren Stelle hing eine große Leinwand, die einen nackten Mann und eine Frau in einer Umarmung zeigte, während Marmoradler und Säulen um sie herum schmolzen und als Flüssigkeit in einen goldenen Fluß im Vordergrund liefen. *Schmilz in den Tiber, Rom!* hieß es, und das Zitat identifizierte das leidenschaftliche Paar als Shakespeares Antonius und Kleopatra.

Neben diesem Gemälde – an der leeren Stelle – hing ein handgeschriebenes Schild:

NACKTE IN EINER BEERDIGUNGSGONDEL wurde vorübergehend aus der Ausstellung entfernt. Wir hoffen, es noch vor dem Ende der Biennale wieder zeigen zu können.

Urbino hatte das Schild gerade fertiggelesen, als ein Mann hinter ihm sagte: «Wahrscheinlich wird es bald wieder aufgehängt. Es war doch nicht so stark beschädigt, wie wir zunächst dachten.»

Der Sprecher war ein mittelgroßer, etwa sechzigjähriger Mann mit langen grauen Haaren, einem Bart und einer großen Nase. Er trug einen eleganten dunklen Anzug, dem ein locker gefaltetes blutrotes Einstecktuch einen kalkulierten Farbtupfer gab. Urbino erkannte Massimo Zuin, den bekannten Kunsthändler und Besitzer einer Galerie im Künstlerviertel Dorsoduro.

«Signor Zuin, ich bin Urbino Macintyre. Vielleicht können Sie mir helfen. Ich würde gern eine Reproduktion von *Nackte in einer Beerdigungsgondel* sehen. Sie sind doch Bruno Novembrinis Galerist, nicht wahr?»

Zuin sagte, das sei er. Er bat Urbino zu warten, während er einen Katalog holte. Urbino schlenderte durch den Raum und trat vor ein Gemälde, auf dem eine Beerdigungsgondel, beladen mit Teilen venezianischer Monumente, den Canal Grande hinauffuhr. Zuin kehrte mit dem Katalog zurück.

«Hier sehen Sie eine Farbreproduktion des Gemäldes», sagte er höflich, schlug den Katalog auf und reichte ihn Urbino.

Das Gemälde sah genau so aus, wie Urbino es in Erinnerung hatte. Über die überflutete Piazza San Marco, mit der Basilika im Hintergrund, schwamm eine Beerdigungsgondel, deren Schwarz eine Spur dunkler war als die in Wirklichkeit übliche Farbe. In der linken oberen Ecke schwebten, als hätten sie sich gerade von der Fassade der Basilika gelöst, ein Löwe, der in ein schwarzes Taschentuch weinte, und ein bärtiger Engel. Beide betrachteten die Gestalt, die in der Gondel lag – eine schöne nackte Frau, deren Haar von einem orientalischen Turban verdeckt wurde und deren strahlendgrüne, aber seltsam leere Augen den Betrachter geradewegs anblickten.

Urbino hatte jetzt keinen Zweifel mehr daran, daß das Haar unter dem Turban kastanienrot und das Modell jene junge Frau war, die am Samstagnachmittag in der Pergola der Contessa ihre Bombe geworfen hatte.

«Das Bild hat mich bei meinen vorherigen Besuchen besonders angerührt», sagte Urbino. «Ich habe es sogar wenige Minuten, nachdem es beschädigt wurde, zum letzten Mal gesehen.»

Zuins Gesichtsausdruck verhärtete sich kaum wahrnehmbar.

«Es ist eine Schande. Diese verrückten Feministinnen! Bestimmt hatte die Sache etwas mit dem Mädchen zu tun, das hier in der Nähe ermordet wurde. Vermutlich will man der modernen Kunst die Schuld an dem Sexualmord geben. Aber man wird den Schaden überhaupt nicht mehr erkennen können, wenn das Gemälde erst repariert ist. Es war nur ein Riß. Ich bin sicher, wir können uns auf einen fairen Preis einigen, falls Sie daran interessiert sind.»

«Im Augenblick möchte ich gern etwas über das Modell erfahren.»

Auf Zuins Gesicht zeigte sich eher Überraschung als Enttäuschung. Er kratzte sich im Nacken unter dem langen grauen Haar.

«Das Modell? Bruno hat sie nur dieses eine Mal verwendet.»

«Wissen Sie, wie sie heißt?»

«Auch wenn ich es wüßte, Signor Macintyre, so dürfte ich Ihnen diese Information nicht weitergeben.»

«Aber Sie *wissen*, wer sie ist?» Der Kunsthändler antwortete nicht. «Vielleicht würde Novembrini mir meine Frage beantworten. Haben Sie seine Telefonnummer?»

Urbino fiel ein, daß Zuin vielleicht genausowenig bereit sein würde, ihm Novembrinis Telefonnummer zu geben wie den Namen des Modells, aber Zuin überraschte ihn mit einem Lächeln und sagte: «Ich gebe sie Ihnen, aber nur, weil sie im Telefonbuch steht. Sicher haben Sie Verständnis dafür, daß Kunsthändler ihre Künstler soweit wie möglich schützen müssen. *Und* unsere eigenen Interessen natürlich. Ich würde Ihnen Brunos Nummer nicht so bereitwillig geben, wenn ich den Verdacht hätte, daß Sie und er vielleicht ein privates Geschäft abschließen würden.»

Mit einem kühlen Lächeln zückte Zuin einen Füllfederhalter und schrieb eine Telefonnummer auf die Vorderseite von Urbinos Katalog.

Eugene trat zu ihnen. Urbino stellte die beiden einander vor und erzählte Eugene, Zuin sei der Galerist des Malers, dessen Werke in diesem Raum hingen.

«Also arbeiten Sie für diesen Mr. November! Großartig!»

«Das ist richtig», sagte Zuin auf englisch. «Interessieren Sie sich für italienische Malerei der Gegenwart?»

«Nennt man das so? Ich weiß nur, was mir gefällt, und dieses Zeug hier gefällt mir. Kann man etwas davon kaufen?»

Zuins Gesichtsausdruck wurde freundlicher.

«Das meiste davon. Was interessiert Sie denn besonders?»

«Das da.» Eugene deutete auf das Gemälde mit den Gondeln, die Teile von Venedig den Canal Grande hinauftransportierten. «Hat sich das schon jemand geschnappt?»

«Noch nicht, aber Sie müßten bis Ende September warten, bis die Biennale zu Ende ist.»

«Kein Problem. Für eine Gondel muß ich fast bis Weihnachten warten!» Eugene drehte sich zu Urbino um. «Jetzt sind wir dem Plan schon einen Tag voraus! Ich bin entschlossen, jeden Tag etwas zu kaufen», erklärte er dem erstaunten Zuin, «etwas Hübsches wie diese Bilder von November. Wieviel wollen Sie dafür? Sie müssen sich nicht sofort entscheiden. Rufen Sie mich im Hotel Danieli an. Ich wohne dort und nicht in Urbinos kleinem Palazzo. Der steht in einem so langweiligen Stadtteil. Ich bin gern dort, wo etwas los ist.»

Zuin schlug vor, daß sie sich am nächsten Morgen in seinem Laden in Dorsoduro über das Gemälde unterhalten sollten. Nachdem Urbino und Eugene die Biennale verlassen hatten, tranken sie noch etwas an der Bar des Danieli. Dann machte sich Urbino auf den Weg zur Giudecca-Insel, um Oriana Borelli zu besuchen.

8

Das Wohnzimmer der Ca' Borelli war so asketisch eingerichtet, daß es auf Urbino beinahe wie ein Schlag ins Gesicht wirkte.

Fast das einzige, was in dem großen und hellen Raum seinen Blick auf sich zog – wenn man von der theatralischen Oriana in ihrem Versace-Outfit absah –, waren die mächtigen Bücherschränke aus hellem Holz mit ihren sechs Halogenleuchten, eine Barovier-Toso-Vase, die mit braunen Trockenblumen gefüllt war, und das Neo-Biedermeier-Sofa, auf dem sich seine Besitzerin jetzt ausgestreckt hatte. Die extravagante Freundin der Contessa wirkte etwas erschöpft. Wahrscheinlich erholte sie sich gerade von einer ihrer anstrengenden außerehelichen Affären.

«Die arme Barbara! Ich wünschte, ich wäre dabeigewesen», sagte

Oriana. «Aber das ist völliger Unsinn – *assolutamente*! Was meinen damaligen Telefonanruf angeht, so habe ich mir Sorgen gemacht, was die Leute von Barbara behaupteten – nicht von Alvise. Ja, es gab Gerede, und einige Leute meinten sogar, es geschähe Barbara ganz recht, wenn *bell'* Alvise einen kleinen Seitensprung wagte. Aber Alvise war der treuste Ehemann, den ich je getroffen habe.»

Ohne zu blinzeln sah ihn Oriana durch ihre große Laura-Biagiotti-Sonnenbrille an, die sie von Mai bis Oktober innerhalb und außerhalb des Hauses trug. Sie sprach aus großer Erfahrung über die Treue der Ehemänner anderer Frauen und über die ihres eigenen Mannes, dessen Seitensprünge beinahe so zahlreich waren wie die ihren.

«Barbara weiß, daß ich Alvise attraktiv fand – sowohl vor als auch nach ihrer Heirat. Das war kein Geheimnis, mein Lieber! Schließlich bin ich eine Frau, oder nicht? Und er war so gutaussehend, so freundlich. Aber für mich hat er nie etwas anderes gezeigt als freundschaftliches Interesse. In jedem Fall hätte ich mich ohnehin zurückgehalten», versicherte sie Urbino. «Barbara ist meine allerbeste Freundin, und ich würde nie etwas tun, das sie verletzt. Es wäre schrecklich, wenn ich tatsächlich wüßte, daß Alvise eine Affäre mit einer anderen Frau gehabt hat! Was sollte ich da tun, frage ich Sie? Auch wenn Barbara sagt, sie will die Wahrheit wissen, wie könnte ich diejenige sein, von der sie es erfährt?» Entschlossen schüttelte sie ihren hellblonden Kopf. «Es ist sehr heikel, was sie da von Ihnen verlangt! Aber ich weiß nicht so recht, ob es richtig war, daß Sie zugestimmt haben. Eines sage ich Ihnen: *Falls* Alvise ihr untreu war, dann könnte Barbara es nie herausfinden – niemals! Er hätte nie etwas hinterlassen, womit er sich selbst belastet. Um sie nicht zu verletzen, hätte er alles getan. Wenn er wüßte, daß jetzt so etwas geschieht...»

Was Alvise dann getan hätte, sagte Oriana nicht. Sie überließ es Urbinos Vorstellungsvermögen.

«Irgend jemand muß dem Mädchen einen Floh ins Ohr gesetzt haben. Barbara hat Feinde in dieser Stadt. Die hatte sie von Anfang an, und sie wird sie immer haben, bis zum Tag ihres Todes – der hoffentlich noch sehr weit entfernt liegt.»

«Feinde, Oriana? Wen?»

«Barbara hat recht! Manchmal sind Sie wirklich allzu amerikanisch. Hat Italien denn gar nichts bei Ihnen bewirkt? Natürlich hat die Ärmste Feinde. Wir *alle* haben Feinde – selbst so ein kleiner Unschuldsengel wie Sie! Ich wäre nicht im geringsten überrascht, wenn einer von Barbaras Feinden das Mädchen dazu angestiftet hat.»

«Denken Sie an jemand besonderen?»

«‹Jemand besonderen!› Sie sind wirklich lustig. Als ob die liebe Barbara das nicht selbst wüßte. Aber wenn es Ihnen zu peinlich ist, sie zu fragen, dann würde ich sagen, ihre Erzfeindin Violetta Volpi.»

«Violetta Volpi? Ich glaube nicht, daß Barbara jemals von ihr gesprochen hat.»

«Ihr Mädchenname war Grespi. Ich kenne sie nicht gut, aber ich glaube, sie hatte noch eine Schwester. Ein Zweig der Grespi-Familie sind *comaschi* – Seidenfabrikanten – in Como.»

Urbino schüttelte den Kopf. Der Name Violetta Grespi sagte ihm genausowenig wie der Name Violetta Volpi.

«Sie ist ihr ganzes Leben lang verwöhnt worden», fuhr Oriana fort. «Ein Kindermädchen von Filippo kannte sie. Violetta ist jetzt Malerin. Sie stand kurz davor, Alvise zu heiraten, als Barbara auftauchte. Sie scheint niemals vergessen zu haben, wie die Engländerin ihr Leben ruinierte, wie sie selbst, nach den Erzählungen des Kindermädchens, immer zu sagen pflegte. Aber Barbara möchte es vielleicht gern vergessen.»

9

«Aber natürlich habe ich von ihr gesprochen!» sagte die Contessa, als Urbino sie an diesem Abend vom Palazzo Uccello aus anrief. «Ich habe sie erst gestern im Caffè Centrale erwähnt. Sie werden mir keine große Hilfe sein, wenn Sie nicht besser zuhören.»

«Soweit ich mich erinnere, Barbara, haben Sie eine Frau erwähnt, die Alvise begleitete, als er bei den Wilverlys läutete. War das Violetta Grespi – oder Violetta Volpi, wie sie jetzt heißt?»

«Ganz genau, *caro*. Und vielleicht erinnern Sie sich auch noch, daß sie danach versucht hat, sich Silvestro zu schnappen. Sie gab sich viel Mühe, gut zu heiraten, und das gelang ihr schließlich auch –

einen respektablen Mann mit einem respektablen Einkommen. Bernardo Volpi besitzt eine Import-Export-Firma in Mestre. Inzwischen ist er Invalide – sein Herz oder seine Leber, ich weiß nicht genau. Sie müssen verstehen, daß ich mich um Informationen über Violetta Volpi nicht gerade reiße. Aber um ehrlich zu sein, ich könnte mir durchaus vorstellen, daß Violetta Volpi hinter der ganzen Sache steckt. Ich habe viel weniger Angst vor den Lügen, die diese Flavia vielleicht über mich erzählt, als vor der Möglichkeit, das Ganze könnte sich als wahr erweisen. Ich weiß, daß Sie das nicht gern hören, *caro* – nicht, nachdem ich Sie gebeten habe, der Sache auf den Grund zu gehen –, aber so sehr ich mich auch vor der Wahrheit fürchte, ich muß sie erfahren. Verschweigen Sie mir nichts. Schützen Sie mich nicht. Seien Sie nur ein wenig behutsam.»

Ihre Stimme war zunehmend weicher geworden, aber als sie nach einer kurzen Pause fortfuhr, lag ein harter, sarkastischer Tonfall darin.

«Violetta Volpi ist eine *artista*.» Dieses Wort behielt die Contessa den weniger Talentierten und besonders Hochmütigen vor. «Ich möchte Sie warnen.»

Als nächstes rief Urbino Bruno Novembrini an.

«Ach ja, Signor Macintyre. Massimo sagte mir, ich sollte mit einem Anruf von Ihnen rechnen.» Novembrinis Stimme war tief und klangvoll. «Er sagte, Sie interessieren sich für eines meiner Gemälde.»

Bestimmt hatte Zuin ihn sehr viel genauer informiert.

«Das stimmt, aber ich will es nicht kaufen. Ich würde gerne etwas über das Modell erfahren, das Sie verwendet haben.»

«Tatsächlich?» Novembrinis Stimme klang leicht überrascht. «In diesem Fall sollten wir wohl nicht am Telefon miteinander sprechen. Warum treffen wir uns nicht morgen um zehn Uhr in Massimos Galerie? Massimo sagte mir, um diese Zeit käme auch ein Verwandter von Ihnen vorbei.»

10

Trotz der Hitze und dem bleigrauen Himmel war Eugene am nächsten Morgen äußerst gut gelaunt, während sie im vollbesetzten Vaporetto zwischen den Reihen von Palazzi auf dem Canal Grande entlangfuhren. Eugenes gute Laune hatte allerdings nichts mit der sie umgebenden Szenerie zu tun.

«Ich mag diesen Zuin», sagte er nun zum bestimmt dritten Mal. «Der weiß, was er will. Kurz bevor du gekommen bist, hat er mich angerufen – er wollte nur sichergehen, ob mir der Termin noch immer paßt. Sehr angenehmer Mann – der angenehmste in diesem Berufsstand, den ich je kennengelernt habe», fügte er hinzu, als habe er mit Kunsthändlern große Erfahrung. «Er berechnet nicht einmal etwas für die Verschiffung!»

«Es wäre vielleicht besser, wenn du nicht ganz so begierig wirkst, Eugene.»

«Weil er mich sonst über den Tisch zieht? Du weißt doch, daß es auf beiden Seiten des Ozeans keinen gibt, der das mit Eugene Lee Hennepin machen kann! Du willst mir helfen – schließlich kennst du dich hier in Europa und in dieser Stadt aus –, aber seien wir doch mal ehrlich. Du hast nicht mehr Geschäftssinn als Evie. Zum Glück hast du dich immer geweigert, in unsere Firma einzusteigen. Evie und du, ihr hättet uns mit vereinten Kräften ruiniert!» Er warf Urbino einen schnellen Seitenblick zu. «Evie ist zur Zeit nicht besonders glücklich, Urbino.»

Eugene wartete. Es blieb Urbino nichts anderes übrig, als nach dem Grund zu fragen.

«Offenbar ist ihre Ehe mit Reid aus und vorbei! Das kommt davon, wenn man einen Cousin von der Delisle-Seite der Familie heiratet. Die einzigen brauchbaren Delisles sind die Frauen, wie unsere Mama. Darf ich dir eine persönliche Frage stellen, Urbino?» Ohne die Antwort abzuwarten, fuhr Eugene fort: «Könntest du das Kind eines anderen Mannes lieben?»

Urbino starrte Eugene ungläubig an.

«Es ist wirklich verdammt heiß in deiner Stadt!» stellte Eugene eilig fest. «Schlimmer noch als bei uns daheim! Und dazu habe ich ständig dieses Glitzern in den Augen!» Eugene legte sein Taschentuch über sein rotes Gesicht und warf dabei Urbino einen verstohlenen Blick zu. «Schau mich nicht so an! Du weißt schon, was ich meine! Könntest du Evies und Reids kleinen Randall wie deinen eigenen Sohn lieben?»

«Wovon redest du überhaupt, Eugene?»

«Du solltest die Vergangenheit ruhen lassen. Es ist jetzt *Jahre* her, seit ihr euch überhaupt gesehen habt. Sie ist so schön wie eh und je, und du hast dich auch nicht so sehr verändert.» Das fügte er weniger überzeugt hinzu und sah Urbino von der Seite her an. «Ich erwähne den kleinen Randall nur deshalb, weil Evie unter anderen Umständen nie wieder heiraten würde. Und an Reid würde er dich bestimmt nicht erinnern. Der kleine Randall sieht eher mir ähnlich – das arme Kind. Was sagst du dazu, Urbino?»

Urbinos einziger Trost war, daß Evangeline keinesfalls hinter dieser Idee steckte.

«Evie denkt noch immer an dich», fuhr Eugene fort. «Spricht immer wieder von dir. Sie hat bis heute etwas für dich übrig.»

Urbino sah Evangelines hübsches ovales Gesicht vor sich. Er hatte sie seit zehn Jahren nicht gesehen, und auch da nur kurz, als er seine Großtanten in New Orleans besuchte. Damals war Evangeline so attraktiv wie immer gewesen. Er hatte sie in Begleitung ihrer Eltern und der zwei Brüder ihres Vaters getroffen – mit anderen Worten, tief im Schoß der Familie Hennepin, aus dem Urbino ihr helfen wollte zu entkommen. Als sie einander kennenlernten, wollte und brauchte Evangeline Urbino als Gegengewicht zu den Hennepins, aber dann hatte sich herausgestellt, daß sie selbst viel zu sehr dazugehörte, und am Ende ließ sie ihn der Familie allein gegenübertreten.

Urbino schob die Gedanken an Evangeline beiseite und versuchte Eugenes Aufmerksamkeit auf den Palazzo Dario mit seiner vielfarbigen Marmorfassade zu lenken. Mißtrauisch beäugte Eugene das Gebäude, dessen Außenwände eine deutliche Neigung nach links hatten.

«Sieht fast so aus, als wollte es gleich umfallen, wie die Hälfte der Häuser dieser Stadt. Ich weiß wirklich nicht, wie du es hier aushältst. Ist es immer so überfüllt? Schau dir bloß die ganzen Leute an! Ich finde es nur erstaunlich, daß die ganze Stadt nicht einfach untergeht!»

«Das Gebäude da drüben», sagte Urbino und deutete auf ein breites, niedriges weißes Gebäude mit golden und weiß gestreiften Pfosten vor einer Wasserterrasse, auf der Leute saßen, «ist der Palazzo Guggenheim.»

Urbino hoffte, daß das Interesse, das Eugene gestern für Peggy Guggenheim gezeigt hatte, ihn von dem Thema Evangeline ablenken würde.

«Es hat kein besonders tolles Dach», meinte Eugene enttäuscht. «Eigentlich sieht es sogar aus, als hätte man das ganze Dach einfach abgeschnitten.»

«Das liegt daran, daß es niemals ganz fertiggestellt wurde. Man nennt es den ‹unvollendeten Palast›. Sonst wäre es der größte Palazzo am Canal Grande.»

«Was ist passiert? Ist das Geld ausgegangen?»

«Das ist eine Sache. Die andere ist, daß die Familie, die den Palazzo da drüben bewohnt» – er deutete auf den Palazzo Grande auf der anderen Seite des Kanals – «Einspruch erhoben hat. Sie wollten sich ihren Blick auf die Lagune nicht verbauen lassen.»

«Also ging es doch ums Geld. So etwas hätte sogar damals eine Menge gekostet. Wieviel hat die Guggenheim dafür bezahlt?»

«Sechzigtausend Dollar», antwortete Urbino.

«Das ist ja geschenkt!»

«Es war allerdings schon 1948.»

Während das Boot unter der Accademia-Brücke durchfuhr und sich der Vaporetto-Station näherte, wo eine Menschenmenge wartete, schien Eugene im Geist einige Berechnungen anzustellen.

«Selbst damals war es fast geschenkt.» Befriedigt nickte er. «Sie war wirklich eine tolle Geschäftsfrau – selbst wenn sie den Palazzo ohne oberes Stockwerk nehmen mußte.»

II

Der vordere Raum von Zuins Galerie, die in einem kleinen Innenhof hinter der Accademia lag, war mit Objekten aus dem sechzehnten bis neunzehnten Jahrhundert vollgestellt. Es waren vor allem viktorianische Heliogravüren, Plastiken, Skulpturen und alte Möbel.

«Findest du, daß die hier für May-Foy edel genug sind, Urbino?» wollte Eugene wissen. Er betrachtete zwei vergoldete Stühle aus dem achtzehnten Jahrhundert, deren Rückenlehnen mit einem eingeschnitzten Dogenhut verziert waren. «Du weißt doch, wie schwierig sie manchmal sein kann.»

May-Foy – eigentlich Ma Foi – war Eugenes Ehefrau daheim in Louisiana. Urbino, der gerade einen gläsernen, mit Edelsteinen besetzten Reliquienschrein aus dem sechzehnten Jahrhundert ansah, dachte an May-Foys überladenes Wohnzimmer, in dem sie beinahe jede wache Stunde verbrachte, und versicherte Eugene, daß die Brustolons sehr gut passen würden.

Zuin, der heute ein lavendelfarbenes Einstecktuch trug, führte sie in den ersten der beiden anderen Räume. Eugene lächelte zufrieden.

Die Wände waren bedeckt mit venezianischen Szenen, mehreren Porträts und genügend abstrakten und expressionistischen Werken, um die Contessa ein paar Stunden lang jammern zu lassen. Ein gutaussehender mittelgroßer Mann in schwarzer Kleidung trat zu ihnen. «Sie müssen Urbino Macintyre sein», sagte er mit klangvoller Stimme in akzentreichem Englisch und ergriff Urbinos Hand. «Ihren Namen habe ich am Telefon nicht erkannt, aber ich habe schon von Ihnen gehört. Ich bin Bruno Novembrini.»

Novembrini war schlank und hatte dunkle Haut, kurzgeschnittenes schwarzes Haar, das an den Schläfen ergraut war, und tiefliegende Augen in einem mageren, aber schönen Gesicht. Aus der Biographie in dem Katalog, den Zuin ihm gegeben hatte, wußte Urbino, daß Novembrini zweiundvierzig Jahre alt war und aus Venedig stammte. Er hatte an der Ca' Foscari Wirtschaftswissenschaften studiert, aber «seit er als Jugendlicher Peggy Guggenheim begegnete und sie ihm ihre Privatsammlung zeigte, ist er der Kunst verfallen». Da Urbino Peggy Guggenheims ziemlich skandalträchtigen Ruf kannte, ertappte er sich bei Vermutungen, was für eine Beziehung Novembrini wohl zu dieser Frau gehabt hatte.

«Sie haben also die ganzen Sachen gemacht, die wir gestern gesehen haben!» meinte Eugene. «Eines davon habe ich gekauft. Ich hoffe, dieser Zuin hier gibt Ihnen das Geld, das Ihnen zusteht.»

Novembrini lächelte.

«Ich vertraue Massimo völlig – und Sie können ihm auch vertrauen. Heißen Sie auch Macintyre?»

«Hennepin – Eugene Hennepin. Urbino und ich sind nicht verwandt, nur durch Heirat.» Eugene warf Urbino einen bedeutsamen Blick zu. «Ich will Ihre Gefühle nicht verletzen, Mr. Novembrini – ist das so richtig ausgesprochen? –, aber ich bin nicht hergekommen, um noch ein weiteres Gemälde von Ihnen zu kaufen. Vielfalt, das ist es, was ich möchte. Wissen Sie, ich habe vor, jeden Tag etwas Schönes zu kaufen, wie diese Frau Guggenheim aus dem Palazzo mit dem abgeschnittenen Dach.»

Novembrini wirkte nicht überrascht. Entweder war er ein ausgezeichneter Schauspieler, oder Zuin hatte ihm bereits von Eugenes Einkaufsplänen erzählt.

«Schau mal, Urbino, was hältst du denn davon? Es ist ganz anders als die Sachen von Mr. Novembrini.»

Es war das Porträt eines dreizehn- oder vierzehnjährigen Mädchens mit braunen Augen und einem blassen Gesicht. Sie saß auf dem Rand eines Felsens an einem Teich und hielt einen üppigen Blumenstrauß im Arm. Die technische Ausführung war einfach, aber es hatte etwas Besonderes, was – wie Urbino fand – hauptsächlich an dem melancholischen Blick des Mädchens lag.

«Wirklich nett», fuhr Eugene fort. «May-Foy liebt Blumen, und sie ist ganz verrückt nach Bildern mit Mädchen. Wie heißt das da?»

«Es hat keinen Titel», sagte Zuin, «aber aus Gründen, die wohl offensichtlich sind, nenne ich sie ‹Die junge Ophelia›.»

Eugene sah das Porträt mißtrauisch an. Urbino erläuterte ihm die Szene der verrückten Ophelia mit den Blumen und ihrem Tod durch Ertrinken.

«Das hättest du mir nicht erzählen sollen. Es nimmt dem Bild etwas. Aber erledige doch deine eigenen Sachen, Urbino. Mach dir um mich keine Sorgen. Mr. Zuin und ich, wir wissen genau, woran wir miteinander sind, nicht wahr, Mr. Zuin?»

Zuin sagte nichts dazu, aber Urbino war sicher, daß er derselben Meinung war.

12

Urbino und Novembrini saßen in einem Straßencafé in der Nähe der Accademia-Brücke. Von ihrem Platz aus konnten sie die Boote sehen, die den Canal Grande auf- und abwärts fuhren, und die Leute, die sich auf der Holzbrücke um einen Aussichtsplatz drängten. Der Himmel war noch immer grau bedeckt, und die Luft war drückend. Novembrini hatte einen nachdenklichen Ausdruck auf seinem schmalen Gesicht und hielt eine Zigarette in der Hand. Urbino wunderte sich, wie er in dieser Hitze rauchen konnte.

«Sie möchten also gern den Namen des Modells für *Nackte in einer Beerdigungsgondel* wissen», sagte Novembrini, nachdem er seinen Espresso in einem Schluck getrunken hatte. Er nahm einen letzten Zug an seiner Zigarette, drückte sie aus und warf sie in den Canal Grande. Er lächelte. «Die Flut trägt sie ins Meer, Macintyre. Was mein Modell angeht, so verstehen Sie sicher, daß ich sie vor unwillkommenen Belästigungen schützen muß.»

«Das verstehe ich. Sie war am letzten Wochenende auf einem Fest in der Villa meiner Freundin, der Contessa da Capo-Zendrini.» Novembrini gab nicht zu erkennen, ob er den Namen kannte. «Sie verließ es in großer Eile, und die Contessa würde gern mit ihr Kontakt aufnehmen.»

Beim Lächeln zog der Künstler einen Winkel seines breiten und sinnlichen Mundes nach oben.

«Die Contessa weiß nicht, wer ihr Gast war? Und wie steht es mit Ihnen?»

«Sie kam mir bekannt vor. Gestern wurde mir klar, daß es sich möglicherweise um das Modell in Ihrem Gemälde handeln könnte. Ich kenne nur ihren Vornamen.» Urbino hoffte, daß die Frau ihren wirklichen Namen angegeben hatte. «Flavia.»

Novembrini hob eine Augenbraue.

«Aber ihren Nachnamen hat sie nicht genannt? Offenbar wollte sie es so. Flavia hatte bestimmt ihre Gründe.»

Urbino versuchte es auf andere Weise.

«Befürchten Sie, daß sie noch mehr Aufmerksamkeit bekommt, als es bereits der Fall ist? Ich meine, weil das Gemälde zerschlitzt wurde?»

«Ja, das stimmt.»

«Die Frau, die das Gemälde zerschlitzt hat, ist entkommen, nicht wahr? Ich war auf der Biennale, als es geschah. Sie lief an mir vorbei und verschwand in der Menge.»

Novembrini sah ihn scharf an, was Urbino erwartet hatte.

«Massimo hat mir erzählt, daß Sie sie gesehen haben. Das Gemälde wurde nicht ganz zerstört. Es ist sehr schnell geschehen. Die Wachleute konnten es nicht verhindern. Die Frau hat ihnen etwas Chemisches in die Augen gesprüht. Ich weiß nicht, ob sie eine Feministin oder eine Kunstkritikerin war – vielleicht beides!» fügte er mit einem angestrengten Lachen hinzu.

«Vielleicht irre ich mich, Signor Novembrini, aber ich glaube, daß Sie es *doch* wissen. Es war Flavia, oder? Flavia mit einer dunklen Brille und einem Schal. Als ich sie bei der Contessa da Capo-Zendrini sah, kam sie mir vor allem wegen des Gemäldes bekannt vor, aber auch wegen des kurzen Blicks, den ich auf sie werfen konnte. Das wird mir erst jetzt klar.»

«Stellen Sie deshalb diese ganzen Fragen? Sie kommen mit einer Geschichte über ein Fest in Asolo zu mir, und dann wollen Sie plötzlich Flavia in Schwierigkeiten bringen – und mich dazu!»

«Ich kann Ihnen leider nicht erzählen, weshalb ich an Flavia interessiert bin, aber mit dem Zerschlitzen des Bildes hat es nichts zu tun. Und ich habe auch nicht vor, die Behörden zu informieren.»

Novembrini schüttelte den Kopf und seufzte.

«Wie ich schon sagte, es geschah sehr schnell. Wie Sie ja selbst gesehen haben, waren ihre Haare und Augen verdeckt. Aber natürlich wußte ich, daß es sich um Flavia handelte.»

«Was ist mit Zuin?»

«Er war nicht dabei, und ich habe ihm nicht erzählt, daß es Flavia war.» Mit einem Lachen fügte er hinzu: «Er mag sie nicht besonders.»

«Wie heißt sie mit Nachnamen?»

«Brollo.»

Der Name sagte Urbino nichts, aber vielleicht konnte die Contessa etwas damit anfangen.

«Stammt sie aus Venedig?»

«Ja, aus San Polo. Flavias Mutter ist tot, und ihr Vater lebt zusammen mit seiner Schwester in dem Haus in San Polo, aber Flavia zieht es vor, in einer nahegelegenen Pension zu wohnen – der Casa Trieste. Sie sagt, sie suche noch nach einer passenden Wohnung, aber was sie an der Casa Trieste findet, verstehe ich nicht. Es ist ein Rattenloch, das von einem Kerl namens Ladislao Mirko geführt wird. Er ist drogenabhängig, genau wie früher sein Vater, aber Flavia duldet keine Kritik an seiner Person. Hören Sie! Ich möchte nicht, daß sie erfährt, was ich Ihnen gerade gesagt habe – oder daß wir überhaupt miteinander gesprochen haben. Wir hatten eine schwierige Beziehung. Ich möchte es nicht noch schlimmer machen.» Seine tiefliegenden Augen verrieten Angst und Unsicherheit. «Sie ist in letzter Zeit schon verwirrt genug, wie Sie an dem sehen können, was sie im italienischen Pavillon gemacht hat. Sie war mit dem Mädchen befreundet, das in Sant' Elena ermordet wurde. Es hat sie sehr getroffen. Ich bin sicher, diese Sache hat viel mit der Beschädigung meines Bildes zu tun.»

«Was wissen Sie über ihren Vater?»

Novembrini antwortete ohne Zögern. «Wenig, obwohl Flavia und ich uns nahestanden. Er ist Pianist. Seine Familie besaß eine dieser petrochemischen Fabriken in Marghera, die ihren Dreck in die Luft blasen. Er hat noch immer ziemlich viel Geld in der Petrochemie. Flavia haßt das – sie sagt, er unterstütze die Verschmutzung unserer Erde und zerstöre diese einzigartige Stadt. Flavia weigert sich, Geld von ihm anzunehmen.»

«Haben Sie ihn je kennengelernt?»

«Nein. Flavia hat deutlich gesagt, daß sie keinen Kontakt zwischen uns möchte. Aber ich dachte, Sie wären an Flavia interessiert? Hören Sie, Macintyre, falls Sie der Polizei sagen, daß Flavia das Bild zerschlitzt hat, dann werde ich es leugnen.»

Ein paar Augenblicke später trat eine schmale, dunkelhaarige Frau an ihren Tisch und fragte Novembrini, ob sie ihn sprechen könne. Novembrini wollte gerade aufstehen und die junge Frau beiseite ziehen, aber Urbino sagte, er müsse gehen. Als Urbino über die Accademia-Brücke ging, sah er, wie die Frau ihr Gesicht dem von Novembrini näherte, aber der Künstler sagte etwas zu ihr, und sie senkte den Kopf wieder.

13

Eine halbe Stunde später betrat Urbino einen kleinen Platz in der Nähe des Campo Santa Margherita. Kreuz und quer über den Platz waren Wäscheleinen gespannt, und an den Türknöpfen der Häuser hingen Plastikbeutel mit Müll. Eine Katze saß in einer Ecke neben einem offenen Schrein der Jungfrau Maria und hielt die Augen auf eine Taube gerichtet, die über die unebenen Pflastersteine marschierte.

Die Casa Trieste unterschied sich kaum von den anderen Häusern, die den Platz umstanden. Lediglich ein kleines Holzschild über der Türglocke verriet den Namen. Überall in der ganzen Stadt gab es solche billigen Unterkünfte. Sie lagen irgendwo zwischen den *pensioni*, die ein obligatorisches Frühstück boten, und den Jugendherbergen.

Urbino mußte zweimal klingeln, ehe die Tür aufging. Er trat ein. Desinfektionsmittel hing in der schweren Luft. Vor ihm führte eine dunkle Holzwendeltreppe nach oben.

«Hier herauf», sagte eine näselnde Männerstimme auf italienisch.

Eine Gestalt löste sich aus der Dunkelheit. Der Mann war etwas über dreißig, klein und außerordentlich dünn. Mit großen, glanzlosen Augen sah er zu, wie Urbino die Treppe hinaufstieg, und griff dabei mit dünnen Fingern an seinen Kopf, um eine schwarze gestrickte Kappe abzuziehen. Er hatte große Nasenlöcher. Urbino wußte sofort, es war der Mann, der Flavia Brollo am Samstagnachmittag begleitet hatte. Er schien Urbino nicht zu erkennen.

«Was kann ich für Sie tun?»

«Ich würde gern Signorina Flavia Brollo sprechen.»

Etwas blitzte auf in den ausdruckslosen Augen des Mannes, aber Erkennen war es nicht. Urbino hatte den Eindruck, daß der Mann entweder unter Drogen stand oder betrunken war.

«Sie ist nicht da.»

«Wann wird sie zurück sein?»

«Das hat sie mir nicht gesagt. Sie kommt und geht.»

«Ist sie wieder in Asolo?»

Der Mann sah Urbino jetzt genauer an. Er schniefte und fuhr mit einem Finger unter seiner roten Nase entlang.

«Ich weiß nicht, was sie treibt, Signore! Und wenn ich es wüßte, würde ich es einem Fremden nicht sagen! Es ist nicht leicht, eine *pensione* zu führen», jammerte er. «Gerade diese Woche kam eine Frau und wollte ein Zimmer. Ich frage nach ihrer *carta d'identità*. ‹Später›, sagt sie, und geht auf ihr Zimmer. Sie badet. Und was tut sie dann? Sie geht wieder! Wie soll ich mit solchen Gästen meine Rechnungen bezahlen?»

«Ist Signorina Brollo ein solcher Gast?»

Der Mann sah verwirrt aus. Bevor er antworten konnte, kam eine Frau mit neapolitanischem Akzent in die Empfangshalle, um etwas aus dem Safe der *pensione* zu holen. Nachdem der Mann es ihr ausgehändigt hatte, wandte er sich wieder an Urbino, schniefte erneut und sagte: «Signorina Brollo ist eine Freundin. Ich betrachte sie nicht als einen Gast. Auf Wiedersehen, Signore.»

Als Urbino das Haus verließ, klingelte gerade eine kleine, etwa fünfzigjährige Frau mit hellen Haaren. Sie schlüpfte hinein, ehe die Tür zufiel, und warf Urbino aus geröteten Augen einen kurzen Blick zu. Sie hinterließ einen süßlichen Geruch nach Anisette.

Auf dem *campo* sprach Urbino einen älteren Mann an, der gerade seine Wohnungstür aufschloß.

«Der *padrone*? Ladislao Mirko – ein fremdartiger Name, nicht? Er und seine Familie sind vor Jahren aus Triest nach Venedig gekommen. Jetzt lebt er allein. Eines Tages wird er die Pension verlieren. Geldprobleme – immer auf der Jagd nach *la grana!*»

Der Mann rieb Daumen und Zeigefinger gegeneinander.

«Ist Ihnen eine sehr attraktive junge Frau mit kastanienrotem Haar aufgefallen, die in der Casa Trieste ein und aus geht?»

Auf dem Gesicht des Mannes zeigte sich ein breites Lächeln.

«Und ob ich sie gesehen habe! Das ist eine Schönheit. Die Hälfte der Jungen und der Männer in der Nachbarschaft möchten ihr an die Wäsche!»

Urbino bedankte sich und machte sich auf den Weg zum Danieli, um mit Eugene zu Mittag zu essen.

14

Doch Eugene hatte eine Nachricht hinterlassen, er sei mit Zuin nach Murano gefahren, um die Glasausstellung anzusehen.

Vor dem Danieli reihte sich Urbino in die Menschenmenge ein, die über die sonnenglühende Riva degli Schiavoni auf die Piazza zudrängte. Heiß und feucht wehte eine gelegentliche Brise von der Lagune herüber auf Urbinos schweißbedecktes Gesicht, und er fand den Geruch und den Lärm der Masse unerträglich. Urbino warnte Freunde und Verwandte stets davor, Venedig im Sommer zu besuchen. Es war schrecklich. Touristen überfielen die Stadt wie eine Invasionsarmee. Sie trugen ihre Kameras wie Gewehre vor sich her und stürmten die Sehenswürdigkeiten mit einer Entschlossenheit, die mit wirklichem Interesse und Genuß wenig zu tun hatte.

Während sich Urbino langsam an einer Gruppe vorbeidrängte, die einander vor Eifer, einen Blick auf die Seufzerbrücke werfen zu können, auf die Füße trat, erinnerte er sich an Madge Lennox' Ausspruch, diese Touristen seien wie Tote auf Urlaub. Sie hatte recht. Delirium und Verzweiflung erfüllten die ohnehin schon so schwere, schwüle Luft.

Vor der San-Marco-Säule spielte eine Gruppe von Straßenmusikanten. Ihr Volkslied, das Urbino vage bekannt vorkam, war ein melancholischer Strom von Tönen, gespielt von einer Holzflöte, einem Dudelsack, einer Trommel und einem Becken, das mit einem Pedal bedient wurde. Urbino blieb stehen, ließ den Schwarm von Menschen hinter sich vorbeigehen und hörte zu. Dann ließ er einen Zehntausendlireschein in den Hut fallen, den ihm ein Musiker hinstreckte.

Der unrasierte und zahnlückige Mann lächelte ihn an und sagte mit deutlichem neapolitanischen Akzent: «Ich wünsche Ihnen, daß Ihnen der Tod so fern ist wie die Armut, Signore.»

Auf der Piazza San Marco schoben sich lange Warteschlangen auf die Basilika und den Campanile zu. Hunderte von erschöpften Gesichtern blickten hinauf zum Torre dell'Orologio – dem Uhrturm – und warteten, daß die Bronzeriesen die Stunde schlugen. Letzte Woche am Lido hatte Urbino darüber phantasiert, daß der Uhrturm wie auf einem Gemälde von Dalí auf der Piazza zerschmolz, aber jetzt glitzerten seine Ziegelsteine und die blaue Keramik hart und fest im Sonnenschein.

Die Leute drängten sich unter den Arkaden, saßen oder lagen auf den Treppen und vor den Säulen oder tanzten und liefen auf dem großen Platz herum, wo die Orchester vor dem Café Florian und dem Café Quadri Broadway-Melodien spielten. Das war nichts für ihn, stellte Urbino fest. Er wandte der Piazza den Rücken zu und machte sich auf den mühsamen Weg durch die verstopften Arterien des historischen Herzens der Stadt, bis er die ruhigeren Gassen und Plätze erreicht hatte, wo er einen erleichterten Seufzer ausstieß. Bald würde er wieder im Palazzo Uccello sein, der selbst in der Hochsaison ein überaus angenehmer Zufluchtsort vor dem Trubel war. Hinter seinen Mauern war Urbino geschützt vor den, wie die Contessa es nannte, «gesichtslosen Horden der Hochsaison», aber noch nahe genug am Fluß des Lebens, um sich nicht einsam zu fühlen.

Vor langer Zeit hatte er einmal einen französischen Roman über einen neurotischen *Fin de siècle*-Aristokraten gelesen, der sich auf sein Gut vor Paris zurückgezogen hatte, um dort ein unabhängiges, exzentrisches Leben zu führen, gewidmet dem Geist und den Sinnen. Urbino stellte sich gern vor, daß er im Palazzo Uccello etwas Ähnliches tat, obwohl er sehr wenig von der dekadenten Empfindlichkeit des Helden an sich hatte. Aber wie dieser Aristokrat hielt auch er gerne Distanz zur vulgären Wirklichkeit. Ironischerweise erforschte er allerdings in seinen Ermittlungen und seinen *Venezianischen Biographien* gerade diese. Dennoch sagte er sich, daß das gar nicht so unpassend sei, denn das Endergebnis beider Unternehmungen war jene Ordnung, nach der er sich so sehnte.

Zurück im Palazzo Uccello rief Urbino die Contessa an und berichtete ihr von dem Maler Bruno Novembrini und von Ladislao Mirko, dem *padrone* der Casa Trieste.

«Sie haben ja schon einiges herausgefunden, *caro*! Jetzt wissen wir zumindest ihren Nachnamen. Brollo, Brollo. Den Namen kenne ich nicht, aber...» Sie unterbrach sich, offenbar, um die Tiefen ihres Gedächtnisses nach einer Assoziation zu durchforsten. «Er erinnert mich an irgend etwas. Ich habe ihn wohl schon einmal gehört.»

«Er ist nicht sehr ungewöhnlich.»

Dann erzählte ihr Urbino, daß Flavias Vater Pianist sei.

«Das könnte es sein», meinte die Contessa. «Vielleicht kenne ich seinen Namen noch vom Konservatorium. Ich werde einmal die Papiere durchsehen, die ich aus dieser Zeit noch besitze. Wissen Sie, Urbino, ich bin jetzt noch entschlossener als zuvor. Wenn diese Flavia Brollo das Gemälde so zerschlitzen konnte, wer weiß, wozu sie sonst noch fähig ist? Sie haben gesagt, dieser Novembrini scheine Angst zu haben. Vielleicht fürchtet er, sie könnte sich als nächstes mit dem Messer auf *ihn* stürzen. Glauben Sie, daß die beiden eine Affäre miteinander haben?»

«Entweder haben sie eine – oder sie ist vorbei. Das könnte der Grund sein, weshalb sie das Gemälde zerstören wollte. Als ich das Café verließ, trat eine attraktive junge Frau zu ihm. Vielleicht ist das die neue Freundin.»

«Jetzt muß ich Ihnen auch etwas erzählen, *caro*», sagte die Contessa, und ihre Stimme klang aufgeregt. «Ich sehe die fragliche junge Dame morgen. Flavia hat angerufen und gesagt, sie würde mich gern im Café Florian treffen.»

«Im Florian?»

«Das hat mich auch überrascht. Aber nachdem Sie mir nun erzählt haben, wie gewalttätig sie werden kann, bin ich beinahe froh, daß es nicht hier ist. An einem öffentlichen Ort ist es besser – oder sollte ich sagen ‹sicherer›? Andererseits gibt es wohl keinen öffentlicheren Ort als den italienischen Pavillon der Biennale. Darum bin ich froh, daß Sie mitkommen.»

«Vielleicht wäre es besser, wenn Sie sie allein sehen.»

«Aber dann kann ich mich gar nicht mit ihr treffen. Signorina Brollo besteht darauf, daß Sie dabei sind. Sie sagte, ich sollte unbedingt meinen gutaussehenden jungen Freund mitbringen. Das ‹gutaussehend› ist übrigens von mir, *caro*.»

«Aber warum?»

«Das ist doch offensichtlich, oder?» Die Contessa machte eine dramatische Pause. «Sie hat Angst davor, mit *mir* allein zu sein. Darum hat sie das Florian gewählt! Auch wenn Sie sich für einen Meister der Verstellung halten, Urbino, aber Sie können nicht verbergen, daß Sie ein großes Herz für bedrängte Frauen haben. Sie weiß, daß sie sich auf Sie verlassen kann. Sie werden mich schon zurückhalten. Am Donnerstag um vier.»

15

Als Urbino sich am Donnerstag nachmittag auf seinem Stuhl niederließ, entdeckte er auf dem Gesicht der Contessa einen Ausdruck, der deutlich zeigte, wie sehr sie sich über die Veränderungen im chinesischen Salon des Cafés Florian ärgerte. Die Türen zwischen dem Salon und den Arkaden, die sonst geschlossen waren, so daß man den Salon nur durch das Café betreten konnte, standen weit offen. Jener Ort, der der Contessa sonst eine Zuflucht bot, wo sie, geschützt durch eine Wand aus dunklem Holz und Glas, den Platz betrachten konnte, stand nun im Mittelpunkt der Aktivität.

Touristen streckten ihre Köpfe herein, um die von Glas geschützten Gemälde des Salons, die *amorino*-Lampen, die Marmortische und die Polsterbänke anzusehen. Andere wanderten durch die Räume aus dem achtzehnten Jahrhundert, als befänden sie sich in einer Galerie, und betrachteten neugierig die Decke mit ihren Streifen aus dunklem Holz und den Blumengemälden, die Parkettböden und Spiegel und die durch Glas geschützten fernöstlichen Wandmalereien. Fotografen traten rückwärts an den Tisch, an dem Urbino und die Contessa saßen, um ein gutes Bild zu bekommen. Kellner eilten zu den Tischen auf dem Platz und unter den Arkaden und gaben einander ständig Zeichen.

Das Orchester des Cafés Florian, das auf einer Bühne vor der Arkade saß, spielte eine Broadway-Melodie nach der anderen.

«‹Frösche und Läuse›», sagte die Contessa plötzlich.

«Was war denn das, Barbara?»

«Das ist mir gerade durch den Kopf geschossen.» Ihr Gesicht rötete sich etwas vor Verlegenheit, und sie zog das Spitzentaschentuch in der Tasche ihres Valentino-Leinenanzugs zurecht. «Letzte Woche las ich in einer Sammlung von Briefen einer Landsmännin von mir, Lady Montagu. Offenbar hatte sie von den Menschenmassen in Venedig denselben Eindruck wie ich – und das war vor zweihundertfünfzig Jahren! *Plus ça change, plus c'est la même chose!* Sie sagte, die Menge quäle sie wie ‹die Frösche und Läuse den Palast des Pharaos›. Ein sehr passendes Bild, auch wenn sie über ihre englischen Landsleute sprach. Sie müssen zugeben, daß sie in gewisser Weise recht hat, *caro.*» Die Contessa stieß einen wütenden Seufzer aus. «Jetzt tun Sie doch nicht so, Urbino. Sie hassen diesen Trubel doch genauso wie ich – wenn nicht sogar mehr! Schließlich bin doch nicht ich diejenige, die entschlossen ist, ihre besten Jahre eingesperrt in einem venezianischen Palazzo zuzubringen. *Ich* habe nach Venedig eingeheiratet!»

Gerade diese Feststellung schien ihr aber an diesem Nachmittag wenig Befriedigung zu verschaffen, und sie schwieg, während Urbino seinen Campari Soda bestellte. Urbino unterbrach ihre Gedanken nicht, sondern wandte seine Aufmerksamkeit der lebhaften Szenerie nur wenige Meter vor ihnen zu.

«Das Orchester könnte wenigstens Strauß oder Offenbach spielen!» sagte die Contessa schließlich, als Urbino gerade genüßlich den ersten Schluck trank. «Und unsere Signorina Brollo kommt furchtbar zu spät. Ich hatte bereits eine *Coppa Fornarina.*»

Sie arbeitete sich jetzt durch einen Teller Petits Fours, wozu sie Tee trank – zubereitet aus dem Jasmintee, den Mauro, ihr Majordomus in der Ca' da Capo, einmal im Monat hier vorbeibrachte.

«Es ist erst kurz nach vier, Barbara.»

«Es ist beinahe zwanzig nach! Na ja, wenn man bedenkt, wie sich das Mädchen bisher benommen hat, da kann ich vermutlich keine Pünktlichkeit erwarten, oder?»

Ungeduldig blickte sie in die Menge.

«Wo bleibt das Mädchen nur! Es ist so unerträglich heiß hier!» Sie schlug ihren Spitzenfächer auf und wedelte ihn heftig hin und her. «Vielleicht will sie mich damit quälen, daß sie überhaupt nicht auftaucht! Ich –»

Die Contessa starrte auf die Tür zum nächsten Salon, wo Flavia Brollo stand. Sie trug ein einfaches ärmelloses T-Shirt-Kleid in jenem Grün, wie es die Italiener bevorzugen – dem Grün der Nationalflagge. Es betonte ihre Augen, die heute nicht so ausdruckslos waren wie in Asolo. Sie strahlten sogar.

«Contessa», sagte Flavia Brollo mit einem bemüht warmen Lächeln. «Und Signor Macintyre.»

Urbino stand auf und rückte ihr einen Stuhl zurecht.

«Ich würde gern englisch sprechen, wenn es Ihnen nichts ausmacht», sagte sie etwas zaghaft, während sie sich setzte. «Um Ihnen zu zeigen, daß ich aufrichtig bin.» Sie lächelte wieder. «Es ist sehr schwer, in einer fremden Sprache nicht die Wahrheit zu sagen.»

Das war, wie Urbino feststellte, eine andere Flavia als die, die am Samstag das Gartenfest der Contessa gestört hatte. Sie war genauso selbstsicher, war aber mehr bemüht, zu gefallen. Vielleicht beruhte der Unterschied nur darauf, daß sie ihre große Enthüllung bereits gemacht hatte.

«Nein, danke», sagte Flavia, als Urbino fragte, ob sie etwas wolle. Dabei warf sie ihr kastanienrotes Haar in geübter Geste zurück.

«Ich hoffe, Sie sind heute hergekommen, um uns eine Erklärung zu liefern, Signorina Brollo», sagte die Contessa ohne jede Vorrede und ließ ihren Fächer zuschnappen.

«Sie kennen also meinen Nachnamen.» Flavia zuckte die Achseln. «Das spielt keine Rolle.»

«Doch, natürlich ist es wichtig», betonte die Contessa. «Offensichtlich haben Sie nichts mit meinem Ehemann zu tun.»

«Es tut mir leid, Contessa, aber der Conte da Capo-Zendrini *war* mein Vater. Bald werden Sie mir glauben. Es bleibt Ihnen gar keine andere Wahl.»

Flavia starrte die Contessa aus ihren grünen Augen an.

«Wie kommen Sie darauf, daß er Ihr Vater war, Signorina Brollo?» fragte Urbino, ehe die Contessa auf die Herausforderung der jungen Frau antworten konnte.

«Es wäre mir lieber, wenn Sie mich einfach ‹Flavia› nennen würden. Ich hasse den Namen Brollo!» Lebhafter Ärger zeichnete sich auf ihrem Gesicht ab, aber wenige Augenblicke später hatte sie sich bereits wieder unter Kontrolle. «Ich sage, daß der Conte mein Vater war, weil er es *war*. Das weiß ich mit Bestimmtheit!»

«Ist Ihr Vater nicht ein Pianist?» fragte Urbino weiter.

«Der! Das ist der Mann, der *behauptet*, mein Vater zu sein, aber ich weiß, daß er es selbst nicht glaubt. Er *kann* es nicht glauben!» In ihren grünen Augen brannte ein kaltes Feuer. «Haben Sie die Fotografie meines Vaters dabei, Contessa?»

Die Contessa atmete tief ein.

«Meine liebe Signorina Brollo, ich habe nicht vor, Ihnen diesen Wunsch zu erfüllen. Also gehen Sie bitte, lassen Sie mich in Frieden!»

«Sie machen einen großen Fehler, Contessa!» sagte Flavia Brollo jetzt auf italienisch. «Der Conte da Capo-Zendrini mag Sie vielleicht geliebt haben. Darüber weiß ich nichts. Aber er hat Sie auch betrogen. Er hat meine Mutter geliebt. Sie machen einen Fehler! Verstehen Sie das denn nicht? Schreckliche Dinge geschehen, wenn Menschen nicht zuhören, wenn sie sich weigern, die Wahrheit, die sie eigentlich wissen müßten, zu glauben!» Sie sprang auf, wobei sie ihren Stuhl umwarf und gegen einen Kellner stieß, der gerade mit einem Tablett voller Getränke auf dem Weg nach draußen war. «Einen Beweis!» schrie sie. «Ich werde Ihnen einen Beweis bringen, so oder so, das verspreche ich Ihnen! Dann werden Sie wissen, daß der Conte da Capo-Zendrini mein Vater war. Sie werden mir glauben. Sie *müssen* mir glauben», stieß sie verzweifelt hervor.

Ihre laute Stimme hatte den Oberkellner alarmiert, der jetzt auf der Schwelle stand. Die Contessa fing seinen Blick auf und schüttelte leicht den Kopf. Er trat beiseite, als Flavia Brollo mit fliegenden Haaren aus dem chinesischen Salon ins Foyer stürmte. Sie ging ans Gästebuch, nahm einen Stift und schrieb etwas hinein. Nachdem sie auf die Piazza hinausgelaufen war, sah Urbino nach, was sie geschrieben hatte. In schwungvoller Schrift stand da: «Flavia da Capo-Zendrini».

16

«Glauben Sie, daß sie tatsächlich einen Beweis hat?» fragte die Contessa Urbino mehrere Stunden später beim Abendessen im Al Graspo de Ua nahe der Rialto-Brücke. Es war ein Lieblingsrestaurant der Contessa, aber sie hatte ihr Essen kaum angerührt. Selbst das Eis, das jetzt vor ihr stand, schmolz bereits. «Falls das stimmt, ändert das alles. Vor allem hieße es, daß Sie aus Ihren Verpflichtungen entlassen wären, *caro*.» Sie lächelte bemüht. «Dann müßten Sie sich keine Sorgen mehr machen, daß Sie derjenige sein könnten, der meine ganze Welt zum Einsturz bringt.»

Die Contessa blickte hinauf zu den Deckenbalken, als erwarte sie, der Einsturz könnte augenblicklich erfolgen.

«Ich sage Ihnen, *caro*», erklärte sie dann, während sie den Blick nach einer langen Weile wieder senkte und auf Urbino richtete: «So wahr ich hier sitze, ich werde es aushalten. Falls diese junge Frau Beweise hat, soll sie mir diese vorlegen, und wenn es *echte* Beweise sind, werde ich sie akzeptieren. Was sollte ich auch sonst tun? Ich würde sie um Alvises willen annehmen. Aber ich kann mir nicht vorstellen, daß sie Beweise bringt, die man nicht zumindest diskret überprüfen müßte. Ich habe nicht vor, so etwas einfach zu schlukken. Das wäre dann doch noch eine Aufgabe für Sie, um die Sie nur herumkämen, wenn dieser Beweis so deutlich zu erkennen ist wie die Nase in meinem Gesicht.»

Beinahe unwillkürlich warf Urbino einen Blick auf die Patriziernase der Contessa. Sie war einer ihrer großen Vorzüge. Als sie seinen Blick bemerkte, hob sie ihre Nase höher.

Doch der Versuch der Contessa, dem Gespräch eine fröhlichere Note zu geben, schlug fehl. Der angstvolle Ausdruck in ihrem Gesicht verriet Urbino, daß sie wußte, was sie zu befürchten hatte. Bestimmt konnte sie auf der Rückfahrt zur Villa La Muta an nichts anderes mehr denken als an Flavia Brollos «Beweis».

In dieser Nacht entlud sich über Venedig ein heftiges Gewitter. Etwa um Mitternacht, als das schlimmste Unwetter schon vorüber war, rief die Contessa aus Asolo bei Urbino an.

«Es tut mir leid, *caro*, daß ich Sie um diese Uhrzeit noch belästige, aber ich kann einfach nicht einschlafen. Sagen Sie mir bitte, daß alles gut werden wird. Sagen Sie mir, daß Flavia Brollo entweder dumm oder bösartig ist. Sagen Sie mir –»

Sie fuhr nicht fort, sondern entschuldigte sich nochmals und legte auf. Urbino wußte, daß er jetzt selbst Schwierigkeiten haben würde, wieder einzuschlafen. Er ging ins Arbeitszimmer, legte Mahlers Dritte Sinfonie auf und versuchte sich, Serena auf dem Schoß, mit Peggy Guggenheims Memoiren abzulenken.

17

Während Urbino und die Contessa darauf warteten, daß Flavia Brollo erneut Kontakt zu ihnen aufnahm, kümmerte Urbino sich um Eugene.

Sein Ex-Schwager hatte auf Murano einen Lüster gefunden, der ihm gefiel – «groß, in ganz verschiedenen Farben und mit Pagoden und Delphinen», lautete seine begeisterte Beschreibung. Außerdem hatte er beschlossen, das Bild des melancholischen Mädchens mit Blumen aus Zuins Galerie zu kaufen. Nach der Erledigung dieser Einkäufe war er jetzt bereit, sich ein wenig die Stadt anzusehen.

Und so wanderten Urbino und Eugene in der erschöpfenden Hitze des Schirokkos zusammen mit Horden von Touristen von einer Sehenswürdigkeit zur anderen. Die Seufzerbrücke nannte Eugene «schmutziggrau» und die Basilica San Marco «eine Höhle für Fledermäuse». Die Kanäle stanken, die *calli* waren «so eng, daß man sich darin gar nicht umdrehen kann», und die feuchten, niedrigen Kerker des Dogenpalastes waren «vermutlich auch nicht schlimmer als ein Großteil der Gästezimmer in dieser Stadt». Erst als Eugene Tintorettos *Paradiso* im Dogenpalast sah, schien er etwas gefunden zu haben, das seinem Geschmack entsprach.

«Das größte Gemälde der Welt!» rief er. «Das muß ja mindestens fünfundzwanzig mal sieben Meter groß sein! Schau dir bloß diese ganzen Engel und Heiligen an! Ich schätze, das sind gut um die Tausend.»

Leider war für Eugene, nachdem er das Paradies gesehen hatte, alles weitere eine Enttäuschung. Am Samstagnachmittag konnte selbst die Gondelfahrt auf dem Canal Grande und durch die seitlichen Wasserstraßen mit einem glücklicherweise schweigenden Gondoliere sein Interesse nicht wecken. Nichts beeindruckte ihn auch nur im geringsten, und er warf kaum einen Blick auf die Rialto-Brücke, die Palazzi oder die stillen, versteckten Plätze. Lediglich über das Schild, das eine Seite der Ca' Rezzonico schmückte, amüsierte er sich ein wenig. Darauf standen jene Zeilen von Browning, die auch auf Occhipintis Kissen eingestickt waren:

> Öffne mein Herz, und du wirst sehen
> drinnen eingraviert: «Italien».

Eugene witzelte, das sei ein guter Grabspruch für Urbino, der das Herz von seinem Heimatland abgewendet habe.

«Genau wie diese Guggenheim! Was hältst du davon, wenn wir uns von dem Kerl hier zu ihrem Haus mit dem fehlenden Dach bringen lassen?»

Urbino war froh, daß Eugene wenigstens für irgend etwas Interesse zeigte, und bat den Gondoliere, sie am Ufer in der Nähe des Palazzo Guggenheim abzusetzen.

Zunächst spazierten Urbino und Eugene durch den kleinen Garten hinter dem Museum. Vor dem riesigen, thronartigen Steinsitz, auf dem Peggy Guggenheim gern posiert hatte, redete ein Touristenführer angeregt zu seiner kleinen Gruppe. Urbino erläuterte Eugene die verschiedenen Skulpturen, die im Garten verteilt waren, aber Eugene achtete nicht auf ihn. Er lauschte der Erzählung des Touristenführers über die berüchtigte Marchesa Casati, der dieser Palazzo vor Peggy Guggenheim gehört hatte.

«Die Marchesa, die in den großen Hotels ‹die Medusa› genannt wurde, hielt hier Leoparden und Panther. Soweit ich weiß, ließ sie diese frei herumlaufen und trug gern eine lebendige Boa constrictor um die Schultern. Eines ihrer letzten Feste, nach dem sie in Schande aus Venedig fliehen mußte, fand auf der Piazza San Marco statt. Dort standen gutaussehende junge Männer, die brennende Fackeln trugen und außer Goldfarbe nichts am Leib hatten, auf Säulen.» Der Touristenführer machte eine Pause und testete die Reaktion seiner Zuhörer, ehe er fortfuhr: «Leider erstickte einer von ihnen unter der Farbe. Jahre später kaufte Peggy Guggenheim den Palazzo für sechzigtausend Dollar.»

Eugene lächelte breit.

«Bestimmt hat sie hier auch eine Menge wilder Partys veranstaltet! Schau mal her, Urbino.» Er deutete auf ein graviertes Marmorschild an der Wand: HIER LIEGEN MEINE GELIEBTEN BABYS. Eugene schüttelte den Kopf. «Na, sie hatte ja eine ganze Menge Kinder! Und diese Namen! Weißer Engel. Hongkong. Madame Butterfly. Sie war wirklich eine seltsame Frau. Ist deine Contessa auch so?»

Urbino versicherte ihm, die Contessa sei nicht so, und erklärte, die Tafel erinnere an Peggy Guggenheims Hunde.

«Zu schade, daß das alte Mädchen schon dahingegangen ist. Sie scheint interessant gewesen zu sein. Laß uns mal reingehen und die Bilder anschauen, die sie jeden Tag erstanden hat.»

Aber nachdem er die Ausstellungsräume betreten hatte, sah er verwirrt aus. Vielleicht überdachte er noch einmal seine hohe Wertschätzung der Frau, die diese ganzen abstrakten und surrealistischen Kunstwerke gekauft hatte.

«Sie hat ja wohl gewußt, was sie tat, aber ich kann bei diesen Dingern gar nicht erkennen, wo oben oder unten sein soll, Urbino! Schau dir doch mal diesen Apparat da an!» Er deutete auf eine Bronze von Giacometti auf einem Sockel. *Frau mit durchschnittenem Hals.* Ist das zu glauben! Sieht aus wie ein aufgebrochener Hummer. Und warum heißt das hier *Trauriger junger Mann im Zug*? Siehst du irgendwo einen Zug? Ich sehe noch nicht einmal einen Mann!»

Eugene hatte große Schwierigkeiten, den Geschmack seiner Heldin zu goutieren, und es wurde nicht leichter, als sie die surrealistischen Gemälde betrachteten.

«*Die Einkleidung der Braut*?» Der arme Mann starrte auf Max Ernsts Gemälde. Neben einer nackten Frau mit einer Federhaube, deren Blöße von einem leuchtendroten Mantel kaum bedeckt wurde, standen eine bizarre Vogelgestalt mit einem Speer, eine ebenfalls nackte Frau und eine Art Pygmäe mit vier Brüsten, einem aufgeblähten Bauch und einem Penis. «Gibt es da etwas, das ich nicht sehe, Urbino? Ich kapiere das einfach nicht.»

«Und dann das da!» sagte Eugene. «Es heißt *Die Geburt der flüssigen Wünsche*. Für mich sieht es mehr wie der Tod von irgend etwas aus!»

Das Bild stammte von Salvador Dalí. Ein bärtiger nackter Mann mit einer weiblichen Brust und einer deutlich sichtbaren Erektion, über die ein Schal drapiert war, hielt eine junge Frau in einem weißen Kleid fest. Der Kopf der Frau war ein dicker Strauß bunter Blumen, aus dem einige Blütenblätter auf den Boden fielen. Hinter ihnen befand sich ein ungewöhnlich geformter Felsen mit einer Öffnung, die einem Schoß ähnelte und in der ein weiterer Mann mit dem Rücken zum Betrachter und dem Paar stand. Er trug lediglich eine Socke, beugte sich nach unten und hielt die Hand in einen Teich mit Wasser. Hinter dem Felsen kniete eine zweite Frau, die ihr blasses Gesicht zur Seite gedreht hielt und mit einer Hand abschirmte, während sie Flüssigkeit in die Schale goß, in der sich der Fuß des bärtigen Mannes befand.

Eugene starrte den Dalí an, bis er schließlich verkündete, das Bild gefalle ihm. «Auch wenn ich nicht weiß, wieso. Es hat etwas mit Wasser zu tun, nicht wahr? Das muß es sein.» Er betrachtete das Gemälde noch ein paar Augenblicke ganz genau. «Was nicht alles so gemalt wird! Möchte wissen, was Peggy dafür bezahlt hat?» fragte Eugene, der sich jetzt, nachdem er ihr Haus und ihren Besitz gesehen hatte, Miss Guggenheim offenbar noch mehr verbunden fühlte. «Vielleicht einiges weniger, als mir Zuin für das Mädchen mit den Blumen abgeknöpft hat.»

Eugene warf noch einen letzten Blick auf den Dalí, ehe sie den Raum verließen.

«Dieses *Flüssige Wünsche*-Bild hat mir wirklich gefallen», sagte er. «Es ist vermutlich nicht zu kaufen, oder, Urbino?»

«Ganz bestimmt nicht, aber vielleicht gibt es am Eingang eine Postkarte davon.»

«Das wird dann eben reichen müssen», sagte Eugene in enttäuschtem Tonfall.

Sie traten hinaus auf die Terrasse am Canal Grande. Die beiden Steinbänke waren besetzt, und die Leute saßen bereits auf der steinernen Balustrade. Ein paar Augenblicke standen Urbino und Eugene da und blickten hinaus auf den Canal Grande mit seinem Bootsverkehr und auf die Palazzi auf der anderen Seite.

«Schau dir das an, Urbino!» flüsterte Eugene laut. «Genau wie der Mann in dem *Flüssige Wünsche*-Bild.»

Urbino wußte genau, was er meinte. Es war *L'angelo della città*, Marino Marinis Metallskulptur eines Pferdes mit einem Reiter, der den Kopf zurückgeworfen und die Arme wie in Ekstase ausgestreckt hatte. Genauer gesagt, er meinte ein bestimmtes Teil des Reiters. Jeder, der auf der Terrasse stand oder auf dem Canal Grande vorüberfuhr, konnte es sehen – nämlich einen erigierten Penis. Peggy Guggenheim pflegte den Penis herauszuschrauben, wenn Nonnen oder empfindsame Besucher in den Palazzo kamen.

«Was für eine Frau!» sagte Eugene und schüttelte in nachdenklicher Bewunderung den Kopf. «Allmählich verstehe ich, warum du diese Wasserstadt magst. Mit Sicherheit versammelt sich hier eine seltsame Gesellschaft. Bist du sicher, daß deine Freundin, die Contessa –»

Aber Eugene sprach nicht zu Ende. Der Schrei einer Frau durchbohrte die Luft. Mehrere Leute deuteten durch das schmiedeeiserne Gitter, das die Terrasse vom Canal Grande trennte.

Zwischen zwei golden und weiß gestreiften *pali*, Anlegepfosten aus Holz, schwamm mit dem Gesicht nach unten ein Körper, dessen

Arme ins Wasser hinabhingen. Er war in grünen Stoff gehüllt und schaukelte in der Bugwelle eines Vaporettos, das den Canal Grande hinauffuhr. Langes Haar floß im Wasser, und wenn es an die Oberfläche kam und die Strahlen der Nachmittagssonne einfing, konnte man seine Farbe erkennen: Es war kastanienrot.

Vom Palazzo aus eilte ein Museumsangestellter an Marinis lustvollem Reiter vorbei. Nur Sekunden später kamen zwei Männer in Arbeitskleidung heraus, kletterten in eines der Boote, die an den Pfosten befestigt waren, und griffen ins Wasser nach dem Körper. Mühsam zogen sie ihn über die Bootswand, wobei das Wasser an ihm herunterlief, und legten ihn ins Boot.

Obwohl das Gesicht angeschwollen und verzerrt war, erkannte Urbino doch noch genug davon, um zu wissen, daß Flavia Brollos Zeit als Objekt der Begierde – wenn auch nicht der Mystifikation – für immer vorüber war.

Teil II

Die Sonne in ihrem Sarg

I

Vierundzwanzig Stunden später, am Sonntagnachmittag, gingen Urbino und die Contessa langsam durch das Labyrinth der Villa La Muta und rätselten über den Tod von Flavia Brollo. Zusammen mit Eugene war Urbino einige Stunden zuvor angekommen, um der Contessa in ihrem Schock und ihrer Verwirrung beizustehen.

Im *Gazzettino* hatte an diesem Morgen ein Artikel über Flavia Brollos Tod gestanden:

FRAUENLEICHE IM CANAL GRANDE GEFUNDEN

Die Leiche der Venezianerin Flavia Brollo, 26, wurde gestern am späten Nachmittag vor den Wasserstufen des Palazzo Venier dei Leoni (dem «Palazzo Guggenheim») treibend aufgefunden.
Eine Gruppe von Besuchern, die sich im Palazzo Guggenheim aufhielt, um die neu gestaltete Kunstsammlung zu sehen, entdeckte den Körper der Frau von der Terrasse aus.
Der Tod trat offenbar durch Ertrinken ein. Heute vormittag wird Professore Renzo Zavarella im Auftrag des Staatsanwalts Maurizio Agostini in San Michele die Autopsie vornehmen. Die Polizei versucht herauszufinden, wie die letzten Stunden im Leben von Signorina Brollo verliefen.
Signorina Brollo war die Tochter von Lorenzo Brollo aus dem Stadtviertel San Polo und der verstorbenen Regina Grespi Brollo. Signor Brollo ist Pianist und Gründungsmitglied des La-Serenissima-Orchesters. Die Familie Brollo besaß früher die Petrochemische Fabrik Riva in Marghera.

Obwohl der Artikel keinen Hinweis auf ein Verbrechen enthielt, konnte Urbino den Gedanken nicht loswerden, daß es sich möglicherweise um eines handelte. Wer wußte schon, welche trüben Wasser Flavia aufgerührt hatte, nachdem sie aus dem Café Florian gerannt war, um den Beweis zu suchen, daß Lorenzo Brollo nicht ihr Vater war?

Gestern hatte Urbino auf der Questura von Venedig eine Aussage gemacht. Mit Commissario Francesco Gemelli von der *Pubblica Sicurezza* verband ihn eine etwas widersprüchliche Beziehung. In der Vergangenheit hatten sie gelegentlich inoffiziell zusammengearbeitet, allerdings eher zum Leidwesen des Polizeichefs als zu seiner Zufriedenheit. Gemelli hatte sich keineswegs gefreut, als er erfuhr, daß Urbino und die Contessa die tote Frau kannten und Urbino einen Mord vermutete. Urbino hatte ihm von Flavias Eindringen in die Villa der Contessa am letzten Samstag und von dem Streit im Café Florian am Donnerstag nachmittag, von Flavias Verbindung zu Bruno Novembrini und von ihrer Unterkunft in der Casa Trieste erzählt.

«Da befindet sich Ihre Contessa ja in einer delikaten Situation», hatte Gemelli bemerkt. «Kurz nach einer in der Öffentlichkeit ausgestoßenen Drohung gegen den Conte und die Contessa da Capo-Zendrini findet man die junge Frau tot im Canal Grande. Sie sagen, Ihrer Vermutung nach könnte es sich um ein Verbrechen handeln? Nun ja, wir werden sehen. Mit ‹wir› meine ich die Polizei, den Gerichtsmediziner und den Staatsanwalt. Sie und die Contessa sollten vermutlich darum beten, daß Flavia Brollo nicht einem Verbrechen zum Opfer gefallen ist, obwohl natürlich auch ein Selbstmord seine Wirkung auf den Seelenfrieden und den Ruf der Contessa haben würde.» Gemelli lächelte hochmütig. «Wir werden unsere Ermittlungen fortsetzen und Zavarellas Bericht abwarten. Ihm entgeht normalerweise nichts.»

Die Contessa war – wie Urbino bereits im voraus gewußt hatte – bei der Lektüre des Artikels im *Gazzettino* verblüfft gewesen, den Namen Grespi zu finden. Grespi war der Mädchenname von Violetta Volpi, jener Frau, von der Oriana Borelli, die Freundin der Contessa, gesagt hatte, sie hege seit vielen Jahren eine Feindschaft gegen die Contessa. Urbino hatte Oriana angerufen und sie gebeten, das alte Kindermädchen ihres Ehemanns Filippo zu befragen, das, wie Oriana ihm letzte Woche erzählt hatte, Violetta Volpi kannte. Urbino und die Contessa hielten sich seit Urbinos Ankunft in der Nähe der Villa La Muta, um Orianas Rückruf nicht zu verpassen. Und so spazierten sie heute nachmittag durch das Labyrinth, um die frische und kühle Luft zu genießen, die von den Dolomiten heranwehte.

Obwohl sich die Contessa, die ein Gewand aus flatterndem aprikosenfarbenem Charmeuse trug, auf Urbinos Arm stützte und scheinbar kaum auf den Weg achtete, war sie es doch, die ihn führte. Trotz Urbinos häufigen Spaziergängen mit der Contessa durch die trügerischen Windungen, Kurven und Sackgassen des Labyrinths – und einmal völlig allein an einem endlosen Sommernachmittag, an dem er zu stolz gewesen war, die Schilder aufzudecken – hatte er den Weg nie gelernt. Nicht einmal der Trick, von dem er gelesen hatte, nämlich mit der linken Hand stets die Hecke zu berühren, hatte genützt. So leicht ließ sich das komplizierte Labyrinth der Contessa nicht enträtseln. Daher ließ er sich jetzt gern von ihr führen. Er war lediglich für den Picknickkorb verantwortlich.

«Falls Sie glauben, jetzt wären meine Probleme gelöst, dann irren Sie sich, *caro*», sagte sie, während ihr Blick auf die ordentlich geschnittene Eibenhecke vor ihnen gerichtet war. «Wie auch immer Flavia gestorben ist – durch Selbstmord, Unfall oder Mord –, ich fühle mich dafür verantwortlich. Wie könnte es auch anders sein? Erst ist sie aufgelöst und verzweifelt, weil ich anerkennen soll, daß Alvise ihr Vater ist, und im nächsten Augenblick ist sie tot. Die ganze Nacht habe ich mich mit Gedanken an sie gequält und mir Sorgen gemacht, was Flavias Tod für mich bedeutet. Die Last ist nicht doppelt, sondern dreimal, viermal so schwer geworden! Ich weiß nicht, ob ich sie ertragen kann.»

Trotz ihres Kummers zögerte die Contessa an der nächsten Kreuzung nicht, sondern ging nach links und fast unmittelbar darauf nach rechts. Über den Hecken konnte man lediglich die oberen Stockwerke der Villa La Muta, den klaren blauen Himmel und die Spitze des Aussichtsturms in der Mitte erkennen.

Die Contessa blieb stehen und sah Urbino an.

«Sie *kann* nicht Alvises Tochter sein! Ich habe meine sämtlichen Unterlagen aus der Zeit am Konservatorium durchsucht, aber den Namen Brollo habe ich nirgendwo gefunden. Und was Violetta

Grespi – oder Violetta Volpi, wie sie jetzt heißt – angeht, so bin ich fast davon überzeugt, daß sie mit Flavia Brollos Mutter verwandt war. Es wäre ein zu großer Zufall, daß beide den Namen Grespi tragen. Aber ob sie nun mit Flavias Mutter verwandt ist oder nicht, Violetta Volpi könnte mir meinen Seelenfrieden wiedergeben. Wenn sie natürlich behauptet, daß Alvise tatsächlich Flavias Vater war, woher soll ich dann wissen, ob sie bösartig ist, indem sie lügt oder indem sie die Wahrheit sagt? Ach, es ist schrecklich!»

«Die Wahrheit sieht so aus, wie Sie es wollen, Barbara, ganz egal wie sie in Wirklichkeit ist.»

Diese Bemerkung machte Urbino nicht leichtfertig. Die Contessa besaß eine hohe Moralvorstellung. Sie war stolz darauf, stets das Rechte zu tun und den Dingen offen ins Gesicht zu sehen.

«Und machen Sie sich keine Sorgen. Wir werden die Wahrheit erkennen, wenn wir ihr gegenüberstehen», versicherte ihr Urbino mit größerer Überzeugung, als er selbst verspürte, während sie langsam weitergingen. «Viel wichtiger ist die Frage, wie Flavia ums Leben gekommen ist. Hat sie Selbstmord begangen, dann ist das ein harter Schlag. Dann müssen wir uns mit Bedauern und Schuld auseinandersetzen. Aber falls Flavia ermordet wurde, ist das keineswegs besser –»

«‹Besser›!» wiederholte die Contessa. «Was mich betrifft, so ist das eine so schlimm wie das andere.»

«Aber wenn sie ermordet wurde, Barbara, dann könnte Alvise in irgendeiner Weise der Grund dafür sein, und das *müssen* wir wissen!» Die grauen Augen der Contessa weiteten sich angstvoll, und Urbino drückte liebevoll ihren Arm. «Morgen, wenn Zavarella seinen Bericht vorlegt, werden wir mehr erfahren.»

Sie befanden sich jetzt auf einem Wegstück, von dem verschiedene Pfade abgingen, die die Contessa aber alle ignorierte.

«Ich bin mehr denn je auf Sie angewiesen. Tun Sie, was Sie für nötig halten. Nach dem Ausbruch der armen Flavia im Café Florian kann man ihre Behauptung über Alvise ohnehin nicht mehr geheimhalten. Vielleicht ist es besser so. Es kann sein, daß die Leute nun eher bereit sind, Ihnen die Wahrheit zu sagen – und *falls* es einen Zusammenhang zwischen ihrem Tod und Alvise gibt, dann sind Sie der geeignete Mann, das herauszufinden und der Polizei zu helfen. Das haben Sie ja auch in der Vergangenheit schon oft bewiesen», fügte die Contessa hinzu und schenkte ihm ein tapferes Lächeln.

Sie hatten eine spiralförmige Kreuzung erreicht. Die Contessa hielt inne, aber nicht, weil sie den Weg nicht mehr wußte und versucht war, eines der verdeckten Schilder zu lesen, auf denen HILFE FÜR VERIRRTE in drei Sprachen stand. Sie sah Urbino bestürzt an.

«Benehme ich mich lächerlich? Soll ich das Ganze einfach auf sich beruhen lassen? Man kann immer einen Beweis für Untreue finden – oder zumindest etwas, das so aussieht, nicht wahr? Wenn ich jetzt nicht mit beiden Beinen fest auf dem Boden bleibe, bin ich hilflos und verloren!»

Sie sah sich mit einem etwas verwirrten Gesichtsausdruck um, als wollte sie illustrieren, wie hilflos sie sein würde. Doch wie um das Gegenteil zu beweisen, folgte sie dann mit aggressiv beschleunigtem Schritt einer der Abzweigungen.

«Aber nachdem die arme Flavia jetzt tot ist – und vielleicht ermordet wurde –, ist es unvermeidlich, daß Alvise und ich in die Sache hineingezogen werden. Also kann ich es doch unmöglich auf sich beruhen lassen, nicht wahr, *caro*?»

Sie waren so gute und enge Freunde, daß die Minuten, die sie schweigend verbrachten, beinahe ebenso beredt waren wie ihre Konversation. Die Contessa stützte sich immer stärker auf Urbino, aber sie ging ohne zu zögern den Kiesweg entlang. Nach weiteren Abzweigungen und Kurven tauchte die Marmorbank im Mittelpunkt auf. Dahinter befanden sich Rosenbüsche, der Aussichtsturm und die antike Statue einer Nymphe – Alvises Geschenk an seine Frau in jenem Sommer des Labyrinths.

Als Urbino sich neben die Contessa auf der Bank niederließ und den Korb mit Sandwiches, gekühltem Wein und Mineralwasser öffnete, ertönte vom Turm herab ein Ruf.

«He, ihr zwei! Ich bin hier oben!»

Es war Eugene, den sie noch nicht aus der Stadt zurückerwartet hatten. Urbino und die Contessa blickten zum Turm hinauf. Eugenes rundes und gerötetes Gesicht lächelte auf sie herunter.

«Ihr habt ja ganz schön lange gebraucht, bis ihr durchgefunden habt. Ich habe euch die ganze Zeit beobachtet. Stört es euch, wenn ich mich zu euch setze?»

«Bitte kommen Sie, Mr. Hennepin. Wir nehmen gerade ein kleines Mahl ein.»

«Ein Mahl! Es gefällt mir, wie Sie so reden, Gräfin. Ich bin im Handumdrehen bei euch.»

Sein Kopf verschwand. Schritte polterten die Wendeltreppe herab.

«Ich mag Ihren Ex-Schwager, *caro*. Er ist so ... so ...» – sie suchte nach einem Wort, das dem Mann gerecht wurde – «... so *primitiv*, im besten Sinne. Er scheint nicht nachzudenken, ehe er spricht. Das ist wirklich erfrischend. Ich finde ihn charmant.»

«Charmant?»

«Sind Sie eifersüchtig? Oder sorgen Sie sich, daß dieser nette Mann mir alle Geheimnisse über Sie und Evangeline verraten könnte, die Sie die ganzen Jahre verborgen gehalten haben? Mißgönnen Sie mir doch nicht ausgerechnet jetzt so ein kleines Vergnügen!»

Eugene stürmte durch den gotischen Bogen.

«Tut mir leid, wenn ich mich auf so überraschende Weise an Ihrem kleinen ‹Mahl› beteilige, Gräfin, aber Sie dürfen nicht den Eindruck haben, daß ich Sie von oben belauert habe.»

«Bitte nennen Sie mich Barbara.»

«Wie wäre es mit Gräfin Barbara? Sie können mich Eugene nennen. Sie haben hier ja eine wirklich hübsche Einrichtung – und zum Glück waren Sie so vernünftig, die ganzen Schilder aufzustellen. Solche Schilder bräuchte man in Venedig, anstatt solche, die mit dem gleichen Namen in zwei unterschiedliche Richtungen deuten. Ach, danke schön, Urbino, ich trinke gern ein bißchen Wein, aber bei den Sandwiches halte ich mich zurück. Jetzt tut ihr beiden einfach so, als ob ich nicht da wäre, und laßt euch in eurem Gespräch nicht stören.»

Aber kaum hatte er ausgesprochen, da griff er schon in seine Hosentasche und zog eine Liste mit den Gegenständen heraus, die er bisher in Venedig gekauft hatte. Während der nächsten Stunde ließ er sich von der Contessa beraten, in welche er sein Geld sonst noch investieren sollte. Die Contessa machte ganz den Eindruck, als sei sie überaus interessiert.

2

Während des Abendessens wartete die Contessa mit dem großen unbeschäftigten Teil ihres Gehirns auf Orianas Anruf. Eugene hatte sie allerdings so sehr ins Gespräch verwickelt, daß ein Beobachter, der die Eigenarten der Contessa weniger gut kannte als Urbino, geglaubt hätte, ihre Aufmerksamkeit sei vollkommen in Anspruch genommen.

«Urbino war schon immer ein bißchen komisch», sagte Eugene gerade im *salotto verde* von einem Louis-quinze-Lehnsessel aus, den er vollständig ausfüllte. «Das ist ja kein Wunder, nachdem er auf der ganzen weiten Welt nur ein paar Großtanten und Kusinen hat und weder Brüder noch Schwestern. Er war praktisch schon eine Waise, bevor seine Mama und sein Papa bei dem Autounfall umkamen. Man sollte glauben, daß jemand, der keine Familie hat, einen ganzen Stall voller Kinder haben möchte, aber Evangeline und er hatten keine. Vielleicht hättest du einen Sohn bekommen, Urbino, der dann in das Geschäft der Hennepins eingestiegen wäre, was du selbst nie wolltest. Nicht, daß ich dir einen Vorwurf machen will. Du weißt, daß ich immer auf deiner Seite stand.»

Urbino, der nie bedauert hatte, das einzige Kind von zwei Einzelkindern zu sein, und keineswegs den Wunsch verspürte, in einer großen und möglicherweise erdrückenden Familie zu leben, sagte nichts.

«Ihre Schwester hat einen schönen Namen, Eugene», sagte die Contessa und lächelte Urbino vom Brustolon-Sofa aus heimlich zu. Hinter ihr an der Wand befand sich ihre Sammlung von venezianischen, spanischen, französischen und englischen Fächern aus dem achtzehnten und neunzehnten Jahrhundert.

«Wir nennen sie meistens Evie», sagte Eugene stolz, «nur Urbino hat immer Evangeline gesagt.»

«Ich glaube, sie hat nach der Trennung von Urbino wieder geheiratet, nicht wahr?»

«Unseren Cousin Reid hat sie geheiratet – einen Cousin *zweiten* Grades», betonte er, «aber die Ehe sieht zur Zeit nicht gut aus. Evie möchte sich lösen. Sie meint, auf lange Sicht sei das besser für den kleinen Randall.»

«Den kleinen Randall?»

«Evies und Reids Sohn – er ist jetzt fast zehn. Evie vermißt ihn zur Zeit schrecklich, aber sie will hier noch einige Dinge erledigen.» Er warf Urbino einen bedeutsamen Blick zu.

«Heißt das, Ihre Schwester ist in Venedig, Eugene? Das hat mir Urbino gar nicht erzählt.»

«Nein, nicht in Venedig, Gräfin Barbara. Sie treibt sich in Florenz herum, geht in alle Museen und kauft die halbe Stadt leer. Sie würde gern nach Venedig kommen, aber darüber müssen wir noch reden. Ich ruf sie morgen an.»

«Bitte sagen Sie ihrer Schwester Evangeline doch, falls sie sich entschließt zu kommen, dann führe ich sie gern durch die Stadt. Ich würde mich wirklich freuen, mit ihr durch Museen und Geschäfte zu streifen. Sagen Sie einfach, ich sei eine gute Freundin von Urbino – es sei denn, sie hält das nicht für eine Empfehlung.»

Die Contessa lachte fröhlich, aber wie Urbino nicht wenig überrascht bemerkte, etwas nervös.

«Was ich meine, ist, nachdem sie und Urbino geschieden sind, könnte sie –»

«Ach, sie hat gar nichts gegen Urbino! Sie sagt nur die nettesten Dinge über ihn. Manchmal versuche ich ihr etwas Bösartiges zu entlocken, nur so zum Spaß. Ich sage so etwas wie: ‹Na, Evie, was glaubst du, daß Urbino in diesem Palast in Venedig so treibt? Warum hat er bloß das große Haus in Prytania verkauft, um in so einem kleinen und heruntergekommenen Gebäude zu leben?› Daß man so etwas überhaupt einen Palast nennen kann! Aber als ich Ihren Palast am Canal Grande gesehen habe, Gräfin Barbara, da hat mir Urbino erzählt, daß man ihn ein ‹Haus› nennt! Hier in Venedig ist alles verdreht!»

Urbino, der sich zunehmend unbehaglich fühlte, begann noch einmal zu erklären, weshalb die Ca' da Capo-Zendrini im venezianischen Sprachgebrauch als «casa» und nicht als «palazzo» bezeichnet wurde. Eugene und die Contessa hörten geduldig zu, aber sie schienen seine Erläuterung eher als unwillkommene Ablenkung von einem sehr viel interessanteren Thema zu empfinden.

«Also, Eugene, und was antwortet Evangeline dann, wenn Sie solche Dinge über Urbino sagen?»

«Ach, sie verteidigt ihn, Gräfin Barbara. Ja, das tut sie tatsächlich.» Eugene nickte heftig. «Sie sagt, er sei schon immer ein zurückhaltender Typ gewesen, das habe sie an ihm angezogen, und es störe ihn nicht, allein zu sein. ‹Er mag es, wenn er Ruhe und Frieden hat›, sagt sie, ‹Venedig ist die ideale Stadt für ihn – das ganze Wasser und der Nebel dort.› Sie wird staunen, wenn ich ihr erzähle, daß wir eine schwimmende Leiche im Canal Grande gefunden haben und daß Urbino das Mädchen kannte! Von wegen, hier sei es ruhig und friedlich!»

Eugene lachte und trank einen Schluck von seinem Scotch.

Als das Telefon am anderen Ende des Flurs klingelte, warf die Contessa Urbino einen nervösen Blick zu. Rosa, die Hausangestellte der Contessa, kam ins Zimmer.

«Es ist Signor Occhipinti, Contessa.»

In schneller Folge zeichneten sich erst ein enttäuschter und dann ein erleichterter Ausdruck auf dem Gesicht der Contessa ab.

«Gräfin Barbara ist wirklich nett», sagte Eugene, nachdem sie das Zimmer verlassen hatte. «Überhaupt nicht hochnäsig. Und für eine Frau ihres Alters sieht sie sehr gut aus. Ich habe gemerkt, daß du vorhin ein bißchen unruhig wurdest. Wenn ich nichts über dich und Evie sagen soll, dann halte ich den Mund.»

Urbino, der wußte, daß er Eugene keinen Knebel verpassen konnte, erklärte, er habe vor der Contessa keine Geheimnisse.

«Das ist mir aber neu – du und keine Geheimnisse! Dir ist doch noch nie ein Wort zuviel entschlüpft! Ich glaube, nicht einmal Evie ist es gelungen, dir irgendwelche Geheimnisse zu entlocken.»

Glücklicherweise war Evangeline, die zwar eine Menge Eigenschaften mit ihrem Bruder gemeinsam hatte, wesentlich weniger redselig und sehr viel diskreter.

«Ich merke doch, daß die Gräfin Barbara neugierig auf dich ist. Offenbar verwöhnst du sie nicht gerade mit Offenherzigkeit. Vielleicht sollte ich –»

Was Eugene androhte, erfuhr Urbino nicht, denn er brach ab, als die Contessa zurückkam.

«Silvestro kommt vorbei. Er ist gerade aus Venedig zurückgekehrt und wirkt etwas aufgeregt. Aus geschäftlichen Gründen war er für ein paar Tage in der Ca' Rezzonico. Milo holt ihn mit dem Auto ab.»

«Ich wollte Sie etwas fragen, Gräfin Barbara. Offensichtlich fehlt es Ihnen doch nicht an Geld, wenn Sie mir das zu sagen erlauben. Sie haben diesen großen Grundbesitz hier und den riesigen Marmorpalast in Venedig. Dann ist da der Bentley und, wie Urbino mir erzählt hat, ein Motorboot. Aber wieso haben Sie sich eigentlich nie so eine hübsche Gondel gekauft?»

Urbino genoß den kurzen ratlosen Ausdruck auf dem Gesicht der Contessa. Vielleicht ahnte sie allmählich, daß Eugene zwar auf seine Art «charmant» war, aber durchaus mehr als nur ein bißchen verwirrend sein konnte.

«Ehrlich gesagt, Eugene, ich hätte sehr gern eine.»

«Warum kaufen Sie sich dann keine?»

«Na ja, es ist so, daß es doch ziemlich affektiert wirkt, in einer Gondel herumzufahren, so angenehm es auch sein mag.»

«Ha! Ha! Sie überraschen mich, Gräfin Barbara! Eine Frau wie Sie, die sich über die Meinung der Nachbarn Gedanken macht! Bestimmt wissen Sie, wovon Sie reden. Aber Sie sind doch selbst keine Italienerin! Sie sind eine Ausländerin wie diese Guggenheim. Die hat sich nicht darum gekümmert, was die Nachbarn dachten.»

«Nein, das hat sie bestimmt nicht», bestätigte die Contessa. Sie goß sich noch Tee nach. «Eugene, haben Sie vielleicht ein Foto von Ihrer Schwester Evangeline dabei?»

«Aber natürlich. Ich habe fast von allen Hennepins Fotos dabei – zumindest von der engeren Familie, und das sind fast zwei Dutzend Leute.»

Eugene griff in die Brusttasche seines Jacketts und holte eine dicke Brieftasche heraus. Er öffnete sie und zog eine Fotografie aus einem von zahlreichen Plastikumschlägen.

«Das ist unsere Evie, Gräfin Barbara.»

Die Contessa betrachtete die Fotografie. Es war Evangelines Verlobungsfoto, das vor über fünfzehn Jahren in der *Times-Picayune* erschienen war.

«Sie ist wirklich wunderschön. So schönes dunkles Haar – und so herrliche Augen. Welche Farbe haben sie?»

«Hellgrün, fast wie die einer Katze, und ihre Haut ist magnolienweiß. Früher sagten alle, sie sehe aus wie Scarlett O'Hara. Das Bild ist schon ein bißchen alt, aber sie sieht jetzt nicht viel anders aus. Sie ist die Art Frau, die mit dem Alter schöner wird – genau wie Sie, Gräfin Barbara, auch wenn Evie natürlich noch ein ganzes Stück jünger ist.»

Die Contessa hob die Augen von der Fotografie und sah Urbino an. Er hoffte, daß sie sein heimliches Lächeln nicht bemerkte.

«Aber Evie hat sich trotzdem verändert», fuhr Eugene fort. Er warf Urbino einen versteckten Blick zu und erklärte: «Nicht äußerlich, aber sie ist anders geworden – ja, das ist sie. Evie ist eine liebenswürdige und innerlich gefestigte Frau geworden.»

Die Contessa wechselte einen kurzen Blick mit Urbino. Wurde ihr jetzt klar, was hinter Eugenes Lob auf seine Schwester steckte?

«Nun, Eugene, sagen Sie dieser schönen jungen Frau doch, daß sie jederzeit hier oder in der Ca' da Capo willkommen ist», sagte die Contessa und gab ihm die Fotografie zurück. «Sie können ihr erzählen, daß ich eine neue Freundin von Ihnen bin.»

«Ach, wer *Sie* sind, das weiß sie längst, Gräfin Barbara! Urbinos Großtanten haben ihr schon vor Jahren erzählt, daß er sehr eng mit einer echten Gräfin befreundet ist!»

«Das freut mich zu hören, Eugene», sagte die Contessa, obwohl ihr Gesichtsausdruck weniger Freude als Nachdenklichkeit verriet. Sie streckte den Arm aus und tätschelte Urbinos Hand. «Wie freundlich von Ihnen, daß Sie meine verständliche Neugier geduldet haben, Urbino. Wissen Sie, Eugene, Sie sind der erste Mensch aus Urbinos Vergangenheit, den ich kennenlerne.»

«‹Vergangenheit›?» Eugene runzelte mit offensichtlicher Mißbilligung die Stirn. «Ich betrachte mich nicht als Teil seiner *Vergangenheit*, Ma'am. Sie kennen uns Hennepins nicht – und Sie wissen wohl auch nichts über Südstaatler. Auch wenn Urbino sich in seinem Palast versteckt, entkommen kann er uns nicht!»

Das Telefonklingeln hinderte Eugene daran, diese Aussage noch weiter auszuführen. Diesmal war es für Urbino. Die Contessa sah ihm angstvoll nach, als er den *salotto* verließ.

«Urbino!» sagte Oriana Borelli mit heiserer Stimme am anderen Ende der Leitung. «Ich dachte, es wäre besser, wenn ich mit Ihnen rede. Wie geht es Barbara? Ich fürchte, ich habe schlechte Neuigkeiten. Filippos altes Kindermädchen Graziella Gnocato hat mir erzählt, daß Regina Grespi Brollo und Violetta Volpi tatsächlich Schwestern waren. Das ist überraschend für mich, denn weder Barbara noch ich kannten Regina Grespi. Sie war nicht oft in Venedig, sondern lebte in Sanatorien in der Umgebung von Mailand und in der Schweiz. Graziella kümmerte sich nach Reginas Hochzeit zeitweise um sie; sie pflegte sie sogar eine Weile kurz vor ihrem Tod. Offenbar hat Regina alle Schönheit in der Familie geerbt – Violetta, die nicht gerade schön ist, war bestimmt eifersüchtig –, aber keineswegs alles Glück. Vor ungefähr zehn Jahren hat sie sich schließlich im Gardasee ertränkt. Graziella ist jetzt selbst invalide; die Ärmste lebt in einer heruntergekommenen Wohnung in Santa Marta, wo sie von einer Nichte versorgt wird. Sagen Sie Barbara, ich bin zutiefst bestürzt darüber, daß es eine Verbindung zwischen dem toten Mädchen und ihr gibt. Aber vielleicht ist alles gar nicht so schlimm, wie es aussieht. Jetzt muß ich leider Schluß machen.»

Als Urbino in den *salotto* zurückkam, warf ihm die Contessa einen besorgten Blick zu. Eugene beklagte sich gerade darüber, daß er auf seinem kurzen Ausflug nach Asolo außer einigen Villen nicht viel Kaufbares entdeckt habe.

«Ich muß zugeben, daß ich in Versuchung war. Erst war ich ganz geschockt, als ich die Millionen von Lire sah, aber wenn man es umrechnet, ist es gar nicht so viel. Man kann nie wissen, Gräfin! Vielleicht werde ich eines Tages noch Ihr Nachbar – hier oder in Venedig!»

Während der nächsten Viertelstunde unterhielt Eugene sie mit seinen Eindrücken vom Alltagsleben in Italien, wobei ganz oben auf der Liste die ständig läutenden Kirchenglocken und die schockierende Eile, mit der die Italiener stehend in der Bar ihren Morgenkaffee hinunterkippten, standen. Die Contessa trug dabei einen interessierten Gesichtsausdruck zur Schau, der Urbino nicht täuschen konnte. Sie dachte an nichts anderes als an den Telefonanruf.

«Und dann ist da dieses ‹Passage›-Ding», sagte Eugene gerade, als Schritte im Flur zu hören waren.

«Die *passegiata*», korrigierte Urbino beinahe automatisch.

«Genau. Erst ist fast kein Mensch zu sehen, und kaum dreht man kurz den Rücken, ist die ganze Straße voller Leute. Sie umarmen und küssen sich und reden miteinander, als hätten sie sich jahrelang nicht gesehen. Und genauso schnell, wie sie gekommen sind, sind sie auch wieder verschwunden.»

Silvestro Occhipinti erschien auf der Schwelle, als Eugene gerade ausgesprochen hatte. Bei seinem Anblick beugte sich Eugene zu Urbino und sagte in lautem Flüsterton: «Na, ist denn das zu glauben? Diesen kleinen Glatzkopf habe ich heute in der Stadt gesehen, wo er einen Cockerspaniel hinter sich hergezerrt hat. Er hat unablässig geredet, wenn er nicht gerade niesen mußte; aber ich weiß nicht, ob er mit dem Hund oder mit sich selbst gesprochen hat. Das meiste davon war auf italienisch, aber ich habe gehört, wie er gesagt hat, daß Gott im Himmel sei.»

Mit einem Stirnrunzeln auf seinem Vogelgesicht betrachtete der alte Mann Eugene.

«Browning, Signore, der beste Dichter nach Dante!» betonte Occhipinti mit seiner Zwitscherstimme.

Eugene stand auf und streckte ihm die Hand hin.

«Freut mich sehr, Sie kennenzulernen, Signor Browning. Mein Name ist Hennepin – Eugene Hennepin.»

3

Die Contessa beeilte sich, die Verwirrung aufzuklären. Nachdem Urbino Occhipinti ein Glas Wein eingeschenkt hatte, manövrierte sie den kleinen Mann in eine Unterhaltung mit Eugene. Während die beiden miteinander redeten – oder genauer gesagt, während Eugene von seiner in Auftrag gegebenen Gondel erzählte und Occhipinti der Contessa versteckte Blicke zuwarf –, erzählte Urbino ihr von Orianas Telefonanruf.

Die Contessa wurde kalkweiß unter ihrem sorgfältig aufgetragenen Make-up und begann, ihren florentinischen goldenen Ehering zu drehen. Als sie bemerkte, was sie tat, zwang sie sich, die Hände in ihren Schoß zu legen.

Sie wollte gerade etwas sagen, da wandte sich Occhipinti von dem noch immer redenden Eugene ab und sagte: «Ja, Violetta Volpi. Bitte entschuldigen Sie, wenn ich unterbreche, Signor Macintyre, aber ich hörte, wie Sie ihren Namen nannten. Sie ist einer der Gründe für meinen heutigen Besuch, Barbara. Das Mädchen, das man im Canal Grande gefunden hat – der Mädchenname ihrer Mutter war Grespi. Das war Violetta Volpis Mädchenname. Sie erinnern sich doch an Violetta. ‹Bälle und Maskenspiele begannen um Mitternacht und tobten bis zum Mittag› – Violetta Grespi hat sie alle besucht, und eine Weile lang war ich ihr Begleiter. Und ist Flavia nicht der Name des Mädchens, das letzte Woche hier war und nach dem Sie, Signor Macintyre, mich gefragt haben?»

Urbino bestätigte diese Tatsache und sagte, offenbar sei Violetta Grespi Volpi Flavias Tante mütterlicherseits. Occhipintis kleine und runde Augen weiteten sich, und sein dünnlippiger Mund deutete Überraschung an.

«Na, das ist ja erstaunlich! Wer hätte das gedacht!»

«Was wollten Sie denn Barbara sonst noch mitteilen, Signor Occhipinti?» erkundigte sich Urbino.

Alvises treuer alter Freund warf einen unbehaglichen Blick auf Eugene. Die Contessa erklärte ihm, er könne offen sprechen.

«Wenn Sie das sagen, liebste Barbara. Erinnern Sie sich, was ich Ihnen letzte Woche über diese Flavia Brollo sagte, Signor Macintyre – auch wenn wir damals ihren Nachnamen noch nicht wußten?» Er wartete Urbinos Antwort nicht ab, sondern fuhr energisch fort, wobei das Licht auf seiner Glatze glänzte: «‹Ein Gesicht, für das man seine Jugend verlieren, von dem man im Alter träumen, für das man dem Tod ins Auge sehen möchte›. Wissen Sie noch? Und ich sagte auch, daß sie mir bekannt vorkam.»

Urbino nickte.

«Nun, jetzt ist mir eingefallen, warum sie mir bekannt vorkam, und ich wollte es Ihnen erzählen.» Occhipinti wirkte nervös und atmete schneller. «Das war wegen meiner Villa, der Villa Pippa, wissen Sie! Ich habe die junge Frau zusammen mit der Schauspielerin gesehen, die die Villa gemietet hat. Vielleicht hat sie sogar bei Madge Lennox gewohnt!»

Das war eine weitere Verbindung zwischen Occhipinti und der toten Frau. Nicht nur, daß er nach der Hochzeit der Contessa und des Conte der Begleiter ihrer Tante Violetta gewesen war, Flavia hatte sich auch noch ausgerechnet mit der Frau angefreundet, die Occhipintis Villa gemietet hatte. Auch wenn es lediglich ein Zufall sein sollte, so schien es, das fühlte Urbino, Occhipinti doch unangenehm zu sein. Der kleine Mann war sofort nach seiner Rückkehr zur Contessa geeilt, um ihr zu sagen, daß er Flavia mit Madge Lennox zusammen gesehen hatte.

Verständlicherweise war Eugene sichtbar begierig auf eine Erklärung für all die verwirrenden Dinge, die er da hörte, aber Occhipinti gab keine ab – Urbino und die Contessa auch nicht, denn sie warteten darauf, daß Occhipinti weiterredete. Es war deutlich zu sehen, daß er noch nicht fertig war.

«Aber machen Sie sich keine Sorgen, Barbara», sagte Occhipinti und blickte sie durch seine dicken Brillengläser ernsthaft an. «Diese Flavia Brollo ist tot. Sie wird Sie nicht mehr belästigen.»

«Aber die Sache ist *keineswegs* vorbei, Silvestro. Sie wird nicht vorbei sein, ehe ich nicht die Wahrheit über Alvise weiß.»

Das Gesicht des alten Mannes wurde düster.

«Lassen Sie ihn in Frieden ruhen. Die Wahrheit! Unser Alvise war der beste aller Männer.» Occhipintis Zwitscherstimme war voller Überzeugungskraft. «‹Wo mein Herz ruht, da laßt auch mein Hirn ruhen› – auf diesen Ratschlag sollten Sie hören.»

«Die Mutter der jungen Frau – Violettas Schwester – ist im Gardasee ertrunken, Signor Occhipinti», sagte Urbino. «Barbara kannte Violetta Grespi nicht besonders gut. Ihr war nicht einmal bekannt, daß diese eine Schwester hatte, und von deren Selbstmord wußte sie schon gar nichts. Sie hatten doch vor vielen Jahren eine Villa am Gardasee. Können Sie sich an Einzelheiten über den Tod von Violettas Schwester erinnern?»

Occhipinti schloß die Augen, legte den Kopf in den Nacken und öffnete den Mund weit. In Urbinos Augen war das ein ungewöhnlicher Beginn für das, was immer der kleine Mann auch über Regina Brollos Tod enthüllen wollte, aber er nieste – nicht einmal, sondern mehrmals.

«Verzeihen Sie. Es ist nur eine Sommererkältung. Offenbar hat mich eine Nachbarin angesteckt. Wäre das nicht passend, wenn ich wie Browning an einer Erkältung sterben würde? Ha, ha! Aber ich sollte das Schicksal nicht herausfordern, indem ich so etwas sage, auch wenn es schlimmere Arten gäbe, dem ‹bleichen Priester› zu begegnen. Nein, Signor Macintyre, ich fürchte, ich erinnere mich nicht an einen Tod durch Ertrinken. Ich wußte nicht einmal, daß Violetta ihre Schwester verloren hat. Wir standen in keinem engen Kontakt mehr. Ich weiß, daß sie jetzt eine bekannte Künstlerin ist. Einige ihrer Gemälde habe ich sogar gesehen. Meinem Geschmack entsprechen sie nicht.» Er machte eine Pause und fuhr dann fort: «Ich habe Violetta eigentlich nie wirklich gemocht, Barbara. Sie hat immer so bösartige Dinge über Sie gesagt. Ich weiß, wie erschrocken Sie über das waren, was das dumme Mädchen letzte Woche behauptet hat, aber das ist wirklich Unsinn. Ich bin sicher, daß ihr das Violetta Grespi – ich meine natürlich Violetta Volpi – eingeredet hat.»

«Ich hoffe, daß Urbino sich mit ihr treffen und die Sache klären kann.»

«Aber ich kann sie auch besuchen, Barbara.»

«Nein, danke, Silvestro.»

Der kleine Mann wirkte niedergeschlagen und sogar verärgert.

«Urbino hat den Vorteil, daß er Violetta Volpi nicht kennt», erläuterte die Contessa, um die offensichtlich verletzten Gefühle des Mannes zu beruhigen. «Das macht die Sache leichter.»

«Er kannte doch auch Alvise nicht», sagte Occhipinti. «Woher soll er dann wissen, welche Gefühle Sie und ich aufgrund der Behauptungen des Mädchens hegen?»

Die Contessa hatte offenbar weder die Energie noch die Absicht, diesen Aspekt genauer zu erläutern. Eugene wartete noch immer auf eine Erklärung, aber die Contessa schnitt entschlossen ein weniger heikles Thema an, für das sich, wie sie wußte, Alvises alter Freund und Urbinos Ex-Schwager gleichermaßen erwärmen konnten.

«Bevor Sie kamen, Silvestro, sagte Mr. Hennepin gerade, daß er sich für Villen interessiere. Er hat sich die Angebote im Schaukasten eines Immobilienbüros angesehen.»

Aber ehe Occhipinti sich auf den Köder stürzte, starrte er Barbara ins Gesicht und legte soviel Überzeugungskraft wie möglich in seine hohe Stimme: «‹Laßt ruhen, was ruht!›»

Aber war Occhipinti nicht hergekommen, um die Dinge eben nicht ruhen zu lassen? fragte sich Urbino. Und wen meinte der vogelähnliche Mann damit? Flavia Brollo, ihre Mutter Regina oder vielleicht sogar Alvise? Der verblüffte Ausdruck auf dem Gesicht der Contessa zeigte, daß sie es ebensowenig wußte wie Urbino.

4

Erst sehr viel später an diesem Abend, nachdem Occhipinti gegangen war und Eugene sich in sein Zimmer zurückgezogen hatte, fanden Urbino und die Contessa Gelegenheit, sich im *salotto verde* allein zu unterhalten. Die Contessa hatte sich ein Glas Remy Martin einschenken lassen und saß wieder auf dem Brustolon-Sofa, den Blick gedankenverloren auf ihr Glas gerichtet.

«Was für eine Beziehung könnte denn zwischen dieser Schauspielerin und Flavia Brollo bestanden haben?» fragte sie etwas verdrießlich und richtete ihre grauen Augen auf Urbino. «Ich weiß, was für einen Ruf sie hat», fügte sie hinzu.

Urbino war klar, daß sie in Wirklichkeit fragte, welche Verbindung es zwischen der Lennox und Flavia Brollos Auftauchen auf dem Gartenfest geben konnte.

«Und dann das, was die alte Pflegerin über Flavias Mutter erzählt hat», fuhr die Contessa fort. «Während ich in England war, befand sich Alvise mit Silvestro am Gardasee. Vielleicht verbrachte auch diese Regina Brollo ihre Sommer dort, wie das ja viele Venezianer machen. Dazu werden Sie ebenfalls Nachforschungen anstellen müssen. Aber Sie erzählen mir doch bestimmt die Wahrheit, oder? Wie auch immer sie aussieht?»

«Was Sie von mir hören, wird immer die Wahrheit sein.»

«Ich hoffe, Sie geraten nicht in Versuchung, Ihr Versprechen zu brechen. Das könnte ich Ihnen nie verzeihen – und erst recht nicht mir selbst, weil ich Sie in diese Situation gebracht habe.»

Der Gesichtsausdruck der Contessa verdüsterte sich, und einen Augenblick lang fürchtete Urbino, sie würde zu weinen anfangen.

«Ich bin so schrecklich traurig, *caro*! Wenn ich mich zwinge, einmal nicht an Alvise und mich zu denken, dann fällt mir die arme Flavia ein.»

Die Contessa schwieg mehrere Minuten lang, und Urbino unterbrach ihre Gedanken nicht. Offenbar bemühte sie sich, eine ganze Reihe schmerzlicher Tatsachen zu bewältigen. Aber er zweifelte nicht daran, daß die moralische Stärke der Contessa, ihre Intelligenz und ihr gefühlvolles Herz ihr Kraft gaben. Diese Eigenschaften würden es ihr ermöglichen, die Krise zu überstehen – natürlich unterstützt von seinen Bemühungen und seinem Zuspruch.

«Flavia war in jedem Fall ein Opfer, selbst wenn sie nicht ermordet wurde, nicht wahr?» sagte die Contessa dann und sah Urbino offen ins Gesicht. «Entweder war sie von Wahnideen besessen – oder Alvise und ich haben sie schrecklich im Stich gelassen.»

Einige schweigsame Augenblicke dachte die Contessa über die Möglichkeit ihrer eigenen Schuld nach. Urbino sagte immer noch nichts, sondern wartete geduldig.

«Falls Alvise tatsächlich ihr Vater war», fuhr sie schließlich fort, «dann haben Alvise und ich ihr gegenüber versagt. Und wenn sie das alles erfunden hat, aus was für Gründen auch immer, was verrät das dann über sie selbst? Über ihr Leben und ihre Beziehung zu ihrem wirklichen Vater? Ich weiß, diese ganzen Gedanken haben Sie sich auch schon gemacht, Urbino, und ich flehe Sie an: Sorgen Sie sich nicht so sehr um meine Gefühle, daß Sie versuchen, mir Schmerz zu ersparen.»

Was die Contessa sagte und was ihre angstvollen Augen ausdrückten, widersprach sich so stark, daß Urbino es in dieser Nacht, bis er endlich einschlafen konnte, noch nicht einmal ansatzweise nachvollziehen konnte.

5

Es war am folgenden Nachmittag. Der Sant'Anna-Friedhof inmitten der sanften Hügel unterhalb der Mauern von Asolo schien zunächst menschenleer, abgesehen von zwei Arbeitern, die die Kieswege auf der untersten Terrasse rechten. Aber dann entdeckte Urbino Madge Lennox. Die große Frau stand am Grab von Eleonora Duse, jener Schauspielerin, die um die Jahrhundertwende die Rivalin von Sarah Bernhardt gewesen war. Das Grab befand sich in einer der obersten Reihen und war von niedrigen Büschen und Zypressenbäumen eingefaßt.

Urbino kam oft hierher auf den Sant'Anna-Friedhof. Das Besuchen von Friedhöfen war eine der Vorlieben – oder «Exzentrizitäten», wie die Contessa das nannte –, die er mit Evangeline geteilt hatte. Wo immer er auch hinkam, ging er, wenn er Zeit fand, zum Friedhof, las die Inschriften und unterhielt sich mit den Friedhofsarbeitern. Was der Contessa, der jedes *memento mori* zuwider war, morbid vorkam, tröstete ihn. Er freute sich über Gräber, die nicht vergessen worden waren, über die frischen Vasen mit Blumen und die gut gepflegten Beete. Die größere Anzahl vernachlässigter Grabstellen versuchte er zu übersehen.

Urbino ging auf Madge Lennox zu. Die siebzigjährige Schauspielerin trug einen kirschfarbenen Schal, der ihre Haare bedeckte, einen Hut mit breiter Krempe und sich bauschende karmesinrote Hosen mit einem passenden Oberteil. Sie betrachtete den Grabstein. Ihre Pose wirkte beinahe marmorartig steif, so daß sie mit ihrem blassen und angespannten Gesicht den Marmorstatuen des Friedhofs ähnelte. Aber dann hob sie plötzlich und ruckartig den Kopf und starrte Urbino durch ihre große Sonnenbrille an.

«Ich wollte Sie nicht erschrecken, Miss Lennox, aber Ihre Hausangestellte in der Villa Pippa hat gesagt, Sie seien vielleicht hier. Ich bin Urbino Macintyre. Wir haben uns auf dem Gartenfest der Contessa da Capo-Zendrini kennengelernt.» Die Schauspielerin nickte bestätigend. Urbino ging den Rest des Weges und trat neben sie vor das Grab von Eleonora Duse. «Ich komme auch oft hierher. Sie liegt an einem herrlichen Platz.»

«Das stimmt», gab Madge Lennox in ihrer tiefen, äußerst beherrschten Stimme zu.

Sie schob ihren Hut zurecht und lächelte Urbino an. Wie in der letzten Woche beeindruckte ihn auch jetzt wieder die beinahe geschlechts- und alterlose Schönheit ihres blassen Gesichts mit den hohen Wangenknochen. Alles an ihr wirkte kontrolliert, was Urbino sowohl anziehend als auch seltsam irritierend fand. Sie erinnerte ihn an jemanden, und es beunruhigte ihn, daß er nicht wußte, an wen, denn er hatte das vage Gefühl, daß die Assoziation nicht ganz angenehm war.

Madge Lennox beugte sich nach unten, um eine Vase mit kleinen gelben Blumen zurechtzurücken, und sagte: «Vielleicht können Sie mir behilflich sein.» Dabei blickte sie nicht auf und fuhr fort: «Finden Sie, daß Eleonoras Grabstelle einem versteckten Balkon oder eher einer kleinen Bühne ähnelt?»

«Jeder der Vergleiche würde zum letzten Ruheplatz einer Schauspielerin passen, finden Sie nicht? Und auch ein Balkon kann eine Bühne sein. Denken Sie an *Romeo und Julia*.»

«Eine gute Antwort! Und Eleonora hat die Julia oft gespielt, bei einer denkwürdigen Gelegenheit sogar in Verona selbst. Sie war eine der wenigen Schauspielerinnen, die diese Rolle im genau richtigen

Alter verkörperten.» Sie richtete sich auf und lachte. «Ich habe sie gespielt, als ich gerade dreißig wurde. Aber Sie sind hergekommen, um mich über Flavia Brollo zu befragen, nicht wahr? Signor Occhipinti hat Ihnen offenbar erzählt, daß er uns zusammen gesehen hat. Übrigens, nennen Sie mich Madge, denn ich möchte gern Urbino zu Ihnen sagen.» Sie sprach das U in seinem Namen in korrektem Italienisch aus. «Das ist ein ungewöhnlicher Name für einen Amerikaner.»

Als Urbino ihre angedeutete Frage nicht beantwortete, lächelte sie und zeigte dabei für ihr Alter bemerkenswert weiße Zähne und sehr wenig Falten.

«Ja, ich kannte Flavia, aber ich war der Meinung, daß es mir nicht anstand, der Contessa davon zu erzählen.»

Madge Lennox trug eine so tadellose und glatte Oberfläche zur Schau und wirkte so selbstzufrieden, daß Urbino den Drang verspürte, sie zu erschrecken.

«Wissen Sie, es kann sein, daß Flavia ermordet wurde.»

«Aber das ist doch lächerlich!» Madge Lennox wirkte eher ärgerlich als erschrocken. «In der Zeitung stand nichts von einem Mord. Ist das die Vermutung der Polizei?»

«Dort untersucht man natürlich alle Möglichkeiten. Nach der Autopsie wird man mehr wissen.»

Die Lennox nahm ihre Sonnenbrille ab und steckte sie in die Tasche ihrer Hose. Ihre Augen waren dunkel und stechend, und sie blickte ihm forschend ins Gesicht.

Urbino spürte, daß die Lennox versuchte, sich an den Gedanken zu gewöhnen, Flavia könnte ermordet worden sein. Ein Konflikt – oder zumindest etwas, das danach aussah – zeichnete sich auf dem Gesicht mit den hohen Wangenknochen ab.

«Mord», sagte sie mit ihrer weichen Stimme. «Sollte man es nicht der Polizei überlassen, ob man dort Ihren … Ihren Verdacht teilt? Es ist doch nicht mehr als ein Verdacht, oder? Auf jeden Fall glaube ich nicht, daß ich Ihnen viel helfen kann.»

Dennoch teilte sie ihm ohne Zögern mit, was sie wußte. Während sie gemeinsam den Friedhof verließen und den Hügel hinauf zur Stadt gingen, erzählte sie ihm, daß Flavia sie gelegentlich in der Villa besucht und manchmal auch dort übernachtet habe. Die Lennox hatte ihr sogar ein eigenes Gästezimmer zugewiesen.

«Flavia hat sich gern von dem Trubel in Venedig zurückgezogen – über den Sie und ich auf dem Gartenfest der Contessa gesprochen haben. Ich habe sie in Ruhe gelassen. Wir verstanden einander. Sie sagte, hier in Asolo fühle sie sich sicher.»

«Sicher», wiederholte Urbino. «Hatte sie vor etwas Angst?»

«Das war bestimmt nur eine Redewendung.»

«Wo haben Sie sie kennengelernt?»

«Auf dem Friedhof. Schauen Sie nicht so überrascht, Urbino», sagte sie, wobei sie die einzelnen Silben seines Namens mit offensichtlichem Genuß aussprach. «Wissen Sie, Flavia hat die Duse verehrt. Sie stand vor ihrem Grab, fast so wie ich heute. Wir unterhielten uns eine Weile, und dann lud ich sie auf ein Glas in die Villa Pippa ein. In der Woche darauf kam sie wieder, und schließlich freundeten wir uns an. Das war Anfang Juni.»

Sie kamen an einer kleinen Franziskaner-Kirche vorbei und gingen weiter auf die Hauptstraße zu. Zikaden zirpten im Gras und in den Weinstöcken am Wegesrand. In der Ferne lagen die Villen wie Edelsteine im samtigen Grün der umgebenden Hügel.

«Flavia glich einer ‹melodiösen Erscheinung›», fuhr Madge Lennox fort. «Das stammt von der Inschrift auf dem Haus der Duse in der Stadt und paßte auch auf Flavia mit ihrem schönen Gesicht und diesen melancholischen grünen Augen. Diese Augen verrieten immer so viel – oder so wenig», fügte sie hinzu und erinnerte Urbino damit an den leeren Ausdruck, den Flavias Augen auf dem Gartenfest der Contessa gezeigt hatten. «Sie hat mir erzählt, daß sie in einigen Theaterstücken mitgewirkt hatte.»

Urbino und Madge Lennox waren auf die Hauptstraße gelangt und wanderten den Hügel hinauf auf die Stadt zu. Villen und kleinere Privathäuser flankierten die Straße.

«Hat Ihnen Flavia erzählt, weshalb sie in Asolo war?»

«Zu Beginn sagte sie nur, sie habe das Grab von Eleonora Duse besuchen wollen, aber bald merkte ich, daß sie an der Contessa interessiert war. Wie sie aussehe? Ob ich sie für attraktiv hielte? Was für eine Frau sie sei? Wie die Villa La Muta sei? Ob ich etwas über den Ehemann der Contessa wisse? Ich fürchte, ich konnte ihr keine dieser Fragen zufriedenstellend beantworten. Ich kannte die Contessa kaum, und alles, was ich wußte, hatte ich von Signor Occhipinti oder meiner Hausangestellten erfahren oder von Leuten aus der Stadt, die nichts dagegen haben, mit einer *straniera* zu plaudern.»

Urbino erinnerte sich, wie Madge Lennox ihn auf dem Gartenfest auf Alvise angesprochen hatte. Ob sie wohl auf Informationen gehofft hatte, die sie ihrem gelegentlichen Hausgast weitergeben konnte?

Ein Dalmatiner hinter dem Zaun einer Villa begann laut zu bellen, als sie vorüberkamen. Madge Lennox sagte einige besänftigende Worte auf italienisch, und das Tier beruhigte sich. Urbino mußte daran denken, wie sich Catullus, der Dobermann der Contessa, in Flavias Anwesenheit benommen hatte.

Als antwortete sie auf Urbinos unausgesprochene Gedanken, sagte Madge Lennox: «Flavia konnte gut mit Hunden umgehen. Sie ist oft an das Tor der Villa der Contessa gegangen und hat mit dem Hund geredet. Sie sagte, sie seien gute Freunde geworden.»

«Fanden Sie Flavias Interesse an der Contessa nicht seltsam?» wollte Urbino wissen, während sie gefolgt von dem Dalmatiner am Zaun der Villa entlanggingen.

«Natürlich kam es mir seltsam vor, vor allem, nachdem ich einige der Dinge in ihrem Sammelalbum sah.»

Madge Lennox' weißes Gesicht war eine Maske, die weder Verlegenheit noch Unruhe verriet.

«Sie führte ein Sammelalbum?»

«Ja, sie war ja noch ein Mädchen. Das Album enthielt viele Erinnerungsstücke. Sie bat mich, mein Autogramm neben einige andere zu setzen. Da waren eine ganze Reihe von Programmen und Eintrittskarten, Zeitungsausschnitten, Fotografien und mehrere Zeitungsartikel aus der venezianischen Tageszeitung über die Contessa und ihren Ehemann und auch einer über Signor Occhipinti. Über diese Zeitungsartikel habe ich mich etwas gewundert, aber ich habe nicht viel darüber nachgedacht. Jedenfalls ... fast zur selben Zeit als ich hörte, daß Flavia diese fixe Idee hatte, der Conte sei ihr Vater, erfuhr auch die Contessa davon.» Eilig fuhr die Lennox mit ihrer tiefen Stimme fort: «Flavia erzählte es mir am Morgen vor dem Gartenfest. Sie flehte mich an, sie mitzunehmen, aber ich weigerte mich. Als ich sie auf die Contessa zugehen sah, wußte ich, was sie sagen würde. Und später in der Villa Pippa erzählte sie es mir.»

Der sorgenvolle Ausdruck, der nun kurz auf Madge Lennox' Gesicht zu sehen war, irritierte Urbino einen Augenblick lang. Eigentlich paßte der Gesichtsausdruck, auch wenn er sich während ihres Berichts über Flavia etwas verspätet zeigte, aber Urbino fragte sich, ob er wirklich authentisch war und von Herzen kam.

Bei diesen Überlegungen wurde ihm klar, an wen Madge Lennox ihn erinnerte. Urbino dachte zurück an die Zeit, als er mit fünfzehn Jahren auf Bitten seines Gemeindepfarrers eine ehemalige Schauspielerin im Rollstuhl durch den Garden District geschoben hatte. Ihre Geschichten hatten ihn entzückt, und ihre Dankbarkeit war herzerwärmend gewesen. Für ihn hatte sie etwas Magisches gehabt, eine von mehreren charismatischen älteren Frauen in seinem Leben, aber er hatte sich immer gefragt, ob er einem Menschen, dessen Leben zu einem so großen Teil eingeübt und gespielt gewesen war, glauben und trauen konnte. Das Gefühl aus jenem Sommer in New Orleans verspürte er jetzt Madge Lennox gegenüber.

Während sie in der Hitze den Hügel hinaufstiegen, fuhr sie mit ihrer Erzählung fort.

«Wir haben uns vor ihrem Tod noch einmal getroffen. Am Mittwoch vormittag waren wir hier in Asolo, und später sind wir mit dem Zug nach Venedig gefahren.» Das war der Tag, bevor Urbino und die Contessa mit Flavia im Café Florian verabredet waren. «Sie schien aufgeregter und nervöser als sonst. Ständig redete sie über das ermordete Mädchen in Venedig. Glauben Sie vielleicht, der Mann, der dieses Mädchen ermordet hat, könnte auch ...? Aber nein, natürlich nicht. Er wurde ja schon vor Flavias Tod verhaftet. Aber Flavia hatte das Mädchen gekannt und mußte immer an sie denken. Nach dem Mord an dem Mädchen wurde sie wie besessen. Es war erschreckend, zu sehen, wie wenig sie sich noch im Griff hatte. Als ich sie das letzte Mal sah, sagte sie immer wieder: ‹Ich werde die Contessa dazu bringen, daß sie mir glaubt!› Eine Stunde später fuhren wir zusammen mit dem Zug nach Venedig. Am Bahnhof verabschiedete ich mich von ihr und fuhr weiter nach Mailand. Danach habe ich sie nie wiedergesehen.»

«Hat sie jemals über ihre Familie gesprochen?»

Im Gehen warf Madge Lennox Urbino einen Blick zu. In ihren Augen war ein leichtes Zögern zu erkennen, so, als prüfe sie etwas – aber vielleicht wollte sie ihm diesen Eindruck auch bewußt vermitteln. Er spürte, daß sie nicht nur unsicher war, sondern auch ein bißchen Angst hatte, aber erneut fragte er sich, ob er seinen Beobachtungen trauen konnte.

«Selten. Und wenn, dann sprach sie stets von ‹meine Mutter und Lorenzo› – niemals von ihrer Mutter und ihrem Vater. ‹Lorenzo der Große› pflegte sie voller Abscheu zu sagen. Manchmal, wenn sie einen älteren Mann sah, dann sagte sie: ‹Noch so ein Großer, genau wie Lorenzo!›» Madge Lennox sah Urbino an, als wollte sie seine Reaktion prüfen auf das, was sie ihm erzählte. «Das erste Mal sagte sie es, als sie Signor Occhipinti sah, wie er hinter der Villa seinen Hund spazierenführte. Das schien so wenig zu dem kleinen Mann zu passen, daß ich lachen mußte. Aber über ihre Mutter erzählte sie nur Gutes. Sie idealisierte sie.»

«Hat sie jemals eine gewisse Violetta Volpi erwähnt? Oder Violetta Grespi?»

«Nein, aber der Name kommt mir bekannt vor.»

«Er wurde in Flavias Nachruf erwähnt.»

Madge Lennox nickte langsam.

Sie befanden sich vor einem kleinen Café, vor dem Tische standen. Die Straße führte jetzt rechts am Hotel Villa Cipriani vorbei in die Stadt hinein. Gleich innerhalb der Stadtmauer stand Eleonora Duses Haus mit der Inschrift über die *melodiosa apparizione*, die Madge Lennox erwähnt hatte.

Die Schauspielerin blieb stehen. Sie sah etwas erschöpft aus, und Schweiß stand ihr auf der Stirn. «Wollen wir uns nicht ausruhen und etwas trinken?» fragte sie.

Sie setzten sich an einen der Straßentische und bestellten zwei Gläser Prosecco.

«Hat Flavia jemals angedeutet, daß sie vor jemandem Angst hat? Jemandem, der ihr etwas antun will?»

«Der sie – Ihrer Theorie nach – ermordet haben könnte? Es tut mir leid, Urbino, aber ich kann mir nicht vorstellen, daß Flavia ermordet wurde. Ein Unfall, ja, vielleicht sogar Selbstmord. Aber es scheint mir unwahrscheinlich, daß ihr jemand ein Haar krümmen wollte.» Auch wenn Madge Lennox Urbino unverwandt ansah, so konnte sie ihn doch nicht davon überzeugen, daß sie wirklich die Wahrheit sagte. Als sie ihr Glas an die Lippen hob und einen Schluck trank, entdeckte er erneut eine leichte Unsicherheit. «Sie hat sich letzte Woche wirklich seltsam verhalten, aber wer hätte gleich gedacht...» Sie schüttelte den Kopf. «Ich glaube, Sie sollten Ihre Energie lieber darauf verwenden, die Contessa bezüglich ihres Ehemanns zu beruhigen. Mord, das kommt mir so... absurd vor.»

Und furchterregend, fügte Urbino im stillen hinzu.

Madge Lennox stand auf und setzte ihre Sonnenbrille wieder auf, nachdem das Gespräch vorbei war. Urbino hatte den Eindruck, daß sie ihm vorher bewußt ihre Augen gezeigt hatte, damit er sah, daß sie nichts zu verbergen hatte. Trotz Urbinos Protest legte sie einige Lira-Scheine auf den Tisch.

«Bitte grüßen Sie die Contessa von mir und danken Sie ihr noch einmal für den wirklich wunderschönen Nachmittag letzte Woche.»

Urbino sah Madge Lennox nach, während sie den Hügel wieder hinunterstieg. Sie hatte ihm einiges über Flavia erzählt, aber konnte er alles glauben? Und warum hatte er das Gefühl, daß sie ihm dennoch nicht alles erzählt hatte? Vielleicht beruhte sein Eindruck tatsächlich auf den Erfahrungen mit der Schauspielerin, die er vor so vielen Jahren durch den Garden District geschoben hatte. Die Frau hatte sich nämlich später beim Pfarrer beschwert, Urbino habe sie mit seinen Fragen belästigt, obwohl sie seine Aufmerksamkeit ermutigt und genossen hatte. Bis heute wußte er nicht genau, ob er die Schauspielerin mißverstanden oder sie ihn bewußt irregeführt hatte oder ob ihn gar der Pfarrer angelogen hatte.

Das Gefühl, mit dem er Madge Lennox jetzt nachblickte, ähnelte dem, was er damals empfunden hatte.

6

Die Contessa entledigte sich ihrer Pflichten als Gastgeberin, indem sie Eugene Occhipinti aufdrängte, und so fand sie am späteren Nachmittag desselben Tages Zeit für ein Gespräch mit Urbino auf der Terrasse des Caffè Centrale.

«Ich möchte wirklich wissen, was Eleonora Duse davon hielte, wenn sie wüßte, daß sie ein Eisbecher geworden ist?» fragte die Contessa, als sie in ihrer Bewältigung des dekorativen Gebildes eine Pause machte.

Es war unnötig, diese Frage zu beantworten, zumal die Contessa sie keineswegs zum ersten Mal stellte. Urbino konnte sich eigentlich nicht erinnern, daß sie diese spezielle Kreation aus Vanilleeis, Erdbeeren, blauem Likör und Sahne einmal bestellt und die Frage *nicht* gestellt hatte.

«Ich würde dieses Album, das Flavia geführt hat, wirklich zu gern sehen», sagte sie, als sie am Boden ihres Eisbechers angekommen war. «Das Wissen, daß sie Zeitungsausschnitte über Alvise und mich archivierte, macht mir angst.»

«Und sie hat auch hier in Asolo Informationen über Sie und Alvise gesammelt.»

«Und in Venedig gab es Violetta Volpi! Oh, was für Lügen mag ihr diese Frau wohl erzählt haben!» Die Contessa legte ihren Löffel beiseite und trank einen Schluck Mineralwasser. «Es würde mich nicht überraschen, wenn die Lennox Violetta Volpi kennt. Sie sagt, Flavia habe sie ihr gegenüber nie erwähnt, aber das glaube ich nicht. Und ich glaube auch nicht, daß sie Ihnen alles erzählt hat. Sie hat Sie doch um den Finger gewickelt, nicht wahr? Ich weiß, wie Sie solchen Frauen gegenüber sind.»

«Das stimmt nicht. Sie hat mich keineswegs umgarnt», verteidigte er sich. «Und wen meinen Sie mit ‹solchen Frauen›? Amerikanerinnen? Ehemalige Schauspielerinnen? Oder *ältere* Frauen ganz allgemein?»

«Passen Sie auf, was Sie sagen! Es genügt, wenn ich feststelle, daß Sie den großen Wunsch haben, Frauen einer bestimmten Sorte zu gefallen – aber genauer werden möchte ich lieber nicht. Wir kennen einander doch gut genug.»

Urbino konnte Spott und Geplänkel bei der Contessa in der Regel auseinanderhalten. An diesem Nachmittag sollte offenbar der Spott ihre Angst verdecken. Falls er noch einen weiteren Beweis benötigte, so bekam er ihn, als sie noch eine zweite *Coppa Duse* bestellte.

«Ich muß mich mit Violetta Volpi treffen», sagte Urbino, nachdem der Kellner gegangen war. «Sie ist der Schlüssel zu der ganzen Sache – ganz bestimmt, was Alvise angeht, und vielleicht sogar den Mord an Flavia.»

«‹Den Mord an Flavia›!» Die Contessa schüttelte langsam den Kopf. «Ich hoffe, Sie irren sich nicht, aber falls Sie recht haben, dann bete ich nur, daß es nichts mit Alvise zu tun hat.»

Urbino, der der Contessa keine falschen Hoffnungen machen wollte, sagte nichts.

Der Kellner brachte der Contessa ihre zweite *Coppa Duse*. Sie nahm den Keks, der den Eisbecher krönte, und aß ihn. Bevor sie sich über den Rest hermachte, sagte sie: «Commissario Gemelli müßte den Autopsiebericht morgen haben, nicht wahr? Rufen Sie ihn doch an. Ich habe heute vormittag ein paar Fäden gezogen, damit er kooperativer ist als sonst, obwohl ich glaube, daß er im Lauf der Jahre Ihnen gegenüber ein bißchen aufgeschlossener geworden ist.»

Die Contessa blickte über den Platz und winkte.

«Ich fürchte, unser kleines Tête-à-tête ist zu Ende. Da nahen Eugene und Silvestro.» Die Contessa sprach jetzt schneller. «Ich konnte Ihnen noch gar nicht erzählen, wieviel ich von Ihrem Ex-Schwager über Ihre Vergangenheit erfahren habe. Ist es wahr, daß Sie Evangeline aus den Klauen eines bösartigen Mannes gerettet haben?»

«Das ist eine Übertreibung. Ich würde wirklich gern wissen, was er Ihnen genau erzählt hat.»

«Und wie lautet dann die Wahrheit?»

«Das habe ich Ihnen bereits erzählt. Ich habe Evangeline kennengelernt, nachdem sie sich gerade von jemandem getrennt hatte, der sie nicht gut behandelte. Ich tröstete sie, und dabei kamen wir uns näher.»

«Na, das ist ja die distanzierteste Beschreibung, die ich je gehört habe, sogar von Ihnen! Vermutlich wollten Sie sagen, *caro*, daß Sie beide sich ineinander verliebt haben und schließlich heirateten – und das alles nur wegen Ihrer Neigung, Damen in Not zu Hilfe zu kommen.»

Der spöttische Gesichtsausdruck der Contessa verdüsterte sich. Vielleicht dachte sie, genau wie Urbino, daran, daß sie hier auf der Terrasse des Caffè Centrale schon einmal so etwas gesagt hatte, nach Flavias Erscheinen auf dem Gartenfest.

«Ich habe erfahren, daß Evangelines Onkel, ein Bischof, die Zeremonie leitete», fuhr die Contessa fort, «und daß Sie sich weigerten, sich von Ihrem Schwiegervater ein hübsches Haus im French Quarter kaufen zu lassen, und daß –»

Die Contessa, die es offensichtlich genoß, endlich Dinge zu erfahren, die Urbino bisher entweder zurückhaltend oder überhaupt nicht erzählt hatte, konnte nicht mehr berichten, was sie sonst noch gehört hatte, denn Eugene und Occhipinti hatten die Terrasse erreicht. Eugene strahlte.

«Sylvester hat mir gesagt, er habe einiges in seiner Villa, das er verkaufen würde, wenn der Richtige käme» – Eugene lächelte Occhipinti freundlich zu – «und deshalb sind wir dort vorbeigefahren. Das ist eine interessante Frau, die da bei ihm wohnt. Sylvesters Villa ist längst nicht so groß wie Ihre, Gräfin Barbara, aber absolut vollgestopft. Ich habe eine Marmorstatue gekauft von einem – wie haben Sie das genannt, Sylvester?»

«Einem *bravo*, der vor vielen Jahren in unserer Familie gedient hat.»

Die Stimme des alten Mannes war etwas heiser, und er wirkte fiebrig. Er nahm seinen Strohhut ab und fächelte sich damit Luft zu, ehe er ihn wieder aufsetzte.

«Die Statue sieht wirklich schön aus. Ich habe auch einen von den Holzengeln gekauft, die er an der Wand hängen hatte.»

«Silvestro! Doch nicht etwa diese schönen Engel aus dem achtzehnten Jahrhundert über der Tür zur Bibliothek!»

«Ich habe nur *einen* davon genommen, Ma'am. Regen Sie sich nicht auf. Silvestro scheint es nicht zu stören, oder?»

Occhipinti zuckte die Achseln.

«Ich bin ‹auf ewig schuldlos, wie ein Baum, der Knospen und Blüten trägt, ohne die Gesetze zu kennen, nach denen er gedeiht›.»

«‹Gedeiht›, das stimmt!» sagte Eugene. «Sie können sich darauf verlassen, ich habe ihm eine ganze Menge dafür bezahlt.»

Eugene und Occhipinti setzten sich und bestellten etwas zu trinken. Als die Contessa ihren Eisbecher fast geleert hatte, fragte sie Eugene, ob er Lust habe, noch einige Tage länger in der Villa La Muta zu bleiben.

«Nur Sie und ich, Eugene, und sonst niemand. Ach, sehen Sie mich doch nicht so verletzt an, Silvestro. So, wie Sie aussehen, sollten Sie sich lieber von Eugene, mir und allen anderen fernhalten. Sie gehören ins Bett. Und der liebe Eugene und ich machen es uns ganz allein gemütlich, nicht wahr? Dann setzen wir unser kleines Geplauder über Ihren Schwager fort. Was Informationen über sich selbst angeht, da hat Urbino mich nämlich gnadenlos hungern lassen.»

Und als wollte sie ihren grenzenlosen Hunger illustrieren, aß die Contessa gierig noch einen letzten Löffel Eis.

7

Zurück in Venedig rief Urbino am nächsten Morgen Commissario Gemelli wegen des Autopsieberichtes an. Der Commissario schien widerwillig zur Zusammenarbeit bereit, genau wie es die Contessa vorhergesagt hatte.

«Flavia Brollo lebte noch, als sie in den Canal Grande fiel», sagte Gemelli, «das sieht man an den Algen im Lungengewebe. Es sind nicht jene, die vor einigen Jahren die Strände an der Adria heimgesucht haben, aber ich habe vergessen, wie sie heißen.» Papier raschelte, und dann sagte Gemelli: «Diatomeen. Sie war schon mindestens sechsunddreißig Stunden tot. Daher muß der Tod vor Mitternacht am Donnerstag eingetreten sein.»

Das war nur acht Stunden, nachdem Urbino und die Contessa sich im Café Florian mit Flavia getroffen hatten.

«Ich könnte noch fortfahren», berichtete Gemelli weiter. «Schaum an den Nasenlöchern, die Haut an Händen und Füßen so runzlig wie bei einer Waschfrau, schrecklich angeschwollen wegen der Hitze, fehlendes Gewebe an einigen Fingerspitzen und der Nase, möglicherweise durch Wasserratten verursacht, und so weiter – aber die Tatsache bleibt, daß sie ertrunken ist.»

«Sie ist ertrunken, aber deswegen könnte es sich ja trotzdem um ein Verbrechen handeln. Was hat Zavarella sonst noch entdeckt?»

Gemelli stieß einen ungeduldigen Seufzer aus. Erneut hörte Urbino Papier rascheln, während Gemelli weitersprach: «Keine Spur von Samen in einer der Körperöffnungen, keine Anzeichen für kürzlich erfolgte sexuelle Aktivität. Keine großen Verletzungen oder Wunden außer solchen, die passieren, wenn die Leiche an Steine stößt oder sich an dem Müll auf dem Boden des Canal Grande aufschürft, und in der Haut einige Splitter von den Anlegepfosten des Palazzo Guggenheim. Offenbar ist sie von der Flut bewegt worden – und durch die Wellen von Vaporetti und anderen Booten.»

«Könnten die Wunden nicht durch etwas anderes als durch Steine oder Abschürfungen hervorgerufen worden sein? Wenn die Leiche durch die Bewegung im Kanal und die lange Zeit im Wasser in so schlechtem Zustand ist, wie kann Zavarella dann sicher sein, daß keine der Wunden durch einen Schlag, *bevor* sie ins Wasser fiel, verursacht wurde?»

«Es gibt tatsächlich zwei Wunden auf der Vorderseite des Schädels, die unter anderen Umständen ein Verbrechen vermuten ließen. Und mehrere Zähne sind ausgeschlagen. Aber Zavarella sagt, die Wunden und die fehlenden Zähne deuten auf Verletzungen, die nach dem Eintritt des Todes hervorgerufen wurden.»

Urbino entdeckte leise Zweifel in Gemellis Stimme.

«Dann gibt es in dem Bericht noch etwas anderes, das ein Verbrechen unwahrscheinlich erscheinen läßt.»

«Was?»

«In ihrem Zimmer in der Casa Trieste wurde ein halbleeres Fläschchen mit Antidepressiva entdeckt. Zavarella meint, dieses Medikament sei umstritten, besonders in den Vereinigten Staaten. Eigentlich soll es gegen Depressionen helfen, aber einige Forscher behaupten, daß es die Depression auch verstärken kann. Es wird mit Selbstmord in Verbindung gebracht. Nach Zavarellas Meinung wird der toxikologische Bericht möglicherweise eine hohe Konzentration dieses und vielleicht noch anderer Medikamente in Flavia Brollos Körper zeigen.»

«Aber selbst das würde doch weder einen Selbstmord noch einen Unfall beweisen, oder?» sagte Urbino eindringlich. «Bei Tod durch Ertrinken sind Fälle von Selbstmord, Unfall und Mord oft schwer zu unterscheiden.»

«Sie sind wohl ein medizinischer Experte, Macintyre?»

Urbino überhörte Gemellis Sarkasmus. «Könnte es nicht sein, daß sie, ehe sie ertrank, mit einem Ziegelstein oder einem Stück Holz bewußtlos geschlagen wurde?» wollte er wissen. «Hat man ihre Fingernägel auf fremdes Gewebe untersucht?»

«Zavarella hat nichts unter ihren Fingernägeln gefunden.»

«Aber im Bericht steht, daß einige ihrer Fingerspitzen von Wasserratten angefressen waren. Dadurch könnte doch ein eventueller Beweis für Fremdgewebe unter den Nägeln verschwunden sein, oder? Wenn –»

«Hören Sie, Macintyre! ‹Könnte›! ‹Wenn›! Vielleicht sollten wir Zavarella fortschicken und Sie oder eine Kartenlegerin anstellen! Zavarella sollte uns seine fachmännische Meinung mitteilen, und genau das hat er getan. Er kann keine Anzeichen für ein Verbrechen entdecken, aber eine ganze Reihe für einen Selbstmord. Da sind zum einen die Antidepressiva, und dann sagen sowohl Sie als auch die Contessa, daß sie instabil zu sein schien. Unsere Ermittlungen zeigen, daß sie sehr aufgeregt war, als sie am Donnerstagabend zum letzten Mal lebend gesehen wurde.»

Als Gemelli die Antidepressiva noch einmal erwähnte, war Urbino etwas eingefallen.

«Was sagt denn der Arzt, der das Medikament verschrieben hat? Glaubt er, daß Flavia Brollo in Gefahr war, Selbstmord zu begehen?»

«Auf dem Fläschchen war kein Aufkleber. Ihre Familie und die Freunde, mit denen wir gesprochen haben, haben keine Ahnung, von welchem Arzt sie sich das verschreiben ließ. Natürlich ist es möglich, daß der Arzt aus der Zeitung von ihrem Tod erfährt und sich meldet, aber bis dahin können wir in dieser Hinsicht nichts tun. Ich weiß gar nicht, was Sie wollen!»

Bis jetzt hatte Gemelli seine Ungeduld noch unter Kontrolle gehalten, aber nun konnte er sich nicht mehr bremsen.

«Würden Sie und die Contessa sich besser fühlen, wenn diese Frau ermordet worden wäre, genau wie Nicolina Ricci in Sant'Elena? Die Tatsache, daß Flavia Brollo das ermordete Mädchen kannte, macht einen Selbstmord noch wahrscheinlicher. Glücklicherweise ist der Fall Ricci durch ein Geständnis abgeschlossen und der Täter verhaftet, sonst würden Sie mir noch erzählen, wir hätten es mit einem Serienmörder zu tun! Der Bürgermeister hat mich schon angerufen, um mich zu bitten, die Sache nicht allzusehr aufzubauschen, vor allem nicht während der Touristensaison. Flavia Brollos Vater ist hier in Venedig ein geachteter Mann, und dasselbe gilt für ihre Tante, die Künstlerin. Das sind ordentliche Bürger. Und der *vicequestore* ist derselben Meinung wie der Bürgermeister. Nein, Macintyre, der Staatsanwalt glaubt nicht, daß zum Tod von Flavia Brollo weitere Ermittlungen nötig sind, und ich stimme ihm zu. Wir haben hier keinen Mordfall. Wenn Sie oder die Contessa irgendwelche Beschwerden oder Zweifel haben – wenn Sie vielleicht *enttäuscht* sind –, dann gehen Sie doch zu Maurizio Agostini. Aber ich warne Sie: Staatsanwälte haben noch weniger Geduld als Polizeikommissare. Vielleicht glauben Sie, wenn Sie selbst herumstöbern, dann könnten Sie uns das Gegenteil beweisen und der Questura einen Mörder vor die Tür legen! Damit verschwenden Sie nur Ihre Zeit, und es dankt Ihnen niemand. Auf Wiederhören, Macintyre.»

Nach dem Gespräch mit Gemelli überdachte Urbino die Informationen, die er von ihm erhalten hatte.

Selbstmord kam ihm nicht wahrscheinlich vor – trotz der medizinischen Indizien und Madge Lennox' Erzählung über Flavias Melancholie, Nervosität und Besessenheit nach dem Mord an Nicolina Ricci. Selbst wenn Urbino den tragischen Tod von Flavias Mutter dazurechnete und den ungeliebten Vater, fand er die These vom Selbstmord nicht überzeugend.

Urbino dachte an die Wunden an Flavias Kopf. Sie konnten durch einen schweren Gegenstand entstanden sein. Es hätte genügt, Flavia bewußtlos zu schlagen – oder sie vielleicht auch nur kurz zu betäuben –, um sie dann in den Canal Grande zu stoßen. Vielleicht wurden ihr die Zähne sogar bei einem Kampf ausgeschlagen. Und wer konnte schon mit Sicherheit sagen, daß man, hätte sie nicht so lange im Wasser gelegen, unter ihren Fingernägeln nicht Haare oder Körpergewebe des Mörders gefunden hätte?

Was die Tabletten anging, die man in der Casa Trieste gefunden hatte, so würde Urbino den toxikologischen Bericht abwarten, ehe er darüber Spekulationen anstellte.

Aber was ihn beschäftigte, war die Frage, weshalb Flavia möglicherweise ermordet worden war. Flavia war aus dem Café Florian gestürmt, um Beweise zu suchen, daß nicht Lorenzo, sondern Alvise ihr Vater war. Sie war zuversichtlich gewesen, solche Beweise zu finden. Vielleicht hatte diese Suche – oder auch die Entdeckung der Beweise – zur Ermordung geführt.

Diese Möglichkeit war der Grund, weshalb Urbino die Sache weiterverfolgen mußte. Auch wenn Gemelli skeptisch war, konnte es sein, daß der Staatsanwalt entschied, die Untersuchung fortzusetzen. Doch in jedem Fall war Urbino fest entschlossen, selbst Ermittlungen anzustellen, wer Flavias Vater war und ob es sich, wie er stark vermutete, um einen Mord handelte.

Es konnte sein, daß jemand Flavia zum Schweigen gebracht hatte, um sich selbst zu schützen. Und wer wußte schon sicher, daß es jetzt niemanden mehr gab, der zum Schweigen gebracht werden mußte? Vielleicht schlug derjenige, der Flavia ermordet hatte, erneut zu, um zu verhindern, daß das Geheimnis jemals ans Tageslicht kam? Dieser Mensch wäre erleichtert, wenn Flavias Tod nicht als Mord betrachtet wurde. Vielleicht war das ein Vorteil für Urbino.

Aus dem Telefonbuch von Venedig suchte Urbino die Adresse von Bernardo und Violetta Volpi heraus und machte sich auf den Weg zur Ca' Volpi. Da Adressen in Venedig oft sehr verwirrend sein können, wußte er lediglich, daß sich das Haus irgendwo im Viertel San Marco befand. Nachdem er eine halbe Stunde lang erfolglos nach der Hausnummer gesucht hatte, betrat Urbino ein Café am Campo Morosini. Der Mann an der Bar, den er nach der Ca' Volpi fragte, schickte ihn in eine *calle* nahe der Accademia-Brücke. Die Ca' Volpi war einer der Palazzi am Canal Grande.

8

Nachdem Urbino dem Hausmädchen der Volpis seine Karte gegeben hatte, wartete er in einer sonnigen *sala* über dem Canal Grande. Auf der mit Fresken bemalten Decke, wo ein leise laufender Ventilator hing, spielte das Licht, das von der Wasseroberfläche reflektiert wurde. Man hörte das Tuckern und Rattern der Bootsmotoren. In dem mit wenigen ausgesuchten Möbeln eingerichteten Raum hingen Gemälde von Violetta Volpi, der Tante von Flavia Brollo.

Über dem Sofa, das mit einem alten Rubelli-Stoffdruck überzogen war, befand sich das Porträt eines Mädchens mit Blumen. Es war beinahe eine Replik des Gemäldes, das Eugene bei Zuin gekauft hatte, nur daß die Augen des Mädchens grün und nicht braun waren und ihr Haar leuchtend rot.

Auf einer Staffelei neben einem Holzstuhl stand das Bild eines sehr jungen nackten Mädchens, das auf einem schattigen Bett posierte. Über einem Zeichentisch hing eine große Leinwand, die eine Gruppe von Frauen auf der Accademia-Brücke zeigte. Das Wasser des Canal Grande war aufgewühlt, und rechts oben zuckte ein Blitz über einer Kuppel der Salute-Kirche. Alle Frauen trugen lange und dunkle Kleider, hatten keine erkennbaren Gesichtszüge und hielten die Hände auf die Ohren gepreßt.

Auf den meisten anderen Bildern sah man die gleichen angstvoll wirkenden Frauen mit weit aufgerissenen Augen, ebenso helles Mondlicht, Nacht und Wasser.

Solche Bilder, die den Gemälden von Edvard Munch sehr ähnelten, hatte Urbino nicht erwartet. Als er erfuhr, daß Violetta Volpi Malerin war, stellte er sich sofort die üblichen hübschen Aquarelle oder Aquatinta-Bilder vor, die von Künstlern an der Mole vor den Giardinetti Reali verkauft wurden, aber keine Gemälde voller Gewalt und Tragik, deren Themen Liebe und Tod waren.

Das Hausmädchen führte Urbino durch ein Treppenhaus in einen Flur, der mit großen venezianischen *torchères* bestückt war. Am Ende des Korridors öffnete sie eine Tür und verkündete seinen Namen. Urbino betrat einen großen sonnendurchfluteten Raum, der nach Terpentin und Leinöl roch. Das Hausmädchen schloß die Tür.

Dieser Raum war offensichtlich Violetta Volpis Atelier. Leinwände lehnten an der Wand, Gerätschaften lagen herum, und über einem Becken hingen Pinsel und Gummihandschuhe. Auf einem freien Platz am Boden kniete eine Frau, die zahlreiche Ringe, eine weite Robe und reichlich Wimperntusche trug. Sie war gerade dabei, einen Rahmen zu bespannen.

«Guten Tag, Signor Macintyre», sagte sie mit tiefer, heiserer Stimme und blickte zu Urbino auf. «Ich bin Violetta Volpi.»

Genau wie ihre Kunstwerke ähnelte diese Frau in keiner Weise der Vorstellung, die Urbino sich von ihr gemacht hatte. «Sinnlichkeit» war das Wort, das ihm beim ersten Anblick von Violetta Volpi einfiel. Sinnlich wirkten ihre keineswegs abstoßenden, aber groben Züge, der üppige Körper, den das Gewand nicht vollständig verhüllte, ihr freundliches Lächeln und die bemerkenswerten dunkelgrünen Augen. Sinnlich wirkte auch der leichte Schweißgeruch, der sich mit dem Duft ihres Parfums mischte.

«Das ist mein Ehemann Bernardo.»

Sie nickte zu einem etwa fünfundsiebzigjährigen Mann hinüber, der im Garten auf einem Stuhl in der Sonne saß. Hinter ihm befanden sich Bougainvilleen, Efeu, eine weinbewachsene Pergola und eine weiße Steinmauer, hinter der der Canal Grande glitzerte.

Der Kontrast zwischen Bernardo Volpi und seiner Frau hätte kaum größer sein können. Bernardo Volpis Gesicht wirkte zart, und unter der pergamentfarbenen Haut zeichneten sich die Konturen des Schädels ab. Er trug ein beiges Leinenjackett, eine Leinenhose und eine breite Krawatte, saß völlig unbeweglich da und machte keinerlei grüßende Bewegung.

Mit klirrenden Armreifen begann Violetta Volpi die Leinwand um den Rahmen zurechtzuschneiden. Ein Sonnenstrahl, der durch die geöffnete Tür fiel, betonte die rötlichen Strähnen in ihrem ergrauenden Haar.

«Bitte setzen Sie sich doch, Signor Macintyre. Ich hoffe, Sie haben nichts dagegen, wenn ich unterdessen weiterarbeite? Es ist wichtig für mich, daß ich mich mit meiner Arbeit beschäftige. Ich kann an nichts anderes denken als an meine Nichte.»

Violetta sprach Italienisch, obwohl sie, wie die Contessa erzählt hatte, Englisch konnte – oder es zumindest vor dreißig Jahren gekonnt hatte.

Urbino setzte sich auf ein kleines Sofa, das an der Wand stand.

«Aber Sie werden mich auch nicht von meinen Gedanken an Flavia ablenken, nicht wahr, Signor Macintyre? Sie sind doch wegen ihr gekommen?»

Violetta Volpi zog die farbbekleckerte Robe enger um sich und starrte ihn an. Urbino bemerkte die Trauer in ihrem Gesicht, die allerdings, während er Violetta Volpi weiterhin ansah, verschwand, als habe sie sie willentlich verdrängt. Erneut spürte Urbino, wie sinnlich sie war. Er erinnerte sich, daß Occhipinti vor einigen Abenden in der Villa der Contessa gesagt hatte, in ihrer Jugend habe sie auf allen Bällen getanzt. Wenn er sie jetzt so ansah, zweifelte Urbino nicht daran.

Violetta beugte sich vor und beschäftigte sich wieder mit ihrer Leinwand.

«Ich fürchte, Sie haben recht, Signora Volpi. Ich bin tatsächlich wegen Flavia gekommen – um genau zu sein, wegen Flavia und der Contessa da Capo-Zendrini.»

«Aber das ist doch selbstverständlich. Seit mir Flavia von ihrem Besuch bei der Contessa erzählt hat, rechnete ich damit, daß entweder Sie oder die Contessa zu mir kommen. Das ist alles völliger Unsinn!» sagte sie verächtlich mit ihrer heiseren Stimme. «Als Flavia mir berichtete, sie habe der Contessa gegenüber behauptet, der Conte da Capo-Zendrini sei ihr Vater, bin ich erschrocken, und ich fühlte mich, das muß ich zugeben, auch ein bißchen verantwortlich dafür. Nachdem ihre Mutter – meine Schwester – gestorben war, habe ich mich um meine Nichte gekümmert. Bernardo war wie ein zweiter Vater für sie. Wir hatten nie das Glück, Kinder zu bekommen, und jede freie Minute, die ich entbehren konnte, widmete ich ihr. Von ihrer *anderen* Tante hat sie überhaupt keine Zuwendung erhalten.»

Sie beendete das Zuschneiden der Leinwand und ließ das Messer auf den Boden fallen.

«Ihrer anderen Tante?»

«Das ist keine Verwandte von mir, Gott sei Dank! Annabella Brollo, die Schwester ihres Vaters.» Violetta schnaubte beinahe vor Verachtung, während sie den Rahmen auf eine Seite legte und begann, Knötchen und verschlungene Fäden auf der Leinwand mit einem großen Bimsstein abzureiben. «Es würde mich nicht überraschen, wenn Flavia ihre verrückte Idee bezüglich Alvise von Annabella hatte. Der arme, arme Alvise», fügte sie in liebevoll mitleidigem Tonfall hinzu. «Er war ein guter Mann. Er hätte Besseres verdient.»

Über die Doppeldeutigkeit dieser Bemerkung hätte sich die Contessa mit Sicherheit nicht gefreut.

«Annabella hat alles getan, um Flavia gegen mich – und gegen ihre eigene Mutter! – aufzubringen. Immer hat sie hinter den Kulissen Ränke gesponnen. Das einzige, was sie interessiert, sind ihr Bruder und dieser Blumendschungel, den sie auf ihrer *altana* angelegt hat.»

«Aber bestimmt hätte sie Flavia doch nicht eingeredet, ihr Bruder sei nicht Flavias Vater, oder? Nicht, wenn sie ihn so sehr liebt.»

Violetta Volpi rieb mit dem Bimsstein über einen widerspenstigen Fehler in der Leinwand, ehe sie antwortete. Urbino vermutete, Violettas Aktivität diente auch dem Zweck, ihm ihr Gesicht nicht zeigen zu müssen.

«Wer weiß?» sagte Violetta. «Vielleicht versuchte sie Lorenzos Liebe zu meiner Schwester zu vergiften. Er war Regina treu ergeben. Das ist er noch immer.» Sie sah zu Bernardo hinüber, der schweigend im Garten saß. «Zwei Schwestern heiraten zwei gute Männer. Annabella hat nie geheiratet. *Das* ist die Quelle ihrer Probleme. Sie ist verdreht und eifersüchtig. Das sieht man ihr auch an. Vielleicht wollte sie ihren Bruder verrückt machen, indem sie eine solche Geschichte verbreitet. Kommt so etwas nicht in einem Stück von Ibsen vor?»

«Ich glaube, es war Strindberg. Aber ist das nicht ein bißchen weit hergeholt? Vielleicht wußte Annabella etwas, das Sie nicht wissen.»

Violetta Volpi unterbrach ihre Arbeit und erstarrte.

«Wenn ich das glauben würde, müßte ich mir die Pulsadern aufschneiden! Annabella hat immer in einer Traumwelt gelebt. Der glücklichste Tag in ihrem Leben war der Tag, an dem meine Schwester starb. Damals ist sie bei Lorenzo ein- und seitdem nicht wieder ausgezogen. Nein, sie weiß nichts über meine Schwester, das ich nicht auch wüßte.»

Obwohl der Zweck von Urbinos Besuch bei Violetta Volpi die Suche nach Informationen war, war er doch erstaunt, wie willig sie diese preisgab.

«Kannte Ihre Schwester Alvise da Capo-Zendrini?»

«Kaum. Er war *mein* Freund, bis er heiratete. Und danach sah ich ihn noch gelegentlich durch Silvestro Occhipinti.»

Auf Violettas Stirn standen Schweißperlen. Sie legte den Bimsstein weg und fuhr sich mit dem Handrücken über die Stirn.

«Tut mir leid, Bernardo, Liebster», sagte sie mit einem Blick auf ihren Ehemann und warf ihr Haar zurück. Der Mann sagte nichts, obwohl er nah genug saß, um das Gespräch mitzuhören. «Ich weiß, du möchtest nicht, daß ich weiterspreche.» Sie wandte ihr Gesicht jetzt ganz Urbino zu und lächelte, wobei sie erneut die Lücke zwischen ihren Zähnen zeigte. «Mein Mann mag nicht, wenn ich andere Menschen kritisiere, Signor Macintyre. Außerdem ist er seit Flavias Tod sehr aufgeregt. Seit Samstag weigert er sich, unserem Wassertor nahe zu kommen.» Sie senkte ihre heisere Stimme. «Von dort aus kann man den Palazzo Guggenheim sehen.»

Sie kehrte zu der Leinwand zurück und griff nach einem Hammer, der neben einigen Nägeln auf dem Boden lag.

«Natürlich möchte die Contessa wissen, woran sie ist. Das muß ja ein schrecklicher Schock sein, wenn man hört, der verstorbene Ehemann soll untreu gewesen sein, und noch dazu mit einer so schönen Frau!»

Violetta hämmerte einen Nagel in die Leinwand und das Holz an der Oberseite des Spannrahmens.

«Mein Schwager hat Flavia wie eine Prinzessin behandelt. Dieses ganze alberne Gerede über Alvise und Regina bricht ihm beinahe das Herz – zumal es Flavia war, die diese dumme Sache vor Jahren aufgebracht hat.»

Urbino fand, daß es seltsam war, wie Violetta Volpi die Überzeugung ihrer Nichte, Alvise da Capo-Zendrini sei ihr Vater, beschrieb. Diese beinahe beiläufige und kalte Art, wie sie von Flavia redete, schien auch gar nicht zu der Trauer zu passen, die Urbino vorhin auf ihrem Gesicht gesehen hatte. Jemand, der ihnen zuhörte, hätte kaum glauben können, daß sie ihre Nichte gerade unter traurigen Umständen verloren hatte.

«Aber wie kam sie darauf?» wollte Urbino wissen. «Sie nennen es dumm, aber für Flavia schien es alles andere als dumm zu sein. Sie glaubte daran. Es mußte doch irgendwoher stammen.»

«Das weiß ich wirklich nicht. Ich habe mich das selbst hundertmal gefragt, und mir ist nie eine Antwort eingefallen.»

«Haben Sie Ihrer Nichte diese Frage jemals gestellt?»

Violetta warf Urbino einen düsteren Blick zu.

«Natürlich! Schließlich redete sie von meiner Schwester und einem Mann, den ich sehr schätzte! Aber Flavia wollte mir nicht erzählen, woher sie die Idee hatte. Sie meinte nur, sie habe das aus zuverlässiger Quelle.»

«Das wären dann doch entweder Ihre Schwester oder Alvise, oder?»

«Fragen Sie mich das, oder sagen Sie es mir? Es waren weder meine Schwester noch Alvise, weil es nicht stimmte! Ich sage Ihnen doch, ich weiß nicht, woher sie diese verrückte Idee hatte!»

Sie zog mit etwas mehr Kraft als nötig an der Leinwand und klopfte auf beiden Seiten des Rahmens Nägel ein.

Vielleicht, weil sie ihren Wutausbruch bedauerte, blickte Violetta Urbino dann wieder mit ihrem strahlenden Lächeln an.

«Glauben Sie mir, Signor Macintyre, ich habe keine Ahnung. Und ich glaube nicht, daß meine Nichte die Welt sonderlich klar sah. Sie hatte eine ganze Reihe seltsamer Phantasien. Manchmal machte ich mir Sorgen, ob sie nicht die Krankheit ihrer Mutter geerbt hatte. Meine Schwester Regina besaß beinahe alles – ganz bestimmt Schönheit und Klugheit –, aber sie hatte leider große seelische Probleme.» Violetta betonte diese verharmlosende Beschreibung auf geheimnisvolle Weise und schüttelte langsam den Kopf. «Was mich angeht, so bin ich, wie Sie sehen, keine Schönheit, aber ich habe in dieser Familie die Kraft geerbt – und das Talent.»

In dieser Bemerkung entdeckte Urbino eine Mischung von Stolz und Ärger.

«Wann haben Sie Ihre Nichte zum letzten Mal lebend gesehen?»

Diese Frage kam sehr abrupt, das hörte auch Urbino. Als Violetta ihn jetzt ansah, war ihr vorheriges Lächeln völlig verschwunden. Ihre Lippen bildeten einen geraden Strich.

«Das ist eine sehr seltsame Frage, Signor Macintyre. Ich habe bereits mit der Polizei gesprochen. Wollen Sie andeuten, ich könnte ein Alibi brauchen? Meine Nichte wurde ja schließlich nicht ermordet!» Sie ließ ein hohles Lachen ertönen. Urbino wollte ihr gerade erklären, er vermute tatsächlich einen Mord, aber sie fuhr eilig fort: «Selbstmord ist schlimm genug, vielleicht sogar schlimmer! Er läßt alle voller Schuldgefühle und hilflos zurück. Ich weiß, daß ich mit dem, was ihr geschehen ist, nichts zu tun habe, aber dennoch –» Die Trauer wurde für einige Augenblicke sichtbar, ehe sie erneut verdrängt wurde. «Offenbar war sie verwirrt durch dieses Medikament, das in ihrem Zimmer in der Pension gefunden wurde. Wissen Sie, Flavia war eine gute Schwimmerin, obwohl sie sich, nachdem meine Schwester durch Ertrinken gestorben war, weigerte, schwimmen zu gehen. Dieses Medikament hat sie wohl völlig durcheinandergebracht, so daß sie den Instinkt verlor, sich an der Wasseroberfläche zu halten.»

Kurz danach verließ Urbino Violetta und Bernardo und versuchte die Dinge, die er erfahren hatte, zu ordnen. Violetta hatte eine Affäre zwischen Alvise und ihrer Schwester geleugnet und behauptete, nicht zu wissen, woher Flavia die Idee hatte, Alvise sei ihr Vater. Aber warum hatte sie Urbino diese Informationen so bereitwillig gegeben? Um weitere Spekulationen über ihre Schwester zu beenden? Um ihre Nichte zu schützen? Aber sie hatte sich nicht bemüht, ein besonders positives Bild von Flavia zu zeichnen, und sogar angedeutet, sie sei möglicherweise ebenso gestört gewesen wie Regina. Diese kontrolliert kühle Haltung, wenn sie von ihrer Nichte sprach, irritierte Urbino. Aber dann fiel ihm wieder der unmißverständliche Ausdruck der Trauer ein, der sich gelegentlich auf ihrem Gesicht gezeigt hatte.

Urbino glaubte allerdings nicht, daß Violetta Volpi völlig offen gewesen war. Sie hielt Informationen zurück und versteckte, so schien es, ihre wirklichen Gefühle über den Tod ihrer Nichte. Warum tat sie das? Konnte es etwas mit dem Neid zu tun haben, den sie ihrer Schwester gegenüber immer noch verspürte?

Möglicherweise konnte ihm die Contessa helfen. Er mußte mehr darüber wissen, wen Flavia am Abend ihres Todes getroffen hatte. Violetta Volpi weigerte sich, ihm zu erzählen, wann sie ihre Nichte zuletzt gesehen hatte, aber der Polizei hatte sie es gesagt. Die Contessa hatte einen Freund in der Questura, mit dem sie kürzlich auch gesprochen hatte, um die Lage zwischen Urbino und Commissario Gemelli zu entspannen. Sie würde Corrado Scarpa noch einmal anrufen müssen.

9

«Ich glaube nicht eine Silbe von dem, was sie Ihnen erzählt hat!» Eine Stunde später überschlug sich die sonst so sanfte Stimme der Contessa am Telefon. «Bestimmt weiß sie, warum Flavia glaubte, Alvise sei ihr Vater. Nein, ich traue ihr nicht. Sie kocht noch immer vor Wut, nach so vielen Jahren.»

Unter anderen Umständen hätte Urbino sich vielleicht über die mangelhafte Logik der Contessa amüsiert.

«Würde es nicht mehr Sinn ergeben, wenn sie Ihre Furcht, Flavia könnte Alvises Tochter sein, noch nähren würde?» fragte Urbino sie. «Würde ihr das nicht mehr Befriedigung verschaffen?»

«Diese Frau ist verschlagen. Vielleicht will sie nicht zugeben, daß ihre eigene Schwester ein Verhältnis mit einem Mann hatte, den sie selbst gern geheiratet hätte? Wir wissen doch nicht, was sie plant. Es könnte sein, daß sie mich in Sicherheit wiegen will, damit der endgültige Schlag um so schmerzhafter ist. Sie hat bestimmt vor, mir auf eine besonders peinliche Weise weh zu tun. Nein, Urbino, ich traue Violetta Volpi nicht mehr, als ich Violetta Grespi jemals getraut habe! Selbst wenn sie *nicht* lügt, wieso sollten wir annehmen, daß sie etwas über ihre Schwester weiß, was diese unbedingt vor ihr verbergen wollte? Wie man es auch betrachtet, wir können uns auf das, was Violetta Volpi sagt, nicht verlassen.»

Urbino erwähnte Corrado Scarpa und bat die Contessa, ihren Freund anzurufen und alles über Flavias letzten Abend herauszufinden. Dann sprachen sie darüber, was sie bisher über Flavias Leben und Tod wußten, kamen aber nicht zu klaren Schlüssen. Das einzige, worüber sie sich einig waren, war die Vermutung, daß ihnen bisher keiner die völlige Wahrheit gesagt hatte – außer, so versicherte die Contessa eilig, Occhipinti. Dazu sagte Urbino nichts.

Mit einem hörbar erleichterten Seufzer wechselte die Contessa das Thema und sprach über Eugene, der in Asolo und in der Villa La Muta geblieben war.

«Übrigens, *caro*, Ihr ehemaliger Schwager ist vielleicht ein bißchen böse auf mich, denn ich mußte seine sehr großzügigen Angebote für meine Fächersammlung, die er unbedingt seiner Frau mitbringen wollte, leider ablehnen. Der gute Mann scheint sich soviel wie möglich von Italien aneignen zu wollen. Einen so kaufwütigen – und neugierigen – Menschen habe ich noch nie kennengelernt.»

«Ich bin sicher, daß Sie ihm an Neugier in nichts nachstehen, Barbara. Bestimmt muß er für seinen Aufenthalt bei Ihnen hart arbeiten.»

«Also hören Sie! Außerdem sind Sie an allem selbst schuld. Ihre Verweigerungshaltung hat diese unersättliche Neugier erzeugt, und wenn Eugene so bereitwillig Auskunft erteilt, warum sollte ich ihn zurückhalten? Wir hatten seit Ihrer Abreise ein paar sehr interessante Gespräche, das können Sie mir glauben. Ich kann gar nicht abwarten, was er sonst noch zu erzählen hat, aber erst rufe ich Corrado an. Bis später, *caro*.»

10

Zehn Minuten später brach Urbino, der sich sowohl in rastloser als auch in nachdenklicher Stimmung befand, zu einem Spaziergang auf. Zunächst ging er in den Nordteil des Cannaregio, wo Alter, Feuchtigkeit und die schädlichen Abgase der Industrie auf dem

Festland viele der Häuserfassaden abblättern ließen. Dieser Stadtteil wurde hauptsächlich von Arbeitern bewohnt. Touristen verirrten sich selten hierher, wenn sie nicht vom Ghetto aus weiterspazierten oder die Kirche Madonna dell'Orto besuchen wollten.

Gelächter und Küchendünste begleiteten Urbino, während er unter den offenen Fenstern der Häuser entlangging, und gaben ihm das Gefühl, allein und ausgeschlossen zu sein.

Wer konnte Flavia getötet haben? Und aus welchem Grund? fragte er sich. Und was hatte ihr Tod mit dem Conte da Capo-Zendrini zu tun? Hoffentlich gelang es der Contessa, Corrado Scarpa Informationen zu entlocken. Urbino mußte mehr über Flavias letzten Abend erfahren.

Wo war sie getötet worden? War es an einer unbelebten Stelle des Canal Grande geschehen oder an einem der Seitenkanäle? Bestimmt war die Flut stark genug, um den Leichnam in den Canal Grande und bis zum Palazzo Guggenheim zu schwemmen. Genausogut konnte sie direkt vor dem Palazzo Guggenheim ertrunken sein.

Als Urbino zwei sich küssende Teenager in einem Tordurchgang sah, überlegte er, welche Romanzen Flavia in ihrem Leben wohl gehabt hatte. Wie hatte ihre Beziehung zu Bruno Novembrini ausgesehen, der das Nacktporträt von ihr gemalt hatte? Flavia war wunderschön gewesen. Bestimmt hatte sie sich die Männer aussuchen können. Ladislao Mirko, der die Pension führte, in der Flavia gewohnt hatte, behauptete, sie seien lediglich Freunde gewesen. Aber welche Gefühle hegte er wirklich für sie?

Und was war mit Madge Lennox, der Schauspielerin, die «sowohl von der Garbo als auch von Huston geliebt wurde»? War die Lennox für Flavia mehr gewesen als nur eine Ersatzmutter? Sie hatte gesagt, Flavia habe sich in der Villa Pippa sicher gefühlt. Sicher wovor? Vor Mirko? Vor ihrer Familie? Dem Leben im allgemeinen?

Violetta Volpi hatte Urbino gesagt, zwischen ihrer Schwester und Alvise sei nie etwas gewesen, aber falls Regina Brollo dieselbe Sinnlichkeit ausgestrahlt hatte wie Violetta, wer wußte da schon, was unter den richtigen – oder falschen – Umständen zwischen ihr und Alvise geschehen war?

Urbino bemerkte, daß der Hintergrund all dieser Überlegungen Sex war. Flavias Leben und ihr Tod schienen erfüllt von Sexualität. Sie war selbst ein Objekt sexueller Wünsche gewesen, und dazu kamen noch ihr erotisches Porträt, die Vergewaltigung und der Mord an ihrer Freundin Nicolina Ricci, der mögliche Ehebruch ihrer Mutter und sogar die Tatsache, daß ihr Körper unter dem metallenen Blick des *angelo della città* aufgetaucht war, Peggy Guggenheims ekstatischem Reiter.

Was hatte Occhipinti an dem Tag, nachdem sie auf dem Gartenfest der Contessa aufgetaucht war, über Flavia gesagt? Es war ein Zitat von Browning: «Ein Gesicht, für das man seine Jugend verlieren, von dem man im Alter träumen, für das man dem Tod ins Auge sehen möchte.»

«Ein Gesicht, für das man dem Tod ins Auge sehen möchte.» Aber dieses Gesicht schien für Flavia nicht jenen Trost geboten zu haben, den Occhipinti meinte. Ganz im Gegenteil. Vielleicht war ihr Gesicht – und ihr Körper – das Motiv für ihren Tod gewesen.

Urbino kam an eine Anlegestelle, von der aus er über die Lagune blicken konnte. Draußen im glatten grauen Wasser schwammen Murano und die mit Ziegelmauern umgebene und mit Zypressen bewachsene Friedhofsinsel San Michele, wo die Autopsie an Flavias Leiche vorgenommen worden war. Ob sich der Leichnam noch immer dort befand? Urbino setzte seinen Spaziergang fort, und da er noch nicht in den Palazzo Uccello zurückkehren wollte, beschloß er, Lorenzo Brollo aufzusuchen und sich nach den Modalitäten der Beerdigung zu erkundigen. Bei dieser Gelegenheit konnte er dem Mann vielleicht auch noch andere Fragen stellen.

Im Gehen grübelte Urbino über die vielen Unklarheiten nach. Sie wurden immer zahlreicher, genau wie die Menschen um ihn herum, und als er über die Rialto-Brücke auf die andere Seite des Canal Grande ging, glich der Trubel der Touristen dem Durcheinander in seinem Kopf. An einem Obststand kaufte er eine Handvoll Weintrauben, die der Verkäufer für ihn wusch. Urbino aß sie, während er immer tiefer in das Labyrinth des San-Polo-Viertels hineinging. Hier wohnte Lorenzo Brollo.

Urbino betrat eine Bar und suchte in einem Telefonbuch nach der Adresse des Palazzo Brollo. Der Mann an der Bar erklärte ihm, er finde das Gebäude an einem *campo* nicht weit von der Kirche San Giacomo dell'Orio. Flavia sei selten in dem Haus in San Polo gewesen, hatte Novembrini gesagt, sie habe lieber bei Ladislao Mirko in der Casa Trieste gewohnt.

Der Palazzo Brollo war ein hohes und schmales Gebäude, das mit unregelmäßigen rosa-grauen Stuckornamenten verziert war. Auf der Höhe des *piano nobile* befand sich ein kleiner Balkon aus Stein und Eisen, auf dem zahlreiche Topfpflanzen standen. Einige Meter weit unterhalb der Balkonbrüstung hing ein Weidenkorb, den man an einem dicken Seil herunterlassen konnte, damit die Bewohner nicht für Brot, Zeitungen oder ähnliches die Treppe hinunterlaufen mußten. Obwohl auf den *campo*, der bis auf Urbino und einige Anwohner, die ihren Geschäften nachgingen, leer war, kein Sonnenstrahl fiel, waren die Fensterläden des Hauses geschlossen.

Schwarzes Kreppapier umrandete die Todesanzeige an der Haustüre. In steifen Buchstaben stand unter einem älteren Schwarzweißfoto einer lächelnden Flavia:

Am Samstag, dem 25. Juli,
kehrte die Seele von
FLAVIA MARIA REGINA BROLLO
zurück ins Reich des Herrn.
Das teilen in tiefer Trauer mit:
ihr Vater Lorenzo Brollo und
die Tanten Annabella Brollo und Violetta Grespi Volpi

Urbino drückte die Messingklingel. Er wartete mehrere Minuten und klingelte dann erneut, aber niemand öffnete. Mit einem letzten Blick auf das abweisend wirkende Haus machte er sich auf den Rückweg zum Palazzo Uccello.

Offenbar waren Urbinos Nerven etwas gereizt, denn nach einigen Minuten hatte er den Eindruck, jemand folge ihm. Das war so ungewöhnlich, daß er darauf zu achten begann. Schritte, die zu niemandem in Sichtweite gehörten, ertönten hinter ihm und schienen manchmal sogar direkt hinter ihm zu sein. Blieb er stehen, so hörten auch die Schritte auf, aber es war niemand zu sehen. Er befand sich in dem Netz von Gassen zwischen San Giacomo dell'Orio und dem Campo San Polo, einem jener labyrinthischen Viertel der Stadt, wo es sogar jetzt zur Mittagszeit düster und feucht war. Jemand, der die Stadt besser kannte als man selbst, konnte einen leicht überlisten, indem er sein Opfer erst verfolgte und dann in einer nicht einsehbaren Ecke wartete. Urbino kannte hier zwar den Weg, aber nicht jeden einzelnen Winkel. Ihm fiel ein, daß es gerade in dieser Gegend eine ganze Reihe von Raubüberfällen gegeben hatte.

Aber wenn er verfolgt wurde, dann offenbar nicht von einem Räuber. Vielleicht war es jemand, der ihm Angst einjagen wollte, damit er aufhörte, weitere Fragen über Flavia zu stellen.

Urbino beschleunigte seinen Schritt, und ihm war wohler, als er sich in den *corso della gente* eingliederte, der in beide Richtungen floß und sich an den Kreuzungen und den Stufen der Rialto-Brücke staute. Ganz in Sicherheit fühlte er sich aber erst, als die Tür des Palazzo Uccello fest hinter ihm geschlossen war. Er schwitzte, und das nicht nur wegen der Hitze.

Als Urbino die Treppe hinaufstieg, klingelte das Telefon. Er hob ab, und eine unbekannte Stimme fragte in präzisem britischen Englisch: «Spreche ich mit Signor Urbino Macintyre?» Die Stimme war zwar tief, aber sehr bestimmt. «Hier ist Lorenzo Brollo. Wäre es möglich, daß wir uns unterhalten?»

Urbino hätte nicht überraschter sein können. Er war auch etwas beunruhigt. Hatte ihn Brollo vor seinem Palazzo gesehen? War es Brollo selbst – oder ein Bekannter von Brollo – gewesen, der ihm gefolgt war?

«Uns unterhalten?»

Genau das wollte Urbino, aber er war so verblüfft, daß er lediglich Brollos Worte wiederholen konnte.

«Genau, Signor Macintyre. Morgen früh um elf.»

Brollo wartete nicht ab, ob Urbino zustimmte. Er legte einfach auf – ohne seine Adresse zu hinterlassen.

Urbino wechselte sein schweißnasses Hemd gegen ein frisches und setzte sich dann mit Serena auf dem Schoß in sein Arbeitszimmer. Er suchte nach einer Erklärung für Brollos Anruf. Die Stimme klang noch immer in seinem Inneren nach. Es war die Stimme eines Mannes, der gewohnt war, Widerstände zu brechen und zu bekommen, was er wollte. Und Urbino gehorchte ihm ja auch, oder nicht? Er würde sich auf Brollos Aufforderung hin mit ihm treffen, und zwar zu einem Zeitpunkt, den Brollo festgesetzt hatte. Damit fühlte sich Urbino keineswegs wohl.

Während Urbino noch über Brollos mögliche Motive für den morgigen Gesprächstermin nachgrübelte, stieg er hinunter in einen Raum im *piano terreno*, der bis auf einen großen Tisch und verschiedene Chemikalien und Gerätschaften leer war. Hier restaurierte er gelegentlich Ölgemälde, eine Kunstfertigkeit, die er bei der Vorbereitung zu einer Monographie über eine Familie venezianischer Restaurateure gelernt hatte. Er hatte sie inzwischen vervollkommnet, und es schenkte ihm innere Ruhe und Frieden zugleich, wenn es ihm gelang, auch nur einem kleinen Stück Leinwand seine ursprüngliche Frische zurückzugeben.

Letzten Monat hatte ihm die Contessa ein Porträt von Bartolomeo Veneto gegeben, das sonst in einem Raum in der Ca' da Capo-Zendrini hing, der gerade renoviert wurde. Es war das 1542 gemalte Verlobungsbild einer jungen Dame aus Cremona. Sie war im Halbprofil dargestellt und trug ein rotes Samtkleid mit Puffärmeln und besticktem Oberteil, einen großen, gepolsterten Turban, Perlenohrringe, eine Halskette aus Bernsteinperlen und dünne Lederhandschuhe mit umgeschlagenen Manschetten.

Er hatte das Bild bereits mit Wattebäuschchen, die mit Speichel und Sprit angefeuchtet waren, abgetupft und war nun dabei, mit Hilfe von Kompressen den alten gelben Firnis zu entfernen, wobei er nur eine dünne Schicht des ursprünglichen Firnis übrigließ. Er arbeitete gerade an einer der langen Korkenzieherlocken, die von der Schläfe bis zum Kinn der Dame reichten. Bei der Säuberung ging er sorgfältig und methodisch vor und fand es wie immer erstaunlich, als die Originalfarben sichtbar wurden.

Während der Arbeit konnte er die Gedanken an Lorenzo Brollos unerwarteten Telefonanruf nicht abschütteln. Violetta hatte Brollo offenbar von Urbinos heutigem Besuch erzählt. Wie eng war die Beziehung zwischen Violetta und Brollo? Normalerweise machten Italiener keinen Unterschied zwischen Blutsverwandten und angeheirateten Verwandten. Violetta hatte gesagt, Brollo habe Flavia wie eine Prinzessin behandelt, aber für seine Schwester hatte sie kein gutes Wort übrig gehabt. Wie hieß sie noch gleich? Annabella. Die Schwester mit der Leidenschaft für Blumen, die sich seit dem Tod von Regina ganz und gar dem Bruder widmete. Violetta meinte, sie wäre nicht überrascht, wenn Annabella die Urheberin dieser Geschichte über Alvise sei. Annabella habe alles getan, um Flavia gegen Violetta und auch gegen ihre eigene Mutter einzunehmen. Aber vielleicht hatte Violetta auch nur versucht, bei Urbino gegen Annabella Stimmung zu machen, noch ehe er diese kennenlernte.

Bestimmt hing Brollos Anruf mit Urbinos Besuch bei Violetta zusammen. Vielleicht stimmten Brollo und Violetta ihre Handlungen miteinander ab – Violetta, um den Ruf ihrer Schwester zu schützen, und Brollo, um sein Gesicht zu wahren. Die Stimme, die am Telefon so bestimmend klang, gehörte jemandem, der sein Bild in der Öffentlichkeit unter Kontrolle behalten wollte.

Urbino arbeitete weiter an der Korkenzieherlocke. Die Haarfarbe der Cremoneser Dame war nur wenig dunkler, als es Flavias Haare gewesen waren, und der Turban auf ihrem Kopf erinnerte ihn an den, den Flavia auf *Nackte in einer Beerdigungsgondel* trug. Er starrte auf das Gesicht der Dame, und einige Augenblicke lang verwandelte es sich in das von Flavia.

Ehe er sich morgen früh mit Brollo traf, war es sinnvoll, noch einmal in die Casa Trieste zu gehen und Ladislao Mirko ein paar weitere Fragen zu stellen. Vielleicht konnte er herausfinden, warum Flavia lieber dort gewohnt hatte als zu Hause, und einen Blick auf die Beziehung zwischen ihr und Mirko werfen. Außerdem sollte er sich noch einmal mit Bruno Novembrini treffen. Für das Gespräch mit Brollo mußte Urbino mehr über Flavia erfahren. Letzte Woche hatten weder Mirko noch Novembrini besonders bereitwillig über Flavia gesprochen, aber vielleicht war das jetzt nach Flavias Tod anders.

Urbino sah auf die Uhr. Es war kurz vor drei. In weniger als einer Stunde konnte er auf der anderen Seite des Canal Grande bei der Casa Trieste sein, um Ladislao Mirko zu besuchen.

Aber bevor er aufbrach, rief er Bruno Novembrini an und erklärte, er habe noch einige Fragen betreffend Flavia Brollo. Novembrini bat ihn um einen Augenblick Geduld, und Urbino hörte Gemurmel am anderen Ende der Leitung. Als Novembrini wieder am Apparat war, sagte er mit seiner tiefen Stimme: «Massimo glaubt offenbar, daß es gut wäre, wenn ich mit Ihnen über Flavia rede. Vielleicht befürchtet er, ich könnte, wenn ich etwas zurückhalte, eine Schaffensblockade bekommen, und dann verliert er einen großen Teil seines Einkommens.» Novembrini lachte, und Urbino hatte den Eindruck, daß die Bemerkung eher für Massimo Zuin als für ihn gedacht war. «Sagen wir um halb acht am Campo Santa Margherita?» Novembrini nannte ein Café.

II

Als Urbino die dunkle Treppe der Casa Trieste hinaufstieg, spähte Ladislao Mirko, der sein schwarzes Käppchen trug, auf ihn herab. Der dünne, unscheinbare Mann war blasser als letzte Woche, und seine riesigen Nasenlöcher schienen noch größer geworden zu sein. Auf seiner Wange befand sich ein Kratzer, und unter seinen leblosen Augen standen Ringe.

«Hallo, Signor Macintyre», sagte Mirko mit seiner näselnden Stimme. «Flavia sagte, ich solle nett zu Ihnen sein.»

Mirko, der schniefte, als habe er eine Erkältung, führte Urbino durch den Korridor in einen dunklen, fensterlosen Raum, in dem nur wenige Möbel standen. An den Wänden hingen ein Kalender und ein Stadtplan von Venedig. Im hinteren Teil des Zimmers stand ein großer Holztisch, auf dem zusammengerollt eine getigerte Katze lag. Hinter dem Tisch hing an einer Stange ein Vorhang, der teilweise zurückgezogen war und den Rand eines Herdes sehen ließ.

«Setzen Sie sich», sagte Mirko und ging hinter den Tisch.

Mirko roch ranzig. Urbino konnte nicht sagen, ob es sein Atem oder sein Körper war – oder beides –, aber es wäre ihm lieber gewesen, Mirko nicht so nahe kommen zu müssen.

«Sie wissen, daß Flavia Brollo tot ist, nicht wahr?» fragte ihn Urbino und setzte sich auf das Sofa.

«Ja, ich weiß, daß sie tot ist», sagte Mirko. Er berührte mit mehreren Fingern seine Nasenspitze.

«Wann haben Sie sie zum letzten Mal gesehen?»

Mirko hatte gerade erzählt, Flavia habe ihn gebeten, zu Urbino «nett» zu sein. Deshalb hoffte Urbino, von ihm einige Antworten zu erhalten.

«Am letzten Donnerstag abend um halb acht», sagte Mirko ohne Zögern.

Nach Aussage von Commissario Gemelli war Flavia mindestens seit Donnerstag um Mitternacht tot. Damit gab Mirko Urbino die erste Teilinformation, wo Flavia den Abend ihres Todes verbracht hatte. Hoffentlich hatte die Contessa bei Corrado Scarpa Erfolg. Urbino benötigte unbedingt eine vollständige Chronologie von Flavias letztem Abend.

«Am Mittwoch, als sie aus Asolo zurückkam», fuhr Mirko mit seiner näselnden Stimme fort, «erzählte ich ihr, ein Mann mit einem amerikanischen Akzent habe nach ihr gefragt. Sie sagte, das müßten Sie gewesen sein, der Freund der Contessa da Capo-Zendrini, und ich sollte Ihnen die Wahrheit sagen, falls Sie mir noch weitere Fragen stellten.»

«Sie waren mit Flavia in der Villa der Contessa in Asolo.»

Urbino war sich immer noch nicht sicher, ob Mirko sich von diesem Nachmittag her an ihn erinnerte.

«Ja. Wir waren gute Freunde – fünfzehn Jahre lang!» In seiner Stimme lag wieder ein Jammerton. «Das ist eine lange Zeit! Wie Bruder und Schwester haben wir uns umeinander gekümmert.» Er zog ein Taschentuch hervor und wischte sich die Nase ab. «Ich wollte sie davon überzeugen, nicht hinzugehen. Das habe ich wirklich versucht, aber wenn sie sich einmal etwas in den Kopf gesetzt hatte, dann konnte man sie nicht mehr bremsen. Sie wollte der Contessa erzählen, daß der Conte ihr Vater war.»

Mirko hob die Katze hoch, zog die Tischschublade auf und holte einen kleinen Gegenstand aus Metall heraus. Er hielt die Katze, die sich wehrte und schrie, fest auf dem Schoß, drückte auf den Ballen einer Pfote, damit sie die Krallen ausfuhr, und begann, die Krallen mit einem Nagelknipser zu kürzen.

«Das muß man ab und zu machen», erklärte Mirko und lachte kurz auf, «sonst passiert so etwas.»

Er deutete auf den Kratzer auf seiner Wange.

«Ich weiß», sagte Urbino. «Ich habe selbst eine Katze und auch eine ganze Menge Kratzer.» Einige Augenblicke sah er Mirko beim Kürzen der Katzenkrallen zu, dann sagte er: «Aber warum hat Flavia geglaubt, der Conte da Capo-Zendrini sei ihr Vater?»

Violetta Volpi hatte behauptet, sie wisse nicht, woher diese Idee stamme – außer vielleicht von Annabella. Aber möglicherweise wußte Mirko, der seit fünfzehn Jahren mit Flavia befreundet war, mehr. Vieles erzählte man einem nahen Freund, aber nie einem Verwandten.

Mirko lächelte Urbino an und zeigte dabei einige Zahnlücken. «Wenn ich Ihnen das erzähle, dann glauben Sie es mir nicht.» Er hielt inne, um Urbinos Anspannung zu genießen. «Flavias eigene Mutter hat es ihr erzählt. Das ist wahr! Flavia hat es mir gesagt.»

Mirko fuhr mit dem Kürzen der Katzenkrallen fort. Seine eigenen Fingernägel, die abgebrochen und voller Schmutzränder waren, hätten ebenfalls etwas Pflege nötig gehabt.

«Ja, das hat Flavia gesagt, und sie hat mich nie angelogen. Sie sagte, Lorenzo und seine hinterhältige Schwester hätten ihre Mutter in die Arme eines anderen Mannes getrieben. Das erzählte sie mir, nachdem wir uns zwei bis drei Jahre kannten. Sie sagte, sie vertraue mir.»

Urbino überlegte, ob es wohl die Erinnerung an Flavias Vertrauen war, die Mirko jetzt die Stirn runzeln ließ. Die Katze jaulte und versuchte zu entkommen, aber Mirko packte sie fester und ging zur nächsten Pfote über.

«Und dann ist da noch etwas», sagte Mirko, ohne Urbino anzusehen. «Ein Streit, den Flavia und ich mitgehört haben, in dem Sommer, als ihre Mutter starb. Ich war zu Besuch bei Flavia in der Villa, die sie am Gardasee gemietet hatten, obwohl Lorenzo nicht begeistert davon war. Sie war vierzehn. Flavia und ich kamen gerade am Schlafzimmer ihrer Mutter vorbei, als wir hörten, wie sich Lorenzo, Flavias Mutter und ihre Tante Violetta stritten. Violetta schrie Lorenzo an: ‹Flavia ist *nicht* deine Tochter! Du weißt, daß es so ist. Warum gibst du es nicht zu!› Dann hörten wir, wie sie etwas über den Conte da Capo-Zendrini sagte. Es gab einen Schlag, und Violetta begann zu weinen. Auch Flavias Mutter weinte und rief ganz erschrocken Lorenzos Namen. Lorenzo sagte zu Violetta, sie solle ihn und seine Frau allein lassen. Flavia und ich sind dann schnell weggegangen. Ihre Tante Annabella kam gerade die Treppe herauf. Nach diesem Aufenthalt am Gardasee hat Flavia mit mir immer wieder über diesen Streit gesprochen. Sie bat mich, ihr zu erzählen, woran ich mich erinnerte, und jedesmal nickte sie. ‹Er ist nicht mein Vater›, sagte sie dann. ‹Das habe ich schon immer gewußt.› Es gibt kaum Zweifel daran, daß der Ehemann der Contessa Flavias Vater war. Aber dennoch habe ich ihr geraten, die Contessa nicht aufzusuchen. Ich hatte Angst davor, was die Contessa ihr – oder mir – antun könnte.»

Ob Flavia, als sie Mirko die Erlaubnis gab, Urbino die Wahrheit zu sagen – falls sie das tatsächlich getan hatte –, wohl gemeint hatte, er solle von diesen Ereignissen berichten? Und wie paßte es zusammen, daß Flavia sich auf die «Suche» nach Beweisen für die Vaterschaft von Alvise da Capo-Zendrini gemacht hatte, wenn sie es doch von ihrer Mutter wußte? Aber vielleicht brauchte Flavia etwas Greifbareres als die Aussage einer Toten. Sie konnte nach einem lebenden Zeugen gesucht haben. Aber was war mit Mirko selbst? Er wäre der «Beweis» gewesen, nach dem sie suchte.

Noch etwas anderes kam Urbino rätselhaft vor. Wenn Flavia seit über zehn Jahren glaubte, der Conte da Capo-Zendrini sei ihr Vater, warum hatte sie dann erst jetzt die Initiative ergriffen?

«Als Sie Flavia am Donnerstagabend sahen, hat sie da gesagt, sie habe einen Beweis, daß der Conte da Capo-Zendrini ihr Vater sei?»

Mirko sah auf, und seine ausdruckslosen Augen erwiderten für einige Momente Urbinos Blick.

«Sie hatte die Aussage ihrer Mutter, und davon war sie vollständig überzeugt. Und dann war da die Szene, die wir am Gardasee mitangehört hatten.»

«Hat sie Sie am Donnerstag abend gebeten, der Contessa da Capo-Zendrini zu erzählen, was Sie beide am Lago di Garda gehört hatten?»

«Sie sagte, es wäre möglich, daß ich es tun muß. Flavia war an diesem Abend sehr aufgeregt. Nach etwa zehn oder fünfzehn Minuten verließ sie eilig das Haus, um ihre Tante Violetta zu besuchen. Danach habe ich sie nicht wiedergesehen.»

«Aber haben Sie sich nicht gefragt, wo sie war, als Sie sie einige Tage nicht sahen? Und besonders, nachdem sie so aufgeregt war? Sie hat doch die meiste Zeit bei Ihnen gewohnt.»

«Nicht *bei* mir, sondern in der Pension», korrigierte Mirko, schniefte und berührte seine Nase. «Manchmal war sie tagelang – oder sogar wochenlang – nicht da. Dann war sie bei der Amerikanerin in Asolo oder bei diesem eingebildeten Künstler Novembrini. Sie sagte oft, ihr Zuhause sei überall und nirgends.»

«Also hatte Flavia hier ihr eigenes Zimmer», sagte Urbino und richtete seinen Blick bewußt auffällig auf den zugezogenen Vorhang. «Aber Sie haben doch gar nicht so viele Zimmer zu vermieten, oder? Wenn Flavia eines der Zimmer benutzte, dann hat das doch Ihr Einkommen beeinträchtigt – falls sie es nicht bezahlt hat, natürlich.»

«Sie hat mir niemals Geld gegeben, und ich wollte auch keines! Geld hatte mit unserer Freundschaft nichts zu tun.»

«Vielleicht erhielten Sie den Preis für das Zimmer auf andere Weise», wagte Urbino zu sagen.

«Hören Sie!» sagte Mirko ärgerlich. «Ich habe schon gesagt, Flavia und ich waren nur Freunde – wie Bruder und Schwester. Alles, was ich jemals von ihr wollte, war ihre Freundschaft!»

«Es ist nur so, daß ich über Flavia soviel wie möglich erfahren muß – nicht nur im Interesse der Contessa da Capo-Zendrini. Ist Ihnen nicht der Gedanke gekommen, daß sie möglicherweise ermordet wurde? Sie ist ertrunken, aber auf ihrer Stirn waren Wunden. Vielleicht wurde sie erst niedergeschlagen.»

Mirkos Angst war so überdeutlich wie sein Körpergeruch.

«Ermordet! Wie kommen Sie bloß auf so eine verrückte Idee! Wer hätte Flavia ermorden sollen? Jeder hat sie geliebt.» Als Mirko den Kopf schüttelte, stand die Angst noch immer in seinem Gesicht. «Sie irren sich. Flavia hat so oft über Selbstmord geredet, daß es mir angst gemacht hat. Sie war davon fasziniert.» Mirko sprach jetzt schneller. «Vielleicht, weil ihre Mutter sich umgebracht hat. Sagt man nicht, daß Kinder dann dasselbe tun? Nach dem Selbstmord ihrer Mutter sagte Flavia immer wieder, diese habe jetzt Frieden gefunden. Mir kam oft der Gedanke, sie könnte es vielleicht selbst tun – ja, gerade letzte Woche, als sie so aufgeregt war. Aber was sollte ich machen?»

Mirko ließ die Katze los und sah ihr nach, als sie aus dem Zimmer rannte. Als er dann Urbinos Blick erwiderte, stand noch immer Angst in seinen Augen, aber auch noch etwas anderes, eine Art Schuldgefühl. Dachte Mirko daran, daß seine langjährige Freundin sich umgebracht hatte und er nicht in der Lage gewesen war, ihr zu helfen?

«Was wissen Sie über die Medikamente, die bei Flavias Habseligkeiten gefunden wurden?»

«Was meinen Sie?»

«Haben Sie jemals gesehen, daß sie die Tabletten genommen hat?»

«Oft. Sie sagte, sie machten sie glücklicher.»

«Welcher Arzt hat sie ihr verschrieben?»

«Ich weiß doch nicht *alles* über Flavia! Möglicherweise wollte sie nicht, daß jemand erfuhr, welcher Arzt es war. Vielleicht war deshalb kein Aufkleber auf dem Fläschchen.»

«Also wissen Sie, daß auf dem Fläschchen kein Aufkleber war?»

«Natürlich. Ich habe es ja oft genug gesehen. Und andere, die genauso aussahen», fügte er schnell hinzu.

«Haben Sie Flavia jemals gefragt, warum der Aufkleber fehlte?»

«Was soll das? Die Polizei hat das Fläschchen mitgenommen, damit ist die Sache erledigt. Warum fragen Sie nach dem Aufkleber?»

«Weil wir ohne den Aufkleber nicht sicher wissen, ob sie die Tabletten wirklich genommen hat.»

«Sie hat sie genommen! Ich denke, wir sollten das Gespräch beenden, Signor Macintyre. Flavia hat mich zwar gebeten, nett zu Ihnen zu sein, aber sie wußte wohl nicht, daß Sie selbst nicht nett sind und nur Böses über sie sagen. Sie und die Contessa da Capo-Zendrini wollen doch nur Flavia etwas anhängen, jetzt, wo sie tot ist und sich nicht mehr verteidigen kann! Sie haben keine Achtung vor der Toten! Ich finde, das ist ... das ist verabscheuungswürdig!»

Während Mirko immer ärgerlicher wurde, hatte Urbino den Eindruck, daß in dem Verhalten des Mannes etwas Künstliches lag. Er benahm sich, als gebe er eine Vorstellung. Mirko holte tief Luft und schien im selben Tonfall, womöglich noch lauter, fortfahren zu wollen, aber statt dessen schwieg er und rieb sich die Nase. Es sah aus, als habe er aus irgendeinem Grund beschlossen, es sei besser, Flavia nicht so leidenschaftlich zu verteidigen – und statt dessen die Wahrheit zu sagen, wie Flavia ihn gebeten hatte. Allerdings blieb bei Urbino ein leiser Zweifel zurück. Woher sollte er wissen, ob Flavia das wirklich verlangt hatte?

«Ich wollte mich nicht so aufregen, Signor Macintyre», sagte Mirko und zuckte mit seinen mageren Schultern. «Aber es ist schwer für mich. Ich mochte Flavia sehr.»

«Ich verstehe», sagte Urbino. «Darum bin ich mir auch sicher, daß Sie wissen wollen, wie sie gestorben ist. Auch wenn es uns nicht klar ist, aber wir fühlen uns stets besser, wenn wir die Wahrheit wissen – egal wie hart sie ist.»

«Sie haben recht», antwortete Mirko. «Vermutlich heißt das, Sie haben noch mehr Fragen.»

«Nur noch ein paar. Gibt es noch jemanden in der Pension, der vielleicht letzte Woche mit Flavia geredet hat? Jemanden, der sie an dem letzten Abend, an dem sie herkam, gesehen haben könnte?»

«Nein.»

«Flavia hat ein Album geführt», sagte Urbino in der Hoffnung, daß Madge Lennox ihm die Wahrheit gesagt hatte.

«Das habe ich hier. Erzählen Sie Lorenzo nichts davon, aber ich habe ein paar ihrer Sachen behalten. Das Album, ein paar Bücher und ein altes Kleid. Diese Dinge waren Flavia sehr wichtig, und sie geben mir das Gefühl, ihr nah zu sein. Möchten Sie das Album und die Bücher sehen?»

Mirko öffnete die Tischschublade und holte zwei Bücher und ein großes Album mit blauem Einband heraus. Es schien, daß er jetzt so kooperativ wie möglich sein wollte.

Urbino nahm das Album und blätterte es schnell durch, während ihm Mirko nervös zusah. Das große Heft war fast bis zum Ende mit Zeitungsausschnitten, Postkarten und anderen Erinnerungsstücken gefüllt.

«Würden Sie mir das hier ein oder zwei Tage überlassen?»

Mirko hielt den Blick immer noch auf das Album gerichtet.

«Mmmh – lieber nicht.»

Mirkos Wandlung erstaunte Urbino. Wenn er nicht wollte, daß Urbino sich das Album ansah, warum hatte er sich dann bereit erklärt, es ihm zu zeigen? Mirko war ein Mann, den man schwer einschätzen konnte. Lag hinter dem, was er tat, schauspielerisches Können, oder improvisierte er? Welche Rolle spielten – wenn überhaupt – die Trauer um Flavia und seine Liebe zu ihr?

Mirko nahm das Album wieder an sich und reichte Urbino die beiden Bücher – eine italienische Biographie von Eleonora Duse und ein Katalog der Peggy-Guggenheim-Sammlung. Marino Marinis ekstatischer Reiter spähte – auch wenn man aus diesem Blickwinkel seine Erregung nicht erkennen konnte – durch das schmiedeeiserne Gitter auf den Canal Grande. Man sah einen der Anlegepfosten, neben denen vor drei Tagen Flavias Leichnam aufgetaucht war.

Urbino schlug den Katalog auf. Auf dem Vorsatzblatt stand:

> Für meine Lieblingsnichte zu ihrem einundzwanzigsten Geburtstag. Spielt es eine Rolle, daß du auch meine einzige bist?
>
> In Liebe
Tante Violetta

Urbino blätterte das Heft durch. Er hatte im Palazzo Uccello selbst ein Exemplar dieses Katalogs. Nach dem Vorwort in Italienisch und Englisch folgten Farbabbildungen der meisten Werke des Museums. Mehrere Seiten flatterten heraus und fielen auf den Boden. Urbino hob sie auf und begann, sie in der richtigen Reihenfolge wieder einzufügen. Dabei bemerkte er, daß ein Blatt des Heftes fehlte, das mit den Seiten 71 und 72. Er gab Mirko, der den Blick starr auf das Titelblatt des Katalogs gerichtet hatte, die Bücher zurück.

«Es tut mir leid, Signor Macintyre», sagte Mirko mit einer Spur Ungeduld, «aber ich muß jetzt in die Questura und die Anmeldeblätter abgeben.»

Urbino dankte Mirko für seine Hilfe und ging. Auf dem Weg zum Campo Santa Margherita ließ er vor seinem geistigen Auge das Gespräch mit Ladislao Mirko noch einmal ablaufen. Hatte Regina Brollo ihrer Tochter tatsächlich erzählt, Alvise da Capo-Zendrini sei ihr Vater? Hatte sie die Wahrheit gesagt? Und wenn nicht, warum pflanzte sie ihr dann eine derart monströse Lüge ein?

Aber wieviel konnte er glauben von dem, was ihm Mirko erzählt hatte? Er zeigte einige Anzeichen von Kokainabhängigkeit – die gerötete Nase, das Schniefen, die ausdruckslosen Augen, sogar eine gelegentliche Verwirrung. Und dann hatte er diesen Kratzer auf der Wange, von dem er sehr deutlich gemacht hatte, daß die Katze ihn verursacht habe. Allmählich erschwerte die enge Beziehung zur Contessa Urbinos Ermittlungen, aber er mußte sich Mühe geben, nach allen Seiten offen zu bleiben. Vielleicht...

Urbinos Gedanken wurden unterbrochen, als hinter ihm schnelle Schritte ertönten und sein Name gerufen wurde. Er drehte sich um. Es war Mirko, dessen unscheinbares Gesicht jetzt gerötet war. Er trug zwei Gegenstände unter dem Arm. Der eine war der große Umschlag für die Questura. Der andere war Flavias Album.

«Hier», sagte Mirko und streckte Urbino das Album hin. «Flavia hätte nichts dagegen. Sie mochte Sie. Ich weiß, daß sie Sie nicht näher kannte, aber Flavia wußte mit Männern Bescheid. Sie wußte, wem sie vertrauen konnte. Mir hat sie immer vertraut», betonte Mirko.

Urbino war über Mirkos plötzlichen Sinneswandel überrascht und erfreut. Er bedankte sich und versprach, das Album zurückzugeben, sobald er es durchgearbeitet hatte. Ohne sich zu verabschieden eilte Mirko durch die *calle* davon.

12

Bis zu seiner Verabredung mit Novembrini am Campo Santa Margherita hatte Urbino noch zwei Stunden Zeit. Deshalb beschloß er, zum Palazzo Uccello zurückzugehen, in Flavias Album zu lesen und zu sehen, was er daraus erfahren konnte. Er war noch immer verblüfft darüber, daß Mirko es ihm doch noch gegeben hatte. Was war in dem Mann vorgegangen, nachdem Urbino ihn verlassen hatte? Konnte es sein, daß er etwas aus dem Album entfernt hatte?

Urbino wählte nicht die direkte Route nach Hause, denn er wollte die Menschenmassen, die sich in den großen *calli* drängten, vermeiden. Das Netzwerk von Gassen, die kreuz und quer zum Canal Grande führten, war für Touristen ein Alptraum. Wenn man nicht genau wußte, wo man sich befand, konnte man leicht in die völlig falsche Richtung gehen und ganz woanders landen – oder sich eine Stunde später am Ausgangspunkt wiederfinden.

Urbino kannte die Stadt so gut, daß er nicht sonderlich auf den Weg achten mußte. Er war froh darüber, denn sein Geist war mit völlig anderen Dingen beschäftigt als mit seiner Umgebung.

Urbino überlegte, was er eigentlich erfahren hatte. Mirko hatte gesagt, Flavia sei bis halb acht in der Casa Trieste gewesen und dann ärgerlich aufgebrochen, um Violetta Volpi zu besuchen. Zu Fuß hätte sie bis zur Ca' Volpi auf der anderen Seite des Canal Grande fünfzehn Minuten gebraucht. Wenn sie an der Ca' Rezzonico das *traghetto* über den Kanal genommen hatte, dann war sie noch schneller gewesen, denn die Gondelfähre legte nicht weit von der Ca' Volpi entfernt an.

Aber war Flavia direkt zur Ca' Volpi gegangen? Oder hatte sie unterwegs noch jemanden getroffen? Urbino hoffte, daß Corrado Scarpa der Contessa mitteilen konnte, wie Flavias letzter Abend verlaufen war.

Urbino bog in eine normalerweise unbevölkerte *calle* nahe San Giacomo dell'Orio ab, die für jemanden, der sich auskannte, eine Abkürzung war. Auf den Pflastersteinen lagen Holzbretter, damit man die Gasse auch bei *acqua alta* begehen konnte. Wie so oft in Venedig legte sich drückende Feuchtigkeit wie ein schwerer Mantel über Urbino. Er holte mehrmals tief Luft.

Einige Sekunden später hörte Urbino Schritte hinter sich auf den Brettern, aber er achtete nicht darauf. Bestimmt nur jemand, der sich in diesen versteckten Gäßchen auskannte, jemand, der es genauso eilig hatte, wieder an die frische Luft zu kommen.

Da tauchte ein Mann vor Urbino auf. Er trug eine dunkle Mütze, die er tief in die Stirn gezogen hatte. Urbino wurde von einer plötzlichen Woge der Vorahnung erfaßt. Etwas an den vorsichtigen katzenartigen Bewegungen des Mannes und seinem abschätzenden Blick sagte Urbino, daß dieser nicht einfach an ihm vorbeigehen würde. Urbino versuchte, noch mehr Luft in seine Lungen zu saugen. Er hatte fast das Gefühl zu ertrinken.

Urbino drehte sich um, um zurückzugehen, aber da verstellte ihm ein weiterer Mann den Weg. Er war über einen Meter achtzig groß, sehr breit und trug die gleiche Mütze wie der andere Mann. Blitzartig durchzuckte Urbino heiße Furcht, als ihm klar wurde, daß er ausgeraubt werden sollte.

Dann passierte alles ganz schnell. Der Mann hinter Urbino stürzte sich auf ihn, faßte ihn um den Hals und legte ihm eine Hand über den Mund. Urbino konnte sich nicht rühren. Die wenige Luft, die er zuvor noch geschnappt hatte, war nun völlig abgeschnitten. Der zweite Räuber eilte herbei, griff in Urbinos Taschen und holte die Brieftasche und die Schlüssel heraus.

Urbino umklammerte Flavias Album fester. Der Mann, der ihn erbarmungslos festhielt, sagte in grobem Italienisch mit einem Akzent, den Urbino nicht einordnen konnte: «Nimm das Buch!» Der Mann, der Urbinos Taschen durchwühlt hatte, griff nach dem Album.

«Das reicht», sagte der Räuber, der Urbino festhielt. «Los, verschwinden wir!»

Er stieß Urbino aufs Pflaster, und sein Begleiter warf, mit einem seltsamen krächzenden Lachen, Urbino die Schlüssel ins Gesicht. Instinktiv schloß Urbino die Augen, und der Schlüsselbund traf ihn am linken Auge. Er hörte, wie die Männer in die Richtung, aus der er gekommen war, davonliefen.

Es dauerte ein oder zwei Minuten, ehe Urbino sich aufgerichtet hatte. Dabei stützte er sich gegen die schlüpfrigen Ziegelsteine eines Hauses. In seinem Kopf drehte sich alles, und sein linkes Auge schmerzte. Er hob die Hand und griff sich ans Auge. Dann nahm er die Hand weg und betrachtete sie in der Düsternis der engen Gasse. Es war kein Blut zu sehen.

Jetzt konnte Urbino genug Luft holen, um Hilfe zu rufen. Er eilte in die Richtung, in die, wie er gehört hatte, die beiden Männer gelaufen waren. Weiter oben in der Gasse, bei San Giacomo dell'Orio, befanden sich ein älterer Mann und dessen Frau. Sie sagten, vor ein oder zwei Minuten seien zwei Männer an ihnen vorbeigerannt, aber sie wußten nicht genau, in welche Richtung. Urbino ging bis zu dem ruhigen Campo San Giacomo dell'Orio. Er konnte keine Spur von den beiden Männern entdecken. Wenn sie die Stadt so gut kannten wie er, dann waren sie längst in der Menge untergetaucht.

Ärgerlich und noch immer etwas verängstigt betrat Urbino eine nahe gelegene Trattoria und rief die Polizei.

13

Als Urbino Bruno Novembrini in dem Café am Campo Santa Margherita traf, mußte er erklären, weshalb sein linkes Auge so blutunterlaufen und geschwollen war. Eilig beschrieb er den Raubüberfall und den Diebstahl seiner Brieftasche, sagte aber nichts über das Album. Er war noch nie zuvor beraubt worden, und die Erfahrung hatte ihn erschüttert. War es möglich, daß ihn die beiden Räuber bereits den ganzen Tag über verfolgt hatten? Hatten sie ihn vor dem Palazzo Brollo gesehen und waren ihm später zur Casa Trieste gefolgt?

Auf der Polizeistation hatte Urbino mehrere Formulare ausgefüllt, aber die Polizisten wirkten ziemlich resigniert. Noch ein weiterer Raubüberfall, der sich zu den vielen Überfällen dieses Sommers gesellte. Urbino hatte versucht, sie davon zu überzeugen, daß sich dieser Überfall von den anderen unterschied, aber was konnte er als Beweis vorbringen?

Der Verlust des Albums schmerzte Urbino beinahe ebensosehr wie der körperliche Angriff – vielleicht sogar mehr. Die Polizei würde die Straßenkehrer und die Müllabfuhr unterrichten, da die Räuber das Album möglicherweise weggeworfen hatten, wenn es für sie wertlos war. Aber darauf durfte man wohl kaum hoffen. Urbino befürchtete, daß die Räuber eher hinter dem Album als hinter seiner Brieftasche hergewesen waren. Der Mann, der ihn festhielt, hatte seinen Komplizen ermahnt, es mitzunehmen.

Zu seiner Verabredung mit Bruno Novembrini um halb acht kam Urbino eine Viertelstunde zu spät. Der Campo Santa Margherita war voller Einheimischer. Der behäbige Rhythmus des Alltagslebens besänftigte Urbino etwas, während er sich Bruno Novembrini gegenüber in dem Straßencafé niederließ.

Novembrinis attraktives schmales Gesicht war an diesem frühen Abend von tiefen Falten der Erschöpfung durchzogen. Das ließ ihn, vor allem, da der dunkle Schatten seines Bartansatzes stellenweise grau glänzte, etwas heruntergekommen aussehen. Es fiel Urbino nicht schwer, in ihm einen jener gutaussehenden dunkelhäutigen, etwas zwielichtigen Männer zu sehen, in die sich die jungfräulichen Heldinnen in Groschenromanen stets verliebten. Wie hatte Flavias Beziehung zu dem viel älteren Novembrini ausgesehen? Hatte sich der glutäugige Künstler ihr gegenüber grob oder freundlich verhalten? Und wie jungfräulich und verletzlich war sie selbst gewesen? Wenn man nach ihrem Äußeren urteilen konnte, war sie überhaupt nicht jungfräulich gewesen, aber Urbino wußte nur zu gut, daß das Aussehen oft am meisten täuschte.

«Ich möchte das alles so schnell wie möglich hinter mich bringen», sagte Novembrini mit seiner tiefen und weichen Stimme. «Das mache ich nur, weil Massimo Zuin mich dazu gedrängt hat. Er glaubt, es könnte mir helfen, mit jemandem über Flavia zu reden. Ich habe mich sehr zurückgezogen, und er meint, die Sache setze mir und meiner Arbeit zu. Aber erst sollten Sie mir genau sagen, warum Sie mehr über Flavia wissen wollen. Geht es wirklich um die Contessa da Capo-Zendrini, wie Sie bei unserem letzten Gespräch behauptet haben?»

Novembrini schlug einen Skizzenblock auf und holte einen Bleistift aus der Tasche.

«Ich hoffe, es stört Sie nicht, wenn ich Sie zeichne, während wir reden? Es hilft mir beim Denken.»

Urbino erklärte, warum er noch mehr über Flavia erfahren mußte. Er erzählte Novembrini von ihrer wiederholten Behauptung, der Conte da Capo-Zendrini sei ihr Vater, und von seinem Verdacht, daß ihr Tod etwas damit zu tun habe und kein Selbstmord und schon gar kein Unfall gewesen sei.

Novembrini hörte lediglich zu und kniff wegen des Rauchs, der aus der Zigarette in seinem Mundwinkel aufstieg, die Augen zusammen. Er war mit seinem Bleistift beschäftigt, und sein Blick wanderte zwischen Urbinos Gesicht und dem Skizzenblock hin und her. Dann nahm er die Zigarette aus dem Mund und legte sie auf die Tischkante.

«Mord? Wären Sie entsetzt, wenn ich sagte, daß ich Ihnen gern glauben würde?» fragte Novembrini. «Vielleicht müßte ich mich dann wegen ihres Selbstmords nicht mehr so schuldig fühlen. Aber Selbstmord oder nicht, wer sich wirklich schuldig vorkommen sollte, sind ihr Vater und dessen Schwester. Flavia hat sie beide nie geliebt. Aber vom Conte da Capo-Zendrini höre ich zum ersten Mal. Zu mir hat sie nie etwas darüber gesagt.»

Novembrini runzelte die Stirn. Machte es ihn betroffen, daß Flavia ihm nichts vom Conte da Capo-Zendrini erzählt hatte? Der Künstler betrachtete Urbinos Gesicht ein paar Augenblicke und senkte dann den Blick auf seine Zeichnung. Ein brandiger Geruch stieg Urbino in die Nase. Novembrini griff nach seiner Zigarette, die das Tischtuch angesengt hatte, und nahm einen tiefen Zug.

«Ich weiß wirklich nichts davon», sagte Novembrini, sah wieder auf die Zeichnung und machte einige Striche.

«Wie lange kannten Sie Flavia?»

«Fast zwei Jahre. Ich habe sie in Zuins Galerie kennengelernt. Sie kam in Begleitung ihrer Tante – nicht Lorenzos Schwester, sondern der Schwester ihrer Mutter, Violetta Volpi. Sie ist Malerin, ahmt hauptsächlich Munch nach. Sie ist neidisch auf mich, aber wenn sie ihre Werke einmal etwas objektiv betrachten würde, dann wüßte sie, warum sie es nie in die Aperto geschafft hat.»

Die Aperto, eine Ausstellung, die aufstrebenden und kommenden Künstlern gewidmet war, wurde während jeder Biennale in der Seilerei in der Nähe des Arsenals veranstaltet.

«Massimo verkauft ihre Bilder. Ihr Verwandter hat eines davon gekauft – das Porträt eines Mädchens an einem Weiher. Violetta hat eine ganze Serie ähnlicher Bilder gemalt. Flavia haben sie nicht gefallen; sie erinnerten sie an den Tod ihrer Mutter. Violetta liebte Flavia sehr. Obwohl Flavia manchmal sagte, daß Violetta ihre Mutter beneidet habe – weil ihre Mutter so schön war und Violetta Lorenzo früher kannte als sie –, hat sie an Violettas Liebe zu ihr selbst nie gezweifelt. Und wenn Flavia etwas wirklich nötig brauchte, so war das Liebe, tiefempfundene Liebe – und nicht nur Zuneigung und ganz bestimmt nicht nur Sex.» Novembrini machte eine Pause, ehe er sagte: «Ich habe versucht, der Mann zu sein, den sie brauchte. Ich habe sie geliebt, aber irgendwie muß ich versagt haben. Sie sagte immer, sie habe mir lange Zeit vertraut, ehe sie sich in mich verliebt habe. Darüber habe ich nach ihrem Tod oft nachgedacht. Ich glaube, für sie war Vertrauen fast alles. Wenn ich ihr Vertrauen jemals mißbraucht hätte, dann hätte ich sie zerstört, das weiß ich – und ich habe es nie getan.»

Wie paßte, fragte sich Urbino, die dunkelhaarige Frau, die er vor Flavias Tod mit Novembrini im Café gesehen hatte und deren offen gezeigte Zuneigung Novembrini abgewehrt hatte, in dieses Bild?

«Warum hat sie dann das Bild zerschlitzt?»

Novembrini, der mit dieser Frage hatte rechnen müssen, wirkte überrascht. Er legte den Skizzenblock beiseite.

«Wenn ich sage, ich hätte ihr Vertrauen nicht mißbraucht, so heißt das nicht, daß sie diese Meinung teilte. Vor zwei Wochen begann sie mir vorzuwerfen, ich hätte eine andere Frau, und behauptete, ich würde sie anlügen. Ein Freund von ihr hat ihr das eingeredet, Ladislao Mirko, dieser seltsame Kerl, der die Pension führt, von der ich bei unserem letzten Gespräch erzählt habe. Ich konnte mit ihm nie etwas anfangen. Er ist ein richtiger Versager.»

«Was wissen Sie über ihn?»

«Nicht sonderlich viel. Nur das, was Flavia und ein oder zwei ihrer Freunde mir erzählt haben.»

«Welche Freunde?»

«Ich kann mich an die Namen nicht mehr erinnern. Freunde eben.»

«Was haben sie gesagt?»

«Daß Mirko zusammen mit seinen Eltern vor ungefähr fünfzehn Jahren aus Triest hierhergekommen ist. Seine Mutter ist ein paar Jahre später davongelaufen, und sein Vater hat irgendwann eine Überdosis genommen oder sich zu Tode gesoffen. Offenbar liegt das in der Familie. Mit Mirko kann man nur Mitleid haben. Er denkt ständig nur daran, wo er seinen nächsten Schuß herbekommt.» Novembrini nahm einen tiefen Zug aus seiner Zigarette. «Er war eifersüchtig auf Flavia und mich. Ich kann es ihm nicht verdenken. So, wie er aussieht – häßlich und verbraucht! Aber zu Flavia durfte ich nichts gegen ihn sagen. Sie stand zu ihm, und sie war davon überzeugt, es gebe keinen Grund, seine Loyalität anzuzweifeln. Einmal sagte ich zu ihr, Mirko wolle lediglich an sie ran. Sie hat mir eine Ohrfeige gegeben. ‹Was zwischen Mirko und mir ist, hat mit Sex nichts zu tun›, sagte sie. Aber ich hatte meine Zweifel.»

Es war offensichtlich, daß er Mirko nicht ausstehen konnte.

«Insgeheim nannte ich die beiden ‹Die Schöne und das Biest›», fuhr Novembrini fort. «Ich habe über ein Gemälde zu diesem Thema nachgedacht und wollte die beiden als Modelle nehmen, aber natürlich sagte ich davon nie etwas zu Flavia.»

Novembrini trank sein Weinglas aus und goß sich und Urbino aus der Karaffe nach.

«Aber wir kommen vom Thema ab, nicht wahr? Ich weiß nichts über Flavias Mutter und den Conte da Capo-Zendrini. Warum sie das Ihnen und der Contessa – und sogar Ladislao Mirko – erzählt hat und mir nicht, das weiß ich nicht. Allerdings hat sie mir unmißverständlich klargemacht, daß sie Brollo haßte.»

Novembrini ließ seinen Blick über die dünner werdende Menschenmenge auf dem Campo Santa Margherita streifen.

«Was hat sie über ihn gesagt?»

«Ach, sie hat kein Blatt vor den Mund genommen. Sie konnte ihn nicht ertragen. Wenn ich sie danach fragte, weigerte sie sich, Genaueres zu erzählen. Vermutlich lag es daran, wie er ihre Mutter behandelt hatte, denn über sie sagte Flavia nur Gutes.»

«Können Sie sich an gar keine Einzelheit mehr erinnern, die sie über Brollo geäußert hat?»

«Genau das ist es. Sie hat nie Einzelheiten erzählt. Ich wußte lediglich, daß sie ihn haßte. Allerdings hatte ich auch den Eindruck, daß sie etwas zurückhielt, als habe sie Angst vor dem, was sie sagen – oder tun – könnte, wenn sie offen sprach. Sie neigte zu plötzlichen gewaltsamen Gefühlsausbrüchen.»

«Sie meinen, auch in anderen Fällen, nicht nur beim Zerschlitzen des Gemäldes?»

Novembrini arbeitete einige Minuten schweigend an der Zeichnung, ehe er antwortete.

«Ich werde Ihnen etwas erzählen, nur damit Sie sehen, warum ich glaube, daß sie sich umgebracht hat. Ein paarmal wurde sie hysterisch, als sie bei mir übernachtete. Dabei habe ich sie lediglich so angesehen, daß sie wußte, was ich wollte. Wenn ich mich ihr näherte, schlug sie auf mich ein und rannte entweder aus der Wohnung oder sperrte sich stundenlang im Badezimmer ein. Sie wollte nie darüber reden, warum sie so reagierte. Die übrigen Male hatten wir keine Probleme, was Sex anging.»

«In welcher Verfassung war Flavia, als Sie sie zum letzten Mal sahen?»

«Sie werden mich nicht austricksen, Macintyre! Was Sie eigentlich wissen wollen, ist doch, *wann* ich Flavia zum letzten Mal gesehen habe. Nun, das war wenige Tage vor ihrem Tod, kurz nach dem Anschlag auf das Bild. Ich habe ihr erklärt, ich würde niemandem erzählen, daß sie es war, aber sie sollte überlegen, ob sie sich nicht in Behandlung begeben wolle. Sie lachte lediglich, als hätte ich einen Witz gemacht, aber ich meinte es ernst.»

«Nahm Flavia irgendwelche Medikamente?»

«Das bezweifle ich. Sie machte ziemliches Theater, wenn sie eine Aspirintablette nehmen mußte, und Alkohol rührte sie fast gar nicht an.»

«Hat sie jemals einen Arzt erwähnt, bei dem sie gewesen ist?»

«Flavia haßte Ärzte. Lieber wäre sie gestorben, als sich von einem anfassen zu lassen.»

In Novembrinis dunklen tiefliegenden Augen lag ein Anflug von Traurigkeit und Bedauern. Er leerte sein Glas und stand auf.

«Ich muß zurück. Zuin und ich gehen mit einem Käufer zum Essen. Nehmen Sie das.» Novembrini riß die Zeichnung, die er von Urbino gemacht hatte, aus dem Block und reichte sie ihm. «Sie müssen mir verzeihen. Ihre Nase hat mich fasziniert. Ich habe sie etwas ausgeprägter gestaltet, als sie eigentlich ist», sagte er mit einem Lächeln.

«Bevor Sie gehen, könnten Sie mir noch sagen, ob Sie etwas von einem Album wissen, das Flavia geführt hat?»

«Ein Album? Sie hat nie erwähnt, daß sie eines hat. Auf Wiedersehen!»

Novembrini wanderte quer über den *campo* in Richtung San Pantalon davon.

Urbino betrachtete Novembrinis Zeichnung. Sie war recht gut gelungen; sie zeigte Urbinos scharfgeschnittene Gesichtszüge und sogar die Verletzung unter seinem Auge. Aber was die Nase anging: Sie erinnerte nicht wenig an Pinocchio nach einigen Lügen.

Urbino betrat das Café und rief bei der Polizei an. Nein, sagte man ihm, die Räuber seien nicht gefaßt worden und auch das Album sei nicht aufgetaucht. Der Beamte versicherte ihm, daß man sich, sobald etwas in Erfahrung gebracht sei, an ihn wenden werde. Wenn das Album gefunden werde, erhalte er es augenblicklich zurück.

Als Urbino auflegte, war er keineswegs beruhigt. Er fürchtete, Flavias Album, zusammen mit allen wesentlichen Informationen, die es enthielt, für immer verloren zu haben.

Während er zum Palazzo Uccello zurückging, blieb er auf einer kleinen Brücke über einen Seitenkanal stehen und dachte darüber nach, was er von Bruno Novembrini über Flavia erfahren hatte – daß sie sich weder von Lorenzo noch von Lorenzos Schwester geliebt fühlte und daß sie Violetta Volpi, die Schwester ihrer Mutter, offensichtlich geliebt und bewundert hatte. Obwohl Novembrini nicht an Flavias Haß auf Lorenzo zweifelte, hatte ihm seine frühere Freundin doch in keiner Weise angedeutet, daß Lorenzo nicht ihr Vater sei. Auch über den Conte da Capo-Zendrini hatte sie nichts gesagt. Hatte sie Novembrini gegenüber aus Angst geschwiegen? Und was war mit Flavias hysterischer Reaktion auf Novembrinis Blicke – Blicke, die andeuteten, daß er mit ihr schlafen wollte?

Urbino hatte das Gefühl, von Novembrini eine Menge erfahren zu haben, aber er war sich über die Bedeutung dieser Informationen nicht ganz im klaren. Und er war auch nicht davon überzeugt, daß Novembrini völlig aufrichtig gewesen war und nichts Wichtiges verschwiegen hatte. Der Künstler hatte eine seltsame Beziehung zu seinem Modell gehabt, aber konnte diese Beziehung mit einem Mord an ihr geendet haben? Novembrini behauptete, sie eine Woche vor ihrem Tod zuletzt gesehen zu haben, aber vielleicht hatte er sie später noch einmal getroffen – an dem Abend, als sie starb.

Letzte Woche in dem Café an der Accademia-Brücke hatte Novembrini Angst gehabt, ihm etwas über Flavia zu erzählen. Mußte Urbino annehmen, daß er jetzt, nach ihrem Tod, weniger Angst hatte? Vielleicht gab ihm Novembrini aus Gründen des Selbstschutzes nur bestimmte Informationen.

Der Anblick eines Mannes, der in etwa dreißig Meter Entfernung über eine andere Brücke denselben Kanal überquerte, riß Urbino aus seinen Gedanken. Der Mann war klein, trug einen Strohhut und ging mit schnellen Schritten hinter einer Gruppe Touristen her.

«Signor Occhipinti!» rief Urbino.

Der Mann hielt einen Moment inne, und Licht spiegelte sich auf seiner Brille. Dann beschleunigte er seinen Schritt, stieg die Stufen der Brücke hinab und verschwand in einer *calle*.

14

Im Palazzo Uccello öffnete Urbino die Glastüren eines Bücherschranks in der Bibliothek und holte sein Exemplar des Katalogs der Peggy-Guggenheim-Sammlung heraus. Er schlug die Seiten 71 und 72 auf.

Auf einer Seite befand sich die Farbreproduktion von Yves Tanguys *Le Soleil dans son écrin* – oder, wie der Titel übersetzt lautete: *Die Sonne in ihrem Juwelenkästchen*. Der englische Titel des Bildes, *The Sun in its Casket*, klang für Urbino allerdings zweideutig, denn *casket* bedeutete im amerikanischen Englisch vor allem «Sarg». Der Tanguy war eines der Gemälde, an denen Eugene letzte Woche schweigend und voller Abscheu vorübergegangen war. Es zeigte eine seltsame Landschaft aus amorphen und zerfließenden Formen. Im Mittelpunkt des Bildes stand eine gelbe konische Säule mit langen stabähnlichen Vorsprüngen. Im Sand um das gelbe Objekt waren Gestalten verstreut oder eingegraben, die gerade menschenähnlich wurden oder eben jede Ähnlichkeit mit menschlichen Körpern verloren.

Auf der anderen Seite des Blattes war Dalís *Die Geburt der flüssigen Wünsche* abgebildet, wo eine Frau mit einem nackten Mann kämpfte. Urbino und Eugene hatten das Original bei Peggy Guggenheim gesehen, wenige Minuten, ehe Flavias Körper vor der Terrasse des Palazzo treibend gefunden wurde. Die Bildelemente waren verwirrend. Der Blumenstrauß, den die junge Frau anstelle des Kopfes hatte. Der nackte jüngere Mann, der die Hand in einen Teich hielt. Eine bleiche Frau im Hintergrund, die das Gesicht von dem ringenden Paar abgewandt hatte. Der ältere nackte Mann mit der Brust einer Frau und einer vorragenden Erektion.

Urbino rief die Contessa an.

Er hatte kaum ein paar Worte gesagt, da fragte sie schon: «Geht es Ihnen gut, Urbino?» Sie war einer der wenigen Menschen, die seine Stimmung schon nach wenigen Silben am Telefon erkennen konnten.

«Mir geht es gut, Barbara», antwortete Urbino schnell und bemühte sich dabei, seine Stimme unter Kontrolle zu halten. «Ich bin nur ein bißchen müde.» Von dem Raubüberfall wollte er der Contessa persönlich erzählen. Obwohl er gerade erst in Asolo gewesen war, plante er für morgen erneut einen kurzen Ausflug dorthin, um die Contessa über die Ereignisse zu informieren. Dann würde er zusammen mit Eugene zurück nach Venedig fahren. «Ich muß Ihnen einiges erzählen, aber ich komme morgen nach Asolo. Jetzt möchte ich nur wissen, ob Sie bei Corrado Erfolg hatten.»

«Er hat mir alles gesagt, *caro*! Ich habe das, was Sie brauchen, vor mir liegen.»

Sie las die Namen und Zeiten vor, die Corrado Scarpa ihr durchgegeben hatte. Urbino notierte mit.

«Also war Lorenzo Brollo der letzte, der Flavia lebend gesehen hat?» fragte er.

«Offensichtlich.»

«Danke, Barbara. Wir sehen uns dann morgen.»

«Urbino, geht es Ihnen auch wirklich gut? Sie wirken heute so kurz angebunden.»

Urbino versicherte ihr, er sei lediglich müde, und wünschte ihr eine gute Nacht.

Nach den polizeilichen Ermittlungen hatte Ladislao Mirko Flavia am Donnerstag abend um halb acht gesehen. Das stimmte mit dem überein, was Mirko Urbino erzählt hatte. Flavia war von zehn vor acht bis halb neun in der Ca' Volpi gewesen und hatte sich dann zu Lorenzo Brollo auf den Weg gemacht. Brollo behauptete, sie sei vor neun gekommen und etwa eine Dreiviertelstunde später wieder gegangen. Offenbar hatte auch Violetta Volpi dem Palazzo Brollo einen Besuch abgestattet, aber sie und Brollo sagten, zu diesem Zeitpunkt sei Flavia schon gegangen gewesen. Annabella Brollo hatte

Flavia nicht selbst gesehen, sie bestätigte aber die Behauptung ihres Bruders. Offenbar hatte niemand Flavia mehr lebend gesehen, nachdem sie Lorenzo verlassen hatte.

Das Gewitter war etwa um halb elf Uhr über Venedig hereingebrochen. War Flavia um diese Zeit bereits tot gewesen? Hatte sie außer Mirko, Violetta und Lorenzo an diesem Abend noch jemand anderen getroffen? Sagten sie alle – einschließlich Annabella – die Wahrheit, was die Zeit betraf? Logischerweise konnte man annehmen, daß der Mörder die Frage, ob er Flavia an diesem Abend gesehen habe, mit einer Lüge beantwortete, aber wenn jemand log, mußte das noch nicht notwendigerweise bedeuten, daß er oder sie gemordet hatte. Es konnte andere Gründe dafür geben, nicht die Wahrheit zu sagen, und außerdem konnte jemand Flavia gefolgt sein, nachdem sie den Palazzo Brollo verlassen hatte, und sie getötet haben.

Urbino war froh über die Liste mit den Namen, denn jetzt hatte er etwas Konkretes, womit er arbeiten konnte. Er hoffte, die Liste noch ergänzen zu können.

15

Um elf Uhr am nächsten Vormittag, einem Mittwoch, betätigte Urbino bei drückender Hitze und Feuchtigkeit die Messingklingel des Palazzo Brollo. Er freute sich auf seinen kurzen Ausflug in das viel kühlere Asolo, den er für später an diesem Tag geplant hatte.

Über die Sprechanlage antwortete eine Frau, und Urbino nannte seinen Namen. Der Türsummer ging. Die Frau bat ihn, ins *piano nobile* heraufzukommen, und er stieg die Wendeltreppe zum nächsten Stockwerk nach oben. Dort war von der Frau, die gerade gesprochen hatte, keine Spur zu sehen.

Die *sala* des Palazzo Brollo war lang und schmal. An einem Ende befanden sich die geschlossenen Türen des Balkons, durch deren Ritzen ein düsteres wäßriges Licht in den schwülen und stickig heißen Raum fiel. Töpfe mit Farn standen um die Balkontüren, und im ganzen Raum erfüllten Blumen, die in Vasen und Kelchen standen, die Luft mit ihrem schweren Duft. Orientteppiche in verschiedenen Grüntönen bedeckten den Steinboden, und die Decke war mit Mustern bemalt, die ans Meer erinnerten.

An den Wänden hingen Porträtbilder in schweren dunklen Holzrahmen. Mit sehr wenigen Ausnahmen waren sie im heroischen romantischen Stil der englischen Maler des 18. Jahrhunderts gehalten.

Aus den schattigen Tiefen am anderen Ende des Raumes ertönte eine kräftige Stimme. Urbino zuckte zusammen.

«Sie sind sehr pünktlich, Signor Macintyre», sagte die Stimme in korrektem britischen Englisch. «San Giacomo dell'Orio läutet gerade.»

Nachdem sich Urbinos Augen an die Dunkelheit gewöhnt hatten, konnte er die Gestalt des Mannes erkennen, zu dem die herrische Stimme gehörte. Der Mann stand neben einem Klavier. Dann ging er auf Urbino zu und schüttelte ihm kraftvoll die Hand.

«Ich bin froh, daß Sie so kurzfristig kommen konnten.»

Lorenzo Brollo war ein gutaussehender Mann Ende Fünfzig mit heller Haut, blauen Augen und einem scharfgeschnittenen Adlergesicht. Der mönchsartige Kranz grauer Haare um die Scheitelglatze änderte an seinem guten Aussehen nichts. Er war einer jener anglophilen Italiener, wie es auch Alvise da Capo-Zendrini gewesen war, die oft nach Großbritannien reisten und auf ihr perfektes Englisch und ihr landeskundliches Wissen stolz waren. Seine Kleidung stammte aus der Savile Row und nicht aus Mailand, und trotz der Hitze trug er weiße Flanellhosen, einen dunkelblauen Blazer und ein Halstuch – eine Aufmachung, die sich nicht viel von der unterschied, in der Urbino auf das Gartenfest der Contessa gegangen war.

«Meine Schwester Annabella wird uns Kaffee und Anisette bringen», sagte Brollo, während sein Blick auf Urbinos verletztem Auge ruhte. «Bitte setzen Sie sich.»

Er deutete auf einen von zwei Louis-seize-Lehnstühlen, die neben einem dazu passenden Sofa standen. Auf einem kleinen runden Tischchen stand die Fotografie eines jüngeren Lorenzo Brollos mit einem etwa zehnjährigen Mädchen und einer Frau, die eine geradezu unheimliche Ähnlichkeit mit Flavia hatte. Brollo, der Urbinos Blick auf das Foto bemerkt hatte, plazierte seine schlanke Gestalt auf dem Sofa.

«Meine Frau Regina, Flavia und ich vor fünfzehn langen Jahren.

Auf der Wand dort sehen Sie meine verstorbene Frau», fügte Brollo beinahe sehnsüchtig hinzu und deutete mit einem Kopfnicken auf ein Gemälde gegenüber von Urbino.

Die Frau auf dem Porträt war unglaublich schön. Regina Brollo und ihre Tochter hatten das gleiche kastanienrote Haar gehabt, die gleichen grünen Augen, das gleiche fesselnde Gesicht und die gleiche helle Haut. Urbino stand auf und trat vor das Porträt, um die Signatur in der unteren rechten Ecke erkennen zu können.

«Es stammt nicht von meiner Schwägerin Violetta, sondern von einem Engländer, der früher in Dorsoduro lebte. Er hat noch ein zweites Porträt gemalt, das zusammen mit anderen Bildern meiner lieben Frau in einem Zimmer im Obergeschoß hängt. Meine Schwester nennt diesen Raum einen Schrein, und das ist er vielleicht auch. Aber dieses habe ich hier aufgehängt, damit es alle sehen können. Darauf sieht sie aus, als wäre sie noch am Leben. Ist es nicht erstaunlich», fuhr er fort, «wie sehr Flavia ihr ähnlich sah?» Er griff nach dem Foto auf dem Tisch. «Schon als kleines Mädchen.» Brollo schüttelte langsam den Kopf und stellte die Fotografie wieder ab. «Die Zeit vergeht, Signor Macintyre. Wenn wir die schönsten Augenblicke nur einfrieren könnten.»

Nachdem Urbino sich wieder gesetzt hatte, fragte Brollo in seinem knappen festen Tonfall: «Haben Sie in meiner Tochter auch Ähnlichkeiten mit *mir* gesehen, Signor Macintyre?»

«Sie hatte ebenfalls lange und dünne Finger.»

Brollo spreizte seine Hände und betrachtete seine sorgfältig manikürten Finger. Er wirkte ein bißchen amüsiert.

«Sie haben recht. Pianistenhände, sagte meine Frau immer. Aber Flavia wollte nie Klavier spielen – und auch kein anderes Instrument. Kinder haben gewöhnlich keine Lust, mit ihren Eltern zu konkurrieren.» Er warf noch einen kurzen Blick auf das Porträt seiner Frau. «Obwohl meine Frau, wenn sie länger gelebt hätte, irgendwann mit Flavia in Konkurrenz getreten wäre, wenn ihre eigene Schönheit allmählich vergangen wäre. Ach ja, da ist Annabella.»

Urbino hatte Annabella Brollos lautloses Eintreten gar nicht bemerkt. Sie war eine kleine schwarzgekleidete Frau um die Fünfzig. Ihr helles ergrauendes Haar war streng zurückgesteckt, was ihr scharfgeschnittenes und verkniffenes Gesicht betonte. Lebendig wirkten lediglich ihre Augen, die trotzig dreinblickten und einige

Augenblicke auf Urbinos verletztem Auge ruhten. Mit einem Silbertablett, auf dem zwei kleine Tassen mit Kaffee und eine Flasche Anisette standen, trat sie näher. Annabella Brollo war die Frau, die bei seinem ersten Besuch in der Casa Trieste, als er Ladislao Mirko nach Flavia gefragt hatte, an ihm vorbeigeeilt war. Wie damals roch er auch jetzt den Geruch nach Anisette, der von ihr ausging.

Ohne ein Wort stellte Annabella das Tablett ab und zog sich mit kleinen Schritten durch die düstere *sala* zurück.

«Annabella ist eine bemerkenswerte Frau. Ich weiß nicht, was ich nach Reginas Tod ohne sie getan hätte. Sie erfüllt in mehr als einer Weise mein Leben mit Farbe und Schönheit.»

Lorenzo Brollo berührte die samtigen Blütenblätter einer großen leuchtenden Orchidee. Annabella ließ sich nicht anmerken, ob sie diese lobenden Worte gehört hatte. Sie schloß die Tür so lautlos hinter sich, wie sie sie aufgemacht hatte.

Lorenzo starrte Urbino jetzt mit einem kühlen und prüfenden Blick an.

«Ich weiß, es ist ein entsetzlich heißer Tag, aber manchmal ist dann etwas Warmes gerade die richtige Erfrischung. Möchten Sie etwas in Ihren Kaffee?»

Urbino nickte. Brollo goß einen großzügigen Schluck Anisette in jede Tasse und reichte Urbino eine davon.

«Ich sah keinen Grund, abzuwarten, bis Sie selbst mit mir Kontakt aufnehmen, Signor Macintyre. Warum sollte ich Ihnen die Peinlichkeit zumuten, sich einem trauernden Vater aufzudrängen? Sie scheinen ein Mann von *gentilezza* zu sein. Violetta war beeindruckt, und das geschieht bei ihr nicht leicht. In dieser wie auch in anderer Hinsicht war sie völlig anders als ihre Schwester, die viel leichtgläubiger war. «Wir… *ich*», korrigierte er sich, «hielt es für das Beste, wenn wir uns unterhalten und diese Sache mit dem Conte da Capo-Zendrini beilegen.» Brollo legte ein langes flanellbekleidetes Bein über das andere und betrachtete die glänzenden braunen Spitzen seiner Schuhe. «Sie schätzen doch Offenheit, nicht wahr, Signor Macintyre? Ihr Amerikaner sollt diese Eigenschaft ja über alle Maßen besitzen, während man uns Italienern eher das Gegenteil nachsagt.»

«Da Sie von Offenheit sprechen, Signor Brollo, verzeihen Sie mir vielleicht, wenn ich Ihnen erkläre, daß ich nicht nur wegen des Grafen da Capo-Zendrini gekommen bin, sondern auch deshalb, weil ich vermute, daß Flavia ermordet wurde. Es könnte etwas mit dem Conte zu tun haben.»

Urbino sah die Überraschung in Brollos hellblauen Augen.

«Meine Schwägerin hat nichts davon erwähnt, daß Sie von einem Mordverdacht gesprochen haben», sagte Brollo und blickte auf seine Espressotasse, in der er mit einem kleinen Löffel rührte.

«Das habe ich auch nicht.»

«Nicht?» Der Blick, mit dem er Urbino jetzt ansah, war nicht mehr überrascht. Seine Ausdruckslosigkeit wirkte völlig kontrolliert. «Aber dennoch erschrecken Sie mich jetzt damit. Wie kommen Sie auf den Gedanken, meine Tochter könnte ermordet worden sein? Die Polizei hatte keinen Verdacht auf ein Verbrechen.»

«Das stimmt», gab Urbino zu, «aber ich habe das Gefühl –»

«‹Gefühl!› Das hat doch bestimmt nichts mit *Gefühlen* zu tun, Signor Macintyre. Meine Emotionen – und die meiner Schwester und meiner Schwägerin – sind außerordentlich aufgewühlt. Wir versuchen uns gerade an den Gedanken zu gewöhnen, daß wir unsere Flavia verloren haben, und zwar offenbar durch Selbstmord, und jetzt erwähnen Sie einen grausamen Mordverdacht! Denken Sie an unsere Schuldgefühle und unseren Schmerz! Die Polizei hat gesagt, man hätte irgendeine Medizin gefunden – etwas, das sie möglicherweise beeinträchtigt hat. Ich wußte nicht, daß sie etwas nahm, aber wir wissen ja vieles nicht über unsere Kinder. Ich muß mich von all dem lösen und es hinter mir lassen.»

«Aber wenn Flavia ermordet wurde, dann möchten Sie doch bestimmt, daß der Mörder gefunden wird.»

«Das ist keine Frage, mein lieber Signor Macintyre, aber ich finde, wir sollten uns um Tatsachen kümmern und nicht um ein nebulöses ‹Gefühl›.» Dieses Wort sprach Brollo voller Abscheu aus. «Ich meine damit ebenso diesen Unsinn, den meine Tochter über den Conte da Capo-Zendrini verbreitete. Eine Absurdität! Als ich Flavia zum letzten Mal sah, erklärte ich ihr noch einmal ausdrücklich, daß an dieser Sache nichts Wahres sei. Sie war sehr aufgeregt, als sie wieder ging, und das ist eine große Belastung für mich.»

«Um welche Zeit war das?»

Brollo lachte leise.

«In dieser Hinsicht habe ich nichts zu befürchten, trotz Ihrer ‹Gefühle›. Es war am letzten Donnerstag um halb zehn Uhr abends.»

Er sah Urbino an, als wollte er dessen Reaktion auf die Zeitangabe feststellen. Neun Uhr dreißig war die Zeit, die Brollo laut Corrado Scarpas Übersicht der Polizei genannt hatte.

«Danach hat sie offenbar niemand mehr gesehen», wagte Urbino zu sagen.

«Tatsächlich? Und das hat große Bedeutung, wenn Sie glauben, daß sie ermordet wurde, nicht wahr? Aber leider sagt man, Signor Macintyre, daß es Familien gibt, in denen Selbstmord häufiger vorkommt. Es hat bereits einiges Gerede gegeben. ‹Wie die Mutter, so die Tochter.› Ich habe nie geglaubt, daß solche Sprichwörter wahr sein könnten, aber heute denke ich anders darüber. Ich habe die beiden Menschen, die ich am meisten geliebt habe, auf die gleiche schmerzliche Weise verloren.»

Brollo schüttelte den Kopf und schien sich einige Augenblicke in melancholischer Reflexion zu verlieren. Dann, als kehre er aus weiter Ferne zurück, sagte er plötzlich: «Also, Sie können zur Contessa da Capo-Zendrini zurückgehen – sie ist eine bewundernswerte Frau, und ich kann Ihnen versichern, daß wir ihre Bemühungen um das Wohl unserer Stadt alle sehr schätzen – und ihr sagen, daß sie sich keine Sorgen mehr zu machen braucht. Das wollte ich Ihnen von Angesicht zu Angesicht mitteilen. Ich kann mir vorstellen, wie bedrückend die Angst sein muß, von dem Menschen, den man am meisten liebte, betrogen worden zu sein. Ich könnte – ich *würde* – es nicht ertragen. Also, sagen Sie bitte Ihrer Freundin, daß ihr verstorbener Ehemann definitiv nicht Flavias Vater war und keinerlei Beziehungen zu meiner toten Frau hatte.»

Brollo sprach diese Sätze so gemessen aus, als läge ihm lediglich daran, die Befürchtungen der Contessa zu zerstreuen. Aber Urbino spürte, daß sich seine Versicherungen nicht auf die andere und damit zusammenhängende Frage bezogen, die, abgesehen von dem Mord, noch zwischen ihnen im Raum hing.

Brollo empfand das wohl ebenso, denn er fügte hinzu: «Die liebe tote Flavia war *meine* Tochter.» Diesmal betonte er das Possesivpronomen deutlich. Er stützte seine langen dünnen Finger vor seinen Lippen gegeneinander und sah Urbino an. «*Unsere* Tochter.»

Urbino warf einen Blick auf das Porträt der schönen Regina Brollo, die ihrer Tochter so ähnlich sah. Als er sich wieder Brollo zuwandte, starrte ihn der Pianist mit ausdruckslosem Blick an.

«Wie meine Tochter auf einen solchen Gedanken kommen konnte, weiß ich nicht, Signor Macintyre», sagte Brollo, die Finger noch immer gegeneinander gestützt. Diese Bemerkung hatte Brollo viel zu beiläufig gemacht, als daß Urbino nicht das Gegenteil dessen, was sie besagte, annehmen mußte. «Sie besaß eine außerordentliche Phantasie. Ständig erzählte sie Märchen und erfand die irrwitzigsten Geschichten. Sie war ziemlich theatralisch. Manche Leute behaupten, alle Frauen wären Schauspielerinnen und wir Männer seien schuld daran – aber solche Theorien lehne ich ab. Ich für mein Teil war stets ein Opfer der Frauen – und ich war es gern. Meine Flavia war eine echte Sarah Bernhardt – oder eine Eleonora Duse, sollte ich wohl besser sagen, denn diese Schauspielerin hat sie sehr verehrt. Flavia hat sich selbst eine Rolle geschaffen – wie und mit wessen Hilfe, das kann ich nur vermuten. Ich hoffe, daß sie ihre letzte Rolle genossen hat, wenn man bedenkt, welche Schmerzen sie damit einer so großartigen Frau wie der Contessa da Capo-Zendrini zugefügt hat.»

Urbino konnte kaum glauben, daß Brollo von Flavias Behauptung, der Conte da Capo-Zendrini sei ihr Vater, so unberührt blieb. Bestimmt versteckte Lorenzo Brollo seine wahren Gefühle. Selbstkontrolle schien ihm sehr wichtig zu sein, und vielleicht ging es nicht nur um Kontrolle über sich selbst, sondern auch über Regina und Flavia.

«Wäre es möglich, daß sie als Kind irgendein Gerede mitbekommen hat, das sich über die Jahre derart ausgewachsen haben könnte?» fragte Urbino, wobei er an den Streit dachte, den Ladislao Mirko und Flavia im Sommer von Regina Brollos Tod mitangehört hatten.

«‹Gerede›? Aber über Regina haben alle nur immer das Beste gesagt.»

«Verzeihen Sie, wenn ich davon anfangen muß, Signor Brollo», sagte Urbino in Gedanken daran, was Mirko ihm über Regina gesagt hatte, «aber wäre es möglich, daß Ihre Frau Flavia gegenüber so etwas erwähnt hat?»

Brollo sah Urbino an, als hätte dieser ihm eine Ohrfeige versetzt. Tatsächlich waren sogar zwei rote Flecken auf seinen Wangen zu sehen. Urbino spürte, daß die Selbstkontrolle des Mannes jetzt einer schweren Prüfung ausgesetzt war.

«Vielleicht haben Sie gehört, daß meine schöne Frau emotional instabil war, Signor Macintyre. Bei ihr gibt es keine Zweifel, daß sie Selbstmord begangen hat. Aber anzudeuten, sie könnte unserer Tochter eine derart schmutzige Lüge erzählt haben, ist eine Beleidigung, die nicht nur mich, sondern vor allem sie trifft!»

Brollo erhob sich, Urbino ebenfalls. Brollo stand so aufrecht, daß es ihm gelang, auf Urbino hinunterzusehen, obwohl sie beide gleich groß waren.

«Wenn Sie die Gewohnheit haben, Menschen auf derartige Weise zu brüskieren, dann ist es kein Wunder, daß Sie eine Verletzung unter dem Auge haben. Meine Frau kannte den Conte da Capo-Zendrini kaum!»

Urbino wollte Brollo besänftigen und sagte: «Manchmal glaubt ein Kind, es sei vertauscht worden und versehentlich in der falschen Familie gelandet. Sie sagten, Flavia habe viel Phantasie besessen. Vielleicht stammte die Vorstellung aus ihrer Kindheit und –»

«Ein Kind, das so etwas denkt, kann mit seinem Zuhause nur unglücklich gewesen sein. Meine Flavia hatte eine vollkommen glückliche Kindheit! Vollkommen glücklich!» betonte Brollo. Urbino bemerkte, daß es ihm keineswegs gelungen war, Brollo zu besänftigen, eher im Gegenteil. «Ich sehe, daß ich unrecht hatte, in Ihnen einen Mann der *gentilezza* zu sehen, Signor Macintyre. Vielleicht waren es die Lügen, die Ihnen jemand erzählt hat, die Sie zu diesem ungehörigen Benehmen getrieben haben. So ist es doch, oder? Wer hat denn behauptet, meine Frau habe Flavia solche Geschichten erzählt? War es dieser Künstler, der meine Tochter nach Strich und Faden ausgenutzt hat? Oder Ladislao Mirko, der Flavia Geld entlockt hat, das er dann in seine große Nase gestopft oder in seine verkrusteten Arme gespritzt hat?»

«Sie erwähnen Ladislao Mirko. Was für eine Beziehung hatte Ihre Tochter zu ihm?»

Brollo starrte ihn mit kaltem Blick an. Seine dünnen Lippen glichen einer Schnittwunde.

«‹Beziehung›! Meine Tochter hat sich mit diesem albernen Kerl angefreundet, Mitleid mit ihm gehabt und ab und zu ihren Geldbeutel für ihn ausgeleert, mehr nicht! Flavia hatte kein größeres Interesse an ihm als ein Kind an einem häßlichen alten Straßenköter. Sie besaß ein gutes Herz – ein viel zu gutes!»

«Aber was war Mirkos Interesse an ihr?»

«Ich nehme an, Sie haben diese traurige Gestalt kennengelernt! Na, sehen Sie ihn doch an! Riechen Sie ihn! Ich habe ihn einen Hund genannt, und genau das ist er auch, und wie ein Hund hat er –»

Brollo sprach seinen Gedanken nicht zu Ende, sondern schüttelte den Kopf.

«Diese Welt ist voller Tiere, Signor Macintyre. Vergnügen und Sensationen – mehr haben die meisten Menschen nicht im Kopf. Jetzt, nachdem meine Flavia nicht mehr ist, kann ich dieser Welt mit mehr Gleichmut begegnen, aber sie beunruhigt mich zutiefst. Sie sollte uns alle beunruhigen.» Brollo starrte Urbino ein paar Momente schweigend an. «Es gibt die unterschiedlichsten Arten von Tieren, Signor Macintyre. Und Bruno Novembrini zählt trotz seiner Farbpinsel und Leinwände ebenso dazu wie Ladislao Mirko. Wie dieser Drogenabhängige hat auch er die arme Flavia betrogen.»

«Wußten Sie, daß es Flavia war, die Bruno Novembrinis Gemälde in der Biennale zerschlitzt hat?»

«Ich habe es vermutet. Das paßt zu ihr – und was dieses Gemälde angeht, so hat es nichts Besseres verdient!»

«Haben Sie das Bild jemals gesehen?»

«Natürlich nicht! Mein Geschmack sind eher konventionelle Porträts und ganz bestimmt nicht Nacktbilder meiner eigenen Tochter! Ich glaube, jetzt wird es Zeit für Sie zu gehen.»

Annabella war während der letzten paar Minuten wieder ins Zimmer geschlüpft und stand jetzt zögernd an der offenen Tür. Brollo schien sie nicht zu bemerken. Noch einmal gelang es ihm, seinen Ärger zu unterdrücken. Er sah wieder das Porträt seiner Frau an.

«Sie sehen also, Signor Macintyre, auch wenn ich mir wegen der Geschichte, die meine Tochter Ihnen und der Contessa erzählt hat, Gedanken gemacht habe, so glaube ich doch nicht einen Augenblick, daß sie etwas anderes war als das Ergebnis einer Bösartigkeit Flavia – oder meiner Frau und mir selbst – gegenüber. Und ganz bestimmt glaube ich nicht an Ihr ‹Gefühl›, Flavia sei ermordet worden. Flavia war *meine* Tochter – *unsere* Tochter. Es ist ein grausamer Witz, daß ein Mann es immer nur beweisen kann, wenn er nicht der Vater ist, aber wie findet man den Beweis, daß er es ist? Ich habe niemals einen solchen Beweis gebraucht. Bestimmt werde ich meinen Glauben und mein Vertrauen nicht in Zweifel ziehen lassen.»

Es war eine leidenschaftliche kleine Rede, aber Urbino spürte etwas Nervöses und Kalkuliertes dahinter.

Als Brollo sich von dem Porträt abwandte, bemerkte er seine Schwester.

«Ach, du bist es, liebe Annabella. Ich hoffe, wir stören dich nicht bei der Beschäftigung mit deinen schönen Blumen, aber Signor Macintyre wollte gerade gehen. Vielleicht kannst du ihm den Ausgang zeigen.»

«Den Weg nach oben hat er auch selbst gefunden», sagte Annabella Brollo mit einer dünnen Stimme auf italienisch. Sie ging zum Tisch und nahm das Tablett, wobei sie auf die Anisetteflasche blickte. Ein grimmiges Lächeln ließ ihr Gesicht nur noch verkniffener wirken.

«Die Mutter weiß immer Bescheid», sagte sie. Ihre Stimme war ein ersticktes Flüstern, aber dennoch deutlich genug, daß sowohl Urbino als auch Brollo sie verstanden. Während sie auf die offene Tür zuging, fügte sie etwas lauter hinzu: «Das wäre eine komische Mutter, die es nicht weiß, oder?»

Sie ging durch die Tür und schloß sie lautlos hinter sich.

«Weibliche Weisheit!» sagte Brollo mit einem bemühten Lächeln. «Meine Schwester redet nicht viel, aber wenn sie etwas sagt, trifft sie es genau. Annabella hat recht. Nur die Mutter weiß wirklich Bescheid. Hat nicht Ibsen eine Tragödie über eine solche Situation geschrieben, Signor Macintyre?»

«Ich glaube, es war Strindberg», sagte Urbino, wobei er wie gestern bei Violetta Volpi den richtigen Dramatiker nannte.

Ehe er Brollo in der düsteren *sala* allein ließ, erkundigte sich Urbino, wie Flavias Begräbnis vorgesehen sei. Brollo lächelte etwas skeptisch, als Urbino hinzufügte, die Contessa würde ihr gern die letzte Ehre erweisen.

«Flavia mochte Totenwachen und Begräbnisse nicht. Bei der Einäscherung in San Michele wird nur die engste Familie anwesend sein. Sowohl Flavia als auch ihre Mutter hatten eine Heidenangst davor, begraben zu werden. Einäscherung ist doch für schöne Frauen eine vernünftige Entscheidung, finden Sie nicht auch? Auf Wiedersehen, Signor Macintyre.»

Während Urbino den Palazzo Brollo in der brütenden Hitze hinter sich ließ, wurde ihm klar, daß er vielleicht nichts Neues über Flavia, aber bestimmt sehr viel über Lorenzo Brollo erfahren hatte. Wie mußte es für sie gewesen sein, mit einem Vater wie Brollo aufzuwachsen – einem Mann, der offensichtlich glaubte, Kontrolle sei in jedem Fall eine Tugend? Jetzt verstand Urbino besser, warum Flavia mit ihrem Vater nicht ausgekommen war und ihn sogar, wie sowohl Bruno Novembrini als auch Ladislao Mirko behaupteten, gehaßt hatte.

Es gab noch einen anderen Aspekt an Brollos Bedürfnis nach Kontrolle, der Urbino beschäftigte. Das war der Besitzerstolz, mit dem er von seiner toten Frau sprach – und in gewisser Weise auch von seiner toten Tochter. «Das dort an der Wand ist meine verstorbene Frau», hatte er gesagt und auf Reginas Porträt gedeutet. Vielleicht war es ganz normal, so etwas zu sagen, aber Urbino hatte den Eindruck, als reduziere Brollo seine Frau auf ein Objekt. Natürlich war es möglich, daß Urbino in Brollos Worte und Verhalten zuviel hineindeutete, weil er den Mann nicht mochte, aber eigentlich glaubte er das nicht. Etwas an ihm war – Urbino konnte es nicht anders formulieren – «daneben», es hing an ihm wie ein schwacher, aber dennoch übler Geruch. Es war zu spüren gewesen, als Brollo über Novembrinis Nacktporträt von Flavia sprach und als er bei der Andeutung, seine Frau könnte krank genug gewesen sein, um Flavia die Geschichte mit dem Conte da Capo-Zendrini einzureden, wütend geworden war.

Und was war mit Annabella Brollo und ihrer rätselhaften Bemerkung? Brollo war mit einem Lachen darüber hinweggegangen, aber offensichtlich hatte sie ihn beunruhigt. Mirko hatte erzählt, daß Annabella während des Streits am Gardasee die Treppe heraufgekommen sei. Hatte sie etwas mitgehört?

Ein Gedanke, den Urbino gestern bereits gehabt hatte, kam ihm jetzt erneut, als er, nicht weit von der Stelle entfernt, wo er überfallen worden war, den beinahe menschenleeren Campo San Giacomo dell'Orio betrat. Warum hatte Flavia erst vor kurzer Zeit etwas unternommen, obwohl sie schon lange glaubte, der Conte sei ihr Vater? Hatte sie ein bestimmtes Ereignis gezwungen, sich der Wahrheit zu stellen? Was war in jüngster Zeit in ihrem Leben geschehen, das dafür eine Erklärung bieten konnte?

Urbino machte in einer überfüllten Bar gegenüber der Kirche San Giacomo dell'Orio halt, um sich mit Wein und belegten *tramezzini* zu stärken. Die Stammgäste waren hauptsächlich Arbeiter, die sich über ihre bevorstehenden Ferragosto-Ausflüge ans Meer oder aufs Land unterhielten, über die kürzlich erfolgte Aufdeckung eines Falschmünzerrings in Mestre und natürlich über Fußball und die Lotterie.

Nach einem weiteren Glas Wein trat Urbino wieder hinaus in die sengende Hitze und beschäftigte sich erneut mit der Frage, was Flavia in letzter Zeit zugestoßen sein konnte, das eine Erklärung für ihr Auftauchen beim Gartenfest der Contessa bot.

Zwei Vorfälle fielen ihm ein: Der eine war Flavias Zerschlitzen von Bruno Novembrinis *Nackte in einer Beerdigungsgondel* genau eine Woche vor ihrem Tod, der zweite war die Vergewaltigung und der Mord an ihrer Freundin Nicolina Ricci zehn Tage vor diesem Anschlag. Die Tat war im Viertel Sant'Elena geschehen, das an die Giardini Pubblici, den Veranstaltungsort der Biennale, grenzte.

Urbino wurde klar, daß es an der Zeit war, etwas über die Beziehung zwischen Flavia und der fünfzehnjährigen Nicolina in Erfahrung zu bringen. Er eilte zur nächsten Bootsanlegestelle.

16

Eine Stunde später führte Emma Ricci, die Mutter der ermordeten Nicolina, Urbino in ein kleines und stickiges Wohnzimmer, das mit abgeschabten Möbeln und einem Fernseher vollgestellt war. Sie war eine dunkelhaarige kleine Frau in den Vierzigern. Um ihre Augen zeigte sich Müdigkeit.

Auf einem alten Schreibtisch flackerte eine Votivkerze vor einem Schwarzweißfoto, das ein hübsches Mädchen mit dunklen Haaren und furchtsamen großen Augen zeigte. Es war dasselbe Foto von Nicolina, das auch in den Zeitungen abgedruckt gewesen war.

Signora Ricci bedeutete Urbino mit einer Geste, sich in einem durchgesessenen Lehnstuhl niederzulassen. Sie selbst setzte sich auf das Sofa. Die Wohnung der Riccis lag im obersten Stockwerk eines modernen Wohnblocks im Viertel Sant'Elena, dem östlichsten Teil der Stadt. Urbino, der durch den langen Aufstieg durch das fensterlose und abfallübersäte Treppenhaus ins Schwitzen gekommen war, zog sein Taschentuch heraus und wischte sich die Stirn ab.

«Ja, ich bin ein Bekannter von Flavia Brollo», erläuterte Urbino noch einmal, nachdem er seine Kondolenzwünsche zum Tod der Tochter abgestattet hatte. «Ich bin Amerikaner, lebe aber in Venedig. Meine Freundin, die Contessa da Capo-Zendrini, die Flavia ebenfalls kannte, würde gern erfahren, was mit ihr geschehen ist. Es ist möglich, daß sie ermordet wurde, genau wie Ihre Tochter.»

Signora Ricci bekreuzigte sich.

«Wenn das stimmt, dann überrascht mich das nicht, Signore, bei dem Zustand, in dem sich unsere Welt befindet.» Signora Ricci hatte eine ruhige und sanfte Stimme. «Aber ich hatte angenommen, es sei Selbstmord gewesen. Der Tod meiner Nicolina hat Flavia sehr mitgenommen.»

«Die beiden waren gute Freundinnen?»

Emma Ricci nickte traurig.

«Wie Schwestern. Nicolina wünschte sich immer schon eine Schwester. Sie hatte nur einen Bruder. Ich möchte Ihnen etwas zeigen, Signore.»

Sie stand auf und ging zum Schreibtisch. Dort öffnete sie eine Schublade, holte etwas heraus und brachte es Urbino. Es war ein breites rotes Band, vielleicht einen halben Meter lang. In goldenen Buchstaben stand fast über die ganze Länge geschrieben: IN LIEBE; DEINE GROSSE SCHWESTER FLAVIA.

«Das befand sich bei den Blumen, die uns Flavia für Nicolinas Beerdigung gab. Flavia war so verzweifelt, als gehöre sie zur Familie oder kenne Nicolina schon seit vielen Jahren.»

«Wie lange kannten sie einander?»

«Etwa ein Jahr. Sie hat Nicolina drüben in Mestre kennengelernt, wo mein Mann arbeitet. Nicolina brachte ihm sein Mittagessen. Sie war ein großartiges Mädchen, Signore – man kann sich keine bessere Tochter wünschen. Wir hatten niemals irgendwelche Schwierigkeiten mit ihr.» Sie holte ein Papiertaschentuch heraus und begann zu weinen. «Entschuldigen Sie, aber der Verlust eines Kindes, ganz besonders von so einem, ist der größte Schmerz, der einer Mutter widerfahren kann. Und wenn man sich vorstellt, daß es Pasquale Zennaro war, der an unserem Tisch aß, der sah, wie unsere Nicolina aufwuchs! Er war wie ein Onkel für sie! Manchmal glaube ich, daß

Gott meine Familie vergessen hat – und jetzt auch noch die arme Flavia.»

Sie weinte laut um ihre Tochter und deren Freundin. Heftiges Schluchzen schüttelte ihre kleine Gestalt.

«Es tut mir leid, wenn ich Sie so aufrege, Signora Ricci», sagte Urbino und stand auf.

«Sie müssen sich nicht entschuldigen, Signore.» Emma Ricci nahm ihm das Beerdigungsband aus der Hand und ging zum Schreibtisch, um es wieder in die Schublade zu legen. «Es tut gut zu weinen. Mein Mann will mich nicht weinen sehen. Er sagt, davon würde ich krank. Ich sage ihm, daß er krank werden wird, wenn er nicht weint.»

Als sie sich umdrehte, hielt sie einen Umschlag in der Hand.

«Vielleicht können Sie mir sagen, was ich damit machen soll, Signore, wenn Sie Flavia kannten. Es ist Geld, das sie mir bei der Beerdigung gegeben hat – eine Million Lire», sagte sie. Die Summe entsprach beinahe tausend Dollar. «Sie sagte, damit könnten wir Nicolina die Tafel für ihren Grabstein kaufen, eine, auf der Nicolinas Bild ist, aber das wollten wir selbst tun. Nachdem jetzt auch Flavia tot ist, sollte vielleicht ihre Familie das Geld bekommen. Sie hat niemals von ihr erzählt, aber bestimmt könnten sie es in einer solchen Zeit gut gebrauchen.»

«Flavia wollte, daß Sie es bekommen, Signora Ricci. Verwenden Sie es für Messen für Nicolina oder für Blumen auf ihrem Grab – etwas, das Sie an Flavias Großzügigkeit erinnert.»

«Vielleicht haben Sie recht«, meinte Signora Ricci und legte den Umschlag wieder in die Schublade. «Als ich Flavia zum letzten Mal sah, habe ich ihr versprochen, daß ich mit dem Geld etwas für Nicolina kaufe.»

«Wann war das?»

«An dem Tag, an dem wir mein kleines Mädchen begruben, vor drei Wochen, aber mein Sohn Guido hat sie danach noch gesehen. Sie könnten mit ihm sprechen. Er kommt kurz nach sieben nach Hause – oder vielleicht treffen Sie ihn am Vaporetto. Er arbeitet auf der Linie Nummer eins.» Sie warf einen Blick auf die Uhr neben der Votivkerze. «In ungefähr zehn Minuten legt sein Boot an der Anlegestelle Sant'Elena an.»

17

Ein paar Minuten später ließ, nach der Hitze und Stickigkeit der Wohnung Ricci, eine kühle Brise aus der Lagune Urbino erschauern. Er ging durch die kleine Grünanlage zur Bootsanlegestelle, wo gerade das Vaporetto der Linie Nummer eins vom Lido her anlegte. Urbino stieg ein.

Der junge Mann, der für das Festmachen des Vaporettos mit dikken Tauen und für das Öffnen und Schließen des Metalltores zuständig war, mußte Guido Ricci sein. Er hatte das dunkle Haar seiner Mutter und die großen Augen seiner Schwester.

Als das Boot die Anlegestelle verließ, stellte Urbino sich Guido vor und sagte, er habe gerade mit seiner Mutter gesprochen. Er wolle ihm einige Fragen über Flavia Brollo stellen.

«Flavia? Ich weiß überhaupt nichts über ihren Tod.»

«Ich bin eigentlich an Flavias Freundschaft zu Ihrer Schwester interessiert. Wie ich schon sagte, ich möchte soviel wie möglich über Flavia erfahren, um ihren Tod verstehen zu können.»

Guido Ricci sah Urbino mißtrauisch an.

«Sind Sie ihr Freund? Ich dachte, er wäre Italiener.»

«Nein, ich bin nicht ihr Freund. Ihre Mutter hat gesagt, Sie hätten Flavia nach der Beerdigung Ihrer Schwester noch einmal gesehen.»

«Und was wäre, wenn das stimmt?» Guido ließ seinen Blick kurz über die Passagiere schweifen und sah auf die Anlegestelle des Biennale-Geländes, der sie sich gerade näherten. Vor ihnen breitete sich das Panorama von Venedig aus. In der flimmernden Nachmittagshitze wirkten die Gebäude farblos. Der wolkenlose Himmel und das Wasser der Lagune zeigten dasselbe bleierne Grau.

Als Guido Urbino wieder ansah, hatte er einen beunruhigten Gesichtsausdruck. «Stimmt etwas nicht damit? Es war hier auf dem Boot und vor allen Leuten. Sie ist bei der nächsten Haltestelle – der Ca' di Dio – eingestiegen und bis zur Accademia gefahren.»

«Wann war das?»

«An dem Tag, nachdem dieses Schwein Zennaro gestanden hat, daß er meine Schwester umgebracht hat. Das war ein Freitag. Eine Woche später war Flavia ebenfalls tot. Sie hat immer wieder gesagt: ‹Ich wußte, daß er es war! Vielleicht bin ich schuld daran.›»

«Was könnte sie damit gemeint haben?»

«Ich weiß es nicht genau, aber Flavia wollte Nicolina an dem Tag, als sie ermordet wurde, besuchen. Nicolina fühlte sich nicht wohl und fuhr nicht mit uns an den Gardasee. Sie hatte ein paar neue Modezeitschriften, die ihr Flavia ein paar Tage vorher gebracht hatte, und Flavia wollte vorbeikommen, wenn sie aus Asolo zurück war. Flavia sagte, sie habe Nicolina an dem Tag nicht besucht. Vermutlich dachte sie, wenn sie gekommen wäre, hätte Zennaro Nicolina nicht ermordet. Und vielleicht hatte sie recht, aber das bedeutet nicht, daß sie dafür verantwortlich ist. Wenn man es so sieht, dann wären meine Mutter, mein Vater und ich auch schuldig, weil wir Nicolina allein gelassen haben.»

Guido bereitete die Taue vor, als sich das Vaporetto der Anlegestelle bei den Giardini Pubblici näherte. Er warf einen Teil davon über den Metallpfosten. Während das Boot anlegte, schlang er die Leine zweimal über die Klampen. Die Leine knirschte.

Als Guido das Gatter aufzog, um die Passagiere aussteigen zu lassen, sagte er: «Flavia hatte ein gutes Herz. Sie hat es nicht verdient, im Canal Grande zu enden. Meine Mutter sagt, die beiden wären jetzt beisammen – wenn man an so etwas glaubt.»

Guido beugte sich vor, um das Vorderteil eines Kinderwagens ins Boot zu heben. Urbino fragte ihn, ob Flavia Pasquale Zennaro gekannt habe.

«Sie hat ihn ein paarmal in unserer Wohnung getroffen. Sie mochte ihn nicht. Vermutlich hat sie etwas gespürt, was wir nicht bemerkt haben.»

18

Nachdem Urbino Guido verlassen hatte, rief er von einem Café aus Commissario Gemelli an.

«Flavia Brollo und Nicolina Ricci, das Mädchen, das in Sant'Elena vergewaltigt und ermordet wurde, waren gute Freundinnen», erzählte er Gemelli. «Ich habe so eine Ahnung, daß das mit Flavias Tod zu tun haben könnte.»

«Eine ‹Ahnung›! Alte Gewohnheiten lassen sich nicht so einfach abschütteln, nicht wahr, Macintyre? Sie können die Sache nicht ruhen lassen, auch wenn Ihre Contessa jetzt frei und unbelastet ist. Aber vermutlich wird sie nicht aufhören, ehe sie nicht davon überzeugt ist, daß sie eine vollkommene Ehe geführt hat! Auf jeden Fall geht das die Polizei nichts an. Wir kümmern uns nur um weniger zivilisierte Familienstreitigkeiten. Was Pasquale Zennaro angeht, der befand sich in Haft, als Flavia Brollo starb. Und wie ich Ihnen bereits gesagt habe, bei ihrem Tod gibt es absolut keinen Anhaltspunkt für ein Verbrechen.»

«Ich behaupte ja nicht, daß es Zennaro war, zumindest nicht direkt, aber Nicolinas Bruder sagt, daß Flavia Zennaro nicht mochte und sich in seiner Gegenwart nicht wohl fühlte.»

«Brollo und Ricci, das sind zwei ganz verschiedene Fälle. Wir haben Zennaros Geständnis und ein Messer, das mit seinen Fingerabdrücken übersät ist. Ihre Ahnungen haben früher zwar gelegentlich zugetroffen, Macintyre, aber diesmal liegen Sie völlig falsch. Ich muß Ihnen sagen, daß der Staatsanwalt der Meinung ist, im Fall Flavia Brollo wären keinerlei Ermittlungen notwendig. Ich schreibe gerade meinen Bericht. Es war Selbstmord.»

«Was ist mit dem toxikologischen Gutachten?»

Als am anderen Ende der Leitung Schweigen eintrat, wußte Urbino, daß Gemelli wünschte, Urbino hätte diese Frage nicht gestellt.

«Es wurde keine Spur des Medikaments gefunden – und auch von keinem anderen.»

Urbino antwortete nicht.

«Das beweist gar nichts, Macintyre! Die Tatsache, daß in Flavia Brollos Körper nichts gefunden wurde, könnte nur als ein Zeichen gesehen werden, wie durcheinander sie war.»

«Commissario, haben Sie einen Nachweis gefunden, daß Flavia Brollo dieses Medikament verschrieben bekam? Und was ist mit einem Abschiedsbrief? Hat sie einen hinterlassen?»

«Wir haben keinen Nachweis über eine Verschreibung des Medikaments gefunden – *bisher*. Und was den Abschiedsbrief angeht, so hinterläßt nicht jeder Selbstmörder einen, und wenn, dann teilen die Familien das oft den Behörden nicht mit. Ihre Mutter hat ja, soviel wir wissen, ebenfalls keinen hinterlassen. Ja, wir haben uns die Mühe gemacht, auch den Tod von Flavias Mutter zu untersuchen. Die Carabinieri haben uns die Unterlagen zugeschickt. Ich schlage vor, daß Sie Ihre Nachforschungen auf die persönlichen Probleme der Contessa beschränken. Das sollte ausreichen, um Sie beschäftigt zu halten. Übrigens habe ich gehört, daß Sie in San Polo überfallen wurden. Bei Ihrer Vorstellungskraft glauben Sie womöglich, der Auftraggeber sei derjenige gewesen, der Flavia Brollo ermordet hat.» Aber Gemellis Tonfall wurde ernster, als er hinzufügte: «Seien Sie etwas vorsichtiger, Macintyre. In diesem Sommer tragen einige der Räuber Messer bei sich.»

Nach dem Gespräch mit Gemelli begab sich Urbino zum Bahnhof, um in den Zug nach Bassano del Grappa zu steigen, wo ihn der Wagen der Contessa abholen und nach Asolo bringen würde.

19

Im Zug nach Bassano del Grappa ging Urbino im Geiste alles noch einmal durch, was er in den vergangenen zwei Tagen erfahren hatte. Ladislao Mirko, Bruno Novembrini, Lorenzo Brollo, Nicolina Riccis Mutter und ihr Bruder – sie alle hatten ihm Informationen über Flavia gegeben, aber klarer gemacht hatten sie nicht viel.

Ganz im Gegenteil. Einerseits war da Brollos Versicherung, er sei Flavias Vater, und Novembrinis Behauptungen, Flavia habe Brollo gehaßt, den Conte da Capo-Zendrini ihm gegenüber aber nie erwähnt. Auf der anderen Seite standen der Streit am Gardasee und Reginas Enthüllung gegenüber Flavia, Alvise sei ihr Vater. Allerdings war die einzige Quelle für diese beiden wesentlichen Punkte Ladislao Mirko. Flavia war nicht mehr am Leben und konnte seine Geschichten nicht bestätigen.

Urbino sah hinaus in die friedliche Landschaft und überlegte, wie die Vergewaltigung und der Mord an Nicolina Ricci ins Bild paßten. Er mußte mehr erfahren über Flavias Freundin, das Mädchen, das sie als ihre kleine Schwester betrachtet hatte. Sobald wie möglich würde er versuchen, mit Nicolinas Vater zu sprechen.

Nachdem der Toxikologe keine Spur des Antidepressivums in ihrem Körper gefunden hatte, war Urbino noch mehr davon überzeugt, daß Flavia nicht Selbstmord begangen hatte. Hatte sie das Medikament überhaupt jemals genommen?

Während der Zug in den Bahnhof von Bassano einfuhr, wo Urbino Milo, den Chauffeur der Contessa, am Bahnsteig warten sah, beschloß er, der Contessa nicht zu erzählen, was Mirko über Regina Brollo gesagt hatte. Zumindest noch nicht, ehe er nicht wußte, ob Mirko log oder ahnungslos Flavias eigene Lüge weitergab – oder ihre Wahnidee.

20

Wenn Urbino diese Entscheidung nicht schon im Zug getroffen hätte, so hätte er es augenblicklich getan, als er in der Villa La Muta das Gesicht der Contessa sah. Obwohl sie tapfer versuchte, ihre Qual zu verbergen – selbst vor Urbino, ihrem engsten Freund –, wußte er doch, was sie fühlte.

Nein, er konnte ihr nicht erzählen, daß Regina Brollo Flavia möglicherweise gesagt hatte, Alvise sei ihr Vater, und auch nicht von dem Streit am Gardasee. Wenn auch nur die geringste Möglichkeit bestand, daß Mirko log oder sich irrte, dann war er es der Contessa schuldig, sie zu schützen, zumindest noch für eine kleine Weile.

Die Contessa und Urbino saßen jetzt in dem mit Eibenhecken umfaßten *giardino segreto* mit dem schmiedeeisernen Tischchen, den Stühlen und den Töpfen mit Blumen. Obwohl er erst so kurze Zeit in Asolo war, fühlte sich Urbino bereits erfrischt. Eine sanfte Brise wehte von den Dolomiten her über die Hügel. Beim Abendessen hatte Urbino Eugene und der Contessa erzählt, woher er die Verletzung unter dem Auge hatte. Dabei spielte er allerdings die Gefahr herunter, in der er sich möglicherweise noch immer befand. Ansonsten hatte er der Contessa nichts weiter berichtet, bis sie endlich allein im *giardino segreto* saßen. Eugene war in der Stadt, um Occhipintis Sammlung von Browning-Erinnerungsstücken zu betrachten. Wenn die beiden Männer zurückkehrten, würde Milo Urbino und Eugene nach Venedig fahren. Die Contessa und Occhipinti wollten sie auf der Fahrt begleiten.

«Eugene und Silvestro sind dicke Freunde geworden, *caro*. Ich glaube wirklich, daß Ihr Ex-Schwager – allmählich finde ich diesen *nom de divorce* richtig nett – ernsthaft daran denkt, sich hier ein Haus zu kaufen, vielleicht die Villa Pippa, nachdem die Lennox abgereist ist. Und je eher sie fährt, desto besser, das ist jedenfalls meine Meinung.»

Sie warf einen Blick auf die Verletzung, und ihr Gesichtsausdruck wurde angespannt. Als Urbino ihr von dem Raubüberfall erzählt hatte, war die Contessa nicht überrascht gewesen, aber sie hatte ihre Sorge geäußert und ihn gebeten, ihren Arzt in Asolo zu konsultieren.

«Auf Ihren Spaziergängen halten Sie sich immer für unbesiegbar, nicht wahr? Ach, ich glaube wirklich nicht, daß Flavia der Grund für diesen Überfall war! Wenn ich glaubte, es sei etwas anderes gewesen als ein ganz gewöhnlicher Raubüberfall, dann müßte ich ja in ständiger Angst leben. Sie gehen aber auch an den abgelegensten Orten spazieren. Ich wünschte, ich könnte Ihnen das abgewöhnen. Übrigens, Eugene hat mich auf einen Gedanken gebracht. Warum sollte ich mir eigentlich *keine* eigene Gondel kaufen? Dann würden Sie das Spazierengehen bestimmt nicht mehr so interessant finden, und wir könnten gemeinsam übers Wasser gleiten. Vielleicht besorge ich uns sogar eine *felze*, in der wir uns verstecken können. Wenn die Leute schon über mich reden, dann sollen sie es gleich richtig tun.»

Nach dieser Bemerkung stieß sie einen langen Seufzer aus und blickte zur Seite. Urbino erwähnte noch einmal, wie ärgerlich er über den Verlust des Albums war.

«Aber ich bin überrascht, daß Sie Brollo von dem Album nichts erzählt haben, Urbino. Rechtlich gesehen, gehört es doch ihm, oder?»

«Vermutlich schon, aber darüber sollen er und Mirko sich streiten, falls es jemals wieder auftaucht.»

«Wissen Sie, Urbino», sagte die Contessa und zupfte langsam einige braune Blätter von einer Zinnie, «allmählich beginne ich etwas freier zu atmen – was Alvise betrifft, meine ich.»

Urbino rutschte unbehaglich auf seinem Stuhl hin und her.

«Sowohl Violetta Volpi als auch Brollo halten den Gedanken für lächerlich, daß Alvise – oder jemand anders als Brollo selbst – Flavias Vater sein soll», fuhr die Contessa fort. «Und Novembrini sagt,

Flavia habe mit ihm nie über dieses Thema gesprochen. Ich stimme Lorenzo Brollo zu. Diese Idee über Alvise hat irgend etwas mit Ladislao Mirko zu tun», sagte die Contessa mit bemühter Zuversicht, was Urbino ein noch unbehaglicheres Gefühl gab. «Flavia hat ihm vertraut. Bindungen, die in der Pubertät entstanden sind, kann man kaum lösen. Vielleicht ist es ihm gelungen, Macht über sie zu gewinnen, indem er ihr diese Lüge eingeredet hat. Drogen bringen die Menschen dazu, alles mögliche zu tun, und wenn er in sie verliebt war, dann hat er sich vielleicht auf diese Weise an ihr gerächt, weil sie lediglich eine Freundin sein wollte. Da ist natürlich noch Annabella Brollo und ihre seltsame Bemerkung, daß eine Mutter den Vater ihres Kindes kennen sollte. Aber irgendwie vermute ich, wenn Sie mit Annabella darüber reden, dann wird sie sagen, es sei Violetta gewesen, die dem Mädchen das eingeredet hat, genau wie es Violetta über sie gesagt hat.»

Die Contessa stand auf und ging zum Brunnen, der mit einer Statue des Frühlingsflötisten von Antonio Bonazza geschmückt war. Sie zog ein Spitzentüchlein aus der Tasche, tauchte es ins Wasser und legte es, nachdem sie es ausgewrungen hatte, auf ihre Stirn. Als sie sich wieder zu Urbino umdrehte, standen Tränen in ihren Augen.

«Ich schäme mich so, *caro*! Alles, woran ich denken kann, ist Alvise. Bestimmt halten Sie mich für ein Monster! Flavia ist es, an die ich denken sollte. Nachdem wir jetzt wissen, daß sich keinerlei Medikamente in ihrem Körper befunden haben, erscheint es mir immer klarer, daß sie keinen Selbstmord begangen hat. Ich weiß nicht, was mit dem Staatsanwalt und mit Gemelli los ist!»

«Ich glaube nicht, daß sich Gemelli bezüglich des Selbstmords noch so sicher ist.»

«Worauf wartet er dann noch? Will er, daß Sie sich blamieren oder Ihnen noch Schlimmeres geschieht?» fragte sie mit einem nervösen Blick auf sein verletztes Auge. «Er sollte herausbekommen, welche Vorteile Lorenzo Brollo oder Violetta Volpi durch Flavias Tod haben. Aus dem, was Sie mir erzählt haben, wird doch deutlich, daß sie beide Angst haben, ihr Schuldbewußtsein zu zeigen, obwohl sie *behaupten*, daß sie an einen Selbstmord glauben. Ich bitte Sie! Ist das normal? Sie sollten sich in Schuld verzehren! *Ich* glaube, daß sie Angst haben, es zu zeigen, weil beide auf viel gravierendere Weise schuldig sind!»

«Ich stimme Ihnen zu, Barbara.»

«Dann verfolgen Sie sie!» sagte sie, als spreche sie von einer Fuchsjagd.

«Genau das tue ich auch.»

Schritte waren auf dem Kiesweg zu hören. Kurz darauf betrat Rosa, die Hausangestellte der Contessa, den *giardino segreto*.

«Milo ist wieder da, Contessa.»

Mit einem schnellen Seitenblick auf Urbino stand die Contessa auf.

«*Grazie*, Rosa. Sollen wir zurück ins Haus gehen, Urbino?»

Sie reichte ihm den Arm, und sie spazierten schweigend zurück zum Haus. Die Contessa sprach mit Milo, und Urbino trat zu Eugene und Occhipinti auf den Balkon vor dem *salotto verde*. Der vogelähnliche Mann starrte auf Urbinos Verletzung, sagte aber nichts.

«Jetzt ist es wohl soweit, daß du mich wieder nach Venedig bringst», sagte Eugene. «Aber gern gehe ich nicht von hier fort. Und das liegt nicht bloß an dem Frieden, der Ruhe und der frischen Luft, sondern vor allem an der Gräfin. Sie ist eine wirklich feine Frau. Wir haben unsere Unterhaltungen sehr genossen. Dir werden in deinem kleinen Palast ganz schön die Ohren geklingelt haben, Urbino!»

«Eugenio redet wirklich sehr gern», zwitscherte Occhipinti. «Ich habe viele neue englische Wörter gelernt.»

«So ein Unsinn!» bemerkte Eugene. «Es gibt gar nichts, was er von mir lernen könnte. Er zitiert doch ständig diesen englischen Dichter! Er hat mir sogar ein paar Sprüche beigebracht. Wie war das noch gleich, Sylvester? ‹Staub und Asche, tot und vergangen› – und dann kam etwas über Venedig.»

«‹Venedig hat verbraucht, was es verdiente›», beendete Occhipinti für ihn.

«Übrigens, Signor Occhipinti», sagte Urbino. «Ich dachte, ich hätte Sie gestern in Venedig gesehen, im Viertel San Polo.»

«Ich weiß nicht, wovon Sie reden», sagte Occhipinti, und seine Augen hinter den runden Brillengläsern zwinkerten. Auf seiner Glatze glitzerte Schweiß. «Ich bin seit letzter Woche nicht mehr in Venedig gewesen. Sie werden mir doch nicht die Schuld für Ihre Verletzung geben wollen? Ha, ha! Ich habe zur Zeit nicht einmal die Kraft, Pompilia auszuführen.»

«Was erzählst du denn da, Sylvester. Du hast jede Menge Kraft!

Übrigens, Urbino, warum redet ihr beiden eigentlich so förmlich miteinander? Sylvester und ich haben nicht lange gebraucht, bis wir uns geduzt haben. Was soll denn das ständige ‹Signor Occhi› und ‹Signor Macintyre›?»

«Ihr Cousin ist ein sehr höflicher Mann, Eugenio. Er inspiriert mich. Die jungen Leute heutzutage haben so vieles einfach über den Haufen geworfen.»

«Urbino ist ein paar Jahre jünger als ich, Sylvester. Willst du damit sagen, daß es unhöflich von mir war, mit dir gleich so freundschaftlich umzugehen?»

Occhipinti hatte Eugenes Bemerkung ganz offensichtlich nicht verstanden und antwortete lediglich mit einem Zucken seiner mageren Schultern. Die Contessa kam mit einer großen Tasche aus geflochtenem Leder aus dem *salotto verde*.

«Wir sollten fahren, damit Urbino und Eugene nicht zu spät nach Venedig kommen. Urbino, ich muß schon sagen, dieser kurze Aufenthalt hat Ihnen offenbar sehr gut getan, Sie sehen viel besser aus. Aber lassen Sie uns nun zum Wagen gehen, damit wir noch Zeit für einen kurzen Zwischenstopp am Ponte degli Alpini in Bassano del Grappa haben. Silvestro besteht darauf, Eugene bei Nardini einen Grappa zu spendieren», erklärte sie. «Ein scheußliches Zeug, dieser Grappa, aber vielleicht hilft er gegen Ihre Erkältung, Silvestro. Während ihr beiden euch einen genehmigt, können Urbino und ich einen Spaziergang machen.»

Das Gesicht der Contessa wirkte jetzt nicht mehr so gequält wie im *giardino segreto*, sondern zeigte statt dessen ein leichtes Lächeln, als amüsiere sie sich im stillen.

21

Auf der Fahrt von Asolo nach Bassano del Grappa erläuterte die Contessa für Eugene zwar die Landschaft, aber sie schien nicht ganz bei der Sache zu sein.

«Wissen Sie, Gräfin Barbara», sagte Eugene, während der Bentley in eine schmale Nebenstraße der Piazza Libertà bog und auf die historische Brücke von Bassano zufuhr, «Urbino und ich können ohne weiteres mit dem Zug nach Venedig fahren. Natürlich will ich damit nichts gegen Ihr schönes Auto sagen oder gegen Milo. Aber Milo hat mir erzählt, daß er gerade aus Venedig zurückgekommen ist. Wir wollen nicht, daß er unseretwegen –»

«Er genießt das Fahren», sagte die Contessa, als sei es Milos einziger Wunsch, ständig andere Leute herumzukutschieren. «Irgendwann einmal, Urbino», sagte sie schnell und streckte die Hand aus, um seine Schulter zu berühren, «werden wir ganz im Stil der Jahrhundertwende eine Autotour durch Europa machen.»

Im Bereich um den Ponte degli Alpini war das Parken verboten, und auf der überdachten Holzbrücke selbst waren nur Fußgänger und Fahrradfahrer erlaubt. Milo brachte den Bentley auf der Straße vor der Brücke zum Stehen.

Die vier stiegen aus und gingen zu Fuß das kurze Stück bis zu der Brücke, die Palladio im sechzehnten Jahrhundert entworfen hatte. Eugene und Occhipinti betraten den aus Holz gebauten Laden zur Linken. Nardini war die älteste Grappa-Brennerei in Italien.

Urbino und die Contessa spazierten auf die Brücke, die sich über die Brenta spannte, und gingen an den kleinen Häusern mit ihren ausgebleichten Fresken vorbei, bis sie in der Mitte angekommen waren. Hier bot ein Aussichtspunkt einen Ausblick über die Brenta. Zahlreiche Gebäude, zum Teil mit Holzbalkonen, säumten das Ufer des Flusses, der aus den Voralpen und dem Monte Grappa kam.

«Wissen Sie, Eugene hofft auf meine Unterstützung, um Sie zu einem Treffen mit Evangeline zu überreden. Ich habe ihm gesagt, daß Sie stets machen, was Sie wollen. Das Schlimmste, was man tun könne, sei, Druck auf Sie auszuüben. Lediglich die Tatsache, daß Sie am Ende doch immer das Richtige täten, mache Ihre Sturheit erträglich. Diese Aussage betrachtete Eugene mit größter Skepsis. ‹Bei Ihnen vielleicht, Gräfin›, sagte er. ‹Ich sehe doch, daß er Ihnen gefallen möchte.› Offenbar glaubt Ihr Ex-Schwager, wir hätten in gewissen Bereichen eine sehr viel engere Beziehung, als das wirklich der Fall ist. Gestern abend meinte er: ‹Ältere Frauen haben ihm immer schon gefallen. Vielleicht war das eines der Probleme mit Evangeline.›»

Sie stand am Geländer und sah einige Augenblicke hinauf in die Berge, ehe sie sich wieder zu Urbino umdrehte und sanft sein verletztes Auge berührte.

«In ein oder zwei Tagen wird die Verletzung verschwunden sein. *Poverino!* Sie wissen gar nicht, welche Sorgen Sie mir bereiten. Ich weiß, daß Sie der Verlust des Albums mehr schmerzt als diese Verletzung. Es ist wirklich ärgerlich, nicht wahr? Sich vorzustellen, daß wir jetzt vielleicht nie erfahren, was sich darin befand.»

Ein unpassendes Lächeln zeigte sich auf den Lippen der Contessa. Es verwirrte Urbino ein wenig.

«Aber fühlen Sie sich dafür nicht so verantwortlich, *caro*», fuhr die Contessa fort, wobei ihre tröstlichen Worte beinahe wie eine sanfte Bestrafung klangen. Noch immer umspielte das Lächeln ihre Lippen. «Ich hoffe, daß Brollo nicht zu streng ist, wenn er davon hört – oder auch Ladislao Mirko.»

Urbino fühlte sich wie ein kleiner Junge, der in wachsendem Schuldbewußtsein unbehaglich von einem Bein auf das andere tritt.

«Wenn ich wieder in Venedig bin, werde ich noch einmal bei der Polizei anrufen.»

Zu seiner Überraschung schüttelte die Contessa langsam den Kopf und sagte: «Das würde ich lieber nicht tun, *caro*.»

«Warum nicht?»

«Deshalb.»

Sie öffnete ihre große Ledertasche, griff hinein und holte Flavias Album heraus.

«Aber Barbara, wie kommen *Sie* denn dazu?»

Die Contessa lächelte jetzt ohne jede Zurückhaltung. Trotz seiner Verwirrung tat es Urbino gut, dieses Lächeln zu sehen.

«Weil Milo nach Venedig gefahren ist, um es abzuholen», erklärte die Contessa.

«Milo?»

«Ihre Haushälterin Natalia hat vor ein paar Stunden in der Villa La Muta angerufen. Die Polizei hatte versucht, Sie im Palazzo Uccello zu erreichen, weil sie das Album gefunden haben und es vorbeibringen wollten. Ich sagte Natalia, ich würde Milo zu ihr schicken, damit er es holt. Es wäre ja möglich gewesen, daß Sie und Eugene noch bis morgen bleiben, und ich wußte, daß Sie es haben wollten. Die Polizei war wirklich sehr zuvorkommend. Offenbar haben Sie ihnen klargemacht, wie wichtig das Buch für Sie ist. Und bestimmt hatte auch Corrado etwas damit zu tun. Er hat gestern abend von dem Überfall auf Sie erfahren und mir alles erzählt, als er zurückrief, um mir die Informationen zu übermitteln. Er versicherte mir, es gehe Ihnen gut, aber Sie seien ‹*molto turbato*›, wie er es ausdrückte, weil Sie irgendein Buch verloren hätten. Ich hatte keine Ahnung, wovon er sprach.»

Jetzt wurde Urbino klar, weshalb die Contessa nicht überrascht gewesen war, als er ihr von dem Überfall erzählte – und warum sie gestern abend am Telefon so besorgt gewesen war.

Er nahm das Album. Die hintere Umschlagseite und die Ränder einiger Seiten waren verschmutzt. Er schlug es auf und blätterte es eilig durch.

«Fehlt etwas?» wollte die Contessa wissen.

«Das kann ich nicht sagen.»

«Es würde mich nicht überraschen, wenn Mirko etwas herausgenommen hätte, ehe er es Ihnen gab», sagte die Contessa. «Ich habe einen Blick hineingeworfen, aber dann doch beschlossen, es Ihnen zu überlassen. Meine Angst war größer als meine Neugier. Sehen Sie es durch, und lassen Sie mich wissen, was Sie finden – aber schonen Sie meine Gefühle nicht. Die Wahrheit ist das Wichtigste, *caro*, aber bringen Sie sie mir behutsam bei.» Die Contessa blickte wieder hinaus auf die Berge. «Während der vergangenen zwei Wochen habe ich mir Sorgen um mich selbst gemacht, aber jetzt will ich nicht nur um meinetwillen, sondern auch wegen Flavia die Wahrheit wissen. Wenn das arme Mädchen ermordet wurde, wer hat es dann getan, und hat das Ganze etwas mit Alvise zu tun? Und wenn sie sich umgebracht hat, habe ich dann durch mein Verhalten dazu beigetragen? Ich befürchte, daß ich die Wahrheit, wenn sie denn jemals ans Licht kommt, in jedem Fall als einen Schlag empfinden werde. Ich werde am Ende irgendwie verlieren, das weiß ich.»

Obwohl der frühe Abend warm war, erschauerte sie, aber schon im nächsten Augenblick stand wieder ein Lächeln auf ihrem Gesicht. Sie sah Urbino an und faßte ihn am Arm.

«Ich vertraue Ihnen, *caro*. Sie können die Wahrheit nicht verändern, aber Sie werden sie herausfinden und derjenige sein, der sie mir beibringt. Ah, da kommen Eugene und Silvestro.» Sie winkte den beiden Männern zu, die gerade aus Nardinis Laden kamen. «Fahren Sie mit Ihrem Ex-Schwager zurück nach Venedig, und setzen Sie Ihre Ermittlungen fort, aber seien Sie vorsichtig.» Sie hakte sich bei Urbino ein. «Offenbar hatten die Männer, die Sie überfallen haben, nichts mit Flavia zu tun, da sie das Album weggeworfen haben, aber was wissen wir schon?»

Sehr wenig, antwortete Urbino im stillen, und vielleicht dennoch um einiges zuviel. Während er mit der Contessa auf Eugene und Occhipinti zuging, hegte er die Hoffnung, aus Flavias Album etwas über die Ereignisse vor dem Zeitpunkt zu erfahren, als ihr Körper an der eindrucksvollen *L'angelo della città*-Statue mit ihrem erigierten Penis auftauchte.

«Sex und Tod», sagte Urbino unwillkürlich und sprach damit seine Gedanken laut aus. Dabei sah er plötzlich das Bild von Nicolina Ricci vor sich, und noch etwas anderes stand ihm vor Augen – kein Gesicht, sondern Worte, hell erleuchtete Worte. Was besagten sie?

Die Contessa warf Urbino einen scharfen Blick zu. Eugene rief ihre Namen und winkte mit einem Tirolerhut, den er irgendwo erstanden hatte. Leise wiederholte die Contessa, was sie schon früher gesagt hatte: «Ich vertraue Ihnen, *caro*.»

Mehr als jemals zuvor spürte Urbino, wie schwer das Vertrauen der Contessa auf ihm lastete.

TEIL III

Eine fleischfressende Blume

I

«Es macht bestimmt Spaß! Bist du wirklich sicher, daß du nicht mitkommen willst?» fragte Eugene zum vielleicht fünften Mal. Nach ihrer Rückkehr aus Asolo saß er mit Urbino auf ein Glas auf der Terrasse des Danieli. «Wir fahren doch bloß ein paar Stunden lang auf dem Wasser herum. Es ist so ein schöner Abend.»

Er deutete auf den wolkenlosen Abendhimmel, der sich über die Lagune spannte.

«Es ist auch ein bißchen kühler geworden», fuhr Eugene fort. «Wir fahren den Canal Grande hinauf. Stell dir doch vor, wie toll es sein wird, sich zurückzulehnen und an dieser weißen Kirche mit den Kuppeln vorbeizuschaukeln! Und dann schleichen wir uns durch die kleinen Kanäle und betrachten die Stadt aus der Perspektive einer Wasserratte. Na, wie wär's, Urbino?»

Erneut lehnte Urbino ab, wenn auch nicht ohne einen kleinen Anflug des Bedauerns. Es wäre das erste – und vielleicht auch letzte – Mal, daß er in einer Flotte aus sechs Gondeln, komplett mit Mandolinen, Akkordeons und einem Serenadensänger, durch die Wasserwege der Stadt fahren würde. Aber auch wenn er mehr Lust dazu verspürt hätte, so mußte er heute abend dennoch Flavias Album durchsehen. Das wollte er so schnell wie möglich tun.

«Na, ich hoffe, daß du dich morgen nicht schon wieder drückst», sagte Eugene. «Denk dran, wir fahren zu dieser Spitzenmacher-Insel. Vielleicht weißt du einfach nicht mehr, was Spaß macht, mein Junge. Gräfin Barbara kann man daran bestimmt nicht die Schuld geben. Das alte Mädchen hat mich andauernd zum Lachen gebracht. Also bis morgen, Urbino – und wenn du nicht da bist, dann werde ich zu deinem armseligen Palast marschieren und dich an deiner Nase herausziehen! Evie hat oft gesagt, es brauche immer ein bißchen Gewalt, um dich zu etwas zu bringen.»

Im Vaporetto, das ihn zum Palazzo Uccello zurückbrachte, widerstand Urbino der Versuchung, Flavias Album aufzuschlagen. Statt dessen betrachtete er vom Bug des Schiffes aus die vorübergleitende Szenerie. Um diese Zeit war es auf dem Wasser am schönsten, und er beneidete Eugene um seine Fahrt mit der Gondelflotte. Vielleicht legte sich die Contessa ja tatsächlich eine Gondel zu. Sie hatte recht, er würde damit fahren, so oft es ging. Was hatte er gerade in Peggy Guggenheims Memoiren gelesen? Bootsfahrten trügen in Venedig entscheidend zur Lebensqualität bei. In einem Brief an eine Freundin schrieb sie, das Fahren in ihrer Gondel genieße sie mehr als alles andere, seit sie den Sex aufgegeben habe – oder genauer gesagt, seit der Sex sie aufgegeben habe.

Urbino wünschte sich oft, im Venedig einer früheren Epoche zu leben, am liebsten gegen Ende des letzten Jahrhunderts, als sich Robert Browning, Henry James und zahlreiche andere Engländer und Amerikaner hier ihrer, wie James das nannte, «Palazzo-Spinnerei» hingaben. Seit damals hatte sich viel zuviel verändert.

Alles hier erinnerte Urbino an Flavia, und zwar nicht nur der Palazzo Guggenheim mit seiner Reiterstatue, sondern auch der gotisch wirkende Palazzo Barbaro, wo die von Flavia so bewunderte Eleonora Duse gelebt hatte. Und auf der gegenüberliegenden Seite des Canal Grande lag die kleine Casetta Rossa, eines der Häuser des Schriftstellers Gabriele D'Annunzio, der der Liebhaber der Duse gewesen war.

Und dann kam die Ca' Volpi. Urbino blickte durch das eiserne Wassertor in den dunklen Garten, der von einer einsamen Glühbirne schwach erleuchtet wurde. In Violetta Volpis Studio brannte kein Licht.

Wenn er jetzt eine Gondel hätte, so stellte sich Urbino vor, dann könnte er lautlos bis zur Wassertreppe der Volpis heranfahren, um zu sehen, ob er etwas von Violetta Volpis Ehemann erfahren konnte. Nur etwas so Geheimnisvolles und Lautloses wie eine Gondel schien dafür zu passen, sich diesem Mann zu nähern, der ganz offensichtlich in seiner eigenen Welt lebte.

Sobald er im Palazzo Uccello angekommen war, wandte sich Urbino eilig Flavias Album zu. Mit Serena im Schoß und einem Weinglas und einer Flasche kühlem Bianco di Custoza neben sich auf dem Tisch schlug er das Heft auf.

Auf der ersten Seite stand in der Mitte sorgfältig und mit sicheren großen Buchstaben in schwarzer Tinte «Album von Flavia Maria Regina Brollo».

Urbino blätterte um und begann zu lesen. Er las fast eine Stunde lang und begann dann wieder von vorn. Flavias Album sah genauso aus, wie es Madge Lennox beschrieben hatte: eine seltsame Sammlung von Autogrammen, Zeitungsausschnitten, Eintrittskarten, Programmen, Fotografien, Postkarten und Seiten aus Büchern und Zeitschriften. Das fehlende Blatt aus dem Guggenheim-Katalog war nicht darin enthalten.

In seiner Arbeit als Biograph hatte Urbino häufig Gelegenheit, in ähnlichen Büchern zu blättern, aber noch nie hatte er es mit so viel Trauer und Furcht getan. Nachdem er das Heft zum zweiten Mal durchgelesen hatte, goß er sich noch ein weiteres Glas Wein ein. Er trank langsam und dachte dabei an die Contessa und Alvise, Alvise und Silvestro Occhipinti, Flavia und Nicolina Ricci. Dann schlug er das Album erneut auf, und zwar an einer Stelle, wo sich ein vielleicht fünfundzwanzig mal dreißig Zentimeter großes Blatt Papier befand. Es war Regina Brollos Todesanzeige. Sie war von jener Art, wie sie gewöhnlich mit einem Bild des Verstorbenen in der Gemeinde öffentlich ausgehängt werden. Der Text glich der Anzeige für Flavia an der Tür der Brollos in San Polo. Er glich ihr sogar sehr.

Obwohl er im Palazzo Brollo Reginas Porträt gesehen hatte, war Urbino von dem Schwarzweißfoto überrascht. Er hatte den Eindruck, Flavia vor sich zu sehen. Auf dem Foto war Regina vom Alter her Flavia mit ihren sechsundzwanzig Jahren näher als ihren eigenen fünfundvierzig Jahren zum Zeitpunkt ihres Todes. Sie blickte mit einem versonnenen Lächeln in die Kamera. Wie oft hatte Flavia wohl diese Fotografie ihrer Mutter angesehen und die Ähnlichkeit mit sich selbst bemerkt? Hatte sie Trost daraus geschöpft? Oder hatte sie dieses Bild mit einer Art Vorahnung erfüllt?

Auf zwei andere Dinge, die ihn in dem Album besonders beunruhigt hatten, warf Urbino noch einmal einen Blick. Dann dachte er nach über das, was er zu finden erwartet, aber nicht gefunden hatte. Er streichelte die schnurrende Serena. Bestimmt würde das die Contessa aufregen, und Urbino bedauerte sehr, daß ausgerechnet er gezwungen war, ihr diese neuen Erkenntnisse zu überbringen. Vielleicht wäre es besser für sie gewesen, durch ihren italienischen

Rechtsanwalt einen Privatdetektiv zu engagieren, mit dem sie lediglich eine finanzielle Verbindung hatte.

Aber Bedauern brachte ihn nicht weiter. Er sah auf die Uhr. Kurz vor elf. Aus Rücksicht auf die Contessa hatte er beschlossen, ihr erst morgen mitzuteilen, was er ihr zu sagen hatte, damit sie heute nacht noch so gut wie möglich schlafen konnte. Der Moment, ihr alle schlechten Neuigkeiten – oder zumindest den größten Teil davon – zu erzählen, war gekommen.

2

Aber Urbino hatte nicht bedacht, wie unruhig die Contessa war. Eine Viertelstunde später, als er gerade den Rest des Weins in sein Glas gegossen hatte, rief sie an.

«Entweder haben Sie sich das Album noch nicht angesehen, was ich nicht glauben kann, oder Sie haben Angst, mir zu erzählen, was Sie darin entdeckt haben», sagte die Contessa ärgerlich. «Habe ich Ihnen nicht gesagt, daß es das Schlimmste für mich ist, wenn ich nichts weiß?»

«Es tut mir leid, Barbara. Ich wollte bis morgen früh damit warten. Ich dachte, Sie schlafen schon.»

Die Contessa schnaufte.

«Das bedeutet, daß es schlimmer nicht sein könnte. Niemand verschiebt eine gute Nachricht. Was haben Sie gefunden?»

Urbino trank einen Schluck Wein.

«Da ist ein Teil am Anfang des Albums, Barbara, mit Unterschriften und guten Wünschen verschiedener Leute. Flavia hat das Album an ihrem dreizehnten Geburtstag begonnen. Über die Jahre finden sich Eintragungen ihrer Mutter, von Violetta Volpi, sogar jüngere von Nicolina Ricci und Madge Lennox. Flavia scheint auch noch als Erwachsene eine sentimentale Ader gehabt zu haben. Nach dem Eintrag ihrer Mutter ist fast eine halbe Seite mit Tinte ausgestrichen. Vielleicht war es das, was Lorenzo geschrieben hat, oder Einträge sowohl von Annabella als auch von Lorenzo. Ich habe die Seite gegen das Licht gehalten, aber ich konnte nichts erkennen.»

Urbino machte eine Pause und trank noch einen Schluck Wein.

«Ich weiß, daß Sie sich mit Alkohol stärken! Würden Sie bitte weitermachen? Es sei denn, das wäre schon alles gewesen», sagte die Contessa mit einer Spur Hoffnung in der Stimme.

«Ich fürchte nicht, Barbara. Da gibt es noch zwei weitere Einträge. Ich lese Ihnen zunächst den ersten vor.» Er blätterte in dem Album, bis er fand, was er suchte. «‹Ich habe wirklich gelebt, und daher kann ich jetzt – mit einem weiteren Kuß noch – sterben!›»

«Was soll *das* denn heißen? Das klingt wie ein Zitat. Aber ich habe es noch nie gehört, Sie vielleicht? O mein Gott, es ist von Silvestro, stimmt's?»

«Genau. Die Unterschrift lautet ‹Ihr Freund Signor Silvestro Maurizio Ugolini Occhipinti›, und das Datum liegt im vergangenen Juni dreizehn Jahre zurück.»

«Was ist da sonst noch?»

Die Contessa bemühte sich, ihre Stimme unter Kontrolle zu halten. Urbino wünschte, er könnte sie irgendwie vorbereiten, aber vielleicht war es das beste, so offen wie möglich zu sein.

«Ich fürchte, hier ist noch eine weitere überraschende Unterschrift, Barbara – die von Alvise.»

Ein langes verblüfftes Schweigen trat ein. Urbino glaubte die Contessa nach Luft schnappen zu hören. Aber als sie dann zu sprechen begann, zitterte ihre Stimme nicht im geringsten.

«Was steht da? Sagen Sie es mir genau! Ich verzeihe es Ihnen nie, wenn Sie das nicht tun!»

Urbino las: «‹Der schönen und charmanten Flavia. Il Conte Alvise da Capo-Zendrini›. Es ist kein Datum vermerkt, aber der Eintrag steht direkt hinter dem von Occhipinti.»

«Und wenn es ein ganzes Buch gewesen wäre, schlimmer könnte es nicht sein! Sehen Sie nicht, daß dieser Eintrag so wenig wie möglich verraten soll? Das sieht nicht gut aus, Urbino, nicht wahr? Überhaupt nicht gut», stellte die Contessa mit verzagter Stimme fest. «Er kannte das Mädchen und hat es mir gegenüber nie erwähnt – nicht einmal.»

«Dafür könnte es eine ganze Reihe von Gründen geben», meinte Urbino halbherzig. Er wollte der Contessa keine falschen Hoffnungen machen. Noch immer hatte er ihr nicht erzählt, was Mirko behauptet hatte – daß es Regina Brollo gewesen sei, die Flavia gesagt habe, Alvise da Capo-Zendrini sei ihr Vater. Ehe Urbino ihr davon und von dem Streit am Gardasee erzählte, mußte er Gewißheit haben. Er wollte sich, was diese entscheidenden Informationen anging, nicht auf Mirkos Aussagen verlassen.

«Es könnte Alvise entfallen sein», sagte Urbino. «Vielleicht hat er sie nur ein- oder zweimal unter vollkommen belanglosen Umständen getroffen. Daß er etwas in ihr Album geschrieben hat, bedeutet nicht, daß er ihr Vater ist. Es erschien ihm möglicherweise viel zu unwichtig, um es zu erwähnen.»

«Oder es erschien ihm zu wichtig. Wenn Flavia ihre Sammlung vor etwa dreizehn Jahren begonnen hat, dann bedeutet das, es war kurz vor Alvises Tod. Das macht die ganze Sache noch seltsamer. Wir waren die ganze Zeit zusammen, außer –»

Sie brach ab.

«Außer wann, Barbara?»

«Außer, als er mit Silvestro eine Woche am Gardasee verbrachte – in dem Sommer bevor er starb», sagte sie mit ausdrucksloser Stimme. «Ich war in Mailand. Nein, ich glaube, das sieht wirklich nicht gut aus.»

«Ich habe auch Zeitungsausschnitte gefunden», sagte Urbino eilig. «Die meisten waren über Ausstellungen von Novembrini oder Violetta Volpi. Da sind auch noch einige Theater- und Konzertprogramme. Flavia hat vor ein paar Jahren in einem kleinen Theater in Mestre in Goldonis *Die venezianischen Zwillinge* die Rolle der Brighella gespielt. Die anderen Namen auf der Besetzungsliste kannte ich nicht. Außer einem Ausschnitt über den Mord an Nicolina Ricci war keiner der Zeitungsartikel jünger als eineinhalb Jahre. Die fehlende Seite aus dem Guggenheim-Katalog war nicht dabei. Ich dachte, Flavia hätte sie herausgerissen, um sie zu den anderen Erinnerungsstücken in ihr Album zu kleben.»

«Solche Bilder? Nun ja, bei einer Tante wie Violetta Volpi könnte sie einen so schrecklichen Geschmack geerbt haben. Aber was ist mit den Ausschnitten über Alvise?»

Es war offensichtlich, daß sie an wenig anderes denken konnte als an Alvise.

«Die waren nicht dabei.»

«Sie waren nicht dabei? Was meinen Sie damit?»

«Wie ich es sage. Aber im ganzen Buch waren immer wieder leere

Stellen. Ich kann nicht behaupten, daß sie ein sehr ordentliches Album führte. Manche Sachen waren mit Klebstoff befestigt, andere mit Klebeband – und manchmal sogar noch mit Klebeband überklebt, wenn die Seite darunter dünner wurde oder ausfranste.»

«Vielleicht hat sich Madge Lennox das mit den Zeitungsausschnitten nur ausgedacht. Wer weiß, was zwischen ihr und Flavia war! Möglicherweise ist sie froh, daß das arme Mädchen tot ist und nichts mehr erzählen kann. Sie hat vielleicht nie damit gerechnet, daß Sie das Album zu Gesicht bekommen könnten. Ich glaube kein Wort von dem, was sie sagt, und ich weigere mich auch zu glauben, daß mir Alvise jemals untreu war. Dieser Eintrag in dem Album könnte auch eine Fälschung sein. Ich möchte die Unterschrift überprüfen. Sie müssen mir mehr Beweise bringen als das, was Sie bis jetzt aufgetrieben haben.»

Urbino hoffte inständig, daß das nicht nötig sein würde. Aber er glaubte und fürchtete immer mehr, daß der Beweis irgendwo existierte.

3

Am nächsten Morgen, einem Donnerstag, rief Urbino – die Verletzung unter seinem Auge war inzwischen kaum mehr zu erkennen – Eugene im Danieli an, um ihren Ausflug nach Burano zu verschieben.

«Es geht um diese Sache mit dem toten Mädchen und der Gräfin Barbara, nicht wahr?» sagte dieser. «Vielleicht solltest du mir alles darüber erzählen. Meine Erfahrung und mein Verstand könnten dir möglicherweise von Nutzen sein. Ich bin bereit dazu, wann immer du möchtest. Und mach dir wegen des Ausflugs keine Gedanken. Ich wollte dich nämlich auch gerade anrufen, um abzusagen, weil ich mit dem alten Massimo Zuin eine geschäftliche Sache zu besprechen habe. Aber ich bestehe darauf, daß wir uns heute treffen. Sagen wir doch um eins in dem Restaurant bei der modernen Kunstausstellung. Ich verspreche, daß es nicht lange dauern wird und daß du sehr angetan sein wirst – und überrascht. Bis dann.»

Urbino machte sich auf den Weg zum Guggenheim-Museum. Dabei nahm er die lärmenden Menschenmassen und die Hitze kaum wahr. Er sah ständig Flavias Gesicht vor sich und mußte daran denken, wie sehr sie ihrer Mutter ähnelte und wie wenig sie von Lorenzo Brollo hatte. Urbino wünschte sich, er hätte Alvise gekannt. Ob er dann etwas von ihm an Flavia entdeckt hätte? Urbino hatte viele Fotografien von Alvise gesehen, aber im Gegensatz zu dem Porträt und der Fotografie von Regina Brollo nützten sie ihm nichts. Falls die Contessa eine Ähnlichkeit bemerkt hatte, so behielt sie das für sich – oder gestand es nicht einmal sich selbst ein.

Es war einige Minuten nach elf, und die Guggenheim-Sammlung öffnete gerade. An der Theke kaufte Urbino Postkarten-Reproduktionen von Tanguys *Le Soleil dans son écrin* und Dalís *Die Geburt der flüssigen Wünsche* und fragte den jungen Mann, ob er den Direktor sprechen könne. Während der Wartezeit betrat er die Ausstellung, um den Tanguy und den Dalí und ihre bizarren und beunruhigenden Bilderwelten zu betrachten.

Urbino hatte den Verdacht, die junge Flavia Brollo – und vielleicht auch die erwachsene – könnte die beiden Bilder so gedeutet haben, als erzählten sie eine Geschichte. Nachdenklich stand er vor der Tanguy-Landschaft, deren seltsame Gestalten ein Schattenreich zwischen lebenden und toten Wesen zu bewohnen schienen. Was hatte jemand einmal über Tanguy gesagt? Er male «die tragischsten Landschaften, die der Geist niemals gesehen habe». Was hatte Flavia wohl an diesem Gemälde interessiert?

Urbino wandte seine Aufmerksamkeit dem Dalí mit seinen nackten Männern und den weißgekleideten Frauen zu. Eine der Frauen hatte die Arme um den älteren nackten Mann gelegt. Es war derjenige mit einer weiblichen Brust und einem erigierten Penis, der von einem Schal verhüllt wurde.

Einige Minuten später trat der Direktor, ein großer Mann Anfang Vierzig in einem Designer-Anzug, neben ihn. Urbino stellte sich vor und sagte, er schreibe an einer Biographie über Peggy Guggenheims Leben in Venedig und habe einige Fragen über den Tanguy und den Dalí.

«Ach ja, *Le Soleil dans son écrin*. Ein beunruhigendes Bild, darin werden Sie mir sicherlich zustimmen. Es entstand 1937. Miss Guggenheim sah es zum ersten Mal 1938 in der Tanguy-Ausstellung in

London. Es machte ihr angst, aber sie überwand sich schließlich und kaufte es. In der Sammlung gibt es noch vier weitere Tanguys. Was *Die Geburt der flüssigen Wünsche* betrifft», sagte der Direktor, während sie zu dem Dalí hinübergingen, «so ist das einer unserer beiden Dalís. Gala, Dalís Frau, hat im Winter 1940 das Bild für Miss Guggenheim ausgewählt, als diese beschlossen hatte, ‹ein Bild pro Tag› zu kaufen. Miss Guggenheim...»

Der Direktor fuhr mit weiteren Einzelheiten über die Herkunft des Gemäldes fort. Als er geendet hatte, wollte Urbino wissen, ob jemals jemand versucht habe, die Bilder zu beschädigen. Der Direktor erstarrte.

«Solche Probleme hatte die Sammlung Guggenheim noch nie!»

«Das freut mich. Haben Sie diese Frau schon einmal gesehen?»

Urbino zeigte ihm das Bild von Regina Brollo aus der Todesanzeige im Album. Natürlich war es eigentlich nicht Regina, über die er Erkundigungen einzog, aber da er kein Foto von Flavia besaß, würde dieses wohl seinen Zweck erfüllen.

Der Direktor runzelte die Stirn, als er das Foto betrachtete, und gab es eilig wieder zurück.

«Ich sehe, daß Sie weniger an der Sammlung Peggy Guggenheim interessiert sind als an der jungen Frau, deren Leiche im Canal Grande gefunden wurde. Wir haben unsere Aussagen gegenüber der Polizei bereits gemacht. Auf Wiedersehen.»

Der Direktor nickte steif und eilte davon.

«Natürlich erkenne ich sie», sagte der junge Mann hinter der Theke einige Minuten später. «Sie hat herrliches rotes Haar, stimmt's?»

Genausowenig wie der Direktor hatte der junge Mann bemerkt, daß er keineswegs ein Foto der jungen Frau betrachtete, an die er sich so gut erinnerte.

«Sie kommt normalerweise am Samstag abend, wenn es keinen Eintritt kostet – manchmal an zwei oder drei Samstagen hintereinander. Ich war die letzten beiden Wochen im Urlaub, und heute ist mein erster Arbeitstag. Vielleicht kommt sie am Samstag. Wollen Sie, daß ich ihr etwas ausrichte?»

Urbino ignorierte diese Frage und erkundigte sich: «Ist sie an einem bestimmten Malstil oder Künstler interessiert?»

«Ja, das ist sie. Besonders mag sie den Dalí da drüben – *Die Geburt der flüssigen Wünsche* –, eine von den Karten, die Sie gerade gekauft haben. Sie kommt oft, um sich nur dieses Bild anzusehen. Das ist allerdings nicht so komisch, wie es klingt. Wir haben viele Leute, die nur ein oder zwei Bilder betrachten, manchmal wochenlang. Vor ungefähr zwei Monaten habe ich versucht, sie anzusprechen. Ich wischte gerade den Boden und begann über das Bild zu sprechen – aber die Konversation war mehr oder weniger einseitig. Ich sagte, mir gefalle es auch. Sie wollte wissen, warum, und ich fing an, über Dalís Verwendung der Farben, seine Bildzusammensetzung und die Symbolik des Wassers zu sprechen – alles auf italienisch. Ich war ganz stolz auf mich. Sie lachte bloß und sagte in schönem Englisch: ‹Das haben Sie alles in einem Buch gelesen, stimmt's?›»

«Ist sie an Tanguys *Le Soleil dans son écrin* interessiert?»

«Ich könnte nicht behaupten, daß sie es sehr beachtet – nicht so wie den Dalí. Aber die beiden Bilder hängen im gleichen Saal, da ist es mir vielleicht nicht aufgefallen.»

4

Fünfundvierzig Minuten später traf sich Urbino mit Eugene, der ihn bereits im Caffè Paradiso vor den Toren der Biennale-Ausstellung erwartete. Sie saßen auf der überfüllten Terrasse und bestellten Bier und Sandwiches. Überall tauschte man Eindrücke und Meinungen über die Kunst in den Pavillons aus, und an vielen Tischen wurden Verkäufe abgeschlossen. Die Hektik war jedoch nicht mit der vor der Eröffnung Ende Juni zu vergleichen. Damals hatte Urbino mehrere Cocktailpartys besucht. Die Contessa hatte sich allerdings geweigert, ihn zu begleiten. Nach der verwirrenden Erfahrung während der letzten Biennale, als sie im amerikanischen Pavillon im Raum mit den elektronischen Leuchtschriften beinahe ohnmächtig geworden wäre, hielt sie sich von der Kunstausstellung fern.

Eugene starrte Urbino ins Gesicht und stellte seinen geleerten Bierkrug ab. Er schüttelte den Kopf.

«Dieses tote Mädchen geht dir noch immer im Kopf herum, Urbino. Du hast, wenn du nachdenkst, immer so einen verkniffenen

Gesichtsausdruck. Evie würde sagen: ‹Eugene, ich weiß, daß er denkt, und er denkt nichts Gutes.› Sie macht sich noch immer Sorgen um dich. Ich habe heute früh mit Evie telefoniert und ihr erzählt, daß du deine Nase in die Angelegenheiten anderer Leute steckst. Evie wollte natürlich wissen, wie das tote Mädchen aussah. Ich mußte ihr dann erzählen, daß ich gehört hätte, sie sei eine Schönheit gewesen, aber als ich sie zu Gesicht bekam, sei sie bereits tot gewesen und habe nicht mehr so gut ausgesehen. Ihr ursprüngliches Aussehen kann ich mir nur mit Mühe vorstellen, Urbino. Aber das werden wir jetzt ändern. Komm mit. Wir gehen in den italienischen Pavillon.»

Eugene wollte keine weiteren Erklärungen abgeben, und sie betraten das Gelände der Biennale. Beim Anblick des neoklassizistischen amerikanischen Pavillons, der direkt vor ihnen lag, kam Urbino etwas in den Sinn. Wie vor ein paar Tagen, als er mit der Contessa auf dem Ponte degli Alpini stand, versuchten Worte an die Oberfläche seines Bewußtseins zu steigen.

Als die beiden den italienischen Pavillon betreten hatten, steuerte Eugene direkt auf den Raum mit Novembrinis Gemälden zu. Sowohl Bruno Novembrini, der wie üblich ganz in Schwarz gekleidet war, als auch Massimo Zuin schienen Eugene erwartet zu haben, aber sie waren überrascht, Urbino zu sehen.

«Hier ist es», sagte Eugene und streckte schwungvoll seinen Arm aus.

An der Wand hing *Nackte in einer Beerdigungsgondel.* Flavia starrte Urbino offen und provokativ an, und ihre Hand lag wie bei Tizians nackter Venus zwischen ihren Beinen. Nirgendwo war auch nur die geringste Beschädigung zu erkennen – weder an Flavias perlweißer Haut oder ihren grünen Augen noch an der ebenholzschwarzen Beerdigungsgondel und dem Löwen, der in ein schwarzes Taschentuch weinte.

«Ist es bereits wiederhergestellt?» fragte Urbino Zuin und Novembrini.

«Ja, natürlich», antwortete Massimo Zuin und rieb sich mit der Hand unter dem grauen Haar im Nacken. Heute trug er ein malvenfarbiges Einstecktuch zum hellblauen Anzug. «Es war nicht sehr stark beschädigt.»

«Na, was sagst du, Urbino?» fragte Eugene mit einem breiten Lächeln. «Ich kann verstehen, weshalb dir das tote Mädchen nicht aus dem Kopf geht.»

Eugene betrachtete Flavias entblößten Körper und ihre verführerische Pose in der schwarzen Gondel.

«Sie hat mit Sicherheit toll ausgesehen, aber was soll dieser Engel mit Bart bedeuten? Und der Löwe mit dem Taschentuch? Das ist fast so komisch wie dieses *Flüssige Wünsche*-Bild bei Peggy, auf das Urbino und ich letzte Woche einen Blick geworfen haben. Ich muß schon zugeben, daß ich in dieser Stadt ein paar ganz verrückte Bilder gesehen habe. Das soll keine Beleidigung sein, Mr. November. Ihr Gemälde mit diesem nackten Mädchen ist vielleicht etwas eigenartig, aber ich habe es schließlich gekauft, nicht wahr?»

«Du hast es gekauft?» fragte Urbino ungläubig.

«Jawohl! Ich habe Mr. Zuin gesagt, wenn er es schnell wieder herrichtet, wäre ich sehr dankbar. Er will es hierbehalten, bis die große Ausstellung vorbei ist. Offenbar ist noch jemand fast genauso scharf darauf wie ich. Ich habe schon gedacht, du wärst es, Urbino. Ha, ha! So etwas wäre dir zuzutrauen. Aber Mr. Zuin hat gesagt, du bist es nicht. Der Interessent ist jemand, der anonym bleiben will. Wenn ich noch etwas drauflege, Mr. Zuin, wäre es dann nicht doch möglich, daß Urbino es gleich mit nach Hause nimmt?»

Novembrini und Zuin sahen verblüfft aus. Urbino überlegte, wer wohl der andere Interessent gewesen war. Vielleicht gab es ihn gar nicht. Manche Händler kannten noch viel raffiniertere Methoden, um den Preis eines Bildes in die Höhe zu treiben.

«Aber Mr. Hennepin, ich dachte, Sie wollten es mit in die Staaten nehmen», sagte Zuin.

«Mitnehmen? Ha, ha! Ich möchte May-Foys Gesicht sehen, wenn ich so etwas mit nach Hause brächte. Nichts für ungut, aber May-Foy mag keine nackten Frauen.»

«Eugene, das kann ich unmöglich annehmen», sagte Urbino und wandte sich zu seinem Ex-Schwager um.

«Jetzt behaupte nicht, daß es dir nicht gefällt. Ich kenne dich doch.»

Novembrini sagte leise etwas zu Zuin. Dieser wurde rot und warf Urbino einen nervösen Blick zu.

«Wir sprechen später darüber, Eugene.»

«Du kannst reden, soviel du willst, aber du wirst ein Geschenk, das von Herzen kommt, nicht zurückweisen. Mach dir keine Gedanken. Ich habe dafür weniger als erwartet bezahlt.»

Eugene machte sich noch einmal auf einen Rundgang durch den Raum und ließ Urbino in unbehaglichem Schweigen neben Novembrini und Zuin zurück. Urbino zog die Dalí-Postkarte heraus.

«Sagt Ihnen das etwas, Signor Novembrini?» fragte er und reichte sie dem Maler.

Novembrini starrte die Karte einige Sekunden lang an.

«Ob mir das etwas sagt?» wiederholte Novembrini mit seiner klangvollen Stimme und gab die Postkarte zurück. «Aber ganz bestimmt! Der Höhepunkt der Scharlatanerie! Das Werk eines Showstars, nicht das eines Künstlers. *Die Geburt der flüssigen Wünsche!* Wohl eher *Der Wunsch nach flüssigem Geld!*»

«Na, komm schon, Bruno!» sagte Zuin und legte Novembrini eine Hand auf die Schulter. Als der Künstler beinahe unmerklich auswich, zog er sie schnell wieder zurück. «Du weißt genau, daß du den Surrealisten einiges verdankst, und ein bißchen Show schadet einem Künstler nicht unbedingt. Was taugt ein Künstler schon, der seinen eigenen Wert nicht kennt?»

«Du wirst mich nicht dazu kriegen, über das Gemälde oder über Dalí selbst etwas Gutes zu sagen», erklärte Novembrini wütend. «Er ist auf keinen Fall einer meiner Lieblingsmaler.»

«War er ein Lieblingsmaler von Flavia Brollo?»

«Sie hatte einen besseren Geschmack», sagte Novembrini. «Von Zeit zu Zeit habe ich über Dalí hergezogen, aber sie hat nie etwas dazu gesagt. Sie hat nur zugehört. Was soll das alles, Macintyre?»

«Zufällig war Flavia oft im Guggenheim-Museum, um dieses Gemälde zu betrachten. Ein Angestellter meinte, es habe ihr sehr gut gefallen.»

«Das höre ich zum ersten Mal.»

«Und dann ist da noch etwas. Flavia hat die Seite mit der Dalí-Reproduktion aus ihrem Guggenheim-Katalog herausgerissen. Auf der anderen Seite war dieser Yves Tanguy.»

Er reichte Novembrini die andere Karte. Der Künstler betrachtete sie schweigend und gab sie dann mit einem uninteressierten Schulterzucken zurück.

«Das Bild sagt mir im Zusammenhang mit Flavia gar nichts.»

«Vielleicht mochte sie den Tanguy nicht und wollte ihn nicht in ihrem Buch haben, auch wenn der Dalí auf der anderen Seite war», überlegte Zuin. «Offenbar hatte sie die Gewohnheit, Dinge, die sie nicht mochte, kaputtzumachen. Aber das hätte ich vielleicht nicht sagen sollen.» Er warf Novembrini einen nervösen Blick zu. «Lassen sie mich die Dalí-Karte einmal sehen, Macintyre.»

Zuin starrte auf die Reproduktion.

«Flavia hat oft Sachen aus Büchern oder Zeitschriften gerissen», sagte Novembrini. «Sie hängte sie an die Wand meines Ateliers. Dabei hat sie eine Menge Bücher zerstört, aber das schien ihr nichts auszumachen. Übrigens habe ich Massimo von unserem Gespräch am Campo Santa Margherita erzählt, Macintyre. Er kann sich genausowenig wie ich vorstellen, daß Flavia ermordet wurde. Und was den Conte da Capo-Zendrini angeht, so weiß Massimo über diese Sache nicht mehr als ich.»

Kommentarlos gab Zuin Urbino die Postkarte zurück. Urbino wußte nicht viel über Zuin, außer daß er Novembrinis Galerist war. Aber dann erinnerte er sich daran, was ihm Novembrini bei ihrem Gespräch in dem Café am Canal Grande über seinen Galeristen gesagt hatte – daß Zuin Flavia nicht besonders mochte.

Plötzlich hellte sich Zuins Gesichtsausdruck auf, und er lächelte breit, als sein Blick auf den Eingang fiel.

«Na, Papa, was heckt ihr denn schon wieder aus?» fragte die hübsche dunkelhaarige Frau, die gerade mit schwungvollem Schritt den Raum betreten hatte.

Sie küßte Zuin auf die Stirn und rückte sein Einstecktuch zurecht. Dann küßte sie Novembrini, den sie dabei spielerisch an den Nakkenhaaren zog. Es war die junge Frau, die Novembrini im Café am Canal Grande getroffen hatte.

Zuin stellte sie mit vor Stolz strahlendem Gesicht als seine Tochter Tina vor, und sie lächelte Urbino an. Novembrini warf Urbino einen beinahe drohenden Blick zu und zog Tina beiseite.

«Also, denken Sie daran, Urbino dieses nackte Mädchen in seinen Palast zu liefern, wenn die Sache hier vorbei ist, Mr. Zuin», sagte Eugene, als er und Urbino sich ein paar Minuten später verabschiedeten.

Während Eugene auf dem Weg zum Hotel Danieli unaufhörlich über *Nackte in einer Beerdigungsgondel* redete, war Urbino mit seinen Gedanken woanders. Jetzt mußte er ein weiteres Stück in das

Puzzle von Flavias Leben einfügen – Tina Zuin, die Tochter von Novembrinis Galeristen, die zu dem Künstler offenbar eine mehr als freundschaftliche Beziehung unterhielt. Zuin schien seine Tochter zu vergöttern. Was für ein Unterschied zu Lorenzo Brollo! Während des gesamten Gesprächs mit Urbino hatte Lorenzo so seltsam unbeteiligt über Flavia gesprochen, als habe er gar nichts für sie empfunden.

Möglicherweise war Tina der Grund für Massimo Zuins Abneigung gegen Flavia. Anscheinend hatte Zuin überhaupt nichts gegen die Freundschaft seiner Tochter zu seinem wichtigsten Künstler einzuwenden.

Nachdem er Eugene im Danieli abgeliefert hatte, machte sich Urbino auf den Weg zu Violetta Volpi.

5

In einer zitronenfarbenen Leinentunika saß Violetta Volpi allein unter der efeubewachsenen Pergola, als Urbino vom Hausmädchen zu ihr geführt wurde. Sie hobelte gerade mit klirrenden Armreifen eine Holztafel ab. Die Sonne und das vom Canal Grande reflektierte Licht ließen ihr braunes Haar rötlich leuchten. Von dem vollbusigen Körper der fast Sechzigjährigen ging eine Sinnlichkeit aus, die in ihrer Jugend wohl machtvoll gewesen war. Der nicht unangenehme scharfe Körpergeruch, den ihr Parfüm nicht überdeckte, war, vermutlich durch die Sonnenhitze, heute nachmittag noch stärker.

Violetta unterbrach ihre Arbeit, um die Dalí-Postkarte anzusehen. Sie warf lediglich einen Blick darauf, legte sie dann auf die schmiedeeiserne Bank und fuhr mit ihrer Tätigkeit fort.

«Ein Lieblingsbild meiner Nichte», sagte sie mit ihrer kehligen Stimme.

Urbino sah Violetta zu, während sie die Holzplatte glättete, die sie, wie sie sagte, für eine neue Bilderserie verwenden wollte. Ihr handwerkliches Geschick überraschte Urbino immer wieder. Nicht nur, daß sie die Platten selbst glättete und die Astlöcher mit Sägespänen und Leim füllte, sie hatte die verschiedenen Holzteile auch selbst zusammengeklebt. Wie bei seinem letzten Besuch hatte Urbino den Eindruck, daß sie ihre Arbeit benutzte, um sich gegen ihn zu schützen und ihre wahren Gefühle zu verbergen.

«Benutzen Sie Pyren als Klebstoff?» fragte Urbino sie.

Sie warf ihm mit ihren grünen Augen einen schnellen Seitenblick zu.

«Offenbar verstehen Sie etwas davon. Nein, nicht Pyren, sondern eine alte Mischung, die sehr gut ist. Ich habe mein eigenes Rezept.» Sie lachte wie über einen geheimen Witz.

«Quark und Kalk?»

«Sie wissen tatsächlich, wovon sie reden. Ja, Quark und Kalk. Woher wissen Sie so viel über Malmaterialien, Signor Macintyre?»

Urbino erzählte von seinen Kursen in Gemälderestaurierung, und Violetta nickte, während sie sich wieder über die Platte beugte. Urbino kam noch einmal auf Dalís *Die Geburt der flüssigen Wünsche* zu sprechen.

«Ich war es, die Flavia mit Dalí bekannt gemacht hat», sagte sie, legte den Hobel beiseite und betrachtete die Holzplatte prüfend. «Als sie ungefähr zwölf war. Wir besuchten die Peggy-Guggenheim-Sammlung, und ich führte sie herum. Die Bilder der Surrealisten mochte sie besonders, und von Dalí war sie fasziniert. Einmal hat sie Peggy Guggenheim sogar kennengelernt. Miss Guggenheim erzählte ihr einige Anekdoten über Dalí und das Gemälde. Eine sehr interessante Frau. Kannten Sie sie?»

«Leider nicht. Ich habe gehört, daß Flavia oft ins Museum ging, nur um dieses Bild zu sehen.»

Sie lächelte, legte die Platte auf den Tisch und rieb ihre Hände gegeneinander.

«Eindrücke, die man in der Jugend bekommt, bleiben auf ewig erhalten. Darum ist es auch so wichtig, daß sie gut sind. Aber vielleicht haben Sie einen konservativeren Geschmack und glauben, daß ein Bild wie *Die Geburt der flüssigen Wünsche* für junge Menschen nicht geeignet ist.»

«Gab es einen Grund dafür, daß Ihre Nichte gerade dieses Bild so interessant fand?»

Violetta Volpi lachte.

«Ich sehe schon, Sie kennen Kinder nicht! Ein Künstler ist eingeschränkt, wenn er keinen Kontakt zu Kindern hat. Zum Glück hatte ich Flavia. Die Antwort ist einfach: Das Bild ist sehr erotisch – zwei nackte Männer und zwei schöne Mädchen –, und einer der Männer ist ganz offensichtlich erregt.»

Bei dieser Feststellung sah sie Urbino an. Er spürte, daß sie ihn zu einer kritischen Bemerkung über Dalí provozieren wollte.

«Ich habe das Exemplar des Guggenheim-Katalogs gesehen, das Sie Flavia geschenkt haben. Es war unter ihren Besitztümern in der Casa Trieste und enthält eine Widmung von Ihnen.»

«Den habe ich ihr zum einundzwanzigsten Geburtstag geschenkt», sagte Violetta mit einer beinahe greifbaren Traurigkeit in ihrer rauhen Stimme.

«Die Seite mit dem Dalí-Bild ist herausgerissen worden. Auf der anderen Seite ist ein Tanguy – *Le soleil dans son écrin*. Mochte Ihre Nichte den Tanguy ebenfalls?»

«Nicht so gern wie den Dalí.» Violettas Gesichtsausdruck war jetzt sorgenvoll und sogar etwas ärgerlich. «Schon als Kind hatte meine Nichte die schreckliche Angewohnheit, Seiten aus Büchern herauszureißen. Ich hielt das für ein Sakrileg und tadelte sie dafür, aber sie heftete die Seiten an die Wand oder klebte sie in ein Album, das sie führte. Wenn ich nicht wüßte, daß Flavia diese Gewohnheit hatte, würde ich beinahe sagen, Annabella könnte die Seite herausgerissen haben. Sie ist ziemlich prüde und hat in ihrem ganzen Leben wohl noch keinen nackten Mann gesehen. Ja, Stefana?»

Violettas Hausmädchen teilte ihr mit, es sei jemand am Telefon. Violetta entschuldigte sich und ging ins Atelier. Urbino stieg hinunter zu dem schmiedeeisernen Tor zwischen dem Garten und der halbkreisförmigen Wassertreppe. Auf der anderen Seite des Canal Grande, jenseits der Accademia-Brücke, konnte man einen Teil der Terrasse des Palazzo Guggenheim sehen.

Die Volpis ließen die weiße Steinmauer, die den Garten vom Canal Grande trennte, offenbar gerade reparieren. Links von dem Wassertor waren Steine auf einen Haufen gestapelt.

Urbino wollte sich gerade wieder umdrehen, als ihm auffiel, daß das Tor kaputt war. Es sah aus, als wäre es gewaltsam auf den Canal Grande hinaus geöffnet worden. Man konnte es nicht mehr schließen.

«Vermutlich Vandalismus», sagte Violetta, und Urbino zuckte erschrocken zusammen. «Sie wissen ja, wie es hier in der Hochsaison zugeht. Die Leute legen mit dem Boot an der Wassertreppe an und versuchen, in den Garten zu gelangen. Zu dieser Jahreszeit ist es nicht sehr angenehm, am Canal Grande zu wohnen. Offenbar werden hier auf der Treppe richtige Partys gefeiert. Ständig finden wir leere Weinflaschen und Zigarettenkippen. Der Garten ist nicht so gut beleuchtet, wie er sein sollte.»

Als Urbino sich zu Violetta umdrehte, bemerkte er, daß Bernardo Volpi aus einem Fenster im ersten Stock zu ihnen herabsah. Violetta folgte Urbinos Blick.

«Ach, Bernardo hat sein Nickerchen beendet. Ich muß zu ihm und fragen, ob er etwas braucht. Ich bringe Sie zur Tür.»

Während sie durch den schmalen Korridor gingen, berichtete Urbino Violetta, daß Mirko in der Casa Trieste Flavias Album gefunden und es ihm zur zeitweiligen Aufbewahrung gegeben habe. Es schien ihm die beste Art zu sein, die delikate Situation zu erklären. Von dem Raubüberfall sagte er nichts.

Violetta schien verblüfft zu sein.

«*Sie* haben das Album? Lorenzo hat sich schon gewundert, wo es sein könnte. Sie müssen es ihm sofort geben! Er wird toben.»

«Natürlich gebe ich es ihm. Ich dachte, bei mir wäre es sicherer als bei Mirko», fügte Urbino hinzu, wobei er wegen des Überfalls ein gewisses Schuldgefühl verspürte. «Ich muß gestehen, daß ich es durchgeblättert habe.»

«Daran zweifle ich nicht», sagte Violetta kalt.

«Es enthält auch einen Teil mit Autogrammen. Eines davon stammt von Alvise da Capo-Zendrini. Wissen Sie vielleicht, wie dieser Eintrag zustande kam?»

Violetta blieb stehen und wandte sich schwer atmend zu ihm um.

«Ich weiß keineswegs alles über meine Nichte, Signor Macintyre, und ihr Vater auch nicht. Ich habe nicht die leiseste Ahnung, wie die Unterschrift des Conte da Capo-Zendrini in Flavias Album kommt – wenn sie sich tatsächlich darin befindet.»

«Ich habe es der Contessa noch nicht gezeigt, um die Echtheit zu überprüfen, aber –»

«Geben Sie das Album meinem Schwager sofort zurück, Signor Macintyre! Sie haben in dieser wie auch in anderer Hinsicht unsere Geduld genug auf die Probe gestellt. Lorenzo hat mir von Ihren Andeutungen berichtet, Regina habe meiner Nichte etwas über den

Conte da Capo-Zendrini erzählt. Meine Schwester war gemütskrank. Manchmal konnte sie sich nicht einmal mehr an Ereignisse vom Vortag erinnern. Da redet Ihnen jemand etwas ein – jemand, dem Sie lieber glauben wollen als Lorenzo und mir. Und daß meine Nichte ermordet wurde, das finden sowohl Lorenzo als auch ich undenkbar! Wer sollte denn den Wunsch verspürt haben, sie zu ermorden?»

«Das versuche ich herauszufinden, Signora Volpi. Und dafür benötige ich Ihre Hilfe – und die Ihres Schwagers. Ich weiß, daß Flavia an dem Donnerstag abend, bevor man ihre Leiche fand, hier war. Hat sie da etwas über den Conte und ihre Mutter gesagt?»

«Ich weiß nicht, wie Sie herausgefunden haben, daß sie hier war, Signor Macintyre!» Violetta starrte ihn mit glühenden Augen an. «Weder mein Schwager noch ich möchten feststellen müssen, daß Ihnen die Polizei Informationen weitergibt. Was zwischen meiner Nichte und mir geschehen ist, geht Sie nichts an.»

Urbino beschloß, das Thema für den Augenblick ruhen zu lassen und nicht zu erwähnen, daß Violetta nach Flavias Besuch zum Palazzo Brollo gegangen war.

Schweigend stiegen sie die Wendeltreppe hinauf. Als sie oben angekommen waren, entschied sich Urbino, noch eine weitere Frage zu riskieren. Er wollte den Streit ansprechen, den, wie Mirko sagte, dieser und Flavia belauscht hatten.

«Sie waren doch damals, als Ihre Schwester Regina ertrank, am Gardasee, nicht wahr?»

«Ja, das stimmt», antwortete Violetta steif. «Warum erwähnen Sie dieses traurige Ereignis?»

«Ladislao Mirko hat erzählt, daß es einen Streit zwischen Ihnen und Ihrem Schwager gegeben hat.»

Violetta drehte sich zu ihm um. Ihre grünen Augen glühten, und ihr Gesicht war rot angelaufen.

«Ladislao Mirko!» Sie spuckte den Namen beinahe so aus, als wäre er giftig. Wenn sie wütend war, erinnerte sie Urbino am meisten an ihre Nichte – besonders an damals, als Flavia aus dem Café Florian gestürmt war. Jetzt wurden Violettas grobe Gesichtszüge viel attraktiver und ließen eine Schönheit ahnen, die an Flavia erinnerte. «An Ihrer Stelle würde ich gar nichts von dem glauben, was Ihnen Mirko erzählt. Bestimmt wissen Sie, daß er Drogen nimmt! Er kann doch Tag und Nacht nicht unterscheiden. Wenn Sie auf ihn hören, dann gehen Sie mit Sicherheit in die Irre. Auf Wiedersehen, Signor Macintyre.»

Nachdem er die Casa Volpi verlassen hatte, klingelte Urbino bei den Leuten, die links und rechts von den Volpis wohnten. Die meisten weigerten sich, seine Fragen zu beantworten, aber einige erklärten, sie hätten in der letzten Nacht, in der Flavia noch lebend gesehen worden war, nichts Ungewöhnliches gehört oder gesehen. Allerdings erinnerten sie sich an das heftige Gewitter und das Geschrei zechender Touristen.

Und doch hatte Urbino, als er vom Fenster eines Nachbarhauses auf den Garten der Volpis hinabsah, das Gefühl, er blicke auf den Ort, wo Flavia gestorben war. Das Wassertor war kaputt. Violettas Erklärung hatte ihn nicht ganz befriedigt. Und von Bernardo Volpis Zimmer aus hatte man einen noch besseren Blick auf den Garten als von der Stelle, wo Urbino gerade stand.

Außerdem war da der Steinhaufen. Es war vorstellbar, daß Flavias Mörder einen davon genommen und Flavia damit auf den Kopf geschlagen hatte. Dann hatte er die Bewußtlose in den Canal Grande gestoßen und ertrinken lassen.

Soweit Urbino wußte, hatte Flavia an ihrem letzten Abend die Ca' Volpi verlassen, um zu Lorenzo zu gehen. Wie konnte sie dann bei der Ca' Volpi ermordet worden sein? Violetta hatte ihren Schwager ebenfalls besucht und war zum Palazzo Brollo gekommen, als Flavia bereits gegangen war.

Wohin war Flavia *nach* dem Palazzo Brollo gegangen? Was hatte zu ihrem Tod geführt?

6

Als nächstes begab sich Urbino zum Archiv des *Gazzettino* gegenüber dem Café Florian, um die Artikel über den Mord an Nicolina Ricci durchzusehen. Vielleicht stand etwas darin, was ihm bei der ersten Lektüre, bevor Flavia Brollo in sein Leben und das der Contessa getreten war, noch nichts gesagt hatte.

In keinem der Artikel wurde Flavia Brollos Name erwähnt, aber damit hatte Urbino auch nicht gerechnet. Er brütete über den Beschreibungen der blutbesudelten Laken und dem Durcheinander in Nicolinas Zimmer, den zahlreichen Messerstichen und dem T-Shirt, das in ihren Mund gestopft war. Er las die Zeugenaussagen der Nachbarn, was für ein «liebes Mädchen» Nicolina gewesen sei, und die Berichte über ihre verzweifelte Familie. Nur bei zwei Details hatte Urbino das Gefühl, daß er etwas entdeckt hatte. Eines war die Art und Weise, wie Pasquale Zennaro, der schließlich den Mord gestand, als «ein enger Freund der Familie» und «fast wie ein Onkel für Nicolina» beschrieben wurde, als ein Mann, der «anfangs so entsetzt wirkte, als handle es sich um sein eigenes Kind». Signora Ricci hatte über Zennaro Ähnliches gesagt.

Urbino erinnerte sich an das, was Nicolinas Bruder Luigi ihm erzählt hatte – Flavia habe Pasquale Zennaro nie gemocht. Urbino hatte Commissario Gemelli diese Information weitergegeben, aber Gemelli fand sie offenbar nicht von Interesse.

Die zweite Information, die Urbino ins Auge stach, war folgende:

> Carlo Ricci, der Vater des ermordeten Mädchens, hat inzwischen seine Arbeit bei der Import-Export-Firma Volpi in Mestre wieder aufgenommen.

Konnte es das sein, was Urbino gesucht hatte? Die mögliche Verbindung zwischen dem Mord an Nicolina Ricci und dem an Flavia? Falls das zutraf, so stellte es Bernardo Volpi, den Besitzer der Import-Export-Firma Volpi, in ein völlig neues Licht – und seine Frau vielleicht ebenfalls.

Urbino wollte schon gehen, als ihm noch etwas einfiel. Es dauerte ziemlich lange, bis er den Artikel über den Tod von Vladimir Mirko, den Vater von Ladislao, fand. Er befand sich in einer zehn Jahre alten Ausgabe des *Gazzettino*.

Vladimir Mirko, zweiundvierzig, war bei einer Explosion in seiner Wohnung im Stadtteil Castello ums Leben gekommen, die er im Kokainrausch verursacht hatte. Offensichtlich hielt das seinen Sohn nicht davon ab, genauso gefährlich zu leben.

7

Vom Café Florian aus rief Urbino Oriana Borelli an, die Freundin der Contessa. Sie gab ihm die Adresse von Graziella Gnocato, dem alten Kindermädchen von Filippo, ihrem Ehemann, das sich als Pflegerin um Regina Brollo gekümmert hatte.

Eine Stunde später befand sich Urbino in einem der trostlosesten Viertel von Venedig, der Wohnsiedlung Santa Marta, einer Reihe öder einheitlicher Blocks mit Wäscheleinen und welken Geranien vor den Fenstern. Hinter der Mauer, die die Siedlung von ihrer ehemaligen Quelle geistigen Zuspruchs, der Kirche Santa Marta – jetzt lediglich ein weiteres Lagerhaus –, trennte, waren Kräne, Lagerhäuser und sogar – ungewöhnlich für Venedig – Autos zu sehen. Auf einem schattenlosen Basketballfeld spielten Kinder in zerrissenen kurzen Hosen und schmutzigen T-Shirts Fußball.

Die unangenehmen Gerüche nach Motorenöl, gebratenem Fisch und Zigarettenrauch, die aus den düsteren Reihen der Häuser und den nahen Lagerhäusern, den Eisenbahnverladestellen und den Hafengebäuden aufstiegen, hingen wie eine Dunstglocke über dem Viertel. Diese Gegend würde es nie auf eine Postkarte oder ins Herz eines Touristen schaffen.

Das Gebäude, in dem Graziella Gnocato mit ihrer Nichte lebte, befand sich an einer Ecke und in Sichtweite eines Abstellgleises, wo ein Mann gerade eine Reihe von Eisenbahnwagen mit einem Schlauch abspritzte. Auch der frische lachsfarbene Anstrich konnte die Schäbigkeit des Hauses kaum verdecken. Auf das Klingeln öffnete eine kräftige grauhaarige Frau, die sich die Hände an ihrer Schürze abwischte. Als Urbino sich vorstellte und erklärte, er wolle Graziella Gnocato besuchen, runzelte die Frau die Stirn.

«Es tut mir leid, Signore, aber meine Tante erwartet den Pfarrer von San Nicolò dei Mendicoli. Er kommt jede Woche, um ihr die Beichte abzunehmen. Sie kann Sie jetzt nicht empfangen.»

«Es ist wichtig, Signora. Sie können gern Oriana Borelli anrufen. Sie wird Ihnen versichern, daß ich nicht gekommen bin, um Ihre Tante zu stören.»

«Francesca?» ertönte eine weibliche Stimme aus der Wohnung. «Ist das Padre Ferrucci? Du weißt, daß ich ihn sofort sehen will.»

«Es ist nicht Padre Ferrucci, Tante Graziella.»

«Wer ist es dann? Auch wenn ich nicht mehr gut sehen kann, hören kann ich noch wie ein Luchs. Ich weiß doch, daß du mit jemandem redest. Bring unseren Besucher herein.»

Mit deutlichem Zögern führte Francesca Urbino in ein stickiges kleines Schlafzimmer, das über und über mit Bildern und Statuen von Heiligen geschmückt war. Urbino erkannte das Jesuskind von Prag, den Heiligen Anton, die Jungfrau Maria und eine Menge anderer, meist weiblicher Heiliger. Über dem Bett hing eine vergrößerte Fotografie des mumifizierten Körpers der heiligen Lucia, einer jungfräulichen Heiligen, die in einem Glassarg in der Kirche San Geremia am Canal Grande ausgestellt war und gegen Störungen der Sehfähigkeit half. Im Bett saß, mit Kissen gestützt, eine kleine und verschrumpelte weißhaarige Frau in einem blauen Bettjäckchen. Ein halbes Dutzend Tablettenröhrchen und ein Glas Wasser standen auf dem Nachttisch.

«Laß uns allein, Francesca», sagte die Frau mit einer überraschend kraftvollen Stimme. «Warte auf Padre Ferrucci.»

Mit einem Blick auf Urbino gehorchte Francesca und schloß leise die Tür hinter sich. Urbino stellte sich als ein Freund von Oriana Borelli vor.

«Sie haben eine junge Stimme, Signore. Sind Sie Engländer? Ach so, Amerikaner. Sie sind also ein Freund von Signora Borelli. Sie hat mich vor einigen Tagen angerufen. Bitte sagen Sie ihr, daß wir ihr für ihre Hilfe sehr dankbar sind.»

Von Oriana Borelli habe er vernommen, sie könne ihm vielleicht einiges über Flavia Brollo erzählen, erklärte Urbino. Sie habe Oriana ja bereits mitgeteilt, daß Violetta und Regina Schwestern waren.

«Ich möchte wissen, wie Flavia genau gestorben ist», sagte Urbino. «Sie hat vor ihrem Tod eine Freundin und mich mehrmals besucht. Wissen Sie, Signora Gnocato, ich habe den Verdacht, daß Flavia sich nicht umgebracht hat, sondern ermordet wurde.»

«Ermordet? Meine arme Flavia soll ermordet worden sein?» Die Stimme der alten Frau war angstvoll. Sie bekreuzigte sich, und zwei Tränen liefen über ihre knittrigen Wangen. «Flavia war so gut, wie sie schön war, Signore», sagte sie, nachdem sie einige Augenblicke blind mit tränengefüllten Augen vor sich hingestarrt hatte. «Sie hat mich niemals vergessen. Niemals! Ich konnte mich immer auf ihre

Besuche verlassen. Wir haben oft Rätselspiele gemacht, und bis vor wenigen Jahren hat sie auch immer ihre nette Freundin Tina mitgebracht. Wir hatten so viel Spaß miteinander! Ach, alle haben Flavia geliebt, sogar die Hunde und Katzen auf der Straße.»

«Wann haben Sie Flavia zum letzten Mal gesehen, Signora Gnocato?»

«Am Donnerstag, bevor man – bevor man ihren armen Körper fand. Ungefähr um sechs Uhr.»

Das war eineinhalb Stunden, ehe sie bei Ladislao Mirko in der Casa Trieste war, und mehr als eine Stunde, nachdem sie aus dem Café Florian gestürmt war.

«Warum hat Flavia Sie besucht?»

«Sie wollte etwas wissen. Ich habe es ihr gesagt, und jetzt bedaure ich es. Sie sagen, Flavia wurde vielleicht ermordet. Es könnte sein, daß es wegen dem war, was ich ihr erzählt habe.»

Graziella bewegte sich unruhig unter ihrem Laken.

«Was wollte sie wissen?»

«Etwas über ihre Mutter. Ich habe mich ungefähr drei Jahre lang um Signora Brollo und Flavia gekümmert, nachdem sie aus der Klinik bei Milano, in der Flavia zur Welt kam, nach Venedig zurückgekehrt waren. Dann arbeitete ich noch einmal für sie, fast zehn Jahre später, bis sich Signora Brollo im Gardasee ertränkte, Gott sei ihrer Seele gnädig.»

«Erinnern Sie sich noch an die Klinik?»

«O ja, sie ist sehr bekannt.»

Sie nannte Urbino den Namen.

«Was wollte Flavia über ihre Mutter wissen?»

«Ich habe oft gehört, wie Signora Brollo ihrer Tochter erzählt hat, ein prominenter Mann namens Alvise da Capo-Zendrini sei ihr Vater. Sie sagte, er sei ein Graf. Ich habe das immer für Halluzinationen gehalten – ich habe geglaubt, da spreche ihre Krankheit aus ihr –, aber sie schien genau zu wissen, was sie sagte. Sie hatte Schizophrenie, wohl schon seit ihrer Jugend, aber nach ihrer Heirat wurde es schlimmer.»

Graziella seufzte.

«Sie hat sich vor so vielem gefürchtet. Die Tauben am Fenster. Die Kirchenglocken. Sogar Flavias Hund. Flavia mußte ihn weggeben. Signora Brollo hatte Angst, ihr Ehemann würde sie und Flavia aus dem Haus weisen und nie mehr zurückkommen lassen. Es lag an ihrer Krankheit, daß sie so viel Angst hatte. Signor Brollo war immer gut zu ihr und Flavia. Er wurde niemals laut. Aber das machte für Signora Brollo keinen Unterschied. Sie sagte immer: ‹Wir werden in einer Gondel leben müssen oder in einer dieser kleinen Hütten in der Lagune, wo sich die Jäger verstecken, wenn sie Vögel schießen.› Es war so traurig! Manchmal hielt sie mich sogar für ihre Mutter. Aber sie hatte auch ihre lichten Momente. Manchmal wußte sie genau, was sie sagte, und vielleicht war das der Fall, wenn sie über diesen Grafen sprach. Sie hatte einen großen Umschlag voller Zeitungsausschnitte mit dem Bild des Mannes. Kennen Sie ihn?»

«Ich habe ihn nie kennengelernt. Er ist inzwischen verstorben. Aber warum wollte Flavia diese Information von Ihnen haben, wenn sie es bereits wußte?»

«Sie sagte, jemand anderes – jemand, dem die Leute glauben – müsse den Namen aussprechen und erzählen, was ihre Mutter gesagt habe. Wissen Sie, Signore», fuhr Graziella fort, «Signora Brollo sagte es oft zu Flavia, als diese noch ganz klein war. Es war wie ein Spiel zwischen ihnen. Signor Brollo wurde ärgerlich und erklärte seiner Frau, sie wisse nicht, was sie sage, sie halluziniere. Würden Sie mir bitte Wasser geben, Signore?»

Urbino hielt Graziella das Wasserglas an den Mund, und sie trank einen Schluck.

«Manchmal erwähnte ihre Mutter von sich aus den Namen dieses Mannes», erzählte Graziella weiter, «aber dann gab es auch Zeiten, da wußte Signora Brollo gar nicht, wer er war, wenn Flavia von ihm sprach, besonders in den letzten Jahren ihres Lebens.»

«Wollte Flavia, daß Sie jemandem das alles erzählen?»

«Aber nein, Signore, das hätte meine Flavia nie von mir verlangt. Ich kann die Wohnung nicht verlassen. Flavia hatte einen kleinen Kassettenrecorder, in dessen Mikrophon ich hineinsprach. Ich fand das keine gute Idee, weil ich dachte, Signor Brollo würde mir die Hölle heiß machen, aber ich habe ja nur die Wahrheit gesagt, und Flavia bettelte und flehte.»

War das der Beweis, den Flavia gesucht hatte, nachdem sie aus dem Florian gestürmt war? Die Aussage Graziella Gnocatos, die Flavia aufgenommen hatte? Von jemandem, dem die Contessa sicherlich glauben würde?

«Ich habe nie daran gedacht, was Flavia passieren könnte«, sagte die alte Frau traurig. «Ich wollte sie nur glücklich machen. Sie küßte und umarmte mich, und dann ging sie. Das war das letzte Mal, daß ich sie gesehen habe. Ich habe ihr nichts Gutes getan, Signore. Wenn sie jemand ermordet hat, bin ich für eine schlimme Sünde verantwortlich!»

«Aber wer, Signora Gnccato?»

«Vielleicht jemand, der niemanden wissen lassen wollte, daß dieser Alvise da Capo-Zendrini ihr Vater war! Oh, ich weiß schon, an wen Sie denken, aber Signor Brollo war es nicht! Das ist unmöglich! Er ist ein freundlicher und ruhiger Mann. Vor ihm müssen Sie keine Angst haben. Er ist weder mir noch jemand anderem gegenüber jemals laut geworden.» Sie verzog das Gesicht. «Vielleicht Annabella Brollo, seine Schwester. Sie ist eine seltsame Frau. Für Flavia hatte sie nie ein gutes Wort übrig. Sie wollte ihren Bruder ganz für sich allein haben. Vermutlich hat sie an dem Tag, an dem Signora Brollo starb, einen Freudentanz aufgeführt.»

«Was ist mit Signora Brollo geschehen?»

«Sie ist ins Wasser gegangen. Sie hat darauf bestanden, allein mit dem Schiff nach Gardone zu fahren. Flavia wollte mitfahren, weil dort die Villa von irgendeinem berühmten Mann ist» – es war Gabriele D'Annunzios Villa Il Vittoriale – «aber Signora Brollo sagte, sie wolle allein sein. Flavia bekam einen Tobsuchtsanfall und ging schmollend in ihr Zimmer. Eine Dreiviertelstunde später sprang Signora Brollo vom Schiff aus in den See – und das war das Ende. Ja», seufzte sie kopfschüttelnd, «das war das Ende.»

«Hat die Polizei Sie wegen Flavia befragt?»

«Die Polizei? Ich habe seit Jahren keinen Polizisten oder Carabiniere mehr gesehen!»

«Was ist mit Ihrer Nichte?»

«Francesca kümmert sich um ihre eigenen Angelegenheiten. Außerdem habe ich ihr nicht erzählt, warum Flavia das letzte Mal hier war.»

«Wissen Sie, ob Flavia irgendwelche Medikamente nehmen mußte?»

«Medikamente? Ich weiß es natürlich nicht, Signore, aber ich glaube nicht. Ich kann mich erinnern, daß ich sie früher zwingen mußte, ein Aspirin einzunehmen, und sie sah die vielen Tabletten, die ich nehme, gar nicht gern.» Sie winkte mit der Hand in Richtung Nachttisch. «Sie sagte, ohne die hier würde es mir besser gehen.»

Graziella wußte nichts über einen Streit am Gardasee in Reginas Schlafzimmer, und von Salvador Dalí oder *Die Geburt der flüssigen Wünsche* hatte sie noch nie gehört. Allerdings machte sie einige vorsichtige Bemerkungen über Violetta Volpi, bei der sie, wie Oriana Borelli Urbino erzählt hatte, einmal angestellt gewesen war, um sich um Bernardo zu kümmern.

«Ich habe sie nie gemocht – und auch die gottlosen Bilder nicht, die sie malt!»

«Haben Sie vor oder nach Signora Brollos Tod für sie gearbeitet?»

«Einige Jahre zuvor. Ich fand es widerlich, wie sie tat, als würde sie sich um ihren Ehemann kümmern, wenn sie doch offensichtlich an nichts anderes dachte als an ihre Bilder. Wenn man sie auf der Straße trifft, würde man sie für eine nette Frau halten, aber sie zog ständig hinterrücks über andere Leute her.»

«Über wen zum Beispiel?»

«Zum Beispiel über ihre eigene Schwester! Indem sie Signor Volpi erzählte, ihre Schwester sei verrückt, habe keine Ahnung von Kindererziehung und mache ihre eigene Tochter so *pazza*, wie sie es selbst sei! Der arme Mann hat nie etwas dazu gesagt. Er ist ein Heiliger. Ich mußte Signora Volpi oft genug zuhören, während sie wie eine Wahnsinnige malte! Sie redete ständig über irgendeine Engländerin, die ihr Leben ruiniert habe.»

Urbino verließ die alte Frau mit dem Versprechen, sie bald wieder zu besuchen, und ging an der venezianischen Hafenbehörde vorbei zur Bootsanlegestelle.

Das wichtigste, was er von Graziella Gnocato erfahren hatte, war, daß Regina Brollo Flavia tatsächlich erzählt hatte, Alvise da Capo-Zendrini sei ihr Vater. Ladislao Mirko hatte nicht gelogen. Und laut Graziella schien Regina Brollo die Quelle für die Zeitungsausschnitte über Alvise zu sein, die Flavia in ihr Album geklebt hatte. Graziella hatte auch einige seiner Verdachtsmomente bezüglich Violetta Volpi bestätigt.

Fraglos hatte Urbino viel erfahren, aber nichts davon gefiel ihm. Er beschloß, zum Palazzo Uccello zurückzugehen, Flavias Album zu holen und dann nach Asolo zu fahren. Er mußte mit Madge Lennox und mit Silvestro Occhipinti persönlich sprechen, und er wollte der Contessa Alvises Unterschrift zeigen. Außerdem konnte er seine Zugfahrt nach Asolo in Mestre, auf der anderen Seite der Lagune, unterbrechen, um in der Import-Export-Firma Volpi mit Carlo Ricci zu sprechen.

8

Alle Züge von und nach Venedig hielten in Mestre, einer sich ausbreitenden Stadt aus Beton, die die Venezianer mit ihrem Versprechen auf hochliegende, trockene und moderne Wohnungen noch immer anzog. Urbino fand die Stadt schrecklich und mied sie, falls er dort nicht, wie jetzt, Geschäftliches zu erledigen hatte.

Er fuhr mit dem Taxi zur Import-Export-Firma Volpi. Eine blonde Empfangsdame lächelte ihn strahlend an, als er den Empfangsraum betrat, aber das Lächeln verschwand, nachdem er gesagt hatte, er wolle Carlo Ricci sprechen. Eher mißtrauisch als erleichtert reagierte sie auf seine Versicherung, er habe nichts mit der Polizei zu tun. Mit einem Blick auf seinen eleganten Anzug griff sie zum Telefonhörer und ließ Ricci ausrufen.

Carlo Ricci war ein muskulöser und gutaussehender Mann in den Vierzigern. Seine Haare waren graumeliert, und er hatte dunkle Augen mit nach unten gerichteten Augenwinkeln. Auf der Brusttasche seines blauen Overalls war «Volpi» eingestickt.

«Meine Frau hat mir von Ihrem gestrigen Besuch erzählt, Signore», sagte Ricci, nachdem sie sich auf einem Sofa, das an der Wand stand, niedergelassen hatten. «Sie sagte, Sie seien ein Freund von Flavia.»

«Ja, Signor Ricci. Lassen Sie mich Ihnen zuallererst mein herzlichstes Beileid zum Tod Ihrer Tochter aussprechen.»

«Es war *Mord*, Signore! Sie wurde abgeschlachtet!»

Riccis erhobene Stimme weckte die Aufmerksamkeit der Empfangsdame.

«Ich verstehe, Signor Ricci. Ich bin nicht hergekommen, um Sie zu verärgern, glauben Sie mir. Ich bin wegen Flavia gekommen. Eine enge Freundin und ich haben Flavia kurz vor dem Ende ihres Lebens kennengelernt, und wir machen uns Gedanken über ihren Tod, in unserem eigenen Interesse. Sie wissen ja, wie wichtig das ist – zu wissen, was jemandem, den Sie mochten, zugestoßen ist, und herauszufinden, wer dafür verantwortlich ist.»

«Da haben Sie recht, aber wie kann ich dabei helfen? Ich kannte Flavia kaum. Sie war die Freundin meiner Tochter. Zuerst war ich der Meinung, Nicolina sollte nicht mit einer zehn Jahre älteren Frau Umgang haben, aber bald erkannte ich, daß ich mich irrte. Flavia tat ihr gut.»

«In welcher Weise?»

«Sie ermutigte sie, zu lernen – sie sagte ihr, wie wichtig es sei, etwas aus sich zu machen. Nicolina wollte Kleider entwerfen. Sie nähte uns zum Geburtstag und zu Weihnachten immer Geschenke.»

«Sie war offensichtlich ein liebes Mädchen.»

«Sehr lieb. Sie hat sich immer eine Schwester gewünscht. Sie hatte einen älteren Bruder, der sich stets um sie gekümmert hat, aber das war nicht dasselbe. Meine Frau war immer sehr verständnisvoll, aber manchmal ist es für Mütter und Töchter schwer, miteinander zu reden – besonders in Nicolinas Alter. Nicht, daß wir etwa Schwierigkeiten mit Nicolina hatten – niemals! Aber jedes junge Mädchen hat so seine Probleme. Flavia konnte ihr da helfen. Meine Frau hat Ihnen von dem Kranz erzählt, den Flavia zur Beerdigung geschickt hat?»

«Ja, das hat sie. Sie hat mir auch gesagt, daß sie Flavia auf der Beerdigung das letzte Mal gesehen hat. Wie ist das bei Ihnen?»

«Es war auch bei mir das letzte Mal.»

«Ihr Sohn Guido hat erzählt, er habe sie ungefähr eine Woche später noch einmal getroffen.»

«Auf dem Vaporetto, ja. Sie hat ihm gesagt, sie fühle sich mitschuldig an dem Mord an Nicolina – wäre sie dagewesen, dann wäre es nicht geschehen. Flavia hat diesen Mistkerl Pasquale Zennaro nie gemocht. Er hat an unserem Tisch gegessen, als gehöre er zur Familie! Mir ist aufgefallen, daß er Flavia immer, wenn er sie traf, von oben bis unten angesehen hat.»

Plötzlich stand Ricci auf.

«Aber jetzt müssen Sie mich entschuldigen, Signore. Ich muß wieder an die Arbeit. Volpi ist der beste Chef, den sich ein Arbeiter nur wünschen kann, und ich möchte ihm keinen Schaden zufügen, nur weil er zu krank ist, um sich selbst um die Firma zu kümmern.»

«Sie wissen, daß Flavia Volpis Nichte war, oder?»

«Angeheiratet.»

«Hat Flavia jemals etwas von ihm erzählt?»

«Sehr oft. Und nur Gutes. Er sei ihr gegenüber sehr großzügig, hat sie gesagt. Er gab ihr immer Geld. Es ist schwer für einen Mann, wenn er selbst keine Kinder hat. Seit er damals von einer Geschäftsreise zurückkam und Signora Volpi heiratete, hat er Flavia wie seine eigene Tochter behandelt. Oh, er ist ein guter Mensch! Er erkundigte sich stets nach Nicolina und Luigi. Er wäre ein guter Vater geworden, wenn Gott ihm die Gnade erwiesen hätte. Wenn ich Ihnen noch irgendwie helfen kann, Signore, dann besuchen Sie mich doch bitte in unserer Wohnung in Sant'Elena. Guido und ich sind gewöhnlich ab sieben Uhr zu Hause.»

Im Zug nach Bassano del Grappa betrachtete Urbino die Reproduktion von *Die Geburt der flüssigen Wünsche*. Wie Violetta Volpi gesagt hatte, war Dalí genau der richtige Maler, um jugendliche Gemüter zu beeindrucken.

Aber warum hatte Flavia die Seite aus dem Katalog herausgerissen? Um sie in ihr Album zu kleben? Wenn das so war, dann mußte sie die Seite später wieder entfernt haben – oder jemand anders.

Urbino warf noch einen letzten Blick auf den Dalí, auf den nackten Mann mit einer Socke, der sich über einen Teich bückt, die Frau im Hintergrund, die mit abgewandtem Gesicht Flüssigkeit in eine Schale gießt, und die zweideutige Umarmung zwischen der Frau mit dem Blumenstrauß als Kopf und dem älteren Mann mit einer Frauenbrust und einer Erektion.

Urbino schüttelte ärgerlich den Kopf und schob die Postkarte wieder in seine Tasche. Er hatte selbst unter besten Voraussetzungen nie viel Geduld mit Dalí gehabt, und diese Geduld wurde jetzt bis aufs äußerste strapaziert.

Der Zug fuhr in Bassano del Grappa ein. Urbino stieg eilig aus und hoffte, daß er noch Zeit fand, vor der Abfahrt des Busses nach Asolo etwas zu trinken. Er hatte es nötig.

9

Sobald Urbino in Asolo angekommen war, begab er sich in die Villa Pippa, um Madge Lennox nach dem Album zu befragen. Vielleicht konnte sie ihm beim Zusammenfügen der Puzzleteile helfen. Während er ihr zuhörte und ihre gekonnt wechselnden Gesichtsausdrücke betrachtete, konnte er nicht verhindern, daß ihm stets die Worte der Contessa in den Ohren klangen, die Lennox sei Schauspielerin bis in die Fußspitzen.

«Ich sehe es noch ganz genau vor mir, Urbino», sagte Madge Lennox mit einem kurzen nervösen Lachen im großen Wohnzimmer der Villa Pippa. Sie trug einen zinnoberroten Turban und Haremhosen in einem helleren Rot. «Ich habe ein ausgezeichnetes Gedächtnis. Ich kann mich noch an den Text einiger Rollen erinnern, die ich vor ewigen Zeiten gespielt habe. Möchten Sie noch etwas Eis?»

Urbino lehnte dankend ab. Sie ging zum Barschrank, goß sich Gin nach und gab noch einen weiteren Eiswürfel in ihr Glas.

«Es gibt keinen Grund, etwas an der Geschichte, die ich Ihnen am Sonntag erzählt habe, zu verändern», erklärte sie mit ihrer tiefen und kontrollierten Stimme. «Wenn ich gewollt hätte, daß Sie nichts von den Zeitungsausschnitten erfahren, dann hätte ich nichts davon erzählt.»

Mit einem strahlenden Lächeln drehte sie sich zu Urbino um und sah ihn mit ihren dunklen Augen eindringlich an.

«Warum erinnern Sie sich gerade an diese Zeitungsausschnitte?» fragte Urbino.

«Ich erinnere mich nicht nur daran. Ich erinnere mich auch noch an einiges andere in dem Album – auch wenn ich nur einen kurzen Blick hineingeworfen habe. Auf die Ausschnitte mit den Fotos wurde ich aufmerksam, weil ich Signor Occhipinti und die Contessa da Capo-Zendrini erkannte.»

«Und den Conte?»

«Ihn habe ich nicht erkannt. Wie sollte ich auch?» fragte sie mit einem leichten Lächeln. «Ich habe ihn nie kennengelernt, aber er war bestimmt einer der Männer auf den Fotos. Es stand darunter.»

Offenbar hatte Madge Lennox nicht nur einen kurzen Blick in das Album geworfen.

«Sonst haben Sie niemanden erkannt?»

«Niemanden.»

«Haben Sie noch jemandem von diesem Album erzählt?»

«Ja. Signor Occhipinti. Ich habe ihm gesagt, er habe sich seit mehr als zehn Jahren nicht verändert. So alt waren die Zeitungsausschnitte mindestens, weil der Conte schon so lange tot ist.»

«Wann haben Sie Occhipinti davon erzählt?»

«Vor einigen Wochen, nicht lange, nachdem ich das Album sah. Ich sagte, es gehöre einer jungen Frau, die ich kenne. Ihren Namen habe ich nicht erwähnt», sagte Madge Lennox, indem sie seine nächste Frage vorwegnahm. «Habe ich etwas falsch gemacht? Ich habe nichts mit den fehlenden Zeitungsausschnitten zu tun, glauben Sie mir. Was hätte ich damit auch anfangen sollen?»

Urbino reichte ihr die Tanguy-Postkarte.

«Erkennen Sie das?»

Sie sah die Karte einige Augenblicke lang an und drehte sie dann um, um die Rückseite zu lesen. Mit einem Kopfschütteln gab sie sie zurück.

«Und diese hier?» fragte Urbino und gab ihr die Dalí-Karte.

«Das sieht wie ein Gemälde von Dalí aus. Ich mag Dalí nicht.»

Voller Abscheu reichte sie Urbino die Karte.

«Die Bilder hängen in der Peggy-Guggenheim-Sammlung in Venedig», erklärte Urbino. «Aus Flavias Exemplar des Guggenheim-Katalogs war die Seite mit diesen beiden Bildern herausgerissen. Ist Ihnen aufgefallen, ob sie im Album war?»

«Sie meinen die Seite? Nein.»

Madge Lennox starrte die Dalí-Postkarte an, die Urbino in der Hand hielt. Eine seltsame Unruhe schien sie zu erfassen. Sie ging zum Fenster und starrte einige Augenblicke in den Vorgarten hinaus. Als sie sich wieder herumdrehte, hatte sie eine Hand an die Kehle gelegt und den Kopf leicht zur Seite gedreht. Sie sah verwirrt aus und so, als wollte sie etwas sagen. Sie betrachtete Urbinos Gesicht prüfend, als suche sie nach einem Zeichen, daß sie weitersprechen solle. Aber als sie es tat, irritierten die unpassenden Worte Urbino zunächst. «‹Fleischfressende Blume›.» Sie lächelte ein wenig. «So hat jemand Dalí genannt. Ich weiß nicht mehr, wer es war. *Fleischfressende Blume*, so hieß auch ein experimentelles Theaterstück in den sechziger Jahren in New York. Ich habe Gala gespielt.»

Madge Lennox begann Erinnerungen über das Stück herauszukramen und wurde immer angeregter, je weiter sie sich von dem vorherigen Thema entfernte. Urbino ahnte, daß sie Zeit schinden wollte, um etwas, das er gesagt hatte, zu verarbeiten, genau wie sie es auf dem Friedhof getan hatte, als er von Mord sprach.

Urbino ließ sie ihre Erinnerungen ausbreiten. Er war sicher, daß Madge Lennox etwas Wichtiges über Flavia wußte, was sie ihm nicht erzählte. Auch wenn sie Schauspielerin war – und ihre Gedanken und Gefühle so gut wie möglich zu verbergen suchte –, so spürte er doch, daß sie unsicher war und vielleicht sogar ängstlich, und daß es etwas mit Dalís *Die Geburt der flüssigen Wünsche* zu tun hatte.

Urbino wartete, bis Madge Lennox fertig war.

«Flavia hat keinen Selbstmord begangen», sagte er. «Ich hege die Hoffnung, daß auch die Polizei das erkennen wird. Im Moment ist sie dazu noch nicht bereit.»

«Wissen Sie so viel mehr als die Polizei?»

Madge Lennox schien diese Frage scherzhaft gemeint zu haben, aber ihre Worte hatten einen sarkastischen Unterton. Auf ihrem Gesicht stand ein Lächeln, aber sie schien sich nicht zu amüsieren, sondern wirkte sogar etwas ängstlich.

«Der Commissario hat mir gestern gesagt, daß man in Flavias Körper keine Spuren des Medikaments gefunden hat, das sie angeblich genommen haben soll», erklärte Urbino. Das Medikament wird mit suizidalen Tendenzen in Verbindung gebracht. Und an ihrem Kopf sind Wunden, von denen nicht feststeht, daß sie erst entstanden sind, nachdem sie in den Canal Grande fiel.»

«Aber die arme Flavia brauchte doch keine Medikamente, um sich umzubringen. Viele Menschen tun das bei vollem Bewußtsein.»

«Ich glaube nicht, daß Selbstmord zu Flavia paßt.»

«Im Gegenteil! Ich fürchte, es paßt nur allzugut.»

«Falls Sie irgend etwas wissen – oder auch nur vage vermuten –, dann muß ich das erfahren.»

«Flavia kann nicht ermordet worden sein.»

Sie blickte auf die Dalí-Postkarte, die Urbino noch immer in der Hand hielt.

«Flavia hat Sie offenbar gern gehabt, Madge.»

Das war das erste Mal, daß Urbino die Schauspielerin mit Vornamen ansprach. Sie lächelte ihn an. In ihren Augen standen Tränen.

«Sie hat Ihnen vertraut», fügte Urbino hinzu. «Und Sie sagen, sie hat sich bei Ihnen sicher gefühlt.»

«Ja», bestätigte Madge ruhig. «Das stimmt.»

«Wenn Sie sich noch an etwas erinnern, Madge – etwas, das Sie mir erzählen wollen –, bitte tun Sie es ohne zu zögern. Es kann sehr wichtig sein.»

«Eine Angelegenheit von Leben und Tod, meinen Sie?»

Madge Lennox gab sich alle Mühe, diesen Satz leichthin zu sagen, aber Angst schwang unverkennbar darin mit.

«Ja.»

Urbino gab ihr seine Visitenkarte und sagte ihr, sie könne jederzeit anrufen.

Während er von der Villa Pippa aus nach Asolo hinaufstieg, dachte Urbino darüber nach, was die Lennox ihm erzählt hatte. Vor Flavias Tod hatte die Schauspielerin in Flavias Album Zeitungsausschnitte über den Conte, die Contessa und Silvestro Occhipinti gesehen, aber jetzt befanden sich die Ausschnitte nicht mehr darin. Die Lennox hatte Occhipinti davon erzählt – Occhipinti, einem Mann, der, davon war Urbino überzeugt, die Contessa und seinen Freund beschützte, wann immer er konnte.

Während Urbino an Eleonora Duses Haus vorbeikam, überlegte er, was Madge Lennox an Dalís Gemälde wohl so beunruhigt hatte. Nach dem zweiten Blick auf die Postkarte hatte sie so ausgesehen, als wollte sie etwas sagen.

Hatte Madge Lennox etwas zu verbergen – etwas, das vielleicht nicht Flavia, sondern sie selbst anging?

Urbino mußte noch einmal mit Occhipinti sprechen. Er beschleunigte seinen Schritt und ging auf die Via Browning zu.

10

Occhipinti trat gerade mit Pompilia an der Leine aus der Tür seines Wohnhauses unter den Arkaden. Heute trug der kleine Mann seinen verwegenen Strohhut nicht, aber er putzte sich kraftvoll die Nase. Seine Sommererkältung war noch immer nicht vorüber. Urbino erinnerte sich, wie eilig Occhipinti gesagt hatte, er habe sich bei einer Nachbarin angesteckt. Genausogut konnte er sich verkühlt haben, wenn er in der Nacht, in der Flavia starb, in Venedig vom Gewitter überrascht und durchnäßt wurde. Die Contessa hatte Urbino gegenüber erwähnt, Occhipinti sei wegen einer geschäftlichen Angelegenheit in der Ca' Rezzonico in Venedig gewesen.

«Gehen Sie doch ein Stück mit uns spazieren», sagte Occhipinti fröhlich mit seiner hohen Stimme. «Es ist so angenehm draußen, mit Venedig vermutlich gar nicht zu vergleichen. Ich bin froh, daß ich hier im kühlen Asolo bleiben kann.»

Urbino ließ diese Bemerkung ohne Kommentar passieren. Der Mann hatte bereits geleugnet, vor zwei Tagen in Venedig gewesen zu sein. Die jüngste Bemerkung machte Urbino nur noch sicherer, daß es Occhipinti gewesen war, den er auf der Brücke gesehen hatte.

Urbino und Occhipinti spazierten unter den Arkaden auf den Hauptplatz zu. Occhipintis flotter Schritt wurde deutlich langsamer, als Urbino das Album erwähnte. Urbino trug es in einem Beutel bei sich, aber er hatte nicht vor, es Occhipinti zu zeigen, wenn das nicht unbedingt nötig war.

«Ja, Signora Lennox sagte, sie hat mein Bild im Buch dieses Mädchens gesehen. Das leugne ich nicht. ‹Wahrheit auf ewig, Wahrheit nur dem Ausgezeichneten›! Vermutlich hielt ich es nicht für wichtig.»

«Haben Sie selbst das Album der jungen Frau gesehen?»

«Ob ich es gesehen habe? Natürlich habe ich es nicht gesehen! – Und *Sie?*» fragte der glatzköpfige Mann schnell.

«Ich habe es gestern gesehen.»

Alvise da Capo-Zendrinis alter Freund fragte, erneut ohne jedes Zögern: «Stimmt es denn, was Signora Lennox gesagt hat? Daß ich mich nicht verändert habe, seit dieses Bild aufgenommen wurde?»

Occhipinti starrte Urbino mit seinen runden Vogelaugen an. Urbino traute dieser Geste der Unschuld nicht ganz.

«Weder das Bild noch der Zeitungsausschnitt waren in dem Album», sagte Urbino und blickte auf Occhipinti hinab.

«Aber Signora Lennox sagte, das Bild sei darin. *Sie* hat es gesehen.»

«Das stimmt, aber es befand sich nicht mehr darin, als ich das Album durchsah.»

Occhipinti zuckte die Achseln.

«Damit habe ich nichts zu tun. ‹Unschuldig bin ich, unschuldig wie ein Säugling, wie Marias eigenes Kind!›»

Der Blick des alten Mannes strafte allerdings diese Worte Lügen. Er sah so schuldbewußt aus wie ein Kind, das Bonbons gestohlen hat.

«Könnten Sie diese Fotografie beschreiben, Signor Occhipinti?»

«Dabei muß es sich um dieses Bild von mir und Alvise handeln, wir beide in Brownings Ca' Rezzonico zusammen mit einigen städtischen Beamten und einem Mann aus London – einem Verwandten von Browning. Es wurde vor ungefähr fünfzehn Jahren aufgenommen, als ich der Ca' Rezzonico einige meiner Sachen für eine Ausstellung geliehen hatte.»

Vor dem Hotel Duse fuhr ein junges Mädchen auf einem Fahrrad schnell die Gasse hinunter. Pompilia begann laut zu bellen, und Occhipinti zog fester als nötig an ihrer Leine.

Während sie sich dem Immobilienbüro näherten, riskierte Urbino, den Mann etwas aufzustören.

«Vielleicht haben Sie vergessen, daß Sie Flavia Brollos Album *doch* gesehen haben, Signor Occhipinti», sagte er.

«Wollen Sie sich mit mir anlegen? Ich weiß, Sie müssen über dieses Mädchen eine Menge Fragen stellen, aber behandeln Sie mich nicht wie einen Feind von Barbara.»

«Wie kommt dann Ihre Unterschrift in das Album? Ich wußte nicht einmal, daß Sie auch ‹Ugolini› heißen.»

Occhipinti wirkte ehrlich verwirrt, und das steigerte sich noch, als Urbino hinzufügte, wobei er hoffte, daß sein Gedächtnis halbwegs genau war: «‹Ich habe wirklich gelebt, und daher kann ich jetzt – mit einem weiteren Kuß noch – sterben!›»

«Die Worte stimmen», sagte Occhipinti, «es stammt von Browning. Ich verstehe nicht.»

«Das haben Sie in das Album geschrieben.»

Der alte Mann dachte ein paar Augenblicke nach.

«Jetzt kann ich mich erinnern», sagte er mit fast unhörbarer Stimme. «Ich habe tatsächlich etwas in ihr Album geschrieben, aber das ist schon sehr lange her.»

Occhipinti schien von seiner eigenen Erinnerung überrascht zu sein.

«Also kannten Sie Flavia Brollo?»

«Ob ich sie kannte? Sie war damals noch ein ganz junges Mädchen! Seit dieser Zeit habe ich sie nicht mehr gesehen, bis sie nach Asolo kam!»

«Aber warum haben Sie mir nicht erzählt, daß Sie sie kennen?»

«Wegen Alvise – und wegen Barbara! Es war am Gardasee in dem Sommer, bevor Alvise starb. Er wohnte in meiner Villa. Barbara fand, daß er eine Luftveränderung bräuchte – sie selbst mußte nach Milano. Damals habe ich Flavia Brollo kennengelernt. Wir haben sie *beide* kennengelernt – Alvise und ich.» Occhipinti blickte nach unten, und seine Brust hob und senkte sich schnell wie die eines angstvollen Vogels. «Und wir haben auch ihre Mutter kennengelernt.»

Occhipinti blieb neben dem Caffè Centrale stehen, wo die Contessa am Tag nach dem Gartenfest Urbino von ihrem Leben mit Alvise erzählt hatte.

Occhipinti sah zu Urbino auf.

«Signora Brollo war sehr schön», sagte er. «Sie hatte ‹große Augen, in denen Paradiesträume liegen›! Selbst damals konnte man schon sehen, daß ihre Tochter eines Tages genauso erblühen würde, aber eine solche Schönheit ist wie ein Fluch. Sowohl Mutter als auch Tochter sind jung gestorben, und beide auf dieselbe Weise!»

«Also wissen Sie, daß Regina Brollo ertrunken ist?»

«O ja, davon habe ich gelesen. Meine Schwester und ich hatten die Villa am Gardasee damals schon verkauft, sonst wären wir wohl dortgewesen, als es geschah. Ich war hier in der Villa Pippa.» Er machte eine Pause, ehe er hinzufügte: «Und Alvise war im Winter gestorben.»

«Sie sagten, Alvise habe Regina Brollo ebenfalls kennengelernt.»

«Ja, auf der Gartenterrasse des Grand Hotel. Ich war hineingegangen, um einige Telefonanrufe zu erledigen, und als ich herauskam, stand die junge Flavia bei Alvise. Alvise stellte uns vor, und Flavia bat mich, etwas in ihr Album zu schreiben. Sie hatte es gerade zum Geburtstag bekommen. Ich tat es, und dann schrieb auch Alvise etwas hinein. Signora Brollo kam auf die Terrasse, und Flavia stellte uns vor. Wir plauderten über das Wetter und das Grand Hotel, mehr geschah nicht. Ich sah Signora Brollo nie wieder – und ihre Tochter erst, als sie zum Gartenfest der Contessa kam.»

«Aber Sie wußten bald, wer sie war, weil sie ihrer Mutter so stark ähnelte? Und Sie haben sich bestimmt daran erinnert, daß Sie und Alvise Flavia kennengelernt hatten – zusammen mit ihrer Mutter?»

Occhipinti nickte beinahe zögernd.

«Aber das war das einzige Mal, daß wir sie gesehen haben.»

«Violetta Volpi sagt, als Sie vor vielen Jahren mit ihr ausgingen, seien Sie ihrer Schwester mehrmals begegnet. Sie sagt, möglicherweise habe Alvise Sie gelegentlich begleitet.»

Occhipinti atmete lange und hörbar aus.

«Sie lügt», sagte er.

«Signor Occhipinti, Sie wissen, wie sehr sich Barbara wünscht, alles darüber zu erfahren. Sie will die Wahrheit wissen, wie immer diese auch aussehen mag.»

Occhipinti lachte mit hoher Stimme.

«Seien Sie sich da nicht zu sicher, mein Freund. Das sagt man so, aber in der Regel meint man es gar nicht. Vielleicht glaubt sie, daß sie die Wahrheit ertragen kann, aber sie würde daran zerbrechen.» Er hielt inne. «Dafür möchten Sie doch nicht die Verantwortung übernehmen, oder? ‹Wie eines den andern liebte, er war ihr Gott, sie sein Idol›! Daran gibt es keinen Zweifel!»

Occhipinti eilte in Richtung des Stadtmuseums davon. Als er an dem Brunnen mit den geflügelten Löwen vorüberkam, begann er mit seiner freien Hand zu gestikulieren, und die sanfte Brise trug einige unverständliche Worte zu Urbino herüber.

II

Eine Stunde später machte sich Urbino auf dem Kiesweg oberhalb des Labyrinths der Villa Muta auf die Suche nach der Contessa. Als er sie fand, war er verblüfft, sie in eine ungewöhnliche weiße Seidenhose gekleidet zu sehen. Das war das erste Mal, daß er die Contessa in Hosen sah. Sie standen ihr gut, sie erinnerte darin etwas an Marlene Dietrich und die dreißiger Jahre.

«Was schauen Sie denn so, wenn ich fragen darf?» erkundigte sich die Contessa und hob herausfordernd ihr klar geformtes kleines Kinn. «Darf denn eine Frau in ihrem eigenen Haus nicht tragen, was sie will? Ach, ich weiß schon, was Sie denken, aber Ihre verehrte Madge Lennox kleidet sich durchgehend im Haremsstil – das paßt zu den Turbans, die sie immer trägt. Auf jeden Fall habe ich nicht vor, so in die Öffentlichkeit zu gehen», fügte sie hinzu und blickte an dem, was sie für eine sehr viel schicklichere Version von Madge Lennox' üblicher Aufmachung hielt, herunter. Dann nahm sie Urbino am Arm und spazierte mit ihm den Kiesweg entlang.

«Na, dann erzählen Sie mal, *caro*», sagte die Contessa mit einem Blick auf seinen Beutel. «Sind Sie vor der Hitze und den Menschenmassen in Venedig geflohen oder vor Ihrem Ex-Schwager? Sie bemerken vielleicht, daß ich nicht so eitel bin, anzunehmen, Sie könnten zu mir geflohen sein, um in meiner Gesellschaft zu sein. Sie –»

Die Contessa blieb plötzlich stehen und sah ihn an. Ihre grauen Augen blickten angstvoll.

«Sie haben schlechte Neuigkeiten, die Sie mir persönlich überbringen wollten. Ach, *caro*, ich hatte schon den ganzen Tag so ein Gefühl.»

Das traf natürlich zu. Urbino hatte schlechte Neuigkeiten. Es war an der Zeit, der Contessa alles zu erzählen, was er über Alvise bisher verschwiegen hatte. Solange er lediglich Mirkos Aussage hatte, konnte er es rechtfertigen, ihr nichts zu sagen, aber jetzt durfte er sie nicht länger schonen. Er konnte sie nicht in dem Glauben lassen, Alvise habe überhaupt nichts mit den Brollos zu tun gehabt und sein Eintrag in Flavias Album könnte eine Fälschung sein. Obwohl Urbino das Album mitgebracht hatte, damit sie Alvises Unterschrift begutachten konnte, so schien ihm das jetzt angesichts dessen, was ihm Occhipinti gerade erzählt hatte, nicht mehr nötig.

Die Contessa hatte offenbar das Zögern in seinen Augen gesehen, denn sie sagte eilig mit einer Spur von Beleidigung in der Stimme: «Wissen Sie, wie das für mich ist? Wissen Sie, woran ich jede einzelne Minute Tag und Nacht denken muß? Ich kann Alvise nicht auf diese Art verlieren – nein, nicht, nachdem ich ihn bereits verloren habe. Das darf nicht sein! Ich weigere mich!» fügte sie hinzu, als könnte sie etwas dagegen tun.

Die Contessa legte eine Hand auf ihr Gesicht. Es war eines der wenigen Male, seit er sie kannte, daß sie weinte. Ein Schluchzen entrang sich ihrer Kehle, und ihre Schultern bebten. Urbino legte den Arm um sie.

«Gibt es noch etwas anderes in dem Album – irgendeinen Brief, ein Dokument? Was ist es, Urbino? Sie müssen mir die Wahrheit sagen.»

Ohne den Arm von ihrer Schulter zu nehmen, berichtete Urbino zunächst von Graziella Gnocatos Aussage, Regina Brollo habe Flavia gegenüber behauptet, Alvise sei ihr Vater. Das habe Flavia auch Mirko erzählt, sagte Urbino. Dann berichtete er von Mirkos Erzählung, wie er und Flavia im Sommer von Reginas Selbstmord am Gardasee einen Streit mitgehört hatten.

«Violetta Volpi schrie Lorenzo an, Flavia sei nicht seine Tochter, und fragte ihn, warum er das nicht zugebe. Mirko und Flavia hörten, wie Alvises Name fiel, und dann wurde jemand geschlagen. Violetta begann zu weinen, Regina ebenfalls. Lorenzo warnte Violetta, sie solle Regina und ihn in Ruhe lassen.»

Die Contessa war erstaunt.

«Regina Brollo selbst? Sie war diejenige, die es Flavia erzählt hat?» Die Contessa lachte hohl und ohne eine Spur von Humor. «Sie sollte es vermutlich wissen, nicht wahr?»

Sie löste sich aus Urbinos Arm, ging zu einer Fächerpalme und lehnte sich gegen den Stamm, mit dem Rücken zu Urbino. Es sah aus, als atmete sie heftig. Dann drehte sie sich wieder um und sagte: «Bitte seien Sie nicht wütend, Urbino, aber ich weigere mich, das zu glauben. Die Erinnerung einer alten Frau? Das Gerede eines Drogenabhängigen? Und über den Streit am Gardasee haben wir lediglich *seine* Aussage! Nein, es tut mir leid, Urbino», wiederholte sie. «All das genügt nicht.»

«Ich verstehe – und ich stimme Ihnen zu.»

«Tatsächlich, *caro*?»

Sie trat auf ihn zu und schob ihren Arm in seinen. Sie gingen weiter über den Kiesweg auf das Labyrinth zu.

«Ja. Aber da ist noch etwas. Es handelt sich um Silvestro. Er verschweigt etwas.»

«Dann muß ich sofort mit ihm reden! Ich sage ihm, daß er es mir unbedingt erzählen muß! Er ist derjenige, der mich aus meinem Elend erlösen kann. Einer senilen alten Frau oder einem Drogenabhängigen glaube ich nicht, aber ihm glaube ich!»

«Bitte, Barbara. Kommen Sie, setzen wir uns.» Urbino führte sie zu der Marmorbank in der Nähe des Eingangs zum Labyrinth.

«Vielleicht irre ich mich. Es kann sein, daß er etwas verschweigt, das mit Alvise gar nichts zu tun hat.»

«Was hat er gesagt?» wollte die Contessa mit Resignation in der Stimme wissen.

Urbino erzählte ihr von Occhipintis und Alvises Begegnung mit Flavia und Regina am Gardasee kurz vor Alvises Tod, und wie Occhipinti geleugnet hatte, daß er und Alvise Regina vor – oder nach – diesem Tag schon einmal gesehen hatten. Die Contessa hielt, während Urbino weitersprach, ein Taschentuch auf den Mund gepreßt.

«Silvestro verschweigt etwas. Er war zu der Zeit, als Flavia ermordet wurde, in Venedig, und ich bin sicher, daß ich ihn am Dienstag abend in San Polo gesehen habe, aber er leugnet es. Er verschweigt etwas, Barbara, aber bis jetzt weiß ich nicht, was für einen Grund er haben könnte.»

«Welchen Grund? Mich und Alvise zu schützen natürlich! Seien Sie nicht albern!»

Urbino starrte die Contessa an, bis sie sich abwandte und auf den Eingang des Labyrinths blickte.

«Tut mir leid, *caro*. Es nimmt nur alles eine so scheußliche Wendung für mich. Mein Herz ist in tausend Stücke zersprungen.»

«Wenn es irgendeine Möglichkeit gäbe, diese ganze Sache ungeschehen machen zu können, dann würde ich es tun, Barbara.»

«Ach, ich weiß, daß Sie das machen würden! Sie dürfen sich nicht schuldig fühlen. Wenn ich schon die Wahrheit erfahren muß, dann von niemand anderem als von Ihnen. Gott sei Dank, daß Sie bei mir sind.»

Urbino verspürte eine Woge der Liebe und Bewunderung für die Contessa. Vermutlich war sie stärker als er. Er hatte längst nicht so gut reagiert, als er Evangelines Untreue entdeckte. Aber Urbino erinnerte sich, daß die Contessa und er noch immer nichts Genaues über Alvise und Regina wußten. Würden sie sich je sicher sein können? Er hoffte es um der Contessa willen. Sie würde alles ertragen können, außer den Rest ihres Lebens in Ungewißheit zu verbringen.

Er holte das Album aus seinem Beutel und zeigte der Contessa Alvises Unterschrift. Sie nickte langsam und bestätigend mit dem Kopf und sagte ruhig: «Ja, das ist sie.»

Jetzt erzählte Urbino der Contessa von Flavias Besuchen im Guggenheim-Museum, um das Dalí-Bild zu sehen, und von seinen Gesprächen mit Novembrini, Violetta und ihren Nachbarn, mit Nicolina Riccis Vater und von der nur wenige Stunden zurückliegenden Unterhaltung mit Madge Lennox. Er schloß mit Tina Zuin und sagte, sie habe offenbar ein Verhältnis mit Novembrini.

Die Contessa schüttelte langsam den Kopf. Es war sehr viel auf einmal. Einige Minuten lang saß sie da und dachte nach. Urbino unterbrach sie nicht.

«Aber es könnte auch sein, daß Flavias Tod gar nichts mit meinem Alvise zu tun hat, selbst wenn er tatsächlich ihr Vater war», sagte die Contessa schließlich. «Regina Brollo hat sich umgebracht. Flavia stand offenbar unter seelischem Druck, und ihre Freundin Nicolina Ricci wurde grausam vergewaltigt und ermordet – das sind genug Gründe, um einen Selbstmord des armen Mädchens zu erklären.»

Sie hielt plötzlich inne und schüttelte den Kopf.

«Ach, Urbino, es hat keinen Sinn! Selbst wenn ich recht habe, so werde ich mich doch nicht besser fühlen, ehe ich nicht weiß, woran ich bin – mit Alvise und mit Flavia. Was uns wieder zum Anfang zurückführt, nicht wahr? Ich fürchte, daß wir noch lange nicht alles wissen! Hören Sie, Urbino. Es wäre vielleicht günstiger, wenn Sie sich meinen Cinquecento leihen, damit Sie zwischen hier und Venedig hin- und herfahren können. Sie können ihn an der Piazzale Roma ins Parkhaus stellen. Ich benutze ihn ohnehin kaum.»

«Ich werde darüber nachdenken, Barbara, aber Sie wissen ja, daß ich nicht gern Auto fahre.»

Schritte ertönten auf dem Kiesweg, und Rosa, das Hausmädchen, bog um die japanische Buchsbaumhecke. Da war ein Telefonanruf für die Contessa.

Während Urbino wartete, bis die Contessa zurückkehrte, ging er einige Abzweigungen weit ins Labyrinth hinein. Viele Minuten vergingen, und er dachte über Occhipinti nach und darüber, wie weit der Mann wohl gehen würde, um Alvise und die Contessa zu schützen. Occhipinti hatte schon einmal gelogen und Informationen zurückgehalten.

Aber ob ihm das, was er über Flavias Familie und Alvises mögliche Verbindung zu ihr in Erfahrung brachte, wirklich mehr darüber verriet, wie und warum Flavia ermordet worden war? War es möglich, daß, wie die Contessa gerade gesagt hatte, Flavias Tod gar nichts mit Alvise zu tun hatte, selbst wenn er ihr Vater war? Noch vor gar nicht langer Zeit hatte Urbino geglaubt, daß er im Zug der Nachforschungen, ob Alvise Flavias Vater gewesen sei, den Grund für den Mord an Flavia finden würde. Jetzt war er sich dessen nicht mehr sicher.

«Urbino, wo sind Sie?» rief die Contessa und riß ihn aus seinen Gedanken. Ihre Stimme klang aufgeregt. «Wollen Sie aus Ihrem Versteck kommen, oder fürchten Sie sich vor dem, was ich gerade erfahren habe?»

Urbino trat aus dem Labyrinth. Die Contessa lächelte, und Urbino wußte, daß sich Occhipinti sehr irrte. Die Contessa würde nicht zerbrechen.

Der Anrufer war Corrado Scarpa gewesen.

«Ich habe ihn gestern angerufen, um vielleicht noch weitere Informationen von ihm zu bekommen.»

Corrado hatte gesagt, Flavia habe, was nicht überraschend war, kein Testament hinterlassen und ihre gesamte Habe gehe an Lorenzo Brollo. Corrado hatte sich auch nach Ladislao Mirko umgehört. Wie Urbino bereits wußte und der Contessa erzählt hatte, war Mirkos Vater drogenabhängig gewesen und im Kokainrausch bei einer Explosion in seiner Wohnung im Castello-Viertel umgekommen. Das hatte Mirko nicht davon abgehalten, selbst Drogen zu nehmen und – so vermutete man zumindest – gelegentlich damit zu handeln, um sein Einkommen aufzubessern. Offenbar steckte Mirko oft in Geldnöten und war schon mehrmals nahe daran gewesen, die Pension zu verlieren.

«Darin muß ich Lorenzo Brollo wirklich zustimmen», sagte die Contessa auf dem Weg zurück ins Haus. «Mirko ist ein übler Kerl. Vor einigen Jahren soll er in Verona ein Mädchen vergewaltigt haben. Sie stand unter Drogen, daher glaubte ihr niemand. Sie haben selbst gesagt, daß er sich verdächtig benimmt, und ich weiß, daß Ihnen dieser Kratzer auf seiner Wange nicht gefallen hat. Wie praktisch für ihn, daß er eine Katze besitzt! Sie sollten ihm kein Wort glauben.»

«Aber es wäre ein Fehler, anzunehmen, Mirko sage nicht gelegentlich die Wahrheit. Vergessen Sie nicht, Graziella Gnocato bestätigt seine Auskunft über das, was Regina Brollo ihrer Tochter Flavia erzählt hat», mahnte Urbino sie.

«Was mich betrifft, so ist darüber das letzte Wort noch nicht gesprochen, *caro*.»

Einige Minuten spazierten Urbino und die Contessa schweigend den Weg entlang, vorbei an Rosenbüschen, Oleander und einer Randbepflanzung aus Lavendel.

«Und was Regina Brollos Tod angeht», fuhr die Contessa fort mit ihrem Bericht über das Telefongespräch mit Scarpa und brach beiläufig einen Oleanderzweig ab, «so steht es außer Zweifel, daß sie sich umgebracht hat. Vor dreizehn Jahren hat die Ärmste ihre Rocktaschen mit Steinen gefüllt, ganz allein das Schiff auf den See hinaus genommen und ist ins Wasser gesprungen. Wie Graziella Gnocato Ihnen erzählt hat, war sie schon lange gemütskrank. Corrado glaubt, Flavia wollte Geld von mir. Er sagt, wir würden unsere Zeit verschwenden, wenn wir nach der Wahrheit suchten, und wir sollten es lassen – aber wie können wir das? Ich tue weiterhin alles, was ich kann, Urbino. Ich werde mit der Klinik außerhalb von Mailand, die Graziella Gnocato erwähnt hat, Kontakt aufnehmen. Wir führen fort, was wir begonnen haben, und ich kann Ihnen aus tiefstem Herzen versichern, daß es mir egal ist, wohin es führt.»

Sie packte seinen Arm fester und ließ die Oleanderblüte fallen.

«Es ist mir völlig egal!»

Teil IV

Öffne mein Herz, und du wirst sehen

I

Als Urbino am Abend wieder im Palazzo Uccello war, rief er Bruno Novembrini an.

«Ich dachte mir schon, daß Sie sich bei mir melden würden, Macintyre – aber Tina ist nicht hier.»

«Sie haben recht. Ich würde gern mit ihr reden.»

«Tina lebt nicht mehr zu Hause bei Massimo, und ihre Adresse oder Telefonnummer möchte ich Ihnen nicht geben. Aber ich werde ihr sagen, daß Sie mit ihr sprechen wollen.»

Novembrini legte auf, noch ehe Urbino ihm eine weitere Frage stellen konnte.

Urbino ging in seine Werkstatt im *piano terreno*, um an dem Porträt einer Dame von Bartolomeo Veneto zu arbeiten. Mit der Korkenzieherlocke war er fertig, jetzt reinigte er gerade ihren hängenden Perlenohrring. Die Arbeit beruhigte ihn nach dem geschäftigen Tag, und ein Teil seines Gehirns konnte dabei versuchen, ein klareres und deutlicheres Bild zu bekommen von jener anderen jungen Frau, die auch einmal lebendig gewesen war.

Er ging die einzelnen Beteiligten durch, als spazierte er durch seine eigene private Porträtgalerie. Da war Lorenzo Brollo, der Mann, der schwor, daß er Flavias Vater sei, und der seiner toten Frau treu ergeben schien. Violetta Volpi widersprach ihm in keinem Punkt. Die Aussagen von Reginas Ehemann und von Flavias Tante waren sogar erstaunlich übereinstimmend. Die beiden schienen sich abgesprochen zu haben, was bei einem unklaren Tod in der Familie verständlich war. Was wohl vorgefallen war, so fragte sich Urbino, als Violetta in der Nacht, als Flavia starb, in den Palazzo Brollo ging – und als Flavia sie zuvor in der Ca' Volpi aufsuchte?

Bestimmt könnte Violettas Ehemann Bernardo ihm eine ganze Menge erzählen. Carlo Ricci hatte gesagt, Bernardo habe Flavia sehr geliebt, aber ob das am Ende noch so gewesen war – einem Ende, das sich möglicherweise im Garten der Ca' Volpi abgespielt hatte, wo jemand Flavia einen Schlag auf den Kopf versetzt und sie in den Canal Grande gestoßen hatte?

«Auch noch am Ende?» sagte Urbino laut vor sich hin, ohne seine Arbeit an dem Perlenohrring zu unterbrechen. War Ladislao Mirko auch am Ende noch Flavias treuer Freund gewesen – der Bruder, den sie nie hatte? Novembrini hatte Flavia und Mirko sarkastisch als «die Schöne und das Biest» bezeichnet, aber es war durchaus möglich, daß Flavias Beziehung zu dem unscheinbaren kleinen Mann die engste und wichtigste ihres Lebens gewesen war. Schließlich hatte sie ihm Dinge anvertraut, von denen sie Novembrini nichts erzählt hatte. Und Mirko, von seiner Mutter im Stich gelassen und von seinem Vater auf einen völlig falschen Weg gebracht, hatte in Flavia seine einzige wahre Freundin gefunden, der er seine ganzen Geheimnisse und Ängste erzählen konnte. Auch wenn die Contessa, vielleicht mit gutem Grund, den Verdacht hegte, Mirko lüge, so sagte doch Graziella Gnocato genau wie Mirko, Regina selbst habe ihrer Tochter Flavia gegenüber Alvise als ihren Vater bezeichnet.

Urbino dachte an Novembrini und Tina Zuin und fragte sich, ob Flavia die *Nackte in einer Beerdigungsgondel* zerschlitzt hatte, weil der Künstler sie betrog. Novembrini hatte bei dem ersten Gespräch mit Urbino am Canal Grande den Eindruck gemacht, als habe er Angst vor Flavia, aber vielleicht hätte auch sie Grund gehabt, sich vor Novembrini zu fürchten.

Und was Massimo Zuin anging, wozu wäre er fähig gewesen, wenn er vermutet hätte, daß die Karriere seines einträglichsten Klienten durch Flavia aufs Spiel gesetzt wurde?

Dann blieben noch Madge Lennox und Alvises alter Freund Occhipinti, die beide in Asolo wohnten und beide, daran hegte Urbino keinen Zweifel, etwas verschwiegen.

Gab es noch jemanden? überlegte Urbino, während er sich einer weiteren Perle des Ohrrings zuwandte.

Ja, es gab noch jemanden. Annabella Brollo, die Urbino bei ihrem lautlosen Erscheinen in der *sala* der Brollos und auch bei der ersten Begegnung in der Casa Trieste, als sie mit einem kurzen Blick aus ihren blutunterlaufenen Augen an ihm vorbeigeschlurft war und einen Geruch nach Anisette ausgeströmt hatte, an ein Gespenst erinnert hatte. Hatte Lorenzos Schwester in der Nacht, als Flavia ermordet wurde, etwas von den Gesprächen zwischen Brollo und Flavia und Brollo und Violetta mitbekommen oder mitgehört? Er traute ihr zu, daß sie oft an geschlossenen Türen lauschte und auftauchte, wenn man es am wenigsten erwartete. Und Mirko hatte erzählt, wie sie während des Streits am Gardasee die Treppen der Villa heraufgekommen war.

Die Türklingel ertönte. Es war schon fast elf Uhr. Als er durch den Spion blickte und Novembrinis überhebliches attraktives Gesicht sah, machte Urbino die Tür auf. Neben Novembrini stand eine nervöse Tina Zuin.

2

«Sobald mir Bruno erzählte, daß Sie mich sprechen wollen, war mir klar, daß ich sofort kommen muß. Ich weiß, es ist bereits spät, aber ich wollte es hinter mich bringen, Signor Macintyre», sagte Tina mit ihrer Flüsterstimme. Sie saßen alle drei mit kühlen Getränken im Wohnzimmer. «Ich möchte nicht, daß Sie, was mich – oder Bruno – angeht, falsche Vermutungen anstellen. Ich hatte mit Flavias und Brunos Problemen nichts zu tun.»

«Flavia war Ihre Freundin», sagte Urbino.

Die dunkelhaarige junge Frau nickte. Tränen traten in ihre runden braunen Augen.

«Ich hätte nie gedacht, daß sie so endet wie ihre Mutter.»

«Sie kannten Flavias Mutter?»

«O ja. Bis zum Tod ihrer Mutter standen Flavia und ich uns sehr nah. Ich war oft bei ihr zu Hause. Meine eigene Mutter war einige Jahre zuvor gestorben. Signora Brollo war so schön, und sie liebte Flavia sehr. Sie klammerte sich an Flavia, als könnte ihr diese Leben und Gesundheit garantieren. Vermutlich hing das mit ihrer Krankheit zusammen und mit der Fehlgeburt, ehe Flavia zur Welt kam. Wir Mädchen hatten viel Spaß mit ihr, denn sie erzählte romantische Geschichten, las uns Gedichte vor und spielte mit uns Theater. Wenn es ihr schlecht ging, sah ich sie manchmal monatelang nicht.»

Während Tina sprach, sah sich Novembrini im Zimmer um. Besondere Aufmerksamkeit widmete er der Bronzestatuette einer florentinischen Dame, einem Geschenk der Contessa. Er griff in die Brusttasche seines Sportjacketts und holte ein Päckchen Zigaretten heraus.

«Hat Regina Brollo jemals den Conte Alvise da Capo-Zendrini erwähnt? Oder einen Mann namens Silvestro Occhipinti?»

«Niemals», antwortete Tina ohne zu zögern. «Und sie sagte auch nie, daß Lorenzo Brollo nicht ihr Vater sei. Ja, Bruno hat mir davon erzählt.» Sie sah Novembrini an, der einen Platz für sein abgebranntes Streichholz suchte. «Vielleicht solltest du nicht rauchen. Ich sehe hier keine Aschenbecher.»

Sie lächelte Urbino verlegen an.

Novembrini zuckte die Achseln und ließ die Zigarette und das Streichholz in sein Glas fallen. Tina wurde rot.

«Ich habe von Tina nichts erzählt, Macintyre, weil ich nicht wollte, daß sie da hineingezogen wird. Meiner Meinung nach hätte sie heute abend nicht herkommen und überhaupt nicht mit Ihnen reden sollen.»

«Aber ich habe Bruno gesagt, Sie würden das Schlimmste von uns denken, nachdem Sie uns zusammen gesehen haben. Bruno hat Ihnen von seiner Beziehung zu Flavia erzählt. Sie hatte viele Höhen und Tiefen, aber ich war nicht der Grund dafür. Ich gebe zu, daß ich immer ein wenig in ihn verliebt war», sagte Tina, und ihre Wangen röteten sich, «aber ich hätte mich nie zwischen die beiden gedrängt. Vielleicht standen Flavia und ich uns in den letzten zehn Jahre nicht mehr sehr nah, aber ich mochte sie noch immer, und ich wußte, wie verletzbar sie war. Aber jetzt, nachdem sie tot ist... ist es etwas anderes. Bruno und ich sind einander nähergekommen.»

Ihr Gesicht wurde noch röter. Es war offensichtlich, daß Tina in Novembrini verliebt war und sich wegen ihrer Beziehung schuldig fühlte, besonders seit Flavias Tod. Aber Urbino wollte mehr über Flavias Kindheit und Jugend erfahren.

«Welche Gefühle hegte Flavia gegenüber Lorenzo Brollo?» fragte er.

«Sie hat ihn verehrt, zumindest damals, als wir noch Kinder waren. Sie hat sich so viel Mühe gegeben, ihm zu gefallen, aber er war kalt zu ihr und hat sie niemals geküßt – ganz anders als mein Vater.

Nachdem Flavias Mutter starb, schienen sich ihre Gefühle für ihren Vater völlig zu verändern. Es war, als habe sich die Liebe plötzlich in Haß verwandelt. Um diese Zeit entwickelten wir uns auseinander, und sie war viel allein. Sie htte kaum Freunde, eigentlich nur mich und Ladislao Mirko. Ich weiß, Ladislao hat einen schlechten Ruf, aber er war immer nett zu ihr.»

«Haben Sie jemals seinen Vater kennengelernt?»

«O nein, er hat seinen Vater von Flavia und mir ferngehalten. Er schämte sich für ihn. Mirko hatte oft ein blaues Auge oder blaue Flecken, und ich vermutete, daß sein Vater daran schuld war, aber Mirko hat es nie zugegeben. Flavia wußte vermutlich, was zwischen Mirko und seinem Vater geschah, aber sie hat nie mit mir darüber geredet. Sie war eine treue Freundin. Wenn ich ihr etwas erzählt habe und sie schwören ließ, daß sie es niemandem weitersagt, dann hat sie es auch nie getan.» Ein sehnsüchtiger Ausdruck trat auf Tinas feines Gesicht. «Als wir, Flavia und ich, noch Kinder waren, da spielten wir immer das ‹Verratespiel›. Ich sagte ihr etwas, das sie über mich noch nicht wußte, und sie erzählte mir etwas von sich. Manchmal hat auch Mirko mitgespielt.»

«Hat Ihnen Flavia jemals Geheimnisse über Lorenzo oder Mirko anvertraut, oder über ihre Mutter oder eine ihrer Tanten?»

Tina schüttelte den Kopf.

«Was wir einander verraten haben, waren nur alberne kleine Geheimnisse. Wir waren doch Kinder. Wirklich, Signor Macintyre, ich weiß gar nichts, was Ihnen und Ihrer Freundin, der Contessa, helfen könnte.»

«Welches Verhältnis hatte Flavia zu ihrer Tante Annabella?»

Tina verzog das Gesicht.

«Sie mochte sie nicht. Ich auch nicht. Ihr Vater hat sie oft gezwungen, Annabella zu besuchen, bevor ihre Mutter starb. Flavia wollte immer, daß ich mitgehe. Die Wohnung ihrer Tante Annabella war gespenstisch. Sie war vollgestopft mit Pflanzen und Blumen und stets schmutzig. Im Scherz sagten wir, ihre Tante sei eine Hexe, die aus Blumen giftige Tränke zubereite. Wenn Annabella nicht hinsah, dann gossen wir die Getränke, die sie uns gab, in die Blumentöpfe. Sie jagte uns Schauer über den Rücken. Die zweite Tante war völlig anders. Die besuchten wir gern.»

«Und Ladislao Mirko? Mochten Sie ihn, Tina?»

Die Frage schien sie zu überraschen.

«Ob ich ihn mochte?» Sie sah Novembrini kurz an und blickte dann wieder beiseite. «Nun ich... ich fand ihn nicht abstoßend. Vermutlich tat er mir leid, weil er so ein hartes Leben hatte. Mit seiner Pension versucht er jetzt wirklich, sich zu verändern. Er hat einen guten Kern. Als ich sechzehn war, bin ich eine Weile lang mit ihm ausgegangen. Es war sehr eigenartig. Flavia wurde eifersüchtig, obwohl sie ihn nicht zum Geliebten haben wollte.»

«Ich kann mir nicht vorstellen, wie du mit diesem Widerling ausgehen konntest», unterbrach Novembrini mit einer gewissen Schärfe in seiner weichen Stimme.

«Na ja, aber ich habe es getan», antwortete Tina beinahe trotzig. «Er ist bestimmt nicht attraktiv, aber er konnte sehr charmant sein, und außerdem war er älter als ich. Aber ich wollte keine Auseinandersetzung mit Flavia. Auch wenn wir uns nicht mehr so nahestanden, betrachtete sie mich doch immer noch als ihre beste Freundin. Nur wenige Wochen vor ihrem Tod, kurz bevor sie wegen einer verrückten Idee Brunos Gemälde zerschlitzte, hat sie mir noch sehr viel Geld geschenkt. Ich wollte in eine eigene Wohnung ziehen, aber mein Vater war dagegen, und ich brauchte Geld. Flavia hat mir zwei Millionen Lire gegeben», sagte Tina und nannte damit eine Summe, die fast zweitausend Dollar entsprach. «Sie sagte, das gehöre ohnehin mir, und dabei lachte sie so seltsam, daß ich Angst bekam. Ich wollte es nicht nehmen, aber sie sagte, dort, wo es herkomme, gebe es noch mehr.»

Daß Flavia viel Geld hatte, hörte Urbino zum ersten Mal. Was war daraus geworden? War es möglich, daß er es mit einem fehlgeschlagenen Raubüberfall zu tun hatte? Vielleicht hatte sie das Geld an einem sicheren Ort hinterlegt?

«Tina, erzählst du bitte von dem Dalí-Gemälde, damit wir gehen können? Ich brauche eine Zigarette.»

«Ach ja, der Dalí. Flavia hat dieses Bild geliebt. Ihre Tante Violetta hat es uns gezeigt. Wir sind alle paar Wochen ins Guggenheim-Museum gegangen. Vermutlich haben wir uns ziemlich albern aufgeführt, weil wir kichernd vor diesen verrückten Bildern herumgestanden sind, besonders denjenigen mit nackten Männern und Frauen. Besonders faszinierend fanden wir den nackten Mann auf dem Pferd, der auf der Terrasse am Canal Grande steht, und –»

Das weckte offenbar eine unangenehme Assoziation, und Tina Zuin unterbrach sich.

«Aber der Dalí war Flavias Lieblingsbild», fuhr sie fort «Über das lachten wir mehr als über die anderen Bilder. Wir waren eben Kinder. Das einzige, was wir in diesem Bild sahen, war Sex! Zwei nackte Männer, und der ältere hatte sogar eine Frauenbrust und einen sehr großen...» Tina errötete und beendete den Satz nicht. «Ich glaube aber, daß sie irgendwann zu erwachsen wurde für das Bild. Nach dem Tod ihrer Mutter erwähnte sie es kaum noch. Als ich kürzlich davon sprach, um sie aufzuheitern und an die alten Zeiten zu erinnern, schien die Erwähnung des Bildes genau das Gegenteil zu bewirken, und ich ließ das Thema fallen. Sehen Sie, ich kann Ihnen gar nicht viel sagen. Aber ich möchte Ihnen versichern, ich hätte niemals etwas getan, das sie verletzte, und Bruno auch nicht.»

Urbino fragte Tina, ob Flavia irgendwelche Medikamente genommen habe. Ihres Wissens hatte sie nichts genommen und auch kaum Alkohol getrunken.

Nachdem die beiden gegangen waren, zog Urbino die Postkarte von Dalís *Die Geburt der flüssigen Wünsche* hervor. Abgesehen von dem, was das Gemälde ausdrückte und was es für Dalí bedeutet hatte, hatte es Flavia offenbar wegen seiner Sexualität fasziniert. Das konnte Urbino verstehen.

Aber stimmte es, daß Flavia für das Bild «zu erwachsen» geworden war, wie Tina Zuin meinte? Wenn das zutraf, warum hatte sie dann die Seite mit dem Dalí aus dem Katalog gerissen? Violetta hatte ihr den Katalog erst vor fünf Jahren zum einundzwanzigsten Geburtstag geschenkt. Hatte sie die Seite herausgerissen, um sie an die Wand zu hängen oder in ihr Album zu kleben, oder hatte sie etwas anderes damit gemacht?

Als Tina vor kurzem Flavia gegenüber das Dalí-Gemälde angesprochen hatte, schien das für Flavia keine angenehme Erinnerung gewesen zu sein. Wenn Urbino nur herausfinden könnte, weshalb Flavia so reagiert hatte! Vielleicht würde er dann besser verstehen, was in der Nacht, in der sie ermordet wurde, mit ihr geschehen war.

Tina Zuin hatte ihm wesentlich mehr verraten, als ihr offenbar selbst klar war. Allmählich zeichnete sich ein Muster ab, das spürte Urbino, aber es war noch immer unter zu vielen Details verborgen. Er brauchte mehr Zeit und noch weitere Informationen.

3

Um zehn Uhr am nächsten Vormittag, einem Freitag, war die Luft drückend und schwül, als Urbino den Palazzo Uccello verließ. Er hatte beinahe die ganze Nacht wachgelegen, weil ihn seine Spekulationen und eine Schwadron besonders gemeiner Mücken aus der *laguna morta* gequält hatten. Jetzt war Urbino auf dem Weg zum Palazzo Brollo, um Flavias Album zurückzugeben und Lorenzo Brollo noch einige Fragen zu stellen.

Während Urbino in einer Gondel, die ihre besten Tage bereits hinter sich hatte, über den Canal Grande gefahren wurde, bewegte eine faulige Brise das leicht ölige Wasser des Kanals. Sie brachte keine Erleichterung, sondern ließ die Hitze nur noch drückender wirken. Selbst die Möwen und Tauben wirkten wie betäubt. Das Gewitter in der Nacht, in der Flavia ermordet worden war, hatte die Hitzewelle nicht beendet. Vielleicht brauchte es noch ein weiteres gewaltiges Unwetter, damit die Stadt einige angenehme Tage genießen konnte, ehe sich die Glocke aus Hitze und Feuchtigkeit erneut über sie senkte.

Urbino stieg aus der Gondel und wanderte langsam durch San Polo auf den Palazzo Brollo zu. Der Wasserstand in den Kanälen war so niedrig, daß die Fundamente der Gebäude und der Abfall im Schlamm des Kanalbetts zu sehen waren. Nur Boote mit wenig Tiefgang, wie Gondeln oder Sandolos, konnten bei Niedrigwasser durch diese Kanäle fahren.

Vor einigen Jahren war der Kanal vor dem Palazzo Uccello abgelassen und gereinigt worden. Der Gestank war so unerträglich gewesen, daß Urbino in die Ca' da Capo-Zendrini umgezogen war, bis die Arbeiten beendet waren.

Annabella Brollo, die nach Schweiß und Anisette roch und blaurote Ringe der Müdigkeit unter den Augen hatte, führte Urbino hinauf in die düstere *sala* mit den Orientteppichen, den Porträts in ihren schweren Holzrahmen und den vielen Pflanzen und Blumen. An diesem Morgen erinnerte dieser Raum noch deutlicher als zwei Tage zuvor an ein feuchtes Grab. Schwerer Blumenduft hing in der stickigen Luft, als wären die Balkontüren seitdem nicht mehr geöffnet worden.

«Ich glaube, Sie haben etwas, das mir gehört, Signor Macintyre», sagte Brollo ohne jede Begrüßung. Er trug seinen englischen Blazer, ein Halstuch und eine Flanellhose und saß auf der Louis-seize-Bank neben dem Porträtbild seiner Frau. Urbino reichte ihm das Album und ließ sich in einem der Lehnsessel nieder.

«Mehr als nur ein bißchen verspätet», sagte Brollo in seinem britischen Englisch und fuhrt sich mit der Handfläche über die Scheitelglatze. «Ich frage mich, was für ein Vergnügen Sie daraus ziehen, derart in der Privatsphäre meiner Tochter herumzustöbern. Nun ja, vielleicht sind Sie erleichtert, wenn Sie erfahren, daß ich für dieses unerfreuliche Ereignis vor allem Ladislao Mirko die Schuld gebe. Er hatte nicht das Recht, Ihnen das Album auszuhändigen.» Brollo warf das Album auf den niedrigen Tisch vor dem Sofa. «Ich habe auch gehört, daß Sie irgendeine Postkarte herumzeigen. Violetta hat mir davon erzählt. Auch wenn sie nur angeheiratet ist, so steht sie doch zu den Brollos. Und wir Brollos sind noch immer eine Familie – auch wenn traurigerweise jetzt nur noch Annabella und ich übrig sind.»

So vorsichtig wie möglich erwähnte Urbino Graziella Gnocatos Aussage über Reginas Behauptung bezüglich Alvise da Capo-Zendrini.

«Mirko sagt, Flavia habe ihm genau dasselbe erzählt.»

Ein angespannter Zug um Brollos Mund verriet, wie sehr er sich um Kontrolle bemühte.

«Also darauf wollten Sie kürzlich hinaus! Ich glaube nicht für einen Augenblick, daß meine Frau so etwas gesagt hat! Sie sollten nicht auf das Erinnerungsvermögen einer alten Frau vertrauen, Signor Macintyre. Und diese sollte lieber vorsichtig sein, als einer Toten Böses nachzusagen, die, wie ich hinzufügen möchte, zu Lebzeiten immer gut zu ihr war und sie sogar in ihrem Testament bedacht hat. Und was diesen unsäglichen Ladislao Mirko angeht, so habe ich gar keine Lust, über die Motive eines Menschen zu spekulieren, der sich ständig unter dem Einfluß von Drogen befindet! Er hat alles, was er jemals angefangen hat, ruiniert. Diese Pension wird er früher oder später verlieren, und dann endet er genau wie sein Vater.» Brollo runzelte die Stirn. «Ich werde Ihnen einmal etwas sagen, Signor Macintyre», sagte er und hob die Stimme ein wenig. «Wenn Sie mich weiterhin mit solchen Fragen belästigen, werde ich die Polizei informieren. Sie mischen sich in Angelegenheiten ein, die Sie nichts angehen. Das ist ein Einbruch in unsere Privatsphäre!»

«Die Contessa da Capo-Zendrini –»

«Die Contessa da Capo-Zendrini ist mir vollkommen gleichgültig, und auch alle Verrücktheiten, die ihr meine Tochter möglicherweise gesagt hat, ebenso Ihre fixe Idee, daß meine Tochter ermordet wurde! Violetta hat mir erzählt, Sie glaubten, auf eine Art Beweis gestoßen zu sein, weil in Flavias Körper keinerlei Medikamente gefunden wurden! Sie sehen die Angelegenheit nicht so, wie sie ist, weil Sie nicht *wollen*! Erzählen Sie Ihrer Freundin, daß sie sehr viel glücklicher leben wird, wenn sie ganz einfach die Wahrheit akzeptiert – daß meine Tochter eine gestörte junge Frau war, die am Ende ihres Lebens die Menschen verletzt hat, die sie liebten.»

Brollo schüttelte traurig den Kopf.

«Meine Tochter hat viele unwahre Dinge gesagt. Kinder können ihren Eltern gegenüber sehr grausam sein. Sie versuchen irgendeine alberne Intrige aufzudecken, Signor Macintyre. Und ich sage Ihnen, es gibt keine. Dieses ganze Gerede über Salvador Dalí und Yves Tanguy und Tonbandaufnahmen und herausgerissene Seiten! Was hat das mit mir zu tun? Nichts! Trauer ist mir nicht fremd, und ich weiß, wenn man einen geliebten Menschen verliert, muß man aufhören zu fragen. Das gilt zumindest für mich. Man sollte alles außer den guten Erinnerungen und dem, was man sicher weiß, vergessen. Regina war mir eine gute Frau, und wenn sie mich je verletzt hat, so lag das nur an ihrer Krankheit – aber sie hat mich nie betrogen!»

Brollo lehnte sich zurück, seine Augen blickten jetzt sanfter. Unwillkürlich spürte Urbino einen Hauch von Zuneigung für diesen Mann, der seine Frau und seine Tochter verloren hatte – falls Flavia tatsächlich von ihm war.

Brollo seufzte tief.

«In einem Punkt werde ich Ihre Neugier befriedigen, Signor Macintyre. Ich werde Ihnen sagen, was ich von diesem Dalí-Gemälde halte. Violetta hat es mir detaillierter, als mir lieb war, beschrieben. Ich habe es nie gesehen. Mein Geschmack ist sehr traditionell», sagte er und zog die Mundwinkel verächtlich nach unten. «Meine Schwägerin ist eine intelligente und begabte Frau, aber vielleicht hat sie einen Fehler gemacht, indem sie meine Tochter in einem empfindsamen Alter einer solchen Art von Kunst ausgesetzt hat. Mir wäre es lieber gewesen, Violetta hätte sie in die Accademia-Galerie geführt. Warum hat sie ihr nicht einen Katalog mit den Tintorettos, den Guardis und den Veroneses geschenkt! Große Kunst kann Geist und Seele bereichern!»

Urbino, der Brollo da nur zustimmen konnte, spürte erneut eine Woge des Verständnisses für diesen Mann, aber das hinderte ihn nicht daran, eine weitere Frage zu stellen, die ihn beschäftigte.

«Hat Ihnen Ihre Schwägerin auch erzählt, daß ich sie nach einem Streit am Gardasee gefragt habe, zwischen Ihnen und Violetta im Schlafzimmer Ihrer Frau, den Mirko angeblich mitgehört hat?»

Noch während Urbino diese Frage aussprach, betrat Annabella lautlos die *sala.* Er sah mit Freude, daß auf ihrem Tablett an diesem drückend heißen Tag nicht Kaffee und Anisette, sondern zwei *spremute di limone* standen.

Brollo erstarrte, aber Annabella zeigte keine Reaktion. Sie schob Flavias Album beiseite, um Platz zu schaffen für das Tablett, und verschwand so lautlos, wie sie gekommen war.

«Ja, das hat mir Violetta erzählt, aber ein solcher Streit hat weder am Gardasee noch sonstwo jemals stattgefunden. Ladislao Mirko hatte entweder Halluzinationen, oder er lügt ganz bewußt. Fragen Sie sich doch einmal selbst, Signor Macintyre: Wenn Sie eine schöne und intelligente Tochter hätten, die ihr ganzes Leben noch vor sich hat, möchten Sie dann, daß sie sich mit einem Menschen wie Ladislao Mirko herumtreibt, der nur darauf wartet, sie auf sein Niveau herunterzuziehen und mit ihr anstellen zu können, was er möchte? Nein!»

Schweißperlen standen auf Brollos leicht zitternder Oberlippe. Gerade hatte Urbino eine weitere Probe der Wut erhalten, die Brollo die meiste Zeit erfolgreich unter Kontrolle hielt. Brollo zog ein Taschentuch heraus und tupfte sich die Lippe ab.

«Ihre Befragungen sind eine Beleidigung für mich und meine Frau – und für unsere Tochter», sagte Brollo mit beruhigter Stimme.

Urbino rechnete damit, zum Gehen aufgefordert zu werden, ohne einen Schluck von der Limonade trinken zu können, aber Brollo, der zum Schluß vielleicht einen guten Eindruck machen wollte, formte seinen Mund zu einem schmallippigen Lächeln.

«Aber es gibt keinen Grund, sich mit Haarspaltereien abzugeben», sagte Brollo in dem offensichtlichen Versuch, die Feindseligkeit, die er Urbino gegenüber fühlte, zu verbergen. «Warum sitzen wir nicht einfach zusammen und trinken auf zivilisierte Weise unsere Limonade, Signor Macintyre? Danach spiele ich Ihnen etwas auf dem Klavier vor.»

Übergangslos begann Brollo – in dem unnötigen Versuch, Konversation zu machen – seinen Unmut gegen die Biennale zum Ausdruck zu bringen. Von der diesjährigen ging er über zur Ausstellung des Vorjahrs, wobei er seinen Zorn vor allem über dem amerikanischen Pavillon entlud.

«Diese ganzen Leuchtschriften mit ihren absolut lächerlichen Behauptungen. Das war auf geradezu übertriebene Weise amerikanisch, wenn Sie entschuldigen, Signor Macintyre. An einige von ihnen kann ich mich sogar noch erinnern. ‹Romantische Liebe wurde erfunden, um die Frauen zu manipulieren› und ‹Eliten sind unvermeidlich› und ‹Aus Liebe sterben ist schön, aber dumm›! Ich bitte Sie, Signor Macintyre, was hat denn das mit Kunst zu tun?»

Brollo, der erfreut schien, weil Urbino keinen Versuch machte, die Ausstellung zu verteidigen, ging zum Klavier und begann eine Mozartsonate zu spielen. Der Zauber der Sonate ließ Urbino die unerträgliche Atmosphäre in dem heißen, düsteren Raum und beinahe sogar die dringlichen Fragen, die wohl nur Brollo beantworten konnte, vergessen.

Was immer Brollo auch sonst war, er war ein hervorragender Pianist. Die herrlichen Töne wirkten wie eine Woge hellen Lichts, das die dunkelsten Ecken des Raumes erleuchtete.

Wie eine ältliche, aus den Wäldern herbeigelockte Nymphe tauchte Annabella aus den Tiefen des Hauses auf. Mit verschränkten Armen stand sie auf der Schwelle und hörte zu, wobei der Ausdruck auf ihrem Gesicht sowohl Verachtung als auch ein Lächeln zeigte.

Aber nach einer Weile störten unwillkürliche Gedanken Urbinos Musikgenuß. Er sah sich plötzlich wieder auf dem Ponte degli Alpini in Bassano del Grappa, wo die Contessa Flavias Album aus ihrer großen Ledertasche gezogen hatte wie ein Kaninchen aus einem Hut. Damals hatte ein vager Gedanke am Rand seines Bewußtseins gestanden, und er ahnte jetzt, worum es sich handelte. Es hatte mit Brollos Tirade gegen die elektronischen Leuchttexte im amerikanischen Pavillon auf der letzten Biennale zu tun.

Urbino traute Brollo nicht. Er war überzeugt, daß der Mann bezüglich Flavia log, auch wenn er nicht wußte, wie und warum. Flavias letztes Zusammentreffen mit dem Mann, der behauptete, sie sei seine Tochter, hing irgendwie damit zusammen. Zum wiederholten Mal versuchte Urbino sich vorzustellen, was am Donnerstagabend zwischen Lorenzo und Flavia und, etwas später, zwischen Lorenzo und Violetta vorgefallen war – und auch, welche Rolle Annabella dabei gespielt hatte. Vielleicht hatten diese drei, einzeln oder gemeinsam, ein Netz der Intrige gesponnen, in dem sich Flavia während ihres kurzen Lebens verfangen hatte.

Für Urbino wurde es jetzt Zeit zu gehen. Annabella bewegte sich auf die Treppe zu.

«Signor Macintyre findet selbst den Weg hinaus, liebste Annabella. Du mußt dich für deinen Arztbesuch bereitmachen.»

«Es dauert nur einen Moment, Lorenzo», antwortete sie ruhig.

Bei Urbinos letztem Besuch hatte Lorenzo die widerstrebende Annabella gedrängt, ihn zur Tür zu begleiten. An diesem Morgen schienen die Rollen vertauscht zu sein.

Annabella sah ihren Bruder, der nervös vor dem Porträt seiner Frau stand, nicht an. Schweigend stieg sie neben Urbino die Treppe hinab, wobei sie über die Schulter einen schnellen Blick zurück in die *sala* warf. Sie sagte noch immer nichts, als sie ihm die Tür aufmachte.

Aber als Urbino auf die *calle* hinaustrat, beugte sie sich zu ihm und flüsterte mit erstickter Stimme: «Er lügt Sie an! Das tut er ständig, er lügt, lügt, lügt!»

Der Geruch nach Anisette hing zwischen ihnen in der heißen und feuchten Luft.

«Was meinen Sie damit? In welcher Hinsicht lügt er?» fragte Urbino leise, weil er Brollos Gegenwart am oberen Ende der Treppe spürte.

Annabella starrte ihn mit zusammengekniffenen Augen an. Urbino dachte, sie würde antworten, aber sie starrte lediglich. Er versuchte es anders.

«Haben Sie in dem Sommer, als Ihre Schwägerin starb, einen Streit am Gardasee mitgehört? Einen Streit zwischen Violetta Volpi und Ihrem Bruder?»

«Ich habe in meinem Leben viele Streitereien mitgehört, Signore», sagte sie ausweichend. «Flavia war dabei in der Regel am lautesten.» Das fand sie wohl amüsant, denn sie begann zu lachen. «Vielleicht sollten Sie nach dem Streit fragen, den Flavia kurz vor ihrem Tod hatte.»

«Was meinen Sie?»

«Ich meine denjenigen, den sie mit dem Galeristen ihres Freundes hatte, demselben Galeristen, den auch Violetta hat.»

«Wann war das?»

«Vor drei Wochen. Ich wollte gerade eine Freundin besuchen, die in der Nähe der Casa Trieste wohnt, der Pension von Flavias Freund. Flavia stand mit Zuin an der offenen Tür. Sie war sehr wütend.»

«Was hat sie gesagt?»

«Etwas wie ‹Du wirst mich schon umbringen müssen, wenn du mich von ihm fernhalten willst, aber trotzdem vielen Dank für das Geld. Ich werde es sinnvoll ausgeben.› Der Galerist verfluchte sie und stürmte an mir vorbei. Keiner von beiden hat mich gesehen. Das habe ich noch nie jemandem erzählt, obwohl ich wußte, daß es wichtig war.» Sie lächelte bösartig. «Ich weiß, das war nicht richtig. Ich habe etwas Schlimmes getan.»

«Sie hätten es der Polizei erzählen sollen.»

«Vielleicht», antwortete sie.

«Gibt es noch etwas anderes, das Sie wissen, das wichtig sein könnte? Etwa über den Streit am Gardasee?»

Urbino glaubte die Sprechanlage über der Klingel klicken zu hören. Annabella legte einen dünnen Finger auf ihre Lippen. Dann preßte sie mit einem kalten Lächeln Daumen und Zeigefinger gegeneinander und drehte sie vor ihren Lippen um. Ruhig und fest machte sie die Tür hinter sich zu.

Urbino stand noch einige Minuten lang auf dem menschenleeren kleinen Platz und betrachtete den Korb, der am Balkon festgebunden war, und die geschlossenen Fensterläden des Palazzo Brollo. Man konnte sich nur schwer vorstellen, daß Lorenzo Brollo sein Reich jemals verließ, obwohl er es sicherlich tat. Der Palazzo Brollo wirkte wie eine Welt für sich, die jetzt nur noch von einer unverheirateten Schwester und ihrem verwitweten Bruder bewohnt wurde. Flavia war fest entschlossen gewesen, aus dem Haus ihres Vaters zu fliehen – weg von den zahlreichen Pflanzen und Blumen, die ihre Tante züchtete, weg von der eiskalten Kontrolle des Mannes, der behauptete, ihr Vater zu sein. Urbino konnte verstehen, warum Flavia lieber in einem Zimmer der Casa Trieste wohnte und warum sie sich bei Madge Lennox in der Villa Pippa so zu Hause gefühlt hatte.

Etwas am Palazzo Brollo erinnerte Urbino an die Residenz der Hennepins im Garden District von New Orleans. Auch dieses Gebäude war trotz seiner hohen und breiten Veranda und der jährlich frisch gestrichenen weißen Fassade eine geschlossene, treibhausähnliche Welt für sich. Und vor allem Evangelines Vater Emile, der sogenannte «Zuckerrohrkönig», hatte von Urbino erwartet, daß er die Tür hinter sich schloß und einen großen Teil seiner eigenen Welt draußen zurückließ. Evangeline selbst hatte schließlich, aus purer Schwäche, dasselbe von ihm verlangt.

Während Urbino den kleinen Platz verließ und auf die Casa Trieste zuging, führte er sich noch einmal seinen Besuch bei Lorenzo Brollo vor Augen. Der Pianist hatte geleugnet, etwas über den Dalí, über die Geständnisse seiner Frau Regina gegenüber Flavia und über den Streit am Gardasee zu wissen, aber hatte Urbino wirklich etwas anderes erwartet? Längst hatte er begriffen, daß Leugnen, Verschweigen und ausweichende Antworten oft sehr viel mehr verrieten als eine stundenlange, tränenreiche Beichte.

Wie sollte Urbino Annabellas Verhalten deuten? Er konnte verstehen, warum Flavia und Tina sie in ihrer Mädchenzeit scherzhaft als Hexe bezeichnet hatten. Was konnte er ihr glauben? Sie hatte nicht nur ihren Bruder als Lügner bezeichnet, sondern auch einen Hinweis auf Massimo Zuin gegeben. Urbino glaubte zu wissen, worüber sich Flavia und Zuin gestritten hatten – über Zuins Starkünstler Bruno Novembrini. Allem Anschein nach hatte eine größere Geldsumme den Besitzer gewechselt. Urbino mußte mit Massimo Zuin sprechen.

Als Urbino die *calli* auf der anderen Seite des Campo Giacomo dell'Orio erreichte, drängten sich dort die Passanten. Sonst liebte Urbino die Einsamkeit, aber nach seinem Besuch in dem beunruhigenden Palazzo Brollo war er froh, unter Menschen zu sein, die an nichts anderes zu denken schienen als an ein geeignetes Restaurant für ihr Mittagessen. Er machte halt in einer belebten Trattoria, wo er einen Teller Risotto und eine halbe Karaffe Wein zu sich nahm. Eigentlich war er gar nicht hungrig, aber er hatte das Bedürfnis, das Leben wieder zu spüren. Und was eignete sich dazu besser als Essen?

Fast sofort fiel ihm noch etwas anderes ein: Sex. Doch Urbino war von dem Mord an Flavia so besessen, daß er seine Gedanken sofort weiterdriften ließ zum endgültigen Ziel in dieser Welt aus Steinen und Wasser, Träumen und Wünschen – dem Tod.

Während er durch die Fenster der Trattoria blickte, war ihm, als sähe er diese beiden Worte ineinander verschlungen vor sich. Sex und Tod. Das waren die Worte, die er auf dem Ponte degli Alpini zur Überraschung der Contessa laut ausgesprochen hatte.

Jetzt, in der Trattoria inmitten der lärmenden Gäste um ihn, wurde Urbino klar, was ihn seit jenem Augenblick auf dem Ponte degli Alpini unbewußt beschäftigte. Es stand ihm so hell leuchtend vor Augen wie das Schild im Fenster der Trattoria. Es handelte sich um einen Satz, der bei der vorjährigen Biennale als elektronischer Text vor seinen Augen vorbeigezogen war, ein Teil des irritierenden Wortschwalls, der die Contessa aus dem Ausstellungsraum getrieben hatte.

VÄTER SIND OFT ZU GEWALTSAM

Diesen speziellen Satz aus der verhaßten Ausstellung hatte Lorenzo Brollo nicht erwähnt. Und auch die beiden anderen nicht, die sich jetzt in der geschäftigen Trattoria in Urbinos Hirn einbrannten:

MORD HAT SEINE SEXUELLE SEITE
SELBST DEINE FAMILIE KANN DICH VERRATEN

4

«Brollo hat Flavias Sachen geholt», sagte Mirko und streckte sich auf dem abgeschabten Sofa in der Casa Trieste aus. Er trug seine Wollmütze und einen grünen kimonoähnlichen Mantel und zuckte unablässig mit dem Fuß. Draußen im Flur putzte eine kleine, etwa vierzigjährige dunkelhaarige Frau. «Er kam einige Stunden, nachdem Sie gegangen waren, zusammen mit riesengroßen Schlägertypen. Aber ich habe trotzdem ein paar Sachen behalten. Der hier gehörte ihr» – Mirko deutete auf den Mantel – «aber ich habe ihn immer schon öfter getragen als sie.»

«Was sonst noch? Hat Flavia hier Geld zurückgelassen? Haben Sie das Brollo gegeben?»

Mirko warf ihm einen kurzen Blick zu. Auf seiner Wange waren noch immer Spuren des Kratzers zu sehen.

«Geld? Sie hatte doch nie Geld. Sie lebte hauptsächlich von dem, was Violetta und Bernardo ihr zugesteckt haben. Und ich habe Ihnen doch schon gesagt, daß ich für ihr Zimmer kein Geld verlangte! Hören Sie! Spionieren Sie für Lorenzo herum oder so? Er hat mich angeschrien wegen diesem Album. Er fluchte und schimpfte und sagte, er könne mir Probleme mit der Gewerbeaufsicht machen. Das einzige, was ich behalten habe, sind der Mantel und dieses Buch da.»

Er deutete auf die Biographie von Eleonora Duse, die auf dem Tisch lag.

«Was das Album angeht», sagte Urbino, «so fehlen darin einige Dinge. Ein paar Zeitungsausschnitte mit Fotos – Fotos des Conte und der Contessa da Capo-Zendrini – und vielleicht noch andere Sachen.»

Mirko schien ehrlich überrascht.

«Ich kann mich an eine Menge Ausschnitte mit Fotos erinnern», sagte Mirko und fuhr sich mit einem Finger unter der Nase entlang. «Flavia hat mir einmal welche mit dem Conte gezeigt. Der Conte hatte den Arm um die Schultern eines kleinen Mannes mit runden Brillengläsern gelegt. Diese Ausschnitte fehlen also? Vermutlich hat Flavia sie herausgenommen.»

«Aber das wissen Sie nicht sicher?»

«Natürlich nicht, aber wer hätte es sonst tun sollen? Sie glauben doch nicht, daß *ich* es war, oder? Hier gehen eine Menge Leute ein und aus.»

«Haben Sie es denn nicht in den Safe gelegt?»

Mirkos Fuß hörte auf zu zucken, und in seine Augen trat ein verschleierter Blick.

«Das hätte ich vielleicht tun sollen, aber ich hielt es nicht für so wertvoll.»

Die Reinemachefrau spähte zur Tür herein. Sie wirkte nervös.

«Entschuldigen Sie, wenn ich unterbreche, Signor Mirko, aber ich habe gehört, was Sie gerade sagten. Als Sie am Dienstag nachmittag nicht da waren, stand ein seltsamer alter Mann hier im Raum. Er war mindestens so alt wie Methusalem. Offenbar hatte ihn einer der Gäste hereingelassen. Er sagte, er suche ein Zimmer, aber die Pension sei wohl nicht ganz das Richtige. Ich weiß nicht, wie lange er schon hier war. Ich hatte gerade in einem der oberen Zimmer saubergemacht. Er ging sofort, nachdem ich heruntergekommen war.»

«Warum haben Sie mir nichts davon erzählt, Agata?»

Offensichtlich war Mirko ärgerlich auf sie.

«Es ... es tut mir leid, Signor Mirko. Sie waren mit den Anmeldeblättern in der Questura, und ich bin gegangen, bevor Sie wieder zurückkamen. Ich hatte es vergessen. Ich hoffe, ich habe nichts Schlimmes gemacht.»

«Das ist schon in Ordnung, Agata», sagte Urbino. Mirko sah ihn tadelnd an, als wollte er sagen, daß es nicht Urbinos Angelegenheit sei, die Schlampigkeit der Frau zu entschuldigen. «Wie sah dieser Mann genau aus?»

«Sehr klein, dünn und alt – wie ich schon gesagt habe –, vielleicht um die Achtzig, aber er hatte noch ganz schön Energie.»

Das klang wie eine Beschreibung von Silvestro Occhipinti. Agata hatte gesagt, der Mann sei am Dienstag in der Casa Triesta gewesen, jenem Tag, als Urbino sicher war, Occhipinti auf einer Brücke in San Polo gesehen zu haben. Dienstag war auch der Tag, an dem man ihn überfallen hatte.

Nachdem Agata gegangen war, sagte Mirko eine Weile lang nichts. Dann fragte er, nur mühsam seinen Ärger zügelnd: «Erinnert Sie dieser alte Mann an jemanden, den Sie kennen?»

«Nein», log Urbino.

«Na ja, glauben Sie, er könnte diese Ausschnitte aus Flavias Album genommen haben?»

«Es ist möglich. Ist Ihnen in dem Album die Reproduktion eines Gemäldes von Salvador Dalí aufgefallen? Sie war auf einer Seite, die aus dem Guggenheim-Katalog herausgerissen wurde.»

Mirko stand auf und ging hinter den Tisch, der vor dem Vorhang stand und mit dem seine private Ecke abgeteilt war. Er öffnete eine Schublade und zog etwas heraus.

«*Diese* Seite?» Er reichte Urbino die fehlende Katalogseite. «Die hat mir Flavia vor zwei oder drei Jahren geschenkt.»

Nachdem er die Seite eingehend untersucht, keine Markierungen und nichts Handschriftliches darauf gefunden hatte, gab Urbino die Seite Mirko wieder zurück.

«Warum?»

«Weil sie wußte, daß ich es mag. Ich meine nicht das Gemälde, von dem Sie sprechen, sondern das auf der anderen Seite. Das von Yves Tanguy. Seit meiner Jugend mag ich seine Sachen. Es sieht aus wie die Bilder damals in meinem Kopf, als ich mein Bewußtsein erweiterte. Ehe Flavias Mutter starb, gingen wir oft ins Guggenheim-Museum, manchmal zusammen mit Tina Zuin. Die beiden schauten sich den Dalí an, und ich das hier» – er deutete auf Tanguys *Le Soleil dans son écrin* – «und die drei oder vier anderen, die es dort von Tanguy gibt. Ich kam mir vor wie auf einem Trip! Vielleicht hatte er etwas genommen, bevor er das malte.»

«Ich bin überrascht, daß Sie mir davon nichts erzählt haben, als ich den Katalog ansah.»

«Verstehen Sie das nicht falsch, Macintyre!» Mirko legte die Seite auf den übersäten Tisch. «Damals habe ich überhaupt nicht daran gedacht.»

«Das ist schwer zu glauben.»

«Ob Sie es glauben oder nicht, es ist die Wahrheit!»

Es war durchaus möglich, überlegte Urbino, daß sein von Drogen umnebeltes Hirn die fehlende Seite vergessen hatte.

«Haben Sie den Katalog noch?»

«Ich sagte Ihnen doch, Brollo hat fast alles mitgenommen.»

Mirko starrte Urbino trotzig und verschlagen an.

«Gibt es da noch mehr, was Sie mir nicht erzählt haben?» fragte Urbino. «Es ist in Ihrem eigenen Interesse, mir alles zu erzählen, was Sie wissen.»

«Ich habe nichts zu verbergen! Ich bin ganz offen zu Ihnen. Mein Gott! Brollo kam hierher, als gehöre ihm der Laden, und warf mir dieses ganze Geld hin. Ich habe es genommen, ich bin ja nicht dumm. Brollo sagte, das Geld sei wegen Flavia, aber ich wußte, er wollte, daß ich den Mund halte. Wenn ich Ihnen nicht schon alles erzählt hätte, jetzt würde ich es tun, ob es Brollo gefällt oder nicht! Hören Sie, Macintyre. Das war alles nicht leicht für mich, wissen Sie. Ich mochte Flavia sehr. Ich habe sie geliebt.» Ladislao Mirko holte ein Taschentuch hervor. «Sie war der einzige Mensch, dem ich etwas bedeutet habe. Der einzige! Wissen Sie, was das für jemanden wie mich heißt?»

Mirko wischte sich das Gesicht ab. Dann zuckte er die Achseln und lächelte verlegen.

«Ich weiß, wie ich aussehe, Macintyre. Und ich weiß, was die Leute von mir denken. Wenn man nicht attraktiv ist, wird man anders behandelt. Es ist, als lebe man auf einem anderen Planeten. Aber Flavia gab mir das Gefühl, jemand Besonderes zu sein. Jetzt habe ich nur noch das hier.»

Er breitete seinen dünnen Arme aus und deutete auf die Wände seiner Pension. Sein Gesicht wurde düster, und er senkte die Arme wieder. Mit welchen Tricks hielt Mirko seine Pension am Leben und versorgte sich selbst mit Drogen? Urbino dachte an Flavia und das Geld, das sie von Massimo Zuin bekommen hatte.

«Ist Annabella Brollo hier häufig zu Besuch?» fragte Urbino plötzlich.

«Annabella Brollo? Warum sollte sie herkommen? Flavia hat sie nie ausstehen können.»

«Nicht wegen Flavia. Wegen Ihnen. Sie schlüpfte gerade in die Pension, als ich nach meinem ersten Besuch hier das Haus verließ.»

«Na ja, vielleicht kam sie an diesem Tag, aber das war das erste und einzige Mal.»

«Das glaube ich nicht. Ich glaube, sie kommt sehr oft. Sie hat mir gerade erzählt, daß sie an der Tür zur Pension Zeugin eines Streits zwischen Flavia und Massimo Zuin geworden ist.»

Mirko schien ehrlich verwirrt. Er verzog sein häßliches Gesicht und tupfte seine Nasenspitze mit dem Taschentuch ab.

«Der einzige Streit, den ich im Zusammenhang mit Flavia jemals mitgehört habe, war der am Gardasee, und davon habe ich Ihnen bereits erzählt. Wenn Flavia und Massimo Zuin eine Auseinandersetzung hatten, dann habe ich es nicht mitbekommen. Flavia hat es mir gegenüber nie erwähnt.»

«Warum kommt Annabella Brollo hierher?»

«Sie... sie will etwas von mir. Etwas, damit sie schlafen kann. Sie leidet unter Schlaflosigkeit. Ich gebe ihr einige von meinen Schlaftabletten. Bringen Sie mich bitte nicht in Schwierigkeiten», flehte der Mann. «Mehr steckt nicht dahinter.»

«Mich interessiert nicht, was für Tabletten Sie Annabella Brollo geben. Aber da wir gerade von Tabletten reden, was ist mit denen, die die Polizei bei Flavias Habseligkeiten gefunden hat?»

«Was soll damit sein? Ich habe Ihnen bereits erzählt, daß ich nicht weiß, woher sie sie hatte.»

«Von Ihnen hat sie die Tabletten nicht bekommen?»

«Von mir? Sie sind ja verrückt!»

«Vielleicht. Haben Sie jemals gesehen, wie Flavia eine dieser Tabletten genommen hat?»

«Sie gesehen?» Mirko sah verwirrt aus. «Man nimmt doch seine Medikamente nicht immer vor anderen Leuten.»

«Das ist allerdings wahr.»

Schweigen trat ein, und Mirko wirkte so nachdenklich, als wäge er verschiedene Möglichkeiten gegeneinander ab.

«Sie wollen mich in Schwierigkeiten bringen», sagte er schließlich mit einem Schniefen. «Schon der Verdacht, ich könnte etwas mit diesen Pillen zu tun haben, die Flavia nahm, könnte mir Probleme verursachen. Ich darf, was Drogen angeht, kein Mißtrauen verursachen. Das verstehen Sie doch, oder?»

«Ich hätte gedacht, daß Sie vorsichtiger sind, Signor Mirko, vor allem nach dem, was Ihrem Vater passiert ist. Ja, ich weiß, wie er starb. Drogen können gefährlich sein.»

Die Angst in Mirkos Gesicht schien jetzt stärker als noch wenige Augenblicke zuvor. Urbino starrte ihn an. Dann wandelte sich die Angst allmählich in ein schiefes Lächeln, bei dem die gelblichen Zähne sichtbar wurden. Aber auch wenn er lächelte, wirkte Mirko doch immer noch vorsichtig.

«Ich passe so gut wie möglich auf, Signor Macintyre. Wir haben doch alle unsere kleinen Schwächen, nicht wahr?»

Ein paar kurze Augenblicke lang sah Mirko aus wie ein verschlagener Lausbub. Tina Zuin hatte gesagt, Mirko könne charmant sein, und vielleicht war er das vor zehn Jahren, als sie mit ihm ausgegangen war, auch gewesen.

Als Urbino Mirko fragte, ob er wisse, daß Tina Zuin und Bruno Novembrini ein Verhältnis hätten, schien Mirko über den Themenwechsel erleichtert.

«Natürlich», sagte Mirko. «Das zeigt doch bloß, was dieser Novembrini für ein Mistkerl ist. Vielleicht haben sie es schon miteinander getrieben, als Flavia und Novembrini noch zusammen waren.»

«Haben Sie Flavia Ratschläge bezüglich ihrer Beziehungen gegeben?»

Wieder lächelte Mirko schief.

«Brüderliche Ratschläge? Ich fürchte, ich konnte mich nicht zurückhalten.»

Urbino versuchte, in Mirkos Gesicht etwas anderes als brüderliche Zuneigung zu finden, doch da zog Mirko bereits wieder sein Taschentuch aus der Tasche von Flavias Morgenmantel und wischte sich die Nase ab.

5

Nachdem er die Casa Trieste verlassen hatte, machte sich Urbino auf den Weg zum Hotel Danieli. Er hatte Eugene versprochen, ihm zu helfen, für die letzten Tage seines Aufenthaltes ins Hotel Cipriani auf der Giudecca-Insel umzuziehen.

Bei seinem Gang durch die *calli,* wo es von Menschen wimmelte, dachte Urbino über Ladislao Mirko, Occhipinti und den Streit am Gardasee nach.

Mirkos Angst war beinahe so deutlich wie der ranzige Geruch, den er verströmte – aber hatte er lediglich Angst, wegen der Drogen Probleme mit der Polizei zu bekommen? Falls das passierte, konnte er die Casa Trieste verlieren. Vielleicht hatte sein Umgang mit Drogen die Pension bereits ernsthaft in Gefahr gebracht, und er hing nur noch mit einer seiner schmutzigen Fingerspitzen daran. Brollo hatte behauptet, Flavia habe Mirko Geld gegeben. War es möglich, daß Mirko jetzt, nachdem Flavia tot war und er sich nicht mehr auf ihre Großzügigkeit verlassen konnte, unter Druck geriet? Dann war da noch immer die Frage des Geldes, das Zuin Flavia gegeben hatte. Hatte Flavia Tina und den Riccis die gesamte Summe geschenkt? Brollo hatte Mirko viel Geld gegeben, angeblich, um für Flavias Unterkunft zu bezahlen, aber Mirko hatte gesagt, Brollo habe sich sein Schweigen erkaufen wollen. Falls das stimmte, konnte Mirko dann vielleicht noch andere Dinge über Brollo erzählen, die er bisher verschwiegen hatte?

Dann war da Silvestro Occhipinti. Er wirkte ebenfalls nicht völlig unschuldig. Urbino wußte jetzt eine Sache, die Alvises alter Freund verschwiegen hatte – seinen Besuch in der Casa Trieste nach Flavias Tod. Agata hatte einen Mann beschrieben, der entweder Occhipinti selbst war oder ihm sehr ähnlich sah.

Hatte Occhipinti die Zeitungsausschnitte über sich selbst und Alvise aus Flavias Album genommen? Vielleicht hatte er die Pension sogar mehr als einmal aufgesucht. Als Flavia starb, war Occhipinti in Venedig gewesen, und seine Erkältung konnte er sich ohne weiteres geholt haben, als er während des Unwetters an dem letzten Abend, an dem Flavia lebend gesehen wurde, draußen war.

Für die Contessa wäre es ein doppelter Schlag, wenn sie neben Alvises Untreue auch noch von Occhipintis Lügen erfuhr, wie auch immer diese begründet waren. Obwohl der Streit am Gardasee und Graziella Gnocatos Aussage darüber, was Regina Brollo Flavia über Alvise erzählt hatte, keineswegs sicher bewiesen, daß der Conte Flavias Vater war, so bewiesen sie doch auch nicht das Gegenteil. Wie weit würde Occhipinti gehen, um Barbara und Alvise zu schützen?

Während Urbino in der Bar des Danieli, wo es nach Leder und Luxus roch, auf Eugene wartete, dachte er noch einmal über den Streit nach, den, wie Mirko behauptete, er und Flavia am Gardasee mitgehört hatten: Violetta hatte Brollo aufgefordert, sich der Realität zu stellen und zuzugeben, daß Flavia nicht seine Tochter sei. Die Erwähnung von Alvises Namen. Reginas verzweifelter Aufschrei. Brollos Zurückweisung von Violetta. Der Schlag.

Ja, der Schlag. Aber wer hatte wen geschlagen? Mirko hatte angenommen, daß Brollo Violetta geschlagen habe – aber vielleicht hatte Regina sie geschlagen, oder eine der Frauen hatte Brollo geschlagen. Oder Brollo seine Frau. Mirko konnte durchaus die Wahrheit gesagt haben, aber nur, soweit er sie *gehört* hatte. Das konnte einen großen Unterschied machen.

Nicht lange nach dem Streit am Gardasee hatte Regina sich umgebracht. Mehr als zehn Jahre später wurde ihre Tochter ermordet.

Es war durchaus denkbar, daß Regina sich ihrer Schwester anvertraut hatte, vor allem, nachdem Violetta einst mit Alvise ausgegangen war. Regina konnte ihre Schwester sogar deshalb verspottet und wütend gemacht haben, worauf diese Lorenzo alles enthüllte. Laut Graziella Gnocato hatte Violetta oft auf die Contessa geschimpft. Jetzt allerdings schwieg Violetta. Vielleicht war ihr Wunsch nach Rache gegen die Contessa nicht so stark wie ihre Angst vor Lorenzo.

Urbino konnte verstehen, daß man Brollo fürchtete. Der Mann konnte gewalttätig werden. «Väter sind oft zu gewaltsam», wiederholte Urbino innerlich.

Er mußte mit Annabella sprechen. Sie lebte seit Reginas Selbstmord im Palazzo Brollo. Bestimmt konnte sie ihm Flavias Leben hinter diesen abweisenden Mauern beschreiben. Hatte sie nicht bereits gesagt, ihr Bruder lüge – sogar, er habe immer gelogen? Wenn es Urbino gelang, ihre Lippen zu entsiegeln – was würde sie ihm erzählen?

6

Eugene hatte darauf bestanden, in einer Gondel ins Cipriani überzusiedeln, und so wurden sie jetzt über die Wasserstraße zwischen dem Dogenpalast und der Giudecca-Insel gerudert. Ein ganzes Stück weit begleitete sie eine andere Gondel, in der zurückgelehnt ein Paar saß, dem ein dunkelhaariger und kleiner Mann mit einer Mandoline Serenaden vorsang.

Aber den Rest der Fahrt bis zum Cipriani an der Spitze der Giudecca war die Gondel wie ein schwarzer Schwan inmitten von Drachen. Eugenes Gesicht bekam jedesmal, wenn sie in die Heckwelle eines Schiffes gerieten, einen angespannten Ausdruck, aber er sagte nichts und tat so, als genieße er jeden Moment.

Urbino kam sich ein wenig wie ein Pascha in weichen orientalischen Kissen vor. Er phantasierte über eine Fahrt in einen abgelegenen Teil der Lagune, weit weg vom Trubel Venedigs in der Hochsaison und den wirbelnden Fragen zu Flavias Leben und Sterben. Vielleicht könnte er, wenn diese Angelegenheit mit Flavia und Alvise vorüber war, den Rest des Sommers in Asolo verbringen – mit der Contessa, die seine Freundschaft vermutlich dann mehr denn je brauchte. Sie würden mit dem Bentley Ausflüge in den Veneto machen, das Caffè Centrale besuchen und sich für lange und erholsame Nachmittage in den Garten zurückziehen.

Einige ihrer schönsten gemeinsamen Tage hatten er und Evangeline im Sommer verbracht – bei Wanderungen am Lake Pontchartrain, auf einer Flußschiffahrt nach St. Louis und während schläfriger Wochen im Plantagenhaus von Evangelines *marraine,* ihrer Patin, in den Hügeln bei Baton Rouge. Ja, ihre ersten Sommer waren idyllisch gewesen, aber nur allzubald folgten weniger glückliche Zeiten, in denen Urbino gegen seinen Eintritt in die Familienfirma der Hennepins kämpfen mußte. Evangeline wollte ihrem Vater beweisen, daß Urbino kein solcher Dilettant war, wie der Zuckerrohr-König befürchtete. Er sollte seine Stelle als Lektor bei der *Louisiana State University Press* aufgeben, und Emile würde eine geeignete Arbeit in der Familienfirma für ihn finden – vielleicht in der Public-Relations- oder in der Personalabteilung.

Aber keine dieser Stellen war das, was Urbino sich wünschte. Nicht nur, daß er sich damit selbst noch mehr an die Hennepins gebunden hätte, auch Evangeline hätte keine Chance mehr gehabt, dem in gewisser Weise unheilvollen Einfluß der Familie zu entkommen. Sie brauchte, auch wenn sie es damals selbst noch nicht erkennen konnte, ein eigenes, von den Hennepins unabhängiges Leben, und Urbino hatte gehofft, das für sie beide zu erreichen.

Aber er mußte sich nicht den Kopf über diese schwierige Zeit zerbrechen, sagte er sich, und ließ sich tiefer in den Sessel der Gondel sinken. Es war doch viel besser, sich an jene Tage zu erinnern, als alle Probleme noch so weit entfernt schienen.

Mit einer Bemerkung, die erstaunlich gut paßte, unterbrach Eugene Urbinos Gedanken.

«Wir haben schon eine ganze Weile nicht mehr über Evangeline geredet, Urbino», sagte er. «Ich hoffe, du hast gelegentlich an sie gedacht. Sie hat über all die Jahre ein Bild von dir aufbewahrt, und wenn sie es ansieht, dann bekommt sie einen ganz weichen Gesichtsausdruck. Ich weiß, daß dich diese tote Frau beschäftigt, aber die Zeit wird knapp. Evangeline und ich wollen weiterfahren. Ich habe gerade mit ihr telefoniert, sie sagte, sie würde sehr gern von Florenz nach Venedig kommen, aber wenn du ihr nicht die Erlaubnis gibst, setzt sie keinen Fuß in diese Stadt.»

«Um zu kommen, braucht sie meine Zustimmung nicht, Eugene.»

«Ach, du weißt doch ganz genau, was sie meint, tu doch nicht so! Sie will wissen, ob du sie willkommen heißt. Was wäre auch so schlimm daran? Sie hat sich völlig verändert, Urbino. Auch wenn sie noch so aussieht wie damals, innerlich ist sie eine andere geworden.

Ich würde mich über nichts mehr freuen, als wenn du das selbst sehen könntest. Also, was meinst du? Sag nur ein Wort, und die alte Evie ist hier wie der Blitz. Weißt du noch, damals in Natchez, als du, ich und Evie..» Eugene stürzte sich in eine langwierige Erinnerungsgeschichte, die den Rest der Fahrt über das Becken von San Marco bis zur Anlegestelle des Cipriani dauerte.

Aber als Eugene fertig war und sie aus der Gondel stiegen, hatte er sein eigentliches Anliegen nicht vergessen. Er bat Urbino noch einmal zu überlegen, ob und wann Evangeline nach Venedig kommen könne.

«Natürlich ohne jeden Hintergedanken, Urbino.»

Das glaubte Urbino nicht, aber zu seiner Überraschung hörte er sich sagen, ohne daß er eine bewußte Entscheidung gefällt hätte: «In Ordnung, Eugene. Dann soll Evangeline doch in ein oder zwei Tagen kommen.»

Urbino vermutete, daß die ungelöste Geschichte der Brollos, der Contessa und Alvises und die damit zusammenhängenden offenen Fragen zu dieser Entscheidung beigetragen hatten.

«Ja», sagte Urbino noch einmal, als sie die Eingangshalle des Cipriani betraten. «Sag ihr, sie soll kommen. Wir könnten gleich hier im Cipriani ein Zimmer für sie reservieren.»

«Natürlich, Urbino. Evie und ich haben nicht erwartet, daß sie bei dir unterkommt. Zumindest noch nicht gleich», sagte Eugene mit einem Lachen und gab damit Urbino das Gefühl, daß er vielleicht doch etwas Falsches getan hatte.

7

Als Urbino um zwei Uhr nachmittags Eugene im Cipriani-Hotel verließ, wußte er, daß Zuins Galerie noch zwei Stunden lang geschlossen hatte. Er ging zurück in den Palazzo Uccello und rief die Contessa an, um ihr von seinem Verdacht gegen Occhipinti zu berichten.

«Ich bestehe darauf, daß Sie mich mit Silvestro sprechen lassen», sagte die Contessa. «Ich werde herausfinden, was er verschweigt. Sie können inzwischen in Venedig andere Dinge erledigen. Außerdem haben Sie ja noch Eugene.»

Ach ja, Eugene, dachte Urbino – und in den nächsten Tagen auch noch Evangeline. Davon mußte er der Contessa erst noch erzählen.

«Aber Barbara, Silvestro hält diese Informationen möglicherweise nicht wegen Ihnen und Alvise zurück, sondern aus eigenem Interesse.»

«Sie meinen, der arme kleine Mann kann sich nicht entscheiden, ob er mir beweisen soll, daß Alvise *nicht* Flavias Vater war, oder ob er seinem Wunsch nachgeben soll, sich selbst zu belasten? Aber das würde bedeuten, daß – daß *er* Flavias Vater wäre! Oder daß *er* sie in den Canal Grande gestoßen hat! Das ist doch lächerlich!»

«Lächerlich oder nicht, Barbara, seien Sie vorsichtig. Ich bin sicher, daß er nie etwas täte, was Sie verletzt, aber vergessen Sie nicht, daß auf einem der Zeitungsausschnitte neben Alvises Bild auch *seines* war. Und ich bin ziemlich sicher, daß ich ihn am Dienstag in Venedig gesehen habe und daß er in der Casa Trieste war.»

«Auf Silvestros Ehrlichkeit kann ich mich mehr verlassen als auf Ihre Augen, *caro*! Und außerdem, glauben Sie wirklich an diese alberne Theorie, daß Verbrecher an den Ort ihres Verbrechens zurückkehren? Falls sie das tun, was wäre dann mit Madge Lennox?» fragte sie scharf und verriet damit erneut ihre Antipathie gegen die Schauspielerin. «Vielleicht sollten sie einmal *deren* Angelegenheiten durchstöbern anstatt die von Silvestro. Sie behauptet, zu der Zeit, als Flavia starb, in Mailand gewesen zu sein, aber woher sollen wir wissen, daß sie, nachdem sie mit Flavia in Venedig ankam, wirklich nach Mailand weitergefahren ist? Sie hat vielleicht gewartet, bis das Mädchen den Bahnhof verlassen hatte, und ist ihr dann gefolgt!»

Urbino begann, über Madge Lennox nachzudenken, aber seine Gedanken wanderten. Erst die Worte der Contessa holten ihn wieder zurück, denn sie erwähnte die Klinik außerhalb von Mailand, die Graziella Gnocato genannt hatte – wo Regina Brollo vor sechsundzwanzig Jahren Flavia zur Welt gebracht hatte.

«Ich habe mir alle Mühe gegeben, *caro,* wie ich es versprochen hatte. Der liebe Corrado, er ist wirklich ein Schatz, hat mir wieder geholfen, aber es gibt keine Unterlagen über Regina Brollos Aufenthalt in der Klinik. Die Frau, mit der Corrado für mich den Kontakt hergestellt hat, ist seit den frühen sechziger Jahren dort. Sie sagte, ein paar Jahre, nachdem sie dort anfing, wären bei einem Einbruch einige Unterlagen und auch Medikamente gestohlen worden, aber sie kann sich an den Namen Brollo noch vage erinnern. Ich habe alles versucht, aber mehr kann ich nicht bieten.»

Urbino lobte sie für diese Detektivarbeit. Wäre sie von diesem Fall nicht so direkt betroffen gewesen, so hätte er einige der Verdächtigen gern mit ihr gemeinsam verhört. Ihr Urteil schätzte er über alles.

«Wie ich Ihnen schon gesagt habe, ich kann den Worten einer senilen alten Frau und eines Mannes, der sich möglicherweise ständig im Opiumrausch befindet, nur schwer vertrauen. Vielleicht *glaubt* Mirko nur, er habe den Streit am Gardasee mitgehört, und konnte auch Flavia glauben machen, sie könne sich ebenfalls daran erinnern. Sie könnten sogar gemeinsam Opium genommen haben! Freundschaft ist wirklich etwas Großartiges – schauen Sie nur Alvise und Silvestro an, oder Sie und mich! Aber wenn man ein schönes Mädchen wie Flavia mit jemandem wie Mirko zusammenspannt, dann wollen die Mirkos dieser Welt mehr als nur Freundschaft.»

«Könnte es nicht auch umgekehrt gewesen sein?» fragte Urbino, der nicht ihrer Meinung war und sie zu einer Reaktion provozieren wollte. «Vielleicht war es Flavia, die mehr wollte.»

Die Contessa antwortete mit einem herzlichen Lachen.

«Ich glaube, ich weiß, woher dieser Gedanke stammt, *caro*! Von Evangeline Hennepin Macintyre, oder wie immer sie jetzt auch heißen mag. Ich habe das Foto dieses hübschen Mädchens gesehen. Sie ist nicht ganz eine Flavia Brollo, aber trotzdem sehr attraktiv und dazu offensichtlich sehr entschlossen. Sie denken an *ihre* Sehnsüchte, nicht wahr?»

Das war soweit von dem entfernt, was er über Flavia und Ladislao Mirko dachte – und zugleich so nahe an dem, was er ihr noch nicht erzählt hatte –, daß er zunächst nicht wußte, was er sagen sollte.

«Natürlich denke ich nicht, daß Sie irgend etwas mit dem drogensüchtigen und unscheinbaren Mirko gemeinsam haben, außer, daß hinter ihm vielleicht auch eine Frau hergewesen ist und er so weit wie möglich davonlaufen wollte – obwohl ich das bezweifle.»

Mit einer nicht geringen Befriedigung eröffnete Urbino schließlich der Contessa, daß sie sich, was Evangeline anging, völlig irrte – zumindest an diesem Nachmittag. Er lief nicht länger davon.

«Ich habe Eugene gesagt, daß ich Evangeline sehen würde. Sie wird bald nachkommen.»

«Welche verdrehte Logik oder welches Schuldgefühl hat Sie denn zu dieser Entscheidung gebracht, *caro*? Ich weiß nicht, ob ich stolz oder beleidigt sein soll, daß Sie das ganz allein beschlossen haben – ohne *mich*, meine ich. Ich vermute, Ihre Entscheidung hat etwas mit Flavia Brollo zu tun.»

«Und in welcher Weise bitte?» fragte Urbino. Hatte er in der Gondel auf dem Weg zum Hotel Cipriani nicht das gleiche gedacht?

«Ich will uns beide nicht in Verlegenheit bringen, indem ich das ausspreche. Leben Sie wohl!»

8

Nachdem er mehrere Tassen Kaffee getrunken, geduscht und sich umgezogen hatte, begab sich Urbino zu Massimo Zuins Galerie. Er übersah Zuins überraschten Ärger und sprach sofort den Streit an, den Zuin mit Flavia vor ihrem Tod an der Tür der Casa Trieste gehabt hatte. Als Zuin sichtbar zusammensackte, wußte Urbino, daß Annabella Brollo die Wahrheit gesagt hatte.

«Setzen Sie sich», sagte Zuin mit ungewöhnlich leiser Stimme. Er nahm gegenüber von Urbino Platz. «Wie haben Sie das herausgefunden?»

«Das ist unwichtig. Sie sind zu Flavia gegangen, um sie dazu zu überreden, sich von Novembrini fernzuhalten, nicht wahr? Sie haben ihr sogar eine große Geldsumme gegeben. Wußten Sie, daß sie einiges von dem Geld Ihrer Tochter Tina für die Einrichtung ihrer Wohnung gegeben hat?»

«Tina?» Ein schmerzlicher Ausdruck huschte über sein gefurchtes Gesicht. «Ich leugne nicht, daß ich mit Flavia gesprochen habe – und ja, ich habe ihr Geld gegeben, ziemlich viel sogar. Zehn Millionen Lire.» Das waren etwa achttausend Dollar. «Das war meine Kommission vom Verkauf einiger Bilder von Bruno. Ich wußte, es war viel Geld, aber ich hoffte, wenn ich Flavia loswürde – ich meine, wenn ich sie davon abbringen könnte, Bruno ständig zu piesacken –, dann wäre er viel glücklicher und produktiver und dann bekäme ich das Geld zehnmal wieder herein. Bruno wußte nichts davon. Er weiß es immer noch nicht. Ich will auch nicht, daß er es erfährt – und Tina auch nicht. Ich sehe ein, es war falsch, das zu tun.»

«Wann haben Sie das gemerkt? Bevor oder nachdem Flavia tot aufgefunden wurde? Ich rate Ihnen, gehen Sie zur Questura und erzählen Sie die ganze Sache.»

«Hören Sie, Macintyre», sagte Zuin und stand auf. «Mit Flavias Tod habe ich nichts zu tun! Ich habe ihr nur gesagt, es sei am besten, wenn sie sich von Bruno fernhielte – das sei auch am besten für Bruno! Sie betrachtete das Ganze als einen Witz, sie lachte mich aus und sagte, sie würde das Geld behalten und überlegen, was sie damit anfange und wie sie sich weiter verhalte. Alle haben sie falsch eingeschätzt. Sie war stark und konnte auf sich selbst aufpassen.»

«Trotzdem ist sie ermordet worden.»

Ein angstvoller Ausdruck trat in das Gesicht des Mannes, und er fuhr sich mit der Hand durch das lange graue Haar im Nacken. Dann ließ er sich auf den Stuhl fallen.

«Aber wer sollte den Wunsch gehabt haben, Flavia zu ermorden?»

Eine ganze Reihe von Leuten, antwortete Urbino im stillen. Zuin sah ihn an. Urbino schwieg noch immer, weil er abwartete, wen der Galerist wohl zuerst verteidigen würde – seine Tochter Tina oder Novembrini.

Am Ende war Urbino ziemlich sicher, daß trotz der Lügen und Intrigen Zuins, Novembrinis und vielleicht sogar Tinas keiner von ihnen Flavias Mörder war. Das bedeutete aber nicht, daß sie nicht vielleicht unwissentlich eine Rolle bei ihrem Tod gespielt hatten.

Ehe Urbino Zuin verließ, stellte er ihm noch eine weitere Frage.

«Eugene hat gesagt, daß noch jemand ein Auge auf Novembrinis Gemälde von Flavia hatte. Wer war das?»

Als Zuin den Namen dieser Person nannte, nickte Urbino. Das machte Sinn. Wer hätte es sonst sein sollen?

9

Am Samstagvormittag unternahmen Urbino und Eugene ihren verschobenen Ausflug nach Burano. Es war jetzt eine ganze Woche her, seit Flavias Leichnam am Palazzo Guggenheim aufgetaucht war. Urbino glaubte, daß ihm ein anderer Ort als Venedig und Asolo, die beide mit Flavia und seinen Ermittlungen verknüpft waren, guttun würde. Auf diese Weise konnte er einen klaren Kopf bekommen und das Muster, das sich, wie er wußte, hinter Flavias Tod verbarg, vielleicht deutlicher sehen.

Burano mit seinen pastellfarbenen Häusern, den kleinen Kanälen und den geschmückten Booten besserte Urbinos Laune stets. Auch Eugene war nicht immun dagegen, er hatte innerhalb einer Stunde nach ihrer Ankunft bereits mehrmals gesagt, es sei «wirklich bildhübsch». Er hatte auch bereits eine Handvoll Postkarten und einen Stapel Platzdeckchen erstanden, aber das hatte ihm keineswegs den Appetit auf kostspieligere Dinge genommen.

«Oh, schau, da ist noch so eine kleine alte Dame bei der Arbeit. Laß uns sehen, ob *sie* welche hat.»

Mit «welche» meinte Eugene vier gleichartige Spitzenfächer, die «alt aussahen». Er wollte keine wirklich antiken Fächer – nicht, so betonte er, weil er nicht bereit gewesen wäre, den Preis zu bezahlen, sondern aus Angst, daß sie auseinanderfallen könnten, wenn May-Foy, seine beiden Töchter und Evangeline sie benutzten. Urbino und Eugene hatten bereits ein halbes Dutzend Frauen angesprochen und ein breites Sortiment durchgesehen, aber Eugene hatte keine Fächer gefunden, die ihm gefielen.

Die Frau, auf die Eugene Urbino aufmerksam gemacht hatte, saß auf einem Stuhl vor einem zitronengelben Haus. Diese Buranella-Spitzenmacherin war über siebzig und hatte schlohweiße Haare, die aus dem runden Gesicht nach hinten gesteckt waren. Sie trug ein schwarzes Kleid, kleine Perlenohrringe und natürlich eine Brille, denn keine Frau konnte dieses Handwerk jahrelang ausüben, ohne Augenschäden davonzutragen. In ihrem Schoß lag zur Unterstützung der Spitzenarbeit ein *tombolo*-Kissen. Ein weiteres Kissen hatte sie hinter ihren Rücken gestopft. Ihre Füße, die in schwarzen Schuhen steckten, lagen auf einem Schemel.

Im Gegensatz zu den anderen Spitzenmacherinnen, die sie heute kennengelernt hatten, sprach sie Englisch. Eugene war froh, daß er mit ihr direkt verhandeln konnte und nicht Urbinos Hilfe in Anspruch nehmen mußte, denn er gab Urbino in gewisser Weise die Schuld daran, daß sie die Fächer noch nicht gefunden hatten. Urbino überließ Eugene seinen Geschäften, während er ein kurzes Stück weiterging und zu Eugene sagte, er solle ihn rufen, falls er ihn brauche oder seine Meinung wissen wolle.

Urbino duckte sich unter einer Wäscheleine hindurch, die quer über einen kleinen Platz am Kanal gespannt war. Weiße Spitzenvorhänge bauschten sich in den Fenstern eines hellroten Hauses und gaben den Blick auf eine Frau frei, die über ihre Arbeit gebückt saß.

Zwar hatte Urbino gehofft, sich hier in Burano von den Gedanken an Flavia freimachen zu können, aber sobald er allein war, überfielen sie ihn wieder. Sie ähnelten in gewisser Weise den Gestalten auf *Le Soleil dans son écrin,* dem Tanguy aus dem Guggenheim-Museum – sie waren amorph, in Auflösung begriffen und zerfließend, sie neckten ihn mit ihren wechselhaften Bedeutungen. Immer wieder glaubte er, ein geschlossenes Bild zu erkennen, aber dann entglitt es ihm wieder.

Was die Sache so schwierig machte, war, so überlegte Urbino, daß der Mord an Flavia sich wohl nicht nur aus einer Linie in ihrem Leben herleiten ließ, sondern aus der katastrophalen Verknüpfung von mehreren Fäden an dem entscheidenden letzten Abend, als sie noch lebend gesehen wurde. Er war bisher hauptsächlich in der Annahme vorgegangen, daß ihn eine Variation des Klischees *Cherchez la femme* – in diesem Fall *Cherchez le père* – zu Flavias Mörder führen würde. Dessen war er sich jetzt nicht mehr so sicher, aber er glaubte, sich der Person, die keinen anderen Ausweg mehr gesehen hatte, als Flavia zu ermorden, um so mehr anzunähern, desto mehr er über Flavia erfuhr. Hoffentlich konnte er diese Person identifizieren, ehe sie vielleicht noch einmal zuschlug.

«Urbino, wo bist du? Was hältst du davon?»

Urbino ging zurück zu Eugene und der alten Spitzenmacherin. Eugene betrachtete gerade einen grellrosa Spitzenschirm.

«Sie hat keine Fächer, aber das hier könnte hübsch sein für May-Foy. Ich weiß nicht, ob es in der heißen Sonne von Louisiana sehr nützlich ist, aber May-Foy wird es gefallen, das Ding einfach nur herumzutragen. Vielleicht kann sie es für Mardi Gras verwenden. Ich glaube, ich nehme es.»

Nachdem Eugene den Schirm gekauft hatte, setzten sie sich an einen Tisch vor einem Restaurant in der Via Baldassare Galuppi. Es war vielleicht unvermeidlich, daß Urbino an Occhipinti denken mußte, während er mit halbem Ohr Eugene zuhörte, der sich über den schiefen Campanile ausließ. Die Straße war nämlich nach dem Komponisten aus Buranello benannt, der die Hauptfigur in Robert Brownings *Toccata of Galuppi's* war. Die Verse des Gedichts, mit dem Occhipinti auf dem Gartenfest der Contessa Madge Lennox verblüfft hatte, fielen Urbino wieder ein. Dabei mußte er nicht nur an Occhipinti und die Lennox denken, sondern vor allem an die beiden toten Frauen der Familie Brollo, Regina und Flavia, Mutter und Tochter. Wie waren sie gestorben?

> Die geliebten toten Frauen mit den schönen Haaren – was wurde aus all dem Gold, das an ihrem Hals hing und den Busen streichelte? Kühl wird mir, und ich fühle das Alter.

Eugene drehte sich um und starrte Urbino an.

«Was ist denn los, alter Junge?» sagte Eugene laut. «Redest du schon mit dir selbst? Das kommt davon, wenn man so lange allein lebt. Wenn du außer deiner Gräfin noch jemanden hättest...»

Und Eugene erging sich in einer ausführlichen Tirade gegen Urbinos Alleinleben, die darauf abzielte, ihm die Erkenntnis zu vermitteln, was für ein herrliches Wiedersehen Urbino mit der lange verlorenen Evangeline haben würde.

10

Urbino verbrachte den folgenden Morgen unter einem Sonnenschirm auf der Terrasse des Cipriani. Versonnen sah er hinüber zu der Kirche San Giorgio Maggiore und beobachtete Eugene, der im Pool herumtollte. Ungefähr alle zehn Minuten versuchte Eugene Urbino davon zu überzeugen, eine Badehose anzuziehen und zu ihm in den Pool zu kommen. Aber Urbino blieb, wo er war, und trank seine Bellinis. Obwohl ihm die Bewegung gutgetan hätte, so war er doch viel zu sehr mit Gedanken über Flavia beschäftigt.

Nach einem Mittagessen am Buffet nahm Urbino Eugene mit in die Scuola Grande di San Teodoro bei der Rialto-Brücke, wo eine Ausstellung von Dalís Skulpturen und Illustrationen stattfand. Urbino hegte die vage Hoffnung, durch diese Ausstellung einige Aufschlüsse betreffend Flavia zu erhalten. Nahe dem Eingang stand die Skulptur einer riesigen fleischfarbenen Zunge, den Lippen einer Frau und einer Nase, die zugleich eine gemalte Uhr war und auf ewig fünf Minuten vor eins anzeigte.

Eugene deutete auf einen Feuerlöscher, der in der Nähe hing.

«Das ist eine gute Idee», sagte er. «Bestimmt gibt es eine ganze Reihe von Leuten, die so etwas gern anzünden würden.»

Kopfschüttelnd ging Eugene weiter zu der Bronzeskulptur einer Venus mit extrem langem Hals, einer kleinen, herausgezogenen Schublade als Busen und einer tiefer liegenden Schublade als Bauch.

«Ich frage dich, Urbino – was soll das? Dieses *Flüssige-Wünsche*-Bild im Haus der Guggenheim hat mir gefallen – wenigstens habe ich das geglaubt –, aber bei dem hier habe ich den Eindruck, daß es sich um einen Scherz handelt, den ich nicht verstehe!»

Glücklicherweise wartete Eugene nicht, bis Urbino versucht hatte, etwas über die Venus zu sagen, sondern ging hinüber zu einer Reihe von Bildern.

«Mein Gott, Urbino, schau dir bloß einmal *das* da an!» schrie Eugene entsetzt.

Mehrere Leute drehten sich zu ihm um. Eine rauhe Frauenstimme sagte auf italienisch: «Wieso gehen solche Leute überhaupt in eine Dalí-Ausstellung?»

Urbino stellte überrascht fest, daß die Sprecherin Violetta Volpi war – und der Angesprochene Bernardo, der in einem Rollstuhl saß. Offenbar machte Violetta mit ihrem Ehemann einen Ausflug – einen, dessen Ziel vermutlich sie selbst ausgesucht hatte.

Violetta und Bernardo befanden sich vor Dalís *Frau mit Rosenhaupt*, einer Reproduktion auf aufgespannter Seide des 1935 entstandenen Originalgemäldes. Die Frau mit dem Blumenkopf erinnerte an die junge Frau im weißen Kleid in *Die Geburt der flüssigen Wünsche*, das mehrere Jahre zuvor gemalt worden war.

«Signor Macintyre», sagte Violetta Volpi, als sie Urbino sah. Bernardo warf noch nicht einmal einen Blick in seine Richtung. «Was für eine Überraschung! Sind Sie gekommen, um Ihre Wertschätzung für Dalí zu vertiefen?» Sie nickte zu Eugene hinüber, der sich gerade vorbeugte, um das Bild, das er gerade so lautstark beschrieben hatte, genauer anzusehen. «Daß es solche Leute gibt!» Sie schüttelte den Kopf.

«Dieser Herr ist mein Begleiter, Signora Volpi», sagte Urbino und fühlte eine seltsame Befriedigung, als er seine Verbindung zu Eugene bekannte.

«Ich verstehe. Offenbar hat er etwas mit Bernardo gemeinsam. Ihm gefallen die Dalís auch nicht so gut, wie wir dachten, stimmt's, mein Lieber?» Bernardo antwortete nicht, sondern starrte weiterhin ausdruckslos auf die *Frau mit Rosenhaupt*.

Eugene trat zu ihnen, und Urbino stellte die beiden einander vor.

«Von diesen Gemälden hier mag ich keines», erläuterte Eugene an Violetta gewandt, «aber dieses *Flüssige-Wünsche*-Bild in dem Palazzo, wo das Dach fehlt, hat mir irgendwie gefallen. Kennen Sie es Ma'am?»

«Ja, ich kenne es», sagte Violetta in fast akzentfreiem Englisch. «Es ist eines meiner Lieblingsbilder.»

«Ich wollte es kaufen, aber Urbino meinte, es sei nicht zu verkaufen. Also mußte ich mich mit einer kleinen Postkarte zufriedengeben.»

«Sehr interessant», sagte Violetta.

Eugene begann Bernardo einen Vortrag über Dalís «verrückten Blick auf die Dinge» zu halten, wobei er feststellte, daß Bernardo ein geradezu idealer Zuhörer war, da er, wie immer, nicht antwortete. Violetta zog Urbino beiseite.

«Mein Schwager hat mir erzählt, Sie hätten das Album zurückgegeben, Signor Macintyre. Er sagte, Sie beide wären durchaus freundlich auseinandergegangen.»

«Wobei mir die Töne seiner Mozartsonate noch in den Ohren klangen.»

Violetta warf Urbino einen scharfen Blick zu, als suche sie nach Ironie in seinen Worten.

«Er ist ein Meister, nicht wahr?» sagte sie.

«Ganz bestimmt, Signora Volpi – und Sie sind eine Meisterin.»

Wieder sah ihn Violetta an, als vermute sie etwas hinter seinen Worten.

«Na ja, wir müssen weiter, Signor Macintyre. – Hat mich sehr gefreut, Mr. Hennepin», fügte sie auf englisch hinzu. «Ich hoffe, Sie genießen die Ausstellung noch.»

Urbino und Eugene sahen Violetta Volpi nach, wie sie ihren Ehemann zum Ausgang schob, wo ihr ein Angestellter zu Hilfe kam.

«Vielleicht hat die Frau auf eine Wunderheilung für ihren armen verkrüppelten Mann gehofft. Vielleicht dachte sie, er steht auf und fängt von selbst an zu laufen, nur damit er vor dem Zeug hier fliehen kann. Und genau das werde ich jetzt tun. Komm, wir gehen und trinken eins von diesen unverschämt teuren Bieren.»

II

Nachdem Urbino im Palazzo Uccello eine Ruhepause eingelegt hatte, begab er sich am frühen Abend zu dem baufälligen Gebäude im Castello-Viertel, wo Ladislao Mirko mit seinem Vater Vladimir gewohnt hatte. Er mußte nur an zwei Türen läuten, ehe er jemanden fand, der ihm etwas erzählen konnte. Venezianer zogen selten um, und wenn, dann verließen sie Venedig meist ganz.

«O ja, Signore, ich kannte die Familie sehr gut», sagte die untersetzte ältere Frau, während sie in ihrer Diele standen. «Sie waren eher jugoslawisch als italienisch. Mein Mann und ich waren freundlich zu ihnen, als sie damals einzogen. Wie die Zeit vergeht! Ich habe gleich gesehen, daß die Mutter ein Auge für andere Männer hatte, weil sie meinen Giovanni immer anlächelte, und ich war nicht überrascht, als sie schließlich mit irgendeinem Mann davonlief. Sie ist nie mehr zurückgekommen und hat ihren Mann und ihren Sohn einfach so» – sie schnappte mit den Fingern – «im Stich gelassen. Aber ein Mann braucht eine gute Frau und ein Sohn seine Mutter. Der Vater hat schließlich alles am Sohn ausgelassen. Was haben wir für Kräche miterlebt!» In der Erinnerung daran schüttelte sie den Kopf. «Dieser arme Junge wurde offenbar jede Woche geschlagen. Alkohol und Drogen sind eben etwas Teuflisches, und am Ende haben sie den Vater auch umgebracht. Er hätte damals beinahe das Haus in die Luft gesprengt. Ein unglaublicher Lärm weckte uns mitten in der Nacht, seine Wohnung explodierte wie ein Pulverfaß. Die Feuerwehr hatte alle Hände voll zu tun, um unser Haus zu retten.»

«War sein Sohn daheim, als es geschah?»

«Nein, sonst wäre er wohl auch verbrannt! Nein, er war ein paar Stunden zuvor nach einem Streit gegangen. Er wußte nicht einmal, was mit seinem Vater passiert war, als er am nächsten Tag mit diesem wirklich gutaussehenden Mädchen kam, mit dem man ihn von Zeit zu Zeit sah. Er regte sich überhaupt nicht auf, und das kann ich ihm nicht verdenken. Ich hatte Mitleid mit ihm und habe ihn in unserem Gästezimmer wohnen lassen, bis er eine eigene Wohnung fand. Ich habe ihn seit Jahren nicht mehr gesehen. Nach dem, was ich so höre, wird er wohl genauso enden. Er hat irgendwo in Dorsoduro eine Pension aufgemacht.»

Das Telefon in der Wohnung begann zu klingeln.

«Entschuldigen Sie mich, Signore, aber mehr weiß ich nicht. Auf Wiedersehen.»

Nach dem Gespräch mit der Frau machte Urbino in einem nahen Café halt, um einige durchweichte *tramezzini* zu essen, die noch vom Mittag übrig waren. Dabei versuchte er, das soeben Erfahrene in sein Wissen über Flavia Brollos Leben und Tod einzugliedern. Ehe er das Café verließ, rief er in der Questura an, aber man sagte ihm, Commissario Gemelli sei bereits nach Hause gegangen.

Langsam und auf einem weniger bevölkerten Weg spazierte Urbino zurück zum Palazzo Uccello. Die Temperatur war etwas gefallen, die langersehnte Abkühlung eingetreten.

Urbino bog in eine dunkle Passage, die unter einem Gebäude hindurchführte. Über ihm befanden sich hölzerne Balken, die ein Wohn- oder Schlafzimmer stützten, aber der *sottoportego* war ein öffentlicher Durchgang, der den *campo,* den er gerade verlassen hatte, mit dem Uferweg eines zwanzig Meter entfernten Kanals verband. Leichter Nebel stieg aus dem Wasser des Kanals auf und kroch in unheimlichen Schwaden in die Passage.

Gelegentlich betrat Urbino einen dieser Durchgänge, wenn gerade jemand anders am gegenüberliegenden Ende einbog, und dann war es, als blicke er in einen Spiegel. Ein paar verwirrende Augenblicke lang sah dieser Mensch genauso aus wie er. Er sah sich selbst, ging auf sich selbst zu und wäre am liebsten geflohen. Es waren kurze Momente, aber sie waren beunruhigend und hinterließen noch lange, nachdem er an dem anderen Menschen vorübergegangen war, geisterhafte Spuren in seinen Gedanken.

Und jetzt geschah es wieder. Am anderen Ende des *sottoportego* bog eine große und schlanke Gestalt ein. Ob es ein Mann oder eine Frau war, konnte Urbino aufgrund der Dunkelheit und dem feinen Nebel nicht erkennen. Anstatt durch die Passage auf Urbino zuzugehen, blieb die Gestalt stehen, zögerte kurz, drehte sich dann schnell um und verschwand um die Ecke, um die sie gerade gekommen war.

Urbino blieb stehen. Er war verblüfft, weil sich das Verhalten dieser Person so völlig von dem unterschied, was er erwartet hatte. Und dann war da noch etwas anderes. Die Gestalt war ihm vage bekannt vorgekommen, und er wurde das Gefühl nicht los, daß ihn die Person erkannt hatte.

Urbino überlegte, ob er umkehren sollte, denn er mußte daran denken, was letzte Woche in der menschenleeren *calle* geschehen war, als ihn die beiden Männer überfallen hatten. Aber dann ging er weiter durch den *sottoportego*, wobei seine Schritte etwas unsicherer waren als einige Augenblicke zuvor. Als er das Ende des Durchgangs unter dem Gebäude erreicht hatte, ging er noch langsamer und spähte um die Ecke in die Richtung, in der die Person verschwunden war.

Hier war der Nebel etwas dicker, aber Urbino konnte neben einem Straßenschrein der Jungfrau Maria die große Gestalt erkennen. Sollte er weitergehen oder umdrehen? Nicht ohne eine gewisse Unsicherheit beschloß er, am Kanalufer entlangzugehen. Erleuchtete Fenster standen offen, aber wie lange würde es dauern, bis jemand auf einen Hilfeschrei reagierte?

Als er sich der Gestalt näherte, kam sie ihm zunehmend vertrauter vor, bis er sie schließlich erkannte, nur wenige Sekunden, ehe eine angenehme und wohlklingende Stimme sagte: «Urbino, *Sie* sind es! Ich wußte nicht, ob ich hoffen oder befürchten sollte, daß Sie es sind.»

Madge Lennox' androgynes Gesicht glänzte weißlich im Nebel.

12

Fünfzehn Minuten später saßen Urbino und Madge Lennox im Wohnzimmer des Palazzo Uccello. Sie hatte auf dem Weg vom Kanalufer bis hierher wenig gesagt, denn sie erklärte, sie wolle ihm erst in der Sicherheit seines Zuhauses alles erzählen.

«Ich habe Ihren kleinen Palazzo eine Stunde lang gesucht! Ich hatte Angst, daß mir jemand folgt», sagte Madge jetzt, als sie mit einem Gin Tonic in dem venezianischen Barocksessel saß. «Durch die Dunkelheit und den Nebel habe ich mich völlig verlaufen, und als ich Sie am anderen Ende der Passage sah, dachte ich plötzlich, es sei doch keine so gute Idee, und kehrte um. Vielleicht sollte ich einfach gehen und es lassen, dachte ich. Ich wollte mich nicht in Gefahr bringen.» Sie trank einen Schluck. «Sie haben gesagt, Flavia hätte mir vertraut, und da hatten Sie recht. Aber zunächst fand ich, daß ich Ihnen aus diesem Grund auch nicht mehr erzählen sollte. Jetzt wird mir klar, daß ich Ihnen genau deshalb sagen muß, was ich weiß.»

Urbino fiel ihre Reaktion ein, als sie den Dalí gesehen hatte, und sagte: «Es geht um den Dalí, nicht wahr?»

Sie schien beinahe beleidigt, als hätte sie als Schauspielerin in der Lage sein sollen, das nicht zu verraten.

«Ja», antwortete sie und sah ihn mit ihren dunklen Augen ohne zu zwinkern an. «Es geht um den Dalí.»

Ehe Madge anfing, ihm genau zu erzählen, worum es sich handelte, wußte Urbino es bereits. Was hätte es sonst sein können? Alles war da, man mußte es nur zusammensetzen: Flavias Faszination für das Gemälde von Dalí, ihre abwehrende Reaktion, als Tina Zuin es auch nur erwähnte, Nicolina Riccis Vergewaltigung durch einen Freund der Familie, Lorenzos Reaktion, als er erfuhr, daß Flavia Dalís *Die Geburt der flüssigen Wünsche* aus ihrem Guggenheim-Katalog gerissen hatte, und das, was Urbino von Zuin erfahren hatte – daß es Lorenzo gewesen war, der gegen Eugene auf Flavias Nacktporträt geboten hatte. Lorenzo wollte das Gemälde für seine private Sammlung im Palazzo Brollo, um sich daran zu delektieren. Erneut schoß ihm der Satz aus der Biennale durch den Kopf: «Väter sind oft zu gewaltsam.»

Er wartete, daß Madge Lennox weitersprach.

«Ich hoffe, Sie haben nichts dagegen, wenn ich rauche.» Sie wartete die Antwort nicht ab, sondern zog ein goldenes Zigarettenetui aus ihrer Handtasche und entnahm ihm eine Zigarette. Noch ehe Urbino ihr Feuer geben konnte, hatte sie sie bereits selbst mit einem kleinen goldenen Feuerzeug angezündet. Sie inhalierte den Rauch und blies ihn schnell wieder aus. Urbino gab ihr einen kleinen Keramikteller, den er für Räucherstäbchen benutzte.

«Warum Flavia mir davon erzählt hat, weiß ich bis heute nicht», begann die Schauspielerin. «Es war einige Wochen, nachdem wir uns an Eleonora Duses Grab kennengelernt hatten. Ich erzählte ihr von meinem Leben und vertraute ihr dabei kleine Geheimnisse an, von Frau zu Frau. Ich spürte den seltsamen Drang, ihr von mir zu erzählen. Zu Ihnen kann ich ja ganz offen sein, Urbino. Ich fand Flavia anziehend, das gestehe ich ohne Scham.»

Sie lächelte beiläufig, nahm die Zigarette in den Mund, inhalierte und blies den Rauch erneut schnell aus.

«Flavia war eine moderne junge Frau. Sie hatte keine Vorurteile und – das muß ich betonen – ebenso keine Angst, ich würde mich ihr aufdrängen. Das habe ich nie getan, und bei ihr wäre es auch gar nicht in Frage gekommen. Unter ihrer unerschrockenen Fassade war sie sehr zerbrechlich. Ich wußte, sie könnte es nicht ertragen, in irgendeiner Weise ausgenutzt zu werden. An diesem Abend ermunterten meine Erzählungen sie zu Geständnissen ihrerseits – wie das eben oft so ist –, und am Ende hatte ich alles über ‹Lorenzo den Großen› erfahren – wie er ihre Mutter unterdrückt, jede ihrer Bewegungen und jeden ihrer Gedanken kontrolliert hatte, wie er das gleiche bei Flavia tat und wie er ihre Freunde ablehnte, ganz besonders einen Jungen, der einige Jahre älter war als sie. Sie bat ihre Mutter, sie zu beschützen, aber Regina hatte Angst und war dazu weder seelisch noch körperlich in der Lage. Flavia mußte alles allein ertragen. Sie war sowohl vor als auch nach dem Tod ihrer Mutter unter Lorenzos Kontrolle. *Sehr* unter seiner Kontrolle.»

Madge starrte ihre Zigarette an.

«Man kann sich wirklich nur wundern, was in Familien manchmal so passiert», sagte sie und schüttelte langsam den Kopf. «Wie aus Liebe Haß oder noch etwas Schlimmeres werden kann! Ich glaube, Sie wissen, was ich meine, Urbino. Eine kranke Frau, eine schöne junge Tochter, die ihr gleicht, und ein Vater, der von beiden völlige

Unterwerfung verlangt! Es begann damit, daß Lorenzo Flavias Schlafzimmertür öffnete, nachdem sie diese gerade zugemacht hatte, sich auf den Bettrand setzte und sie tröstete, wenn sie wegen der Krankheit ihrer Mutter weinte, manchmal blieb er die ganze Nacht neben ihr liegen. Wie Sie jetzt vermutlich schon ahnen, ging es schließlich über dies hinaus – sie war elf oder zwölf. Sie ertrug es. Damals erzählte sie niemandem davon, schon gar nicht ihrer Mutter, denn Lorenzo sagte, es würde ihre Mutter nur noch kränker machen, und dann müßte man sie ins Irrenhaus bringen.»

Während Madge Lennox voll nervöser Anspannung berichtete, sah Urbino die geschlossenen Fensterläden des Palazzo Brollo vor sich und den Korb am Balkon, mit dem man Vorräte hochziehen konnte. Eine abgeschlossene Welt, hatte Urbino gedacht, als er nach seinem letzten Besuch bei Lorenzo Brollo das Gebäude betrachtete. Jetzt enthüllte Madge Lennox, was hinter diesen Mauern vorgefallen war, hinter denen Lorenzo Brollo tun konnte, was er wollte. Vermutlich hatte Lorenzo jahrelang mit der Angst gelebt, daß die Wahrheit ans Licht kam. Wieviel näher hatte Urbino Flavias Mörder damit eingekreist? War das der entscheidende Punkt – daß Lorenzo Flavia sexuell mißbraucht hatte? War das der Durchbruch, auf den er gewartet hatte, oder lag noch immer ein weiter Weg vor ihm?

Urbino wollte die Schauspielerin nicht durch Fragen oder Kommentare unterbrechen. Madges Bedürfnis, alles loszuwerden, schien beinahe ebenso groß zu sein wie Urbinos Wunsch, es zu hören.

«Dann ertränkte sich Flavias Mutter. Flavia gab Lorenzo die Schuld und teilweise auch sich selbst. Sie dachte, ihre Mutter habe möglicherweise gewußt, was Lorenzo tat, und Flavia die Schuld daran gegeben. Und es stimmt, Urbino, sie sagte tatsächlich, ihre Mutter habe ihr von Alvise da Capo-Zendrini erzählt – daß er ihr Vater sei –, und Flavia schrie es Lorenzo ins Gesicht. Es war eine Möglichkeit für sie, das, was Lorenzo ihr antat, besser zu verkraften. Können Sie verstehen, warum ich Flavias Geheimnisse nicht verraten wollte, nachdem sie in ihrem Leben schon so schlecht behandelt worden war? Ich war mir sicher, daß sie sich umgebracht hatte. Als Sie zum ersten Mal von Mord sprachen, verwarf ich das sofort, aber beim zweiten Mal bekam ich Angst. Ich begann zu glauben, Flavia könnte tatsächlich ermordet worden sein, wie dieses Mädchen, mit dem sie befreundet war. Ich hatte Angst, etwas zu erzählen.»

Madge drückte ihre Zigarette aus und zündete sich sofort eine andere an.

«Was hat Ihren Sinneswandel bewirkt?» fragte Urbino vorsichtig.

«Der Anblick von diesem schrecklichen Dalí-Gemälde! Es machte mir klar, wie nah ihr das alles gegangen war. Das war wie ein verzerrter Spiegel all dessen, was sie durchgemacht hatte. Bestimmt hat es sie verfolgt. Sie muß im Gesicht dieses älteren nackten Mannes Lorenzos Gesicht gesehen haben. Wahrscheinlich hat sie sogar ihre arme Mutter mit der Frau verglichen, die das Gesicht abwendet! Ich spürte erneut Flavias ganzen Schmerz, als Sie mir das Bild zeigten. Und der Gedanke an Mord ging mir ständig im Kopf herum. Wenn Lorenzo ihr so etwas Grausames angetan hat – und ich hatte nie einen Zweifel daran, daß sie die Wahrheit sagte –, was mochte er dann getan haben, um sie zum Schweigen zu bringen, nachdem sie begonnen hatte, darüber zu sprechen? Was würde er *mir* antun? Oder *Ihnen*? War es besser, Ihnen davon zu erzählen oder zu schweigen?»

Sie holte tief Luft.

«Aber ich konnte mein Geheimnis nicht länger für mich behalten. Ich wußte, ich mußte es Ihnen erzählen. Aber das bedeutet nicht, daß ich jetzt weniger Angst habe.»

Madge erschauderte unwillkürlich und drückte die Zigarette aus, ohne auch nur einen Zug genommen zu haben.

«Kennen Sie jemanden namens Ladislao Mirko? Er war ein Freund von Flavia – klein, dünn, nicht besonders attraktiv», fragte Urbino sie.

«Ja, ich habe ihn einmal mit ihr gesehen. Sie kamen an einem Tag vor etwa einem Monat nach Asolo. Ich fürchte, ich habe Flavia mit dem, was ich über ihn gesagt habe, verärgert.»

«Was war das?»

Madge wirkte peinlich berührt.

«Es war wirklich dumm. Ich sagte, er sehe aus wie ihr D'Annunzio. Ich meinte Gabriele D'Annunzio, Sie wissen schon, den häßlichen Schriftsteller, der der Liebhaber von Eleonora Duse war. Sie können sich doch erinnern, ich habe Ihnen auf dem Sant'Anna-Friedhof erzählt, daß Flavia die Duse verehrt hat.»

«Wie hat Flavia reagiert?»

«Sie wurde sehr wütend. Ich fühlte mich schrecklich. Sie sagte, dieser Mann sei ein Freund, und sie wünschte, die Leute würden aufhören, ständig zu sagen, wie häßlich er sei. Was das denn für einen Unterschied mache, wollte sie wissen. Ich muß wohl nicht sagen, daß ich dieses Thema nie wieder ansprach. Ich hätte von Anfang an schweigen sollen.»

Madge Lennox warf einen Blick auf ihre Armbanduhr und stand auf.

«Ich sollte zurückfahren nach Asolo. Nicht eine Nacht will ich in dieser Stadt verbringen. Ich werde erst ruhig sein, wenn ich endlich im Zug sitze.»

Urbino half ihr in ihr leichtes Jackett und sagte, er werde sie zum Bahnhof bringen. Sie war sichtlich erleichtert.

«Die arme Flavia», sagte sie beim Verlassen des Palazzo Uccello. «Sie trug ständig eine Fotografie bei sich, die sie als junges Mädchen zeigte. Ich vermute, sie erinnerte Flavia an eine Zeit, in der sie von Lorenzo noch in Ruhe gelassen wurde.»

Flavia hatte Urbino und der Contessa die Fotografie im *salotto verde* der Villa La Muta gezeigt. Er erinnerte sich, wie traurig ihre Stimme geklungen hatte, als sie sagte, das Foto sei schon vor vielen Jahren entstanden.

«Ich werde sagen, was immer Sie wollen – und zu wem Sie wollen –, solange es die Wahrheit ist. Passen Sie auf sich auf! Und bitte richten Sie der Contessa meine Entschuldigung aus, weil ich nichts gesagt habe, als es an der Zeit gewesen wäre, und weil ich jetzt so Furchtbares erzählen mußte aus dem Leben der Tochter ihres Ehemanns.»

13

Als Urbino vom Bahnhof, wohin er die angsterfüllte Madge Lennox begleitet hatte, zurückkam, klingelte das Telefon. Es war die Contessa.

«Ich bin völlig durcheinander, *caro*! Silvestro gesteht.»

«Er gesteht?»

«Nicht, daß er Flavia getötet hat, Sie Dummerchen, sondern daß er die Zeitungsausschnitte aus dem Album genommen hat! Ach, er ist ja so ein lieber Mensch. Wie konnten Sie nur glauben, daß er mir auch nur in Gedanken etwas Böses antun will! Er sagt, er habe mir helfen wollen. Ich habe fast die ganze Zeit seine Hand gehalten, und Pompilia wurde richtig eifersüchtig. Sie kläffte die ganze Zeit und –»

«Barbara», unterbrach Urbino, «wollen Sie mir denn nicht erzählen, was er gesagt hat?»

«Aber natürlich! Silvestro hat diese Sachen am Dienstag genommen, genau wie Sie es sich dachten. Aber seien Sie nicht böse auf den armen Mann, Urbino. Ich habe ihm gesagt, ich würde ihm verzeihen. Er hat es für mich und Alvise getan. Nachdem Flavia starb, fand er heraus, wo sie gewohnt hatte, und ging hin, um zu sehen, ob er etwas über sie in Erfahrung bringen könnte. Er hoffte, etwas zu entdecken und Ihnen bei Ihren Nachforschungen behilflich zu sein. Er ging in Ladislao Mirkos Pension, fand das Album, sah die Zeitungsausschnitte mit den Bildern von ihm, Alvise und mir und nahm sie aus dem Album. Er dachte, er hätte das Richtige getan.»

Ein großer Teil von Occhipintis Geschichte klang unglaubwürdig. Woher wußte er, wo Flavia wohnte und wo er das Album finden konnte? Und auch wenn Occhipinti der Contessa erzählt hatte, er habe nur etwas über Flavia erfahren wollen, um das Gefundene an Urbino weiterzugeben, so hatte er doch genau das Gegenteil getan: Er hatte wahrscheinlich wichtige Informationen entfernt und bis jetzt versteckt. Konnte es sein, daß er schon vorher einmal in der Casa Trieste gewesen war, als Flavia noch lebte? Er hatte sich an dem Donnerstag, an dem Flavia getötet wurde, in Venedig aufgehalten. Nein, sagte sich Urbino, hinter Occhipintis Geschichte steckte noch mehr, und die Contessa war eine viel zu scharfsinnige Frau, um das nicht zu bemerken.

Als wolle sie genau diese Tatsache illustrieren, sagte sie: «Ich habe versagt, nicht wahr, *caro?* Ich habe nicht alles aus ihm herausbekommen. Ach, ich habe es schon gemerkt, aber ich konnte ihn nicht noch mehr unter Druck setzen. Er sah so verzweifelt aus.»

Urbino ließ die Contessa das Telefongespräch beenden, ohne ihr zu erzählen, was er von Madge Lennox erfahren hatte. Er wollte warten, bis er ihr das etwas schöner verpackt beibringen konnte, redete er sich ein. Es ging um ihren Seelenfrieden.

Nach dem Anruf der Contessa ließ Urbino die Hauptverdächtigen noch einmal Revue passieren.

Lorenzo Brollo schien das stärkste Motiv zu haben, die Frau, die vielleicht seine Tochter war, zu ermorden. Wenn Flavia aus dem Weg war, mußte er keine Angst mehr haben, daß sie seine Vergehen enthüllen könnte, seine Welt bliebe geschlossen und unverletzt. Seine Schwester Annabella, die seit Reginas Tod im Palazzo Brollo lebte, hatte vielleicht denselben Wunsch und hatte dafür getan, was in ihren Möglichkeiten lag – oder Eifersucht und Haß könnten sie dazu getrieben haben.

Was Violetta Volpi anging, welches Motiv hätte sie gehabt, um ihre Nichte zu ermorden? Wieviel hatte sie von Flavias Leben hinter den Mauern des Palazzo Brollo gewußt? Wenn sie die Wahrheit erfahren hätte, dann hätte sie vermutlich nicht gegen Flavia, sondern gegen ihren Schwager zugeschlagen. Aber das Gefühlsleben der Brollos und von Violetta und ihrer Schwester Regina war alles andere als gewöhnlich. Urbino wurde klar, daß sie ihn kaum noch überraschen konnten.

Jetzt wanderten seine Gedanken zu Silvestro Occhipinti und zu Ladislao Mirko, deren Gefühle genauso verworren sein konnten wie bei den anderen Verdächtigen. Urbino war davon überzeugt, daß die Tugenden eines Menschen, wie immer sie auch aussahen, stets eine Schattenseite besaßen, die möglicherweise viel stärker war. Wie düster und destruktiv war die Schattenseite von Occhipintis Ergebenheit Alvise und der Contessa gegenüber und von Mirkos Verbundenheit mit Flavia? Und was geschah, wenn ein persönliches Interesse dazukam?

Lorenzo Brollo, Annabella Brollo, Violetta Volpi, Silvestro Occhipinti und Ladislao Mirko – eine derartige Reihe von Verdächtigen hatte Urbino noch nie gehabt. Während der Stunden, die er sich in dieser Nacht schlaflos in seinem Bett herumwälzte, wurde er das Gefühl nicht los, daß – wer auch immer der eigentliche Täter war – jeder von ihnen auf seine eigene dunkle Weise zu dem Mord an Flavia beigetragen hatte.

Wie vorhin im Nebel schwebte Madge Lennox' maskenartiges Gesicht verschwommen vor Urbinos geschlossenen Augen. Trotz allem, was sie ihm erzählt hatte, konnte er sie doch nicht aus der Reihe der Verdächtigen streichen. Vielleicht war es diese Einsicht – die mit Sicherheit den Segen der Contessa hatte –, die ihm half, endlich einzuschlafen.

14

Früh am nächsten Morgen begab sich Urbino zur Friedhofsinsel San Michele. Der Himmel war so grau wie gestern, aber der feuchte Wind, der über das Wasser blies, verriet Urbino, daß das Wetter bald umschlagen würde.

Ohne größere Schwierigkeiten fand er Nicolina Riccis Grab, das mit einem großen Blumenbukett und einem Foto des Mädchens auf Porzellan geschmückt war. Das frische Grab wirkte wie eine Wunde in dem grünen Rasen am östlichen Ende der Friedhofsinsel. Salamander huschten darüber hinweg.

Nicht weit von Nicolinas Grab wurde gerade eine Grabreihe aufgehoben. Die zwölf Jahre waren vorüber, und die kurze Ruhe der Toten wurde nun gestört, um sie in ein Gemeinschaftsgrab oder eines der Beinhäuser an der Friedhofsmauer umzubetten. Der Raum für die Toten in San Michele war begrenzt.

Von Nicolinas Grab wanderte Urbino weiter zum russisch-orthodoxen Teil. Auf Diaghilews Grabstein lag wieder ein neuer Ballettschuh. Weiter unten an der Mauer hielt die Steinplastik einer Frau namens Sonia einen frischen Strauß roter Rosen im Arm. Da stand kein Nachname. Sie war mit zweiundzwanzig Jahren gestorben, nicht viel jünger als Flavia, und war – nach der liegenden Statue zu urteilen – genauso schön gewesen.

Und genauso schön war Regina Brollo, die diese Schönheit auf eindrückliche Weise an ihre Tochter Flavia weitervererbt hatte. Wenn er an der toten Flavia nur Alvises Patriziernase oder Lorenzos musikalisches Talent sehen könnte oder –

Urbino unterbrach sich. Das war lächerlich. Ein Mensch war kein genetischer Kuchen, den man in Stücke schneiden konnte. Er selbst, Urbino, war beispielsweise halb italienischer und halb schottisch-irischer Abstammung. Aber er ähnelte viel weniger seinem Vater als seinem Großonkel mütterlicherseits, der nicht weit von Venedig gewohnt hatte.

Urbino ging auf den Mauerabschnitt zu, der den Toten der Familie Brollo gewidmet war. Dieser Teil lag in der Nähe des Krematoriums, dessen Übelkeit erregender süßlicher Rauch in der schwülen Luft hing.

In etwa zehn Meter Entfernung sah er einen Mann und eine Frau, beide schon älter, schwarz gekleidet und offensichtlich in tiefer Trauer. Sie starrten mit ausdruckslosen Blicken an die Grabmauer. In ihrer Trauer schluchzte die Frau heftig. Der Mann hatte den Arm um ihre Taille gelegt. Jetzt zog die Frau ein schwarzes Spitzentaschentuch aus ihrem Kleid und hielt es sich an die Nase.

Der Mann war Lorenzo Brollo und die Frau Violetta Volpi. Brollo hielt den Arm um seine Schwägerin gelegt, während sie hemmungslos an seiner Schulter weinte. Sie ließen sich gehen, weil sie sich unbeobachtet glaubten.

Urbino blieb stehen und duckte sich hinter die Mauer eines Mausoleums, weil er nicht stören wollte. Er hätte sich auch umdrehen und die beiden allein lassen können, aber das tat er natürlich nicht.

Mit unbehaglichem Gefühl, aber nicht in der Lage, den Blick abzuwenden, beobachtete er, wie intim sie in ihrer Trauer waren – eine Intimität, die offenbar weit über die Trauer hinausging. Es dauerte noch einige lange und schmerzliche Augenblicke, ehe die beiden davongingen.

Urbino stand da, noch immer verdeckt von der Mauer des Mausoleums. Er erinnerte sich an eine andere intime Szene, die er genauso zufällig miterlebt hatte und bei der er ebenfalls die Augen nicht hatte abwenden können. Es war während des Mardi Gras in New Orleans gewesen, als er eine Tür öffnete und Evangeline in den Armen von Reid Delisle, ihres Cousins zweiten Grades, überraschte. Als in den folgenden Wochen der Schmerz etwas nachgelassen hatte, blieb vor allem Zorn übrig, aber auch die Erkenntnis, wie passend es war, daß sich Evangeline ihrem Cousin zugewandt hatte. Sie fühlte sich von Reid besser verstanden – schon deshalb, weil er zur Familie gehörte, auch wenn die Delisles Verwandte mütterlicherseits waren. Es war viel weniger um Sex gegangen als um die familiäre Bindung. Und hier in Italien galt die familiäre Bindung noch viel mehr. Flavia Brollo hatte einen Großteil ihres kurzen Lebens versucht, dieser Bindung zu entkommen – und war vielleicht deshalb gestorben.

Lorenzo und Violetta waren jetzt außer Sichtweite. Urbino trat vor die Grabmauer der Brollos, wo sich ein halbes Dutzend *loculi* oder Urnennischen befanden. Eine Plakette, neben der eine frische rote Rose in einer Vase stand, erinnerte an Regina Brollo. Daneben befand sich die Plakette Flavias und ebenfalls eine Rose.

In einer plötzlichen Einsicht, wie sie Urbino oft nach langen Perioden des Rätselratens überkam und die gewöhnlich durch einen zufälligen Kontakt mit oder die Beobachtung von anderen Menschen ausgelöst wurde, war sich Urbino auf einmal fast sicher – auch wenn er dafür noch keinen Beweis besaß –, daß Mirko, was den Streit am Gardasee anging, unrecht gehabt hatte. Dennoch hatte Mirko nicht gelogen. Vor dem Grab der Brollos, vor dem er gerade Lorenzo und Violetta in offener Trauer erlebt hatte, dachte Urbino erneut über den Streit nach, aber diesmal in der Annahme, daß Flavia tatsächlich Lorenzos Tochter war und daß Violetta das auch wußte. Das eröffnete ihm völlig neue Spekulationsmöglichkeiten.

Lorenzos offensichtlich ungekünstelte Trauer überzeugte Urbino mehr, als es Brollos Beteuerungen je gelungen war. Lorenzo war Flavias Vater, und er hatte seine eigene Tochter mißbraucht. Aber hatte er sie auch ermordet?

Wenn die Anwesenheit von Lorenzo und Violetta an Flavias Grab Urbino so viel verriet, dann sprach die Abwesenheit von Annabella ebenfalls Bände. Annabella war nicht da, weil sie nicht dasein wollte. Sie war nicht da, weil sie Flavia ebenso haßte, wie sie Regina gehaßt hatte. Ihr Haß war wie eine schwarze und erstickende Decke, die auch Violetta, vielleicht sogar Lorenzo und möglicherweise sogar sie selbst eingehüllt hatte.

Zwanzig Minuten später sah Urbino von der Schwelle der Kirche aus zu, wie Lorenzo und Violetta in ein wartendes Motorboot stiegen. Dann nahm er das nächste Vaporetto zu den Fondamente Nuove und fuhr von dort mit einem Wassertaxi zum Palazzo Brollo. Wenn er Glück hatte, dann kehrten Lorenzo und Violetta nicht direkt zum Palazzo Brollo zurück.

Am Kanalufer hinter dem Gebäude stieg Urbino aus dem Wassertaxi und erklärte dem *motoscafista,* er solle weiterfahren. Er wollte nicht, daß Lorenzo und Violetta sein Taxi warten sahen, wenn sie mit ihrem eigenen Boot ankamen.

Urbino betrat den kleinen Platz und sah an den Fenstern des Palazzo Brollo hinauf. Die Läden waren wie üblich geschlossen. Er läutete. Nichts geschah. In einer *calle* näherten sich Schritte, und Urbino wartete angespannt, ob jemand um die Ecke bog. Die Schritte ertönten weiterhin, aber niemand erschien. Eine Tür öffnete sich und schloß sich wieder. Dann herrschte Stille.

Urbino läutete noch einmal. Er glaubte ein Klicken in der Sprechanlage über der Messingklingel zu hören.

«Signorina Brollo? Hier ist Urbino Macintyre. Wenn es möglich wäre, würde ich gern mit Ihnen reden.»

Stille.

Urbino läutete erneut, aber wieder tat sich nichts. Als auf dem Kanal hinter dem Palazzo Brollo ein Motorboot tuckerte, eilte Urbino davon, wobei er versteckte Gassen benutzte, die ihn auf umständliche Weise aus dem Viertel führten.

Von einer Bar am Campo San Giacomo dell'Orio rief er in der Questura an und erzählte Commissario Gemelli zunächst, was er von Madge Lennox über Lorenzo Brollos Vergehen an Flavia erfahren hatte.

«Selbst wenn das wahr ist, Macintyre, dann heißt das noch lange nicht, daß er sie auch getötet hat. Dafür gibt es keinerlei Beweise. Es gibt nicht einmal einen Hinweis darauf, daß es sich bei Flavia Brollos Tod überhaupt um ein Verbrechen handelt.»

Urbino sprach erneut die Wunden an Flavias Kopf an und die Tatsache, daß in ihrem Körper keine Spuren von Medikamenten gefunden wurden. Dann erwähnte er den Streit zwischen Massimo Zuin und Flavia. Gemelli sagte, bisher sei Zuin mit seiner Geschichte nicht zur Questura gekommen.

«Was ist aus dem Geld geworden, das Zuin ihr gegeben hat?» fragte Urbino. «Sie hatte noch eine ganze Menge übrig, selbst nachdem sie Tina Zuin und der Familie Ricci etwas gegeben hatte. Wo ist es jetzt?»

«Das wird womöglich gerade ins Meer gespült oder irgendwo ans Ufer, wo es ein paar Glückliche finden werden. In ihrem Zimmer in der Casa Trieste war es nicht.»

Urbino erzählte ihm dann, Mirko habe einige von Flavias Sachen behalten.

«Vielleicht hat er dann auch das Geld behalten», meinte Gemelli. «Aber wir wissen ja gar nicht, ob überhaupt noch Geld übrig war. Vermutlich verschenkte sie ihr Vermögen, für das sie keine Verwendung mehr hatte, nachdem sie beschlossen hatte, sich umzubringen. Ich werde trotzdem Massimo Zuin zu mir bestellen. Ich werde sogar jemanden nach Asolo schicken, um noch einmal mit dieser amerikanischen Schauspielerin zu sprechen. Aber selbst wenn uns die Lennox die Sache mit Brollo und seiner Tochter schon beim ersten Mal erzählt hätte, dann hätte das doch die Selbstmordthese nur unterstützt. Bestimmt sehen auch Sie das so, Macintyre.»

Urbino, der nicht bereit war, darauf zu antworten, erzählte Gemelli statt dessen von Vladimir Mirkos Tod vor zehn Jahren und erklärte, dieser könne mit dem Mord an Flavia Brollo zusammenhängen.

«Flavia Brollos *Tod*», korrigierte ihn Gemelli. «Das Geld, das Flavia Brollo von Zuin bekommen hat, der mögliche Mißbrauch durch Brollo und jetzt diese Verbindung zu Ladislao Mirkos Vater – Sie haben offenbar mehr getan als nur herumgeschnüffelt und Informationen gesammelt, Macintyre. Ich neige fast dazu, beeindruckt zu sein – aber nur fast! Natürlich haben wir den Fall von Vladimir Mirko untersucht! Das ist zwar alles passiert, ehe ich aus Verona hierherkam, aber die Polizei war damals gründlich. Mirkos Vater starb aufgrund seines übermäßigen Drogenkonsums. Was ist los mit Ihnen? Versuchen Sie doch nicht überall eine Verschwörung zu sehen und irgendwelche Verbindungen, nur damit Sie einen abartigen Ordnungssinn befriedigen können! Sie sind so amerikanisch, Macintyre!»

Und mit diesem Versuch einer Beleidigung legte Gemelli auf. Urbino hielt den Telefonhörer noch eine Weile in der Hand und überlegte, ob er Gemelli noch einmal anrufen und ihm von Silvestro Occhipintis Besuch in der Casa Trieste nach und möglicherweise auch vor Flavias Tod erzählen sollte. Seine Loyalität gegenüber der Contessa hielt ihn davon ab.

15

Eine halbe Stunde später ließ Agata, Mirkos Putzfrau, Urbino in die Casa Trieste. Obwohl es beinahe Mittag war, schlief Mirko noch. Urbino schob den Vorhang hinter dem Empfangsraum zurück und entdeckte gleich hinter dem Küchenbereich das kleine Schlafzimmer.

Es erinnerte Urbino an das Gemälde van Goghs von seinem Schlafzimmer in Arles. In Mirkos Zimmer standen ein ähnliches

Bett, ebenso ein Waschtisch und zwei Stühle. Über dem Bett hingen mehrere kleine gerahmte Bilder. Eines davon war ein Farbfoto, das Mirko und Flavia zur Winterzeit im Luna Park an der Riva degli Schiavoni zeigte, und das andere ein einfaches Gemälde der Bucht von Triest, wo Mirko als Junge gelebt hatte.

Während van Goghs Gemälde Freundlichkeit und Leben verströmte, war Mirkos Schlafzimmer allerdings düster und bedrükkend. Der blanke Fußboden neigte sich bedenklich zum einzigen Fenster hin, und von der Zimmerdecke löste sich die Farbe. Ein säuerlicher Geruch hing im Raum. Im Bett lag Mirko mit offenem Mund auf dem Rücken und in Flavias Kimono gekleidet. Urbino, der erfreut war, den unscheinbaren Mann überraschen zu können, schüttelte ihn.

«Wachen Sie auf, Mirko! Sie verschweigen etwas!»

«Verdammt, was ist denn los? Macintyre!» Mirko setzte sich auf und rieb sich mit der Hand übers Gesicht. Sein Atem stank. Die Katze sprang vom Bett und rannte aus dem Zimmer. «Wovon reden Sie?»

Urbino starrte Mirko an und sah, wie ein erschrockener Ausdruck über sein Gesicht huschte. Mirko griff nach einem Glas Wasser, das auf dem Tisch neben dem Bett stand, und trank davon. Der Kratzer in seinem Gesicht war fast verheilt, aber auf seiner Hand befanden sich frische Verletzungen. Als Mirko Urbino wieder ansah, lag Vorsicht in seinem Blick. Er schien verschiedene Möglichkeiten abzuwägen und zu überlegen, wie er am besten antwortete. Die Drogen hatten sein Hirn vielleicht umnebelt, aber sie hatten es nicht zerstört. In Extremsituationen konnte er möglicherweise überraschend gut darauf zurückgreifen.

«Sie wissen es, nicht wahr, Macintyre?» fragte Mirko und fuhr sich mit einem Finger unter der langen Nase entlang. Urbino sagte noch immer nichts. Mirko sollte ihm erzählen, wovon er glaubte, daß Urbino es wußte. Das würde ihn vielleicht verraten. «Sie – Sie wissen von Flavia und Lorenzo, stimmt's?»

Mirko hielt seinen übelriechenden Atem an und wartete auf Urbinos Antwort. Urbino hoffte, sich durch seinen Gesichtsausdruck nicht zu verraten, während ihm Mirko nun in aller Ausführlichkeit berichtete, was Urbino bereits von Madge Lennox über Lorenzos Verbrechen an Flavia wußte.

«Aber ich habe ihr versprochen, es nie jemandem zu erzählen, und das habe ich auch nicht getan! Sie hat gesagt, ich sei der einzige, dem sie es jemals erzählt habe», jammerte Mirko. Er packte Urbino am Arm. Trotz seiner geringen Körpergröße war sein Griff erstaunlich kräftig. «Sie hat es mir vor etwa zehn Jahren erzählt, und ich habe es nie ausgeplaudert, das schwöre ich! Ich habe ihn jedesmal, wenn ich ihn sah, gehaßt, ich hätte ihn gern angespuckt, ihn –»

«Ihn was? Ihn erpreßt? Ihm erklärt, daß Sie es seiner Schwester, Violetta Volpi und der ganzen Stadt erzählen würden? War das der Grund, warum Brollo Ihnen das Geld gegeben hat? Was wissen Sie sonst noch über ihn, was Sie mir nicht erzählen?»

«Sie irren sich, Macintyre!» Mirko zeigte Schadenfreude, und Urbino erkannte, daß er unrecht hatte. Mirko erpreßte Brollo nicht – zumindest noch nicht.

«Wann hatten Sie vor, zuzuschlagen, Mirko? Versuchten Sie, Flavia von Ihren Absichten zu überzeugen? Jetzt, nachdem sie tot ist, glaube ich nicht, daß Ihre Chancen, von Brollo Geld zu bekommen, noch so gut sind wie vorher!»

«Sie wissen gar nicht, wovon Sie reden!» Mirko drückte sich seine Handballen auf die Augen. «Ich war immer Flavias Freund. Immer! Ja, sogar jetzt noch, nachdem sie gestorben ist. Darum habe ich Ihnen nichts davon erzählt. Es war unser Geheimnis.»

«Und was für ein Geheimnis haben Sie ihr von sich erzählt? Hatten Sie beide – und auch Tina Zuin – nicht ein Spiel, bei dem Sie einander Geheimnisse anvertrauten?»

«Das war doch kindisches Zeug!» sagte Mirko, aber Urbino konnte sehen, daß er Angst bekam.

«War es da nicht logisch, ihr etwas von sich zu erzählen, nach dem, was sie Ihnen über Brollo anvertraut hatte? Vielleicht, damit sie sich besser fühlte. Vielleicht, um ihr zu zeigen, daß sie recht hatte, Ihnen zu vertrauen. Sie hätten doch beinahe alles getan, um ihre Zuneigung zu gewinnen, oder?»

«Sie *mochte* mich. Wir mochten einander.»

«Sie wissen schon, was ich meine.»

«Nein, das weiß ich nicht!»

«Haben Sie ihr von Ihrem Vater erzählt?»

Mirko sah verblüfft aus. Etwas, das wie Haß aussah, blitzte in seinen Augen auf. Urbino fürchtete schon, Mirko würde sich auf ihn stürzen, aber da entspannte sich Mirko wieder und schien klein beizugeben. Er legte sein Gesicht in die Hände. Urbino wünschte sich, er wüßte, was in Mirko jetzt vorging. Wie intelligent und geschickt war er?

«Sie haben recht, Macintyre. Ja, ich habe Flavia von meinem Vater erzählt.» Er machte eine Pause, ohne das Gesicht aus den Händen zu heben. «Ich habe ihr erzählt, daß er mich immer geschlagen hat und daß er mir mein weniges Geld weggenommen hat. Ich wollte ihr zeigen, daß ... daß wir etwas gemeinsam haben und daß ich immer ihr Freund sein würde. Ich erklärte ihr, ich würde das, was sie mir erzählt hat, nie jemandem weitersagen.»

«Sind Sie sicher, daß Sie ihr nicht noch andere Sachen über Ihren Vater erzählt haben? Hat sie versprochen, niemandem zu sagen, was Sie ihr anvertraut haben?»

«Natürlich hat sie das versprochen!»

Aber den ersten Teil der Frage beantwortete Mirko nicht. Er sprang vom Bett und ging zum Fenster. Dort schob er den Fensterladen auf, um auf den kleinen Platz hinauszusehen.

«Und hat sie ihr Versprechen gehalten?»

«Sie versuchen, mich völlig durcheinanderzubringen, Macintyre! Flavia und ich waren ehrlich zueinander. Lassen Sie sie in Frieden ruhen!» Er wandte sich vom Fenster ab und blickte Urbino mit kalten Augen an. «Können Sie sich nicht denken, daß ich ständig überlegt habe, ob ich das, was Lorenzo ihr angetan hat, nicht jemandem hätte erzählen sollen? Vielleicht hätte sie sich dann nicht umgebracht! Damit muß ich leben!»

«Und dann waren da auch noch die Tabletten. Auch deshalb fühlen Sie sich schuldig, stimmt's?»

Etwas schien in dem unscheinbaren kleinen Mann zu zerbrechen. Er nickte.

«Sie haben recht. Sie kam zu mir und nannte mir den Namen dieser Tabletten, von denen sie gehört hatte. Sie dachte, sie könnten ihr helfen, mit ihren Depressionen fertig zu werden. Sie waren kurz vor ihrem Tod sehr schlimm geworden. Ich habe ihr gesagt, sie solle zum Arzt gehen, aber sie wollte nicht. Ich... ich habe sie ihr besorgt.»

«Wo?»

«Ich habe meine Kontakte, aber bitte sagen Sie der Polizei nichts davon, Macintyre!»

«Ich habe nicht vor, Sie wegen Drogenhandels in Schwierigkeiten zu bringen.»

«‹Drogenhandel›! Ich –»

«Auf jeden Fall», unterbrach ihn Urbino, »wurden in Flavias Körper keine Spuren von Medikamenten gefunden.»

«Nicht? Aber ich weiß, daß sie sie genommen hat.»

«Das wissen Sie? Aber Sie sagten doch, Sie hätten nie gesehen, daß Flavia welche eingenommen hat.»

«Das nicht, aber ich habe bemerkt, daß Tabletten fehlten.»

«Wann ist Ihnen das aufgefallen?»

Mirko antwortete nicht gleich.

«Das weiß ich nicht mehr.»

Als Urbino einige Minuten später ging, war er davon überzeugt, daß Mirko bereits nach seiner Spritze, dem Pulver oder den Tabletten rannte – was immer ihm half, sich eine Weile besser zu fühlen. Bald würde er wieder in eine Welt eintauchen, die den Landschaften von Tanguy ähnelte, die er, wie er sagte, so sehr mochte.

Während Urbino zum nächstgelegenen Café ging, um zu telefonieren, ging er im Geist noch einmal die letzten Stunden in Flavias Leben durch: ihren Besuch bei Graziella Gnocato, um die alte Frau auf den Kassettenrecorder sprechen zu lassen, ihren Besuch bei Mirko in der Casa Trieste, dann bei Violetta Volpi und bei Lorenzo Brollo. An diesem Abend war Flavia verzweifelt unterwegs gewesen, um einige der wichtigsten Menschen in ihrem Leben zur Rede zu stellen. Aber wohin war sie gegangen, nachdem sie Lorenzo verlassen hatte? Annabella hatte gesagt, Flavia habe den Palazzo Brollo verlassen, und Violetta hatte gesagt, Flavia sei nicht dagewesen, als sie kam. Konnte es sein, daß beide Frauen logen, um Lorenzo zu schützen? Vielleicht war Flavia im Palazzo Brollo geblieben – oder Brollo war ihr gefolgt. Wie weit war er gegangen, um sein dunkles Geheimnis zu schützen?

Vom Café aus rief Urbino in der Questura an, aber Commissario Gemelli war nicht da. Urbino hinterließ seinen Namen und sagte, er würde in einer Stunde noch einmal anrufen. Er bat den Beamten, Gemelli auszurichten, es sei sehr wichtig.

16

Nach seinem Anruf in der Questura spazierte Urbino zum Zattere-Ufer und setzte sich auf die Außenterrasse des Da Gianni, wo er und Eugene an dessen erstem Tag in Venedig zu Mittag gegessen hatten. Dunkle Wolken ballten sich im Nordwesten Richtung Asolo. Urbino bestellte Weißwein und beobachtete, wie mehrere Boote eines Ruderklubs eilig zurück auf ihre Liegeplätze fuhren. Geistesabwesend blickte er hinüber zur Giudecca-Insel und betrachtete dabei innerlich die vorliegenden Teile seines Puzzles.

Hatte Flavia am letzten Abend ihres Lebens außer den Leuten, von denen er bereits wußte, noch jemanden aufgesucht? Oder war sie noch einmal zu einem von denjenigen, die sie vorher besucht hatte, zurückgekehrt? Nicht zu Graziella Gnocato, aber zu Brollo, Violetta oder Mirko? Falls sie das getan hatte, so konnte dieser Mensch der Mörder sein – oder er wußte oder vermutete, wer ihr Mörder war. Über diesen Abend waren viele Lügen erzählt worden. Vielleicht wußten mehrere Personen, wie und warum Flavia angegriffen und dann in das stürmisch aufgewühlte Wasser des Canal Grande geworfen oder gestoßen worden war.

Urbino dachte die verschiedenen Möglichkeiten und Kombinationen mehrmals durch, aber er war sich nicht sicher, ob seine Sicht der Dinge dadurch klarer oder nur noch verzerrter wurde. Dann verließ er das Café und marschierte am Zattere entlang auf die Mündung des Canal Grande zu. Die Venezianer, die das sichere Wettergefühl von Seeleuten besaßen, waren schon eine ganze Weile dabei, ihre Kioske, Terrassentische, Fensterläden und Boote zu sichern. Ein Künstler lief einer Aquatinta-Zeichnung nach, die der Wind aus dem Ständer geweht hatte, den er gerade zusammenklappte. Sie fiel in den Kanal und war verloren.

Eigentlich war das einer von Urbinos liebsten Spazierwegen – vorbei an der Kirche Santo Spirito, den Maggazzini del Sale, den Salzlagerhäusern, wo die Biennale-Ausstellungen zusammengestellt wurden, und den Villen von Mailänder Industriellen und Ausländern –, aber an diesem Nachmittag glich der Spaziergang seinen Gedanken, die so turbulent umherwirbelten wie der böige Wind.

Bald erreichte er die einsame Punta della Dogana, wo sich der

Giudecca-Kanal, der Canal Grande und die Lagune vereinigten. Er setzte sich auf eine Bank. Ein kalter und feuchter Wind blies übers Wasser und bewegte die als Wetterfahne dienende Statue der Glücksgöttin, die auf der goldenen Kugel am Zollgebäude stand. Auf einer nahen Bank umarmte sich ein junges Paar, ohne Urbino oder das umschlagende Wetter auch nur im geringsten zu beachten. Sie erinnerten Urbino an die Umarmung zwischen dem nackten älteren Mann und der jungen Frau mit dem Blumenkopf auf Dalís *Die Geburt der flüssigen Wünsche*.

Urbino blickte hinaus auf den breiten Streifen grauen Wassers unter dem wolkenverhangenen Himmel, mit dem Dogenpalast und der Piazzetta zur Linken und San Giorgio Maggiore zur Rechten. Während ihm der Wind ins Gesicht schlug, fiel es ihm nicht schwer, sich vorzustellen, daß er am Bug eines Schiffes nach Venedig hineinsegelte. Unwillkürlich kam ihm die letzte Szene aus dem Film *Königin Christine* in den Sinn – Greta Garbo, die am Bug des Schiffes steht, das sie aus ihrem Heimatland fortbringt, des Schiffes, das auch den Leichnam ihres ermordeten Geliebten an Bord hat. Garbos Gesichtsausdruck war unvergeßlich – eine völlig leere und ausdruckslose Maske, in der man alles oder nichts lesen konnte –, es erinnerte Urbino sehr an Madge Lennox.

Er versuchte sich zu konzentrieren und dachte über Lorenzo Brollos widerwärtiges Verbrechen nach und über die Intimität der Trauer, die er heute morgen auf dem Friedhof zwischen Brollo und Violetta beobachtet hatte. Brollos Mißbrauch von Flavia und die Szene auf San Michele erwiesen sich als die hartnäckigsten Stücke des Puzzles.

Aber Urbino kam immer wieder zurück auf Ladislao Mirko, auf dessen Vater und das Geld, das Flavia von Zuin bekommen hatte. Diese Fragen erschienen ihm auf einmal viel wichtiger als seine ursprüngliche Überzeugung, daß die entscheidende Frage Flavias Vaterschaft sei – die Frage, deren Beantwortung zum Mörder führen würde.

Obwohl Urbino fühlte, daß er dem Muster, das sich hinter allem versteckte, ganz nah war, fehlte ihm noch immer etwas.

Urbino glaubte an wohlwollende Täuschung – die Sorte ausgesprochener oder verschwiegener Lügen, die sowohl andere als auch einen selbst vor schmerzlichen Wahrheiten bewahrte. Als Biograph hatte er oft die Aufgabe, solche Lügen ans Licht zu bringen, aber bei seinen Ermittlungen ließ er die Lügen oft stehen. Was hatte Occhipinti letzte Woche in Asolo gesagt, wie üblich Browning zitierend: «Laßt ruhen, was ruht»? Bestimmt ein guter Rat in vielen Situationen, aber nicht, wenn es um Mord ging.

Urbino verließ die Bank und das verliebte Paar und ging am Canal Grande entlang, vorbei am Zollhaus und der barocken Salute-Kirche. Er überquerte eine Brücke aus Holz und Stein und kam an den Ateliers vorbei, wo viele der Gemälde Venedigs restauriert wurden. Dabei fragte er sich, wann er sich wohl wieder seiner eigenen Arbeit an dem Damenporträt aus Cremona widmen konnte, ohne von aufwühlenden Gedanken abgelenkt zu werden.

Urbinos schneller Schritt brachte ihn bald vor das Tor des Palazzo Guggenheim, das aus geschweißtem Eisen und Muranoglas gearbeitet war. Das Museum war noch nicht geschlossen, und Urbino war versucht, noch einmal einen Blick auf das Gemälde von Dalí zu werfen, das für das Leben und den Tod von Flavia offenbar so eine entscheidende Rolle gespielt hatte.

Aber er entschied sich dagegen und ging in Gedanken versunken weiter zur Accademia-Brücke. Er erstieg die hölzernen Stufen und blieb einige Augenblicke in der Mitte stehen, um auf die Wasserfläche des Canal Grande hinabzublicken. Hinter den Gebäuden zur Rechten war das Oberdeck eines Schiffes zu sehen, das langsam durch den Giudecca-Kanal zum Frachthafen fuhr.

Urbino machte einen Umweg und betrat den Palazzo Pisani, wo die junge Contessa vor mehr als dreißig Jahren Musik studiert hatte. Er ging in den Innenhof und stellte sich neben die abgedeckte Brunneneinfassung. Über ihm befand sich ein zunehmend dunkler werdender Himmel und um ihn herum ein Durcheinander von Tönen – Möwengeschrei, ein Klavier, eine Trompete, eine Flöte, eine Sopranstimme, verschiedene Gespräche und Gelächter. Diese Stimmung erinnerte Urbino an die verwirrenden Tatsachen und Überlegungen um Flavia, und es gelang ihm, einige Melodien herauszuhören, ehe er den Innenhof wieder verließ.

Auf der Piazza San Marco traf Urbino auf Schwärme von Touristen. Die Arkaden waren überfüllt, und die Menschen saßen auf den Stufen oder lehnten an den Säulen, um dort das kommende Unwetter abzuwarten.

Das Café Florian war Babel und Inferno zugleich, aber für ein Getränk an der Bar konnte er das aushalten. Während Urbino auf seinem Hocker saß und einen mit Wein verstärkten Campari Soda trank, sichtete er seine Möglichkeiten. Er verspürte das dringende Bedürfnis, etwas zu unternehmen.

Dann trank er den Rest des angenehm bitteren Getränks, zahlte und eilte an den Molo, um ein Wassertaxi zu besteigen. Er war fest entschlossen, zuallererst aus Bernardo Volpi alles, was dieser wußte, herauszuholen.

17

Das Unwetter brach los, als das Wassertaxi in den Canal Grande einbog. Gezackte Blitze zerrissen den Himmel über dem Lido. Der Sturm wühlte das Wasser in der Lagune auf und warf Regen gegen die Fenster des schaukelnden Wassertaxis. Urbino kam sich vor, als fahre er durch Violetta Volpis Bild vom sturmgepeitschten Canal Grande mit den gesichtslosen Frauen in dunklen Mänteln auf der Accademia-Brücke, die die Hände gegen die Ohren drückten.

Zwischen zwei Donnerschlägen lenkte das Geräusch von zerbrechendem Glas, gefolgt von den Schreien einer Frau, Urbinos Aufmerksamkeit auf das rechte Ufer. Eine Frau lag am Boden und hielt eine Hand vors Gesicht. Ein Mann beugte sich über sie. Um sie lagen Glasscherben. Im obersten Stockwerk des Gebäudes, das sich hinter dem Mann und der Frau befand, glaubte Urbino eine zerbrochene Fensterscheibe ausmachen zu können.

Es war keine gute Zeit, um draußen spazierenzugehen – oder in der Kabine eines Motorboots zu sitzen. Venedig befand sich im Griff eines bösartigen Unwetters.

Urbino bat den Fahrer, an den Wasserstufen der Volpis anzulegen und auf ihn zu warten. Gegen Regen und Wind kämpfte sich Urbino vorsichtig die glitschigen Stufen hinauf. Das Eisentor war noch nicht repariert worden. Er öffnete es ohne Schwierigkeiten und betrat den Garten der Volpis. Durch das Unwetter und die hereinbrechende Dämmerung sah er nur wenig, außer wenn ein Blitz die Umgebung erhellte. Die Tür zu Violettas Studio stand offen. Urbino näherte sich vorsichtig und spähte dabei in die Pergola und an der Mauer entlang, ob er jemanden sah. Er bemerkte niemanden. Das Studio war lediglich von einer kleinen Lampe in einer entfernten Ecke erleuchtet. Urbino betrat langsam den Raum.

Ein schwerer Schlag traf seine Schulter.

18

Urbino drehte sich schnell um. Violetta hielt einen Hammer in der Hand. Zorn verzerrte ihre groben Gesichtszüge. Sie hob den Hammer, um erneut zuzuschlagen, doch Urbino packte sie am Arm. Sie sah ihn überrascht an und ließ den Hammer fallen.

«Sie sind es!» Violettas Stimme war rauher als sonst. «Ich habe Sie für Annabella gehalten. Sie hat gerade Bernardo angegriffen.»

Violetta rannte in eine dunkle Ecke, wo Bernardo mit weißem Gesicht und weit aufgerissenen Augen am Boden lag. Urbino berührte seine Hand. Sie war kalt und klamm. Auf seinem Hemd sah man Flecken von Erbrochenem.

«Sag Signor Macintyre, daß es Annabella war», sagte Violetta. «Es war doch Annabella, nicht wahr, Bernardo?»

Der Mann sagte nichts.

«Er sieht aus, als hätte er einen Herzanfall», sagte Urbino. «Haben Sie schon die Sanitäter angerufen?» Violetta nickte.

Violetta nahm ein Kissen vom Sofa und schob es unter Bernardos Kopf.

«Warum glauben Sie, Annabella habe ihm etwas angetan?» fragte Urbino Violetta.

«Weil sie es gewesen sein muß! Sie war hier! Ich habe im Obergeschoß mit ihr geredet. Sie war bösartig! Ich schickte sie weg. Dann ging ich für zehn Minuten in mein Schlafzimmer, um mich wieder zu fassen. Als ich herunterkam, fand ich Bernardo so vor. Es muß Annabella gewesen sein!»

Violetta faßte Urbino am Arm und zog ihn auf die andere Seite des Ateliers, weg von Bernardo.

«Ich weiß nicht, was ich jetzt tun soll. Ich versuche, stark zu sein, aber ich bin am Ende meiner Kräfte. Ich dachte, alles würde gut, wenn Sie uns in Ruhe lassen! Heute morgen auf San Michele habe ich Sie gesehen. Lorenzo hat Sie nicht bemerkt.»

«Ich habe Ihnen und Brollo nicht nachspioniert.»

«Das ist jetzt ganz egal! Was zählt, ist, daß Annabella Bernardo umbringen wollte, so wie sie Flavia umgebracht hat! Warum sie es getan hat, weiß ich nicht! Es muß aufhören!»

Violetta starrte durch die Tür auf das Wassertor und begann zu weinen.

«Jetzt weiß ich, warum Flavia sich umgebracht hat!»

«Aber gerade sagten Sie, Annabella habe es getan!»

«Hören Sie, ich weiß es nicht! Wenn es nicht ihre Schuld war, dann eben die von Lorenzo – oder von beiden! Jedenfalls nicht meine! Sie stellen eine Menge Fragen. Ich weiß nicht, welche Antworten Sie bekommen haben und was Sie sich zusammenreimen konnten. Aber Lorenzo hat Ihnen nicht die Wahrheit gesagt. Er hat gelogen!» schrie sie. «Er hat alle angelogen! Sein ganzes Leben ist eine einzige Lüge!»

Genau das hatte Annabella auch gesagt.

«Lorenzo ist tatsächlich Flavias Vater, nicht wahr?»

«Das habe ich Ihnen von Anfang an gesagt!» keuchte sie. «Ich wünschte, er wäre es nicht. Jetzt kann ich verstehen, warum Flavia sich so verzweifelt dagegen wehrte.»

«Aber das ist noch nicht alles, nicht wahr, Signora Volpi? Flavia sah doch Ihrer Schwester sehr ähnlich. Das gleiche Haar, die gleiche Augenfarbe, fast das gleiche Gesicht. Aber sie hatte auch viel Ähnlichkeit mit Ihnen. Ihre Augen haben zwar nicht dasselbe Grün wie die von Flavia, aber ich habe darin den gleichen Ausdruck gesehen wie in Flavias Augen – wenn diese nicht vor Leid ausdruckslos waren. Und Flavia hatte Ihre Lebendigkeit und sogar etwas von Ihrer künstlerischen Sensibilität.» Er hielt inne. Violetta Volpi sah furchtsam aus. Sie wartete auf seine nächsten Worte. «Flavia war nicht Reginas Tochter. Sie war Ihre Tochter.»

Violetta holte erschrocken Luft und warf einen schnellen Seitenblick auf Bernardo. Aber Urbino hatte sehr leise gesprochen.

«Aber woher wissen Sie das?» flüsterte sie, ohne sich die Mühe zu machen, es zu leugnen.

«Bis jetzt wußte ich es nicht sicher.» Urbino hielt seine Stimme noch immer gedämpft. «Aber als ich Sie und Lorenzo heute zusammen auf San Michele sah, fügten sich plötzlich eine Menge Dinge zusammen. Sie waren sich in Ihrer Trauer sehr nah. Sie haben beide dasselbe verloren: ein Kind – Ihr gemeinsames Kind. Kurz bevor ich Sie zusammen sah, hatte ich darüber nachgedacht, wie sich in meiner eigenen Familie die Gene vererbt hatten, und tadelte mich sogar dafür, daß ich versucht hatte, in Flavia etwas von Alvise oder von Lorenzo zu finden. Auf einmal verstand ich alles.»

Violetta sah nicht mehr Urbino, sondern ihren Mann an. Er hatte wieder etwas Farbe angenommen.

«Aber ich verstehe nicht», fuhr Urbino fort, «warum Sie Lorenzo am Gardasee anschrien, Flavia sei nicht seine Tochter. Sie wußten beide, daß sie es war, und Regina –»

Urbino unterbrach sich. Seine Gedanken rasten. Was war mit Regina? Er begann weitere Verbindungen zu erkennen.

Violettas Lächeln war eiskalt.

«Ich kannte Lorenzo, ehe er meine Schwester traf. Ich hatte gehofft, er würde mich heiraten.»

Jetzt erinnerte sich Urbino, daß Bruno Novembrini gesagt hatte, Violetta habe Lorenzo schon vor Regina gekannt.

«Aber sobald Lorenzo Regina erblickte – als sie von einem ihrer Anfälle ins Land der Lebenden zurückkehrte! –, verliebte er sich augenblicklich in sie. *Sie* hat er geheiratet, und nicht mich», sagte sie bitter, «genau wie Alvise Ihre Freundin heiratete! Es geschah alles so schnell, daß ich beinahe unter Schock stand. Bernardo, der wußte, daß Lorenzo und ich ein Verhältnis gehabt hatten, tröstete mich. Er interessierte sich schon sehr lange für mich. Einige Monate nach Lorenzos und Reginas Hochzeit machte mir Bernardo einen Heiratsantrag, und ich nahm an. Er fragte mich an dem Abend, bevor er für fast ein halbes Jahr verreisen mußte, um sich um seine Geschäfte zu kümmern. Aber was Bernardo nicht wußte – was *niemand* wußte –, war, daß Lorenzo und ich noch immer zusammen waren. Nicht lange nach ihrer Eheschließung hatte Regina wieder einen Anfall, und da war ich noch immer in Lorenzo verliebt. Man könnte sagen, alles war wie vorher.» Sie stieß ein grobes Lachen aus. «Außer ein paar unwesentlichen Kleinigkeiten – meine Schwester war mit Lorenzo verheiratet, ich war mit einem Mann verlobt, der beinahe ein Heiliger war, und ich war außerdem noch schwanger!»

Plötzlich fiel Violetta ihr Ehemann wieder ein, und sie ging zu ihm. Sie beugte sich nach unten und flüsterte ihm etwas ins Ohr. Urbino füllte am Spülstein ein Glas Wasser und brachte es ihnen, aber Violetta winkte ab.

«Es wird ihm bald wieder besser gehen, nicht wahr, Liebling? Ruh dich einfach aus, bis die Sanitäter kommen. Warum dauert das nur so lang?»

Violetta sah ungeduldig durch die Tür hinaus in das Unwetter. Noch immer zuckten Blitze, die das Atelier in kurzen Abständen erhellten. Krachende Donnerschläge ließen den Boden erzittern.

Violetta führte Urbino auf die andere Seite des Raumes und fuhr mit ihrer Geschichte fort, wobei die Blitze ihr Gesicht von Zeit zu Zeit bleich aufleuchten ließen. Bei jedem Donnerschlag hielt sie einige Momente inne und wartete offensichtlich ungeduldig darauf weiterzusprechen. Urbino hatte schon oft Menschen gesehen, die sich so benahmen wie Violetta jetzt und die gierig darauf waren, zu enthüllen, was sie seit Jahren verschwiegen hatten.

«Ja, ich war schwanger», fuhr Violetta fort, «aber Lorenzo verbot mir eine Abtreibung. Er sagte, sonst werde er Bernardo bei dessen Rückkehr alles über uns erzählen. Lorenzo hatte immer schon gern alles unter Kontrolle, und es paßte ihm, daß ich ein Kind von ihm bekam. Er hatte einen Plan, und zu meiner Scham spielte ich mit. Fünf Monate später bekam ich Flavia, und von da an war sie Reginas Kind, und nur Reginas! Ich erzählte meiner Schwester, der Vater sei Alvise da Capo-Zendrini. Lorenzo fürchtete, Sie wären uns auf der Spur, wegen etwas, das Sie bei Ihrem letzten Besuch bei ihm gesagt haben.»

Urbino wußte, was es war – seine unschuldige Bemerkung, mit der er Lorenzo beruhigen wollte, daß Kinder gelegentlich die Vorstellung hätten, sie wären versehentlich in eine falsche Familie geraten. Lorenzo hatte scheinbar ärgerlich reagiert, aber es konnte auch Angst gewesen sein.

«Aber glauben Sie mir, Signor Macintyre, alles war sehr viel leichter, als Sie sich das vielleicht vorstellen. Wir waren selbst erstaunt. Lorenzo kümmerte sich darum, daß Regina und ich in eine Privatklinik außerhalb von Mailand kamen, und erzählte jedermann, Regina sei schwanger. Regina brauche Ruhe, sagte er allen, sowohl wegen ihrer Schwangerschaft als auch wegen ihrer Nerven, und ich sei dort, um ihr beizustehen. Er erklärte, Regina habe im letzten Jahr schon eine Fehlgeburt gehabt, was stimmte. Sie wären überrascht, wie leicht man Leute fernhalten kann, wenn es um Krankheit – insbesondere Geisteskrankheit – geht. Schließlich kam Regina mit ‹ihrem› Baby zurück. Selbst Annabella glaubte es. Sie war die einzige, die hätte Verdacht schöpfen können, aber Lorenzo hielt Regina sehr lange von ihr und allen anderen fern. *Wir* – Lorenzo und ich – waren die einzigen, die Regina überwachten.»

«Aber das ist doch unmöglich!» sagte Urbino. «Wie konnten Sie und Lorenzo Regina glauben machen, Flavia sei ihre eigene Tochter? Mein Gott, sie kann doch nicht so krank gewesen sein, daß sie nicht wußte, daß sie keine Geburt erlebt hatte!»

«Sie haben recht, Signor Macintyre», sagte Violetta mit einem zufriedenen Lächeln. «Natürlich wußte sie es! Es wäre lächerlich, etwas anderes zu vermuten, selbst angesichts ihrer Krankheit. Aber Regina wollte mitspielen, vor allem, nachdem Lorenzo sie davon überzeugte, daß sie das Kind zu ihrem eigenen machen konnte, und die Ärzte nach der Fehlgeburt sagten, daß sie nie in der Lage wäre, ein Kind auszutragen. Sie sehnte sich nach einem Kind, für das sie sorgen konnte. Sie dachte, es wäre heilsam für sie, jemanden zu haben, der sie so sehr brauchte.»

Tina Zuin, die Regina Brollo begegnet war, hatte während ihres nächtlichen Besuchs im Palazzo Uccello etwas Ähnliches gesagt.

«Und außerdem handelte es sich um Reginas eigene Nichte, in deren Adern das Blut der Grespis floß», fuhr Violetta fort. «Vielleicht glaubte Regina, mich für all die Zeit entschädigen zu können, die sie wegen ihrer Schönheit und ihrer Krankheit im Mittelpunkt gestanden war. Damals sah ich keinen anderen Ausweg. Ich schäme mich, es zu gestehen, aber ich sah darin auch eine doppelte Rache – sowohl gegen Ihre Freundin, die Contessa, als auch gegen meine Schwester. Beide hatten mir Männer weggenommen.»

Darin lag eine verdrehte und beinahe teuflische Logik. Nur eine so emotional gestörte Frau wie Regina Brollo konnte überhaupt zustimmen, das Kind ihrer Schwester als ihr eigenes auszugeben. Aber Urbino hatte von Fällen gehört, in denen eine Mutter das Kind der Tochter als ihr eigenes angenommen hatte. Was die Situation bei Lorenzo Brollo und Violetta Volpi davon völlig unterschied, war die Tatsache, daß die Täuschung längst vor der Geburt von Flavia eingesetzt hatte. Regina hatte geglaubt, ihrer Schwester, ihrem Mann und sich selbst einen Gefallen zu tun, aber in Wirklichkeit war sie nur eine Figur in Violettas und Lorenzos Spiel gewesen.

In der Ferne heulte eine Sirene.

«Was war mit dem Streit am Gardasee?» fragte Urbino und überlegte, was wohl in Reginas Schlafzimmer vorgefallen war, während Flavia und Mirko draußen im Gang lauschten. «Der Streit hat tatsächlich stattgefunden, nicht wahr?»

«O ja, er hat stattgefunden, aber nicht so, wie Flavia und Ladislao Mirko ihn deuteten. Im Lauf der Jahre wurden Reginas klare Phasen immer seltener und lagen weiter auseinander. Schließlich brachte sie Ereignisse aus ihrem eigenen Leben durcheinander. Es gab Zeiten, da wußte sie nicht, wer Lorenzo war, und manchmal hielt sie ihre Pflegerin für unsere Mutter. Sie begann zu glauben, daß Flavia ihre wirkliche Tochter mit Alvise sei – das war eine ziemlich passende Bestrafung für uns, finden Sie nicht auch?» bemerkte Violetta bitter. «Wenn man sich vorstellt, daß wir immer das Gegenteil befürchtet hatten – daß sie jemandem die Wahrheit erzählen könnte! Na ja, das machte die Sache für Lorenzo und mich natürlich leichter, aber ich hatte das Gefühl, mein Kind zum zweiten Mal zu verlieren. Wie ich schon sagte, der Streit, den Flavia und Mirko mithörten, verlief anders. Ich schrie nicht Lorenzo an, sondern Regina. Ich versuchte ihre Mauer zu durchbrechen, ihr klarzumachen, daß sie *nicht* Flavias Mutter war. Ich wollte ihr sogar die Geburtsurkunde zeigen. Ich muß selbst ziemlich verwirrt gewesen sein, wenn ich glaubte, ihr damit etwas beweisen zu können, aber ich war verzweifelt. Lorenzo schlug *mich,* damit ich still war. Flavia vierzehn Jahre lang als Reginas Tochter aufwachsen zu sehen – während Bernardo und ich keine eigenen Kinder bekommen konnten – war inzwischen mehr, als ich ertragen konnte. Zum Glück hatte ich meine Malerei.»

Violetta sah mit ausdruckslosem Blick durchs Atelier und auf die Beweise ihrer Kunst. Sie wirkte erschöpft. Fast wie aus einem nachträglichen Einfall heraus sah sie zu Bernardo hinüber, der die andere Quelle des Trostes hätte sein sollen. Urbino fragte sich, wieviel Bernardo im Lauf der letzten sechsundzwanzig Jahre erfahren hatte.

«Was geschah, als Flavia Sie an diesem Donnerstagabend hier aufsuchte?» fragte Urbino, während sich die Sirene der Ca' Volpi näherte.

«Ich habe ihr endlich die Wahrheit gesagt», erklärte sie mit leiser und resignierter Stimme. «Verstehen Sie jetzt, warum ich Ihnen nichts über diesen Besuch sagen wollte, warum ich die Polizei angelogen habe? Lorenzo ist nicht der einzige, der mit Lügen lebte. Die ganzen Jahre habe ich Flavia angelogen – ich habe ihr erzählt, diese Geschichte mit Alvise da Capo-Zendrini sei ein Hirngespinst ihrer Mutter. Aber ich konnte es nicht mehr ertragen. Ich sah, was mit Flavia los war, und hoffte, die Wahrheit könnte ihr helfen, selbst wenn ich damit die Liebe zerstörte, die sie mir gegenüber empfand. Also erzählte ich es ihr. Sie wollte mir nicht glauben, bis ich ihr die Geburtsurkunde zeigte. Ich habe niemals zuvor solchen Schmerz und... Haß im Gesicht eines Menschen gesehen.»

«Dann rannte sie davon, um Lorenzo aufzusuchen, oder?»

«Ja, um zu hören, ob er ihr dasselbe sagte – daß sie *unsere* Tochter war, daß Lorenzo und ich ihrer Mutter eingeredet hatten, Alvise sei ihr Vater. Eine Stunde später ging ich zu Lorenzo, um mich seinem Zorn zu stellen, aber Flavia war bereits wütend davongerannt. Die Wahrheit war zuviel für sie. Sie lief davon und brachte sich um. Verstehen Sie nicht? Wir sind beide dafür verantwortlich – Lorenzo und ich!»

Vorhin hatte Violetta gesagt, Annabella habe Flavia ermordet, und jetzt sagte sie, Lorenzo und sie selbst seien für Flavias Selbstmord verantwortlich. Urbino mußte daran denken, was er bereits früher vermutet hatte – daß mehr als ein Mensch an Flavias Tod beteiligt war. Als Urbino Annabella erwähnte, reagierte Violetta augenblicklich.

«Eine bösartige Frau! Sie war immer von Haß erfüllt – gegen mich, gegen Regina, gegen Flavia, vielleicht sogar gegen Lorenzo!»

«Und aus dem, was Annabella Ihnen heute abend erzählt hat, haben Sie erkannt, wie sehr Annabella Sie haßt, ja?»

Violetta blickte starr vor sich hin. Sie schien noch ausgelaugter zu sein als vor wenigen Minuten.

«Jetzt wissen Sie, was Flavia angesichts des Dalí-Gemäldes *wirklich* empfunden hat, nicht wahr, Signora Volpi?» fragte Urbino. «Annabella hat Ihnen alles über Flavia und Lorenzo erzählt, richtig?»

Violetta schnaufte.

«Das wissen Sie? Aber –» Die Überraschung wandelte sich in

Wut. «Sie haben mich reingelegt! Sie wußten das alles längst. Es hätte doch eine Möglichkeit gegeben, es mir zu sagen, anstatt das Annabella zu überlassen! Haben Sie sie dazu angestiftet?»

Ihre Hände zitterten. Sie warf einen schnellen sorgenvollen Blick zu Bernardo hinüber.

«Ich habe nichts mit Annabellas Besuch bei Ihnen zu tun, Signora Volpi. Ich glaube, Sie sollten mir besser so schnell wie möglich erzählen, was heute abend hier passiert ist. Es könnte um Menschenleben gehen. Sehen Sie, was um ein Haar mit Bernardo geschehen wäre.»

Das Sanitätsboot legte an den Wasserstufen an.

«Annabellas Mund war zu einem bösartigen Lächeln verzogen, als sie sagte, Lorenzo habe... er habe Flavia schreckliche Dinge angetan. Wie konnte ich so etwas glauben? Wie denn? Aber Sie haben recht. Plötzlich dachte ich daran, daß Flavia das Bild von Dalí aus dem Katalog herausgerissen hatte, und wußte, Annabella sagte die Wahrheit. Ich erinnerte mich an Bemerkungen, die Flavia gemacht hatte, Andeutungen, die ich nicht ganz verstand... und ich wußte es! Vielleicht habe ich sogar selbst etwas gesehen, ohne zu begreifen. Mir war, als hätte ich es längst gewußt. Ich habe von solchen Sachen in der Zeitung gelesen – italienische Väter und ihre Töchter, Inzest!»

«Aber warum hat Annabella Sie jetzt nach all dieser Zeit aufgesucht?»

«Sie sagte, sie habe gerade von Lorenzo und mir erfahren. Offenbar wollte sie sich an uns beiden rächen – und das war ihre Art und Weise, das zu tun! Sie hat diese... diese Widerwärtigkeit jahrelang für sich behalten, um sie dann, wenn es ihr die größte Befriedigung verschaffte, wie eine Bombe platzen zu lassen. Nun, heute abend hat sie ihre Befriedigung bekommen. Verflucht soll sie sein! Und Lorenzo ebenfalls!»

Die Sanitäter rannten durch den Garten ins Atelier und begannen, sich um Bernardo zu kümmern. Violetta und Urbino traten dazu, um zu fragen, ob sie helfen könnten, aber sie wurden zur Seite geschoben. Als einer der Sanitäter sagte, Bernardo sei nicht mehr in unmittelbarer Lebensgefahr, lächelte Violetta Urbino erschöpft an. Sie wollte schon seinen Arm ergreifen, zog ihre Hand aber zurück. Urbino sah den Sanitätern zu, wie sie Bernardo auf die Trage hoben, und dachte über die befremdlichen Emotionen und Handlungen der

Brollos und Volpis nach. Dabei versuchte er herauszufinden, wer Flavia schließlich umgebracht hatte, denn er war jetzt mehr denn je davon überzeugt, daß sie ermordet worden war.

Die Augen noch immer auf Bernardo gerichtet, der auf der Trage festgebunden wurde, fuhr Violetta mit ihrer Erklärung fort.

«Annabella wußte, daß ich Lorenzo für das, was er Flavia angetan hat, verachten werde, ebenso für die Art, wie er uns beide getäuscht hat! Und das tue ich auch!» Tränen liefen ihr übers Gesicht. «Aber am meisten verachte ich mich selbst! Können Sie sich vorstellen, wie ich mich fühle? Die arme Flavia! Meine arme Tochter! Wir sind so sehr mitschuldig an ihrem Tod, als hätten wir sie selbst in den Canal Grande gestoßen. Ich hoffe, Sie und die Contessa sind jetzt zufrieden! Ich kann mir vorstellen, wie sie triumphieren wird – sie und ihr Lakai, Silvestro Occhipinti!»

«Occhipinti?»

«Natürlich! Er stöbert genauso herum wie Sie! Er war bei mir. Er wollte wissen, wo er Flavia finden könnte. Aber ich weigerte mich, es ihm zu sagen. Er meinte, er werde es schon herausfinden.»

«Wann war das?»

«Am Morgen von Flavias letztem Besuch hier.»

19

Während die Sanitäter, ängstlich gefolgt von Violetta, Bernardo zum Sanitätsboot trugen, rief Urbino im Palazzo Brollo an. Niemand ging ans Telefon.

Er trat hinaus in den Garten. Bernardo war jetzt im Sanitätsboot, und Violetta stand in Regen und Wind auf den Wasserstufen, während das Boot ablegte.

Als das Boot auf den aufgewühlten Canal Grande hinausgefahren war, schob sich Urbinos Wassertaxi wieder an die Anlegestelle heran um Urbino einsteigen zu lassen. Er wies den *motoscafista* an, ihn zum Palazzo Brollo zu bringen. Bei der Abfahrt konnte er noch einen verschwommenen Blick auf die im Regen stehende Violetta erhaschen.

Das Unwetter hatte nachgelassen, und der Himmel hellte sich trotz der hereinbrechenden Dunkelheit etwas auf. In weniger als zehn Minuten erreichte das Wassertaxi den Kanal hinter dem Palazzo Brollo. Urbino läutete und hoffte inständig, daß Annabella zu Hause war. Selbst wenn Lorenzo ebenfalls da war, würde er verlangen, mit Annabella zu sprechen.

Die Tür öffnete sich, und eine bleiche Annabella stand auf der dunklen Schwelle. Sie wirkte wie in Trance.

«Ihre Arbeit ist beendet, Signore», sagte sie. Ihre Stimme war so seltsam belegt, als habe sie einen schlechten Geschmack im Mund. Sie klang auch höher und glich nicht mehr, wie noch vor kurzem, ersticktem Geflüster. «Jetzt ist jeder am Boden zerstört.»

«Ist Ihr Bruder zu Hause?»

Sie überhörte die Frage und sagte: «Sie kommen wegen Violetta, stimmt's? Ja, ich war bei dieser Hexe. Ich habe ihr alles über ihre liebe kleine Tochter und meinen Bruder erzählt. O ja, ich weiß alles! Ich weiß, was Lorenzo mit Flavia gemacht hat! Schon damals wußte ich es!» Sie schien stolz darauf zu sein. «Aber erst diese Hure Flavia hat mir klargemacht, daß Lorenzo noch immer etwas mit Violetta hatte! Flavia hat sich an diesem Abend nicht bemüht, leise zu sprechen, sie hat Lorenzo angeschrien und ihm alle möglichen Verbrechen unterstellt! Jedesmal, wenn ich ihm erzählt habe, was ich Flavia sagen hörte, hat er es abgestritten – bis heute abend! Er muß gewußt haben, daß er nicht ewig lügen konnte! Nicht mit mir! Nicht mit mir!» Die ungebremsten Emotionen hinter Annabellas Worten wirkten auf Urbino beinahe orgiastisch. «Ah!» sagte sie und zog das Wort so in die Länge, als habe es mehr als eine Silbe. «Wie dumm war ich nur all diese Jahre! *Beide* Schwestern!»

Eine perverse Eifersucht stand in Annabellas Augen.

«Haben Sie vor einer Stunde Bernardo Volpi angegriffen?»

«Bernardo angegriffen? Ich wünsche mir, daß er hundert Jahre alt wird, damit Violetta ihn versorgen muß. Sie wartet vermutlich nur darauf, daß er stirbt, damit sie Lorenzo heiraten kann.» Lachend lehnte sie sich an den Türrahmen. «Nein, ich habe Bernardo nicht angegriffen, aber ich habe ihm mit deutlichen Worten klargemacht, was für eine Frau er geheiratet hat. Es wäre für Violetta viel besser gewesen, wenn ich ihn tatsächlich angegriffen und getötet hätte, als ihm die Wahrheit zu sagen.»

Eine Frage hatte Urbino noch. Sie betraf Silvestro Occhipinti.

«Dieser dumme kleine Mann aus Asolo?» antwortete Annabella. «Der immer nur Unsinn vor sich hinmurmelt? Ich habe gehört, daß Violetta früher einmal Hoffnungen hegte, er werde sie heiraten, aber offenbar hat er sie durchschaut.»

«Haben Sie ihn in letzter Zeit gesehen?»

«Ja. An dem Tag, als Flavia ertrank, genau damals wie Regina. Am Vormittag. Ich sagte ihm, wo Flavia wohnte. Ich rief Ladislao Mirko an, um ihm zu sagen, daß vielleicht ein alter Mann in die Pension käme. Bis vor zwei Tagen, am Freitag, hielt er es offenbar nicht für wichtig. Da wollte er wissen, wer der ‹magere alte Mann› sei. Ich habe es ihm erzählt. Ha! Glauben Sie, daß sich so ein komischer alter Kauz Chancen bei Flavia ausrechnete? Aber wer weiß? Vielleicht stand sie ja nach Lorenzo auf ältere Männer!»

Annabella lachte hysterisch, bis ihr Tränen über die fahlen Wangen liefen. Urbino konnte sich nicht vorstellen, daß Pflanzen unter ihrer verderblichen Berührung gedeihen konnten.

Er wollte sich gerade zum Gehen wenden, als er voller Verwunderung bemerkte, daß ihn Lorenzo Brollos Gesicht aus einem zerbrochenen Spiegel in einer entfernten Ecke des dunklen Korridors anstarrte. Das Gesicht wirkte wie versteinert, und die Augen sahen ihn verwundert an. In den wenigen Augenblicken, ehe Annabella die Tür zumachte, konnte Urbino nicht entscheiden, ob er Brollos wirkliches Spiegelbild sah oder die Reflexion eines Porträts, das er bei früheren Besuchen nicht bemerkt hatte.

Urbino drehte den düsteren und verzerrten Emotionen im Palazzo Brollo den Rücken zu und bat den *motoscafista,* ihn so schnell wie möglich zur Casa Trieste zu fahren. Endlich fügten sich die Puzzlestücke zu einem Bild.

20

«Mirko ist nicht da», sagte Agata, als Urbino fünfzehn Minuten später vor der Casa Trieste stand. «Er ist vor zwei Stunden gegangen, kurz nachdem Sie hier waren.»

«Wissen Sie, wo er hinwollte?»

Die Frau schüttelte den Kopf und wollte schon die Tür zumachen.

«Einen Moment noch, Agata. Ist Ihnen in Flavia Brollos Zimmer beim Saubermachen jemals ein Fläschchen mit Tabletten aufgefallen?»

«Tabletten? Ich glaube nicht.»

Urbino fragte, ob er das Telefon der Pension benutzen dürfte, und wartete, bis er Agata putzen hörte, ehe er die Nummer wählte. Erst rief er die Contessa an und veranlaßte sie mit leiser Stimme, Milo mit dem Auto nach Bassano zu schicken, wenn der nächste Zug aus Venedig ankam, der in einer Stunde fuhr. Dann fragte er, ob sie heute Occhipinti gesehen habe.

«Nein, aber er hat vor einigen Stunden angerufen. Ich habe versucht, Sie zu erreichen. Er sagte, er habe mir nicht alles erzählt. Er war vor dem Dienstag schon einmal bei der Casa Trieste.»

«Das habe ich mir gedacht.»

«Er sagt, er lüge mich nicht gern an, er werde mir die Wahrheit sagen, aber er wolle sie Ihnen und mir gemeinsam erzählen. Was geht da vor, Urbino? Ich habe Angst. Kommen Sie wegen Silvestro hierher? Oder wegen Madge Lennox?»

«Ich erkläre Ihnen alles später, Barbara, aber Sie müssen sich wegen Alvise keine Sorgen mehr machen. Er war nicht Flavias Vater. Nein, ich habe jetzt keine Zeit, Ihnen noch mehr zu erzählen, aber bleiben Sie bitte in der Villa La Muta.»

Als nächstes rief Urbino Occhipinti an und ließ das Telefon lange klingeln. Nachdem niemand abhob, wählte er die Nummer der Questura.

Commissario Gemelli war immer noch nicht da. Leise, damit Agata nicht mithören konnte, erzählte Urbino dem diensthabenden Polizeibeamten, was in der Ca' Volpi geschehen war, was er von Violetta Volpi und Annabella Brollo erfahren hatte und was er von Silvestro Occhipinti in Verbindung mit Flavia Brollo und ihrem Tod wußte. Er sagte, er begebe sich jetzt nach Asolo zur Wohnung von Occhipinti, und nannte die genaue Adresse in der Via Browning. Die Questura solle die Carabinieri in Asolo alarmieren und versuchen, Ladislao Mirko zu finden. In der verzweifelten Hoffnung, Gemelli würde, wenn er diese Information bekam, genau wie Urbino realisieren, wie ernst die Situation war, ging Urbino mit dem diensthabenden Beamten alles noch einmal durch, während die Minuten verstrichen.

Urbino trat hinaus auf den kleinen Platz. Als er eilig in die *calle* einbog, die ihn zu dem wartenden Boot zurückbrachte, wurde ihm klar, in welcher Gefahr er sich jetzt befand. Er spürte es deutlicher als je zuvor.

Die *calle* war menschenleer und nach dem Unwetter mit Pfützen übersät. Sowohl Furcht als auch Eile ließen Urbino seinen Schritt beschleunigen. Er dachte an den Überfall, der nicht weit von hier stattgefunden hatte und bei dem er sich noch immer nicht sicher war, ob es ein Zufall gewesen war oder nicht. Vor ihm ertönten schnelle Schritte, aber als er um die Ecke bog, war niemand zu sehen. Von den Dachrinnen der Häuser tropfte Wasser aufs Pflaster.

Plötzlich hörte Urbino einen Schrei, und ein dunkler Gegenstand krachte vor ihm auf den Boden, wobei er seinen Kopf nur um wenige Zentimeter verfehlte. Er zerschellte auf dem Pflaster. Tonscherben, Erde und die Blätter und Blüten einer Geranie verteilten sich über die Steine.

«*Mi dispiace,* Signore.» Eine Frau beugte sich aus einem offenen Fenster. Zwei weitere Töpfe mit Geranien standen auf dem Fensterbrett. «Ich wollte schon lange einen Draht spannen, damit die Töpfe nicht hinunterfallen», fuhr sie nervös fort. «Ist Ihnen auch nichts passiert?»

Urbino sagte, er sei unverletzt, und rannte zum wartenden Boot. Dank der Abkürzung durch den Rio Nuovo stieg er bereits zehn Minuten später die Treppe des Bahnhofs Santa Lucia hinauf. Als er in den Himmel über dem modernen weißen Gebäude blickte, kam es ihm vor, als zucke ein letzter Blitz des gerade vergangenen Gewitters wie ein Schriftzug darüber hinweg: «Väter sind oft zu gewaltsam.» Urbino war genau wieder da angekommen, wo er vor zwei Wochen begonnen hatte, als er sich auf dem Lido auf der Veranda des Grand Hotel des Bains an diese Worte von einer vergangenen Biennale erinnerte. Jetzt hatten sie für ihn eine völlig andere Bedeutung gewonnen. Von nun an verband sich für ihn damit ein Kreislauf der Gewalt, der, so fürchtete er, noch nicht zum Stillstand gekommen war.

«Urbino!» Es war Eugene. «Ich dachte schon, du kommst nicht

mehr! Ich habe Gräfin Barbara angerufen, und sie sagte, du wolltest den nächsten Zug nehmen, um sie zu besuchen. Ich dachte, ich fahre gleich mit, wenn du nichts dagegen hast. Ich muß dir etwas erzählen. Du wirst entsetzlich enttäuscht sein.»

«Ich habe es eilig, Eugene. Der Zug fährt in ein paar Minuten.»

«Dann laß uns gehen! Ich will die Gräfin Barbara noch einmal sehen, bevor ich fahre. Morgen früh geht es weiter nach Rom.» Urbino und Eugene kämpften sich die Bahnhofstreppen hinauf, auf der Gruppen von Jugendlichen, viele davon mit Rucksack, saßen.

«Morgen?»

«Ich fürchte, ja. Ich muß Evie erwischen. Sieht nicht so aus, als ob ihr beiden euch hier in Venedig treffen werdet. Wer hätte das gedacht, daß meine kleine Schwester kalte Füße bekommt? Sie ist heute nach Rom gefahren. – Aber du bist noch nicht ganz aus dem Schneider.»

Urbino zwängte sich vor Eugene durch die offenstehenden Türen des Bahnhofs. Es roch unangenehm nach Schweiß und nassen Kleidern.

«Was meinst du damit?» rief Urbino über seine Schulter nach hinten.

Eugene, der versuchte, mit ihm Schritt zu halten, war außer Atem.

«Nicht so schnell, Urbino! Was ich meine? Evie will, daß du nach Rom kommst, das meine ich damit. Neutrales Territorium, so nennt sie es. Ich glaube, sie hat ein wenig Angst vor Venedig, vielleicht wegen dem, was ich ihr über die Vorfälle hier erzählt habe. Die Geschichte mit dem toten Mädchen hat ihr gar nicht gefallen. Auf jeden Fall hat Evie etwas von einem Versprechen erzählt, das du ihr damals gemacht hast – etwa wegen einem Friedhof!»

Urbino konnte sich erinnern. In den ersten Monaten ihrer Ehe hatte er Evangeline versprochen, ihr die Gräber von Keats und Shelley auf dem Protestantischen Friedhof in Rom zu zeigen. Evangeline liebte die Dichter der Romantik und hatte davon gelesen, daß viele Schwärmer zu diesem Friedhof pilgerten. Aber die Reise nach Rom war von ihrem ersten auf den zweiten Hochzeitstag verschoben worden und wurde dann vollends unmöglich, als ihre Ehe ins Trudeln geriet, scheiterte und schließlich schnell gelöst wurde.

«Was Friedhöfe angeht, da ist Evie genauso komisch wie du! Du weißt doch, wie sehr sie den Friedhof von St. Louis liebt. Egal, ich habe es dir jedenfalls ausgerichtet, wie versprochen, und jetzt kannst du selbst entscheiden. Wir wohnen eine Woche lang im Hotel Boston. Ich würde mich freuen, wenn du kämst. Aber um ehrlich zu sein, Urbino, ich glaube, meine kleine Schwester will dich auf die Probe stellen, und da hast du keine Chance. Sie ist geschickt.»

Urbino suchte auf der Anzeigetafel den Zug nach Bassano, um zu sehen, ob er auf dem üblichen Gleis abfuhr.

«Ich weiß nicht, ob ich nach Rom fahren kann, Eugene. Ich weiß auch nicht, ob das so gut ist. Vielleicht sollten wir die Dinge so lassen, wie sie sind – ich werde darüber nachdenken.»

Aber das mußte Urbino auf später verschieben. Jetzt wurden seine Gedanken von Spekulationen beansprucht.

«Na ja, dann überleg es dir mal. Ich werde mich derweil von Sylvester verabschieden», meinte Eugene. «Kann sein, daß ich im nächsten Jahr seine Villa miete. Was hältst du davon, Urbino, wenn ich mir mit deiner Gräfin in Asolo eine schöne Zeit mache?»

Während sie zum Zug nach Bassano del Grappa eilten, malte Eugene in den rosigsten Farben aus, wie er und die Contessa ihre Zeit in Asolo genießen würden.

21

Bei Urbinos und Eugenes Ankunft in Bassano wartete bereits der Bentley der Contessa auf sie. Die Contessa hatte nicht auf Urbino gehört. Sie war nicht in der Villa La Muta geblieben, sondern war gekommen, um ihn abzuholen.

«Was für eine entzückende Überraschung, *caro*!» sagte die Contesa. «Sie haben den lieben Eugene mitgebracht!»

Auf dem Weg nach Asolo plauderten die Contessa und Eugene angeregt, während Urbino gedankenversunken aus dem Fenster sah. Der Blick der Contessa glitt immer wieder in seine Richtung, aber Urbino war sicher, Eugene bemerkte nicht, wenn ihre Aufmerksamkeit nachließ. Urbino wußte, daß sie gespannt darauf wartete, was als nächstes geschah, auch wenn es sie sicherlich erleichtert hatte zu erfahren, daß Alvise doch nicht Flavias Vater gewesen war.

Irgendwann nutzte sie eine geeignete Pause in Eugenes Monolog und sagte: «Ich muß schon sagen, seit Bassano starren Sie Löcher in die Luft, Urbino.»

«Löcher in die Luft?» fragte Eugene fröhlich.

«Ihr ehemaliger Schwager ist tief in Gedanken, Eugene. Er achtet gar nicht auf uns. Können Sie das nicht sehen?»

«Ach, Sie meinen den komischen Ausdruck auf seinem Gesicht! Na ja, er war ja schon immer ein Denker, Gräfin Barbara. Hoffen wir bloß, daß er nichts Böses über *uns* denkt!»

Mit Blicken stellte die Contessa Urbino eine schweigende Frage.

«Warum lassen Sie und Eugene sich nicht von Milo bei der Villa La Muta absetzen?» schlug Urbino vor. «Rosa könnte ein leichtes Abendessen vorbereiten, und wir –»

«Ein ‹Mahl›!» unterbrach ihn Eugene lachend. «Keine schlechte Idee! Aber vergiß das mit dem Absetzen. Ich will Sylvester auch besuchen.»

«Silvestro?» fragte die Contessa mit erstickter Stimme und legte eine Hand an ihre Kehle.

«Ja, Gräfin Barbara, den alten Sylvester! Ich will mich verabschieden. Der arme Kerl sah gar nicht gut aus, als ich ihn das letzte Mal zu Gesicht bekam.»

Die Contessa warf Urbino einen flehenden Blick zu. Es war deutlich zu sehen, daß sie Angst hatte, Urbino wolle ihre kleine heile Welt in Asolo zerstören.

«Vielleicht arrangiere ich mit Sylvester etwas fürs nächste Jahr», sagte Eugene und zwinkerte der Contessa zu. «Kann sein, daß Sie bald schon mehr als einen alten Knaben aus New Orleans an Ihrer Seite haben – aber ich verspreche Ihnen, daß ich ein bißchen unternehmungslustiger sein werde als Urbino!»

Die Contessa wies Milo an, direkt zu Occhipintis Wohnung zu fahren, trotz Urbinos wiederholtem Vorschlag, sie solle sich zu Hause absetzen lassen. Als der Bentley an der Arkade der Via Browning hielt, stieg Urbino schnell aus.

«Warte, Urbino», sagte Eugene. «Vergiß mich und die Gräfin Barbara nicht.»

«Ich glaube, für Barbara ist es angenehmer, wenn sie hierbleibt.»

Urbino sah die Contessa auffordernd an. Sie sank tiefer in ihren Sitz, als habe sie keine Energie mehr.

«Sie können zurückfahren, Barbara.»

«Das werde ich bestimmt nicht tun. Ich bleibe, wo ich bin.»

Trotz ihrer entschiedenen Worte wirkte der Blick der Contessa auf schmerzliche Weise verletzlich. Urbino ließ sie in diesem Zustand nicht gern allein, aber er hatte keine andere Wahl. Er hatte ohnehin bereits Eugene am Hals, der einen freundlichen, offenbar nur zeitweiligen Abschied von Occhipinti im Sinn hatte.

22

Als Urbino und Eugene unter die Arkaden und auf die Tür von Occhipintis Wohnhaus zugingen, kam gerade eine ältere Frau heraus. Sie warf ihnen einen mißtrauischen Blick zu, ließ sie aber eintreten. Ein Hund bellte wütend.

Schnell rannte Urbino die Wendeltreppe zum zweiten Stock hinauf, und Eugene folgte ihm. Das Bellen des Hundes wurde lauter und wütender, und dann folgte ein schmerzliches Jaulen. Es gab keinen Zweifel, daß das Lärmen des Hundes aus Occhipintis Wohnung kam.

Urbino klopfte, so laut er konnte.

«Sylvester!» rief Eugene hinter Urbino. «Wir sind's, Eugene und Urbino. Ist mit deinem kleinen Hund alles in Ordnung?»

Eugene trat vor die Tür und hämmerte daran. Urbino versuchte es an der Klinke. Die Tür war verschlossen.

«Wir müssen versuchen, ob wir die Tür aufbrechen können», sagte Urbino.

Ohne auf eine Erklärung zu warten, stemmte Eugene seine Schulter gegen die Tür. Sie bewegte sich kaum.

«Wir müssen richtig Anlauf nehmen», sagte Eugene.

Urbino und Eugene gingen zurück zum Treppengeländer und rannten dann gemeinsam auf die Tür zu. Sie prallten gleichzeitig mit der Schulter dagegen. Das Schloß gab nach, und sie wurden schwungvoll in dem Raum geschleudert.

«Was ist denn hier los?» fragte Eugene, als er die Szenerie wahrnahm.

Pompilia hatte wieder zu bellen begonnen und rannte im Kreis um das Sofa herum. Flach auf dem Sofa lag auf dem Rücken Silvestro Occhipinti. Zumindest nahm Urbino an, daß es sich um Alvises alten Freund handelte, denn das Gesicht der unbeweglichen kleinen Gestalt war nicht zu sehen. Wie konnte man auch, wenn so viel auf ihm lag?

Während er mit Eugene auf das Sofa zurannte, fragte sich Urbino, ob die letzten Worte, die der arme Occhipinti in seinem langen Leben – falls es denn bereits vorüber war – gesehen hatte, die folgenden waren:

Öffne mein Herz, und du wirst sehen
drinnen eingraviert: «Italien».

Denn diese Worte waren auf das Seidenkissen gestickt, das Ladislao Mirko dem vogelähnlichen kleinen Mann aufs Gesicht drückte.

Laut klappernde Schritte ertönten auf der Treppe. Drei Carabinieri in blauen Uniformen rannten ins Zimmer. Hinter ihnen kam die Contessa, außer Atem und die Augen sorgenvoll aufgerissen.

Epilog

Coppa Duse

Die Contessa bestand darauf.

Fünf Minuten später wurde Urbino auf der mit Pflanzen beschatteten Terrasse des Caffè Centrale in Asolo passenderweise eine *Coppa Duse* serviert. Die Contessa, in einem Nachmittagskleid aus Seidenchiffon mit einem alten Rosenmuster, saß ihm gegenüber im durchbrochenen Sonnenlicht. Die einzigen Geräusche waren die leisen Gespräche an den anderen Tischen, das Plätschern des Brunnens mit dem geflügelten Löwen auf der Piazza und *La Traviata,* die aus einem offenen Fenster ertönte.

«Das wird Ihnen helfen, sich zu beruhigen, *caro,* während Sie mir den Rest der schaurigen Geschichte berichten.»

Es war Mittwochnachmittag, zwei Tage nachdem Urbino und Eugene in das Zimmer gestürmt und Ladislao Mirko dabei überrascht hatten, wie er das Browning-Kissen auf Occhipintis Gesicht drückte. Alvises alter Freund erholte sich mit seiner treuen Pompilia in der Villa La Muta, und bald würde man die beiden wieder über die Straßen Asolos spazieren sehen.

«Die schlimmsten Einzelheiten wissen Sie ja bereits», sagte Urbino und hielt den Löffel über die mit blauem Sirup übergossene Schlagsahne. Er hatte ihr schon am Sonntag von Lorenzos und Violettas Affäre, ihrer Verschwörung gegen Regina und Lorenzos Vergehen an Flavia erzählt, die – wie sie jetzt wußten – seine eigene Tochter war.

Er hatte die Contessa noch nie so betroffen gesehen. Sie war sogar so erschüttert, daß ihr im ersten Augenblick gar nicht klar wurde, daß damit die Sorge wegen Alvise von ihr genommen war.

«Ich fühle mich schrecklich schuldig», sagte jetzt die Contessa, die bereits einiges von ihrer Schlagsahne gegessen hatte. Sie sah deutlich besser aus als in der letzten Zeit. Das Altrosa ihres gemusterten Kleides paßte gut zu dem zarten Leuchten auf ihren Wangen. «Ich habe so viel gewonnen, aber alles auf Flavias Kosten!»

Urbino wußte, was sie meinte. Es waren die Wirren von Flavias

Leben und die gräßlichen Ereignisse, die schließlich in ihren Tod von der Hand Ladislao Mirkos mündeten, welche enthüllten, was die Behauptung der jungen Frau eigentlich war – ein verzweifelter Versuch der Leugnung und der Ausflucht, einer Neuerfindung ihres Lebens.

«Barbara, natürlich leugnet Brollo, daß er jemals etwas anderes für sie war als ein perfekter Vater – er leugnet sogar, daß sie am letzten Abend ihres Lebens zusammenbrach und ihn, nachdem sie jetzt nicht mehr länger der Illusion nachhing, er sei *nicht* ihr Vater, all der schrecklichen Dinge beschuldigte, die er ihr angetan hatte.»

«Wir haben einen Stein umgedreht, nicht wahr? Ich fühle mich wirklich eher abgestoßen als erleichtert.»

«Es gibt aber auch einiges, was wir niemals sicher wissen werden.» Als er den ängstlichen Blick in ihren Augen sah, fügte er schnell hinzu: «Aber es betrifft nicht Alvise.»

«Sind Sie sicher?»

Er streckte den Arm aus und berührte ihre Hand.

«Absolut sicher. Brollo und Violetta geben zu, daß Flavia ihre Tochter war, aber Brollo leugnet, daß er sie jemals anders als auf väterliche Weise berührt hat. Obwohl er zugibt, daß sie ihn dessen angeklagt hat – er kann es kaum abstreiten, nachdem Annabella es gehört hat. Er sagt, das sei nur ein weiterer Hinweis auf Flavias emotionale Gestörtheit.»

«Und bestimmt war sie auch emotional gestört, nachdem sie in so einer Atmosphäre aufgewachsen ist!» fuhr Urbino fort. «Sie konnte ja niemandem vertrauen: weder der schizophrenen Regina, die sie wie eine Mutter liebte, noch Annabella, von der sie gehaßt wurde, und Lorenzo sicherlich nicht! Und nicht einmal ihrer richtigen Mutter Violetta. Flavia *glaubte,* ihr trauen zu können, aber Violetta hat ihr bis zu dem Abend ihres Todes nicht die Wahrheit gesagt. Und dann war da noch Ladislao Mirko.»

Ja, Ladislao Mirko hatte der Polizei schließlich alles gestanden. Er hatte zugegeben, daß Flavia an diesem schicksalhaften Donnerstag nicht einmal, sondern zweimal in der Casa Trieste gewesen war. Sie war in die Pension zurückgekehrt, nachdem sie den Palazzo Brollo verlassen hatte, verzweifelt, weil Lorenzo bestätigt hatte, daß sie wirklich seine Tochter war und Violetta ihre Mutter. Sie erzählte Mirko alles, was sie in den letzten zwei Stunden erfahren hatte.

Und dann enttäuschte Mirko Flavia in dieser Nacht zum ersten Mal. Er konnte sich nicht mehr zurückhalten, er versuchte sie so zu trösten, wie er sich das immer gewünscht hatte. All die Jahre hatte er seine Gefühle unterdrückt, und auf einmal ertrug er es nicht mehr. Was so lange geglüht hatte, brach lodernd hervor. Genauso, wie er damals das unter Drogen stehende Mädchen aus Verona vergewaltigt hatte – Corrado Scarpa hatte der Contessa davon erzählt –, fiel er jetzt über Flavia her.

Und später in dieser Nacht enttäuschte Mirko Flavias Liebe und ihr Vertrauen noch ein zweites Mal – und diesmal unwiderruflich – in der Nähe der Wasserstufen der Ca' Volpi. Dorthin hatte er sie verfolgt, nachdem sie, über seine Annäherungsversuche entsetzt, die Casa Trieste verlassen hatte. Dann hatte er sie ermordet.

«Als Flavia aus der Pension in das Unwetter hinausrannte, lief er ihr nach», sagte die Contessa, während sie ihre *Coppa Duse* in sich hineinlöffelte und Urbino mit seinen eigenen Bemühungen dabei weit hinter sich ließ. «Silvestro hat die beiden gesehen, ja? Es scheint erheblich zu seiner Heilung beizutragen, daß er mir immer und immer wieder von seinem ersten Besuch in der Casa Trieste erzählt. Er fühlt sich deshalb schrecklich schuldig.»

«Und das zu Recht, obwohl ich nicht glaube, daß er Flavias Tod hätte verhindern können. Selbst wenn ihm die beiden in dieser Nacht nicht entkommen wären, so hätte er ihnen doch nicht in die Ca' Volpi folgen können. Aber er hätte den Besuch der Polizei oder mir gegenüber erwähnen sollen. Durch einen Zeitvergleich hätten wir dann gewußt, daß Flavia an diesem Abend zweimal in der Pension war.»

«Aber Silvestro sagt, er habe nie gedacht, Mirko könnte Flavia ermordet haben. Er glaubte, Mirko sei ihr nachgelaufen, um sie zu beruhigen, und sie habe sich dann selbst umgebracht», sagte die Contessa. «Sonst hätte er es doch nie gewagt, später in die Pension zurückzukehren und diese Zeitungsausschnitte aus dem Album zu nehmen. Er hätte dann auch Mirko nicht in seine Wohnung gelassen. Mirko hat behauptet, er suche mich. Silvestro wollte mir nur helfen – mir und Alvise.»

«Aber Mirko wollte ihn nur beseitigen – nachdem ihm klargeworden war, daß Silvestro der Mann war, an dem er in der Nacht des Mordes an Flavia vor der Casa Trieste vorbeigerannt war.»

Die Contessa erschauerte und legte ihren Löffel beiseite, wobei sie einen Blick auf Urbinos dahinschmelzende *Coppa Duse* warf.

«Hatten Sie jemals den Verdacht, Silvestro könnte Flavia ermordet haben?»

«Es hat jedenfalls einiges auf ihn gedeutet und dies zu verschiedenen Gelegenheiten. Er war zur Zeit des Mordes in Venedig, er wußte, wo Flavia wohnte, er hatte ein Motiv – Sie und Alvise zu schützen –, und er war nicht ganz ehrlich. Er sagt, er habe seinen ersten Besuch bei der Pension verschwiegen, weil er uns nicht glauben machen wollte, er hätte Flavia etwas angetan. Silvestro dachte nicht sehr logisch, nicht wahr? Und deshalb benahm er sich auch so verdächtig. Aber je mehr ich über Mirko erfuhr und je besser die Einzelheiten zusammenpaßten, desto unverdächtiger wurde Silvestro. Da war zunächst der Kratzer auf seinem Gesicht, den Mirko der Katze zuschrieb. Dann die Tabletten, die Flavia offenbar nie genommen hat, und die, wie wir inzwischen wissen, Mirko in ihr Zimmer gestellt hatte, weil er hoffte, damit einen Selbstmord wahrscheinlicher erscheinen zu lassen. Als ich mich allmählich der Wahrheit näherte, bekam Mirko Angst und fragte Annabella nach dem Namen des Mannes, den sie zur Casa Trieste geschickt hatte. Und das wichtigste Detail von allen war der Tod von Mirkos Vater. Ich konnte es nicht beweisen, aber ich hatte so eine Ahnung, daß daran etwas nicht stimmen konnte. Vladimir Mirko hatte seinen Sohn mißhandelt, und der Sohn beschloß, sich das nicht mehr gefallen zu lassen. Gemelli sagt, Mirko sei jetzt zusammengebrochen und erzähle ihnen die ganze häßliche Geschichte. Er hat seinen Vater umgebracht und den Mord als Unfall im Kokainrausch getarnt.»

«Offenbar sah Mirko keine andere Lösung für seine Probleme als den Mord. Am Ende hätte er sogar Sie noch angegriffen!»

«Ja, und vielleicht auch Bernardo Volpi – aus Angst vor dem, was dieser gesehen haben könnte.»

«Hat Bernardo denn etwas gesehen?»

«Ich vermutete es, aber offenbar hat er nichts gesehen.»

«Aber warum ist Flavia nach ihrem zweiten Zusammentreffen mit Mirko in die Ca' Volpi zurückgekehrt?»

«Vielleicht wollte sie sich mit Violetta aussprechen – oder von Bernardo, dessen Zuneigung über jeden Verdacht erhaben war, trösten lassen. Mirko folgte ihr. Er sagt, er sei am Ende der *calle* neben der Casa Trieste an einem alten Mann vorbeigekommen, als er Flavia nachlief, habe aber damals kaum auf ihn geachtet. Flavia betrat die Ca' Volpi mit ihrem eigenen Schlüssel. Violetta war nicht zu Hause. Sie war zu Lorenzo gegangen.»

«Sie hat Bernardo ganz allein gelassen?»

«Ja, aber er schlief. Flavia ging ins Atelier und sagte zu Mirko, er solle sie in Ruhe lassen. Als sie Violetta nicht fand, versuchte sie Mirko zu entkommen, indem sie in den Garten ging. Sie stritten sich. Flavia war verzweifelt. Sie können sich vorstellen, wie aufgewühlt sie gewesen sein muß – nach allem, was sie in dieser Nacht erfahren hatte! Mirko konnte offenbar immer noch nicht verstehen, daß seine sexuellen Annäherungsversuche in der Pension sie an den Rand des Wahnsinns getrieben hatten. Er wollte den Arm um sie legen, diesmal aus freundschaftlicher Zuneigung, wie früher, und sie stieß ihn gegen das Wassertor. Er wäre beinahe rücklings in den Canal Grande gefallen. Es war entweder bei dieser Gelegenheit oder bereits vorher, daß sie ihm das Gesicht zerkratzte. Daran kann er sich nicht mehr erinnern. Der Donner war sehr laut, und wegen des Unwetters waren nicht viele Boote auf dem Wasser. Neben den Wasserstufen sind einige Glühbirnen kaputt. Mir ist auch aufgefallen, daß das Tor vom Garten aus zum Kanal hin aufgebrochen war, und nicht von der Wasserseite her, wie Violetta glaubte. Flavia schrie Mirko ins Gesicht, was sie jetzt von ihm dachte – wie sehr sie ihn verachte, daß sie ihm nicht mehr vertraue und nicht einmal mehr Freundschaft für ihn empfinde; daß sie ihn immer verteidigt habe, wenn alle anderen sagten, er sei ein schlechter Mensch, und sich wegen seiner Häßlichkeit über ihn lustig machten; daß er ihre Gefühle besser als jeder andere verstehen müsse, weil sein eigener Vater ihn ja ebenfalls mißhandelt habe; daß sie den Mord an seinem Vater immer verstanden habe, aber jetzt erkenne sie, wie er wirklich sei, und wenn er sie nicht in Ruhe lasse, dann würde sie vielleicht jemandem davon erzählen. Voller Wut hob Mirko einen Stein von dem Haufen neben den Wasserstufen auf. Er schlug mehrmals auf sie ein und stieß sie in den Canal Grande. Dann rannte er aus der Ca' Volpi.»

«Wie schrecklich!»

«Er lief zurück in die Pension und begann, seine Spuren zu verwischen. Zunächst nahm er das Geld, das Flavia in seinen Safe gelegt hatte, die große Summe, die von Massimo Zuins Bestechungsgeld noch übrig war. Das war ein zusätzlicher Vorteil, den Mirko durch den Mord an Flavia hatte – neben der Tatsache, daß er nun keine Angst mehr zu haben brauchte, sie könnte verraten, daß er seinen Vater getötet hatte.»

«Vielleicht hatte Mirko ohnehin vor, Flavia wegen des Geldes umzubringen», meinte die Contessa. «Wieviel war es denn?»

«Genug. Zuin hatte ihr zehn Millionen Lire gegeben – fast achttausend Dollar. Etwa ein Drittel davon hatte Flavia Tina geschenkt, ohne zu erwähnen, daß es von Tinas Vater stammte, aber mit der Bemerkung, es gehöre Tina ohnehin. Den Riccis gab sie eine weitere Million. Ich habe mich gefragt, was aus dem Rest geworden ist. Konnte es im Wasser verlorengegangen sein? War Flavia erst beraubt und dann ermordet worden? Oder hatte sie das Geld irgendwo in Sicherheit gebracht? In Mirkos Safe, dachte ich. Das Geld muß für jemanden, der drogenabhängig ist, eine große Versuchung gewesen sein, aber ich glaube nicht, daß er sie wegen des Geldes ermordet hat. Auf seine eigene Weise hat er sie geliebt» – die Contessa wollte protestieren, aber Urbino hob die Hand und fuhr fort –, «doch am Ende war seine Angst, sie könnte den Mord an seinem Vater enthüllen, stärker als seine Liebe. Möglicherweise hat er oft bedauert, daß er Flavia das Ganze gebeichtet hatte, aber –»

«Wann hat er ihr das gebeichtet?» fragte die Contessa, der es diesmal gelang, ihn zu unterbrechen. «Und warum hat er das getan?»

«Vor etwa zehn Jahren, als Flavia gerade aus dem Palazzo Brollo auszog und ihm so sehr vertraute, daß sie ihm erzählte, was Lorenzo ihr angetan hatte. Mirko, der ihr zeigen wollte, wie sehr auch er ihr vertraute, erzählte ihr, daß der Tod seines Vaters nicht, wie jeder glaubte, ein Unfall gewesen war. Mirko war in sie verliebt. Er hätte alles für sie getan, vielleicht sogar Lorenzo umgebracht. Als Tina Zuin mir von dem ‹Verratespiel› erzählte, das die drei öfter spielten, überlegte ich, welche Geheimnisse sie einander wohl anvertraut hatten. Als ich dann von dem sexuellen Mißbrauch erfuhr und die Wahrheit über Mirkos Vater ahnte, paßte beides hervorragend zusammen. Ich gebe zu, daß ich mich eine Weile lang täuschen ließ, weil Mirko uns in der Angelegenheit mit Alvise bis zu einem gewissen Punkt eine Hilfe war. Er gab mir das Album – aber erst, nachdem er es noch einmal durchgeblättert hatte, um sicherzustellen, daß Flavia nichts über seinen Vater Vladimir aufgeschrieben hatte.»

«Jede ‹Hilfe›, die Mirko uns gab, diente doch nur seinen eigenen verbrecherischen Zielen!»

«Das ist wahr, und wie jeder, der einen Mord verbergen will, hatte Mirko eine Menge Dinge, die er nicht enthüllen durfte», fuhr Urbino fort. «Und die Drogen erschwerten ihm die Sache noch, denn sie verwirrten seine Sinne. Sollte er gar nichts sagen oder einige Informationen herausrücken? Und ab wann wurde es zuviel? Was war zuwenig? Mirko wußte nie so genau, was er sagen sollte und was nicht. Dennoch war ihm klar, wenn es ihm gelang, Lorenzo anzuschwärzen, dann sah die Sache für ihn besser aus. Und er hatte recht. Er mußte auch immer darauf achten, daß er nicht verriet, was er über das Geschehen wußte, nachdem Flavia seine Pension zum ersten Mal verlassen hatte.»

«Ist ihm das gelungen?»

«Beinahe. Als ich ihn am späten Sonntagvormittag aus dem Tiefschlaf weckte und ihm erklärte, er sei mir gegenüber nicht aufrichtig gewesen, da bekam er es mit der Angst zu tun. Er dachte, ich wüßte, daß Violetta Flavias Mutter war, und hätte irgendwie herausgefunden, daß *er* es wußte, weil Flavia an diesem Abend noch einmal in die Pension gekommen war. Er hatte Angst, erholte sich aber schnell, als ihm das zweite große Geheimnis in Flavias Leben einfiel – der sexuelle Mißbrauch. Später erinnerte ich mich an diese Reaktion und begann zu spekulieren und –»

«Zogen schließlich das Kaninchen aus dem Hut, daß uns allen der Mund offenstehen blieb! Ihnen wurde klar, daß er kurz vor dem Zusammenbrechen war und daß Silvestro, Bernardo und Sie in Gefahr sein konnten! Ich glaube, das verstehe ich, aber warum hat Mirko den sexuellen Mißbrauch nicht schon vorher erwähnt?»

«Wenn er ganz bei Sinnen war, verhielt er sich geschickt. Ich vermute, daß er Lorenzo nicht *allzu* auffällig in ein schlechtes Licht rücken wollte. Schließlich waren fast alle der Meinung, Flavia habe sich selbst umgebracht, und es war besser für ihn, wenn er es dabei beließ. Vielleicht verstand er auch, daß Lorenzos Vergehen an Flavia dem, was er selbst getan hatte, sehr nahekam.»

«Aber er zeigte Ihnen doch diesen gräßlichen Dalí, den Flavia aus dem Katalog gerissen hatte. Das Gemälde schrie doch Lorenzos sexuellen Mißbrauch jedem, der auch nur einen Verdacht hatte, laut ins Gesicht.»

«Ich bin mir nicht sicher, ob Mirko diese Bedeutung erkannte. Er glaubte möglicherweise, sie habe das Bild herausgerissen, um ihm den Yves Tanguy zu geben, der sich auf der anderen Seite befand.»

«Ich werde mir dieses Dalí-Bild nie, nie im Leben mehr ansehen können!»

Urbino mußte lächeln. Die Selbstüberwindung, die die Contessa mit dieser Bemerkung androhte, war minimal angesichts ihrer ohnehin vorhandenen Abneigung gegen Dalí und der Tatsache, daß sie die Sammlung Guggenheim nur sehr selten besuchte.

«Ich mochte Dalí auch noch nie besonders», sagte Urbino. «Als Violetta Flavia mit dem Maler bekannt machte, war diese in einem empfindsamen Alter, und sie war von *Die Geburt der flüssigen Wünsche* fasziniert. Aber es ist offensichtlich, daß sich ihre Gefühle später änderten, weil Lorenzos sexuelle Annäherung so aggressiv wurde. Wahrscheinlich hat sie sogar Regina, Violetta und Annabella mit der anderen Frau in dem Gemälde assoziiert, deren Gesicht abgewandt ist, weil sie glaubte, sie alle wußten davon oder hätten es zumindest wissen sollen. Annabella wußte ja tatsächlich, was vor sich ging. Und was Violetta betrifft, so wird ihr jetzt klar, daß Flavia auf indirekte Weise mehrmals versucht hat, ihr von Lorenzo zu erzählen. Ich bin überrascht, daß Flavia nicht den Wunsch verspürte, den Dalí genau wie Novembrinis Porträt zu zerstören.»

«So eine traurige junge Frau – und mit Sicherheit war sie seelisch gestört. Wie hätte es auch anders sein können – bei dem Leben, das sie führen mußte? Und außerdem war sie eine Grespi. Gene zeigen sich schon manchmal auf eine seltsame Weise. Sie sah Regina – ihrer Tante – sehr viel ähnlicher als ihrer richtigen Mutter Violetta. Wenn man sich das vorstellt! Eine der Grespi-Schwestern ist fast ihr ganzes Leben lang seelisch gestört – und dann die andere! Violetta!» Die Contessa sprach den Namen voller Verachtung aus. «Sie und Lorenzo sind beinahe ebenso schuldig am Tod ihrer Tochter wie Mirko. Vor über fünfundzwanzig Jahren haben sie das ganze Verhängnis in Bewegung gesetzt, aus Selbstsucht, ja, sogar aus *Gemeinheit*! Dieses Wort nehme ich nicht leichtfertig in den Mund, *caro.* Es ist egal, ob Regina der ganzen Sache zugestimmt hat. Sie war nicht in der Lage, eine Entscheidung zu treffen. Ihre Schwester und ihr Ehemann hätten sie beschützen müssen. Das Ganze war ein teuflischer Plan! Violetta hat sich selbst geschützt und sich zugleich sowohl an Regina als auch an mir gerächt. Und was Lorenzo angeht, er ist mehr als verachtenswert. Daß man ihn nicht einmal bestrafen kann! Er hat Flavia auf seine eigene Weise umgebracht. Er hat ihre Seele getötet!»

Über diese letzte Aussage schien die Contessa noch einige Augenblicke nachzudenken. Dann fragte sie, warum Lorenzo nicht nach Reginas Tod die Wahrheit über sich und Violetta erzählt habe.

«Vielleicht hatte er Angst davor, was Flavia sich oder ihm antun könnte, wenn sie die Wahrheit erfuhr. Er hatte schon so lange mit den Lügen gelebt, daß er sich damit womöglich ganz wohl fühlte. Es kann auch sein, daß es sein Gewissen beruhigte, wenn seine Tochter glaubte, er sei nicht ihr Vater. Lorenzo schien davon überzeugt, sie habe wegen dem, was er ihr antat, Selbstmord begangen. Offenbar hatte er Angst, wenn ich ihren Tod als Mord untersuchte, würde alles ans Licht kommen – was ja schließlich auch geschah. Er gab Mirko Geld, angeblich, um Flavias Rechnung in der Pension zu begleichen, aber er hoffte wohl, sich damit Mirkos Schweigen erkaufen zu können, falls dieser von dem sexuellen Mißbrauch wußte.»

Die Contessa sah zu, wie sich Urbino geistesabwesend an seine *coppa* machte.

«Was war mit Nicolina Ricci?» fragte sie.

«Ihr Tod könnte ein Grund für Flavias spätere Handlungen gewesen sein. Was mit Nicolina geschehen war – von einem engen Freund der Familie vergewaltigt worden zu sein, von jemandem, den Flavia nie mochte, weil sie in ihm sah, was sie von Lorenzo kannte –, kam dem, was ihr selbst vor vielen Jahren angetan worden war, zu nah. Das war wohl die Bedeutung von Flavias Spruch auf Nicolinas Kranz: ‹Von deiner älteren Schwester› – womit sie natürlich keine Blutsschwester meinte, sondern eine Schwester, die dieselben Erfahrungen gemacht hatte. Der Mord an Nicolina riß alte Wunden wieder auf. Und vergessen Sie nicht, daß Lorenzo sich für Novembrinis Nacktporträt von Flavia interessierte. Wir können Flavia nicht mehr fragen, was in ihr vorging. Offenbar suchte sie sich die Menschen, denen sie etwas anvertraute, sehr sorgfältig aus – es waren wohl nur Madge Lennox und Mirko, möglicherweise auch Nicolina. Bruno

Novembrini muß etwas an sich gehabt haben, das sie hinderte, ihm trotz aller Intimität zu vertrauen.»

«Sie glauben nicht, daß Madge Lennox und Flavia –»

«Ich weiß es nicht», schnitt ihr Urbino das Wort ab. «Es ist auch nicht wichtig. Sie möchten doch dem armen Mädchen den Trost nicht mißgönnen, solange sie nicht getäuscht oder ausgenützt wurde, oder?» Die Contessa sah betroffen aus. «Wichtig ist nur, daß Flavia der Lennox vertraute – daß sie sich bei ihr in Asolo sicher fühlte. Es gibt keinen Grund anzunehmen, die Lennox habe sie im Stich gelassen. Sie können sich bestimmt vorstellen, was Vertrauen für eine derart betrogene Frau wie Flavia bedeutet hat.»

«Ja – und ich sehe auch, wie bösartig Geheimnisse und Schweigen sein können!» Das Gesicht der Contessa war düster und traurig. «Was glauben Sie, wollte das arme Mädchen wirklich von mir?»

«Von Ihnen als Alvises Tochter anerkannt werden. Hätten Sie das getan, dann wäre das Ganze für sie realer gewesen und sie hätte mehr Distanz zu Lorenzo bekommen. Ich vermute, Mirko hat sie dazu angestiftet, Geld von Ihnen zu verlangen, aber sie selbst wollte kein Geld.»

«Also ging es um ihren Seelenfrieden gegen den meinen! Ach, Urbino, ich hätte für sie getan, was ich konnte! Ich sehe noch immer das alte Foto vor mir, das sie uns in der Villa La Muta gezeigt hat. Wäre da auch nur der geringste Zweifel gewesen, dann hätte ich sie angenommen. Ich wäre dem armen Ding eine Mutter gewesen!»

«Das weiß ich, Barbara. Sie hätten ihr viel geben können, aber es sollte nicht sein.»

«‹Es sollte nicht sein› – das klingt vermutlich angenehmer, als wenn man sagt, daß wir es unterlassen haben. Ich denke dabei nicht an Sie und mich – was wir für Flavia taten oder nicht taten –, sondern an Alvise und mich. Es sollte nicht sein, daß wir Kinder haben. Wäre Flavia mir auf diese schmerzliche Weise wirklich gegeben worden, wie ich es schon beinahe zu akzeptieren begann, dann hätte ich sie als etwas betrachtet, das ich nach all diesen Jahren von Alvise bekommen habe. Es klingt verrückt, das zu sagen – vor allem, nachdem ich nicht auf die Probe gestellt wurde –, aber das hätte ich getan. Ganz bestimmt! Ich habe mich immer bemüht, die bösen Dinge in meinem Leben in etwas Gutes zu verwandeln. Irgendwie muß man sich den Schmerz erträglich machen.»

Urbino glaubte schon, die Contessa hätte geendet, aber sie trank einen Schluck Mineralwasser und fuhr dann fort.

«Und wissen Sie, Urbino, obwohl das, was wir gerade erlebt haben, mir nur allzu bewußt macht, welche traurigen Dinge den Flavias und Nicolinas dieser schlimmen Welt – und vermutlich auch den Mirkos – zustoßen können, wünschte ich mir doch, Alvise und ich hätten die Möglichkeit dieses Glücks gehabt. Schade, daß Flavia mir entrissen wurde. Ich hätte ihr viel geben können.» Sie machte eine Pause. «Und sie hätte mir viel geben können.»

Dieser Beichte, die aus tiefstem Herzen kam, konnte Urbino nichts mehr hinzufügen. Als der Kellner kam, um die leeren Eisbecher abzuservieren, bestellte die Contessa eine weitere *coppa.*

«Heute ist mir egal, was die Leute denken! Ich brauche etwas Beruhigendes.»

Gemeinsam betrachteten sie die friedliche Szenerie. Der kleine Bus war gerade am Fuß des Hügels angekommen, und drei junge Frauen stiegen aus. Ein Junge auf einem Fahrrad winkte den Frauen zu, ehe er über den Platz und die Via Browning hinuntersauste. Eine alte Frau goß an einem Fenster über der gegenüberliegenden Arkade Geranien.

Die Contessa brach den Bann, indem sie Flavias Tonbandaufnahme von der Aussage der Pflegerin Graziella Gnocato erwähnte.

«Die Kassette muß irgendwo auf dem Boden des Canal Grande liegen, oder sie wurde von einem Abfallschiff aufgesaugt», sagte Urbino. «Aber sie spielt jetzt keine Rolle mehr.»

«Und der Überfall auf Sie in San Polo?»

«Der hatte mit dem Album oder mit Flavia nichts zu tun. Solche Dinge passieren eben.»

«Wenn man Sie so hört! ‹Solche Dinge passieren eben›! Mit diesem überlegenen Tonfall können Sie mich nicht täuschen, *caro.* Ich weiß, Sie hatten große Angst, und das ist auch richtig so!»

Die Contessa betrachtete Urbino einige Augenblicke mit einem nachdenklichen Blick. Urbino spürte, daß sie etwas sagen wollte, aber nicht genau wußte, wie sie es aussprechen sollte. Als sie ansetzte, wurde ihm klar, daß sie den direkten Weg wählte.

«Sagen Sie, *caro,* was werden Sie mit dem Gemälde von Novembrini machen, wenn Massimo Zuin es Ihnen nach der Biennale aushändigt?»

«Es behalten. Würde Sie das stören?» beantwortete Urbino ihre Frage ebenso direkt.

«Ich bin keine Philisterin, Urbino. Ich denke, das wissen Sie, auch wenn ich Dalí und seinesgleichen nicht ausstehen kann. Es ist nur, daß mich der Gedanke an das Bild traurig macht. Die arme Flavia! Wenn man sich vorstellt, daß Lorenzo es für seine Privatsammlung haben wollte. Aber vielleicht haben Sie recht, Urbino. Behalten Sie das Gemälde als Andenken. Wer weiß, wem es sonst in die Hände fallen würde? Wenigstens kennen wir seine Geschichte. Und vielleicht werden wir es im Lauf der Zeit sogar ohne schmerzliche Gefühle betrachten können, obwohl ich weiß, daß ich nie in der Lage sein werde, es zu mögen.»

Der Kellner brachte die zweite *Coppa Duse* der Contessa.

«Könnten wir die ganze traurige Geschichte für eine Weile vergessen, *caro*?» fragte die Contessa mit einem Seufzer, als sie nach dem Löffel griff. «Legen wir den Stein doch wieder an seinen Platz.»

Die Contessa grub ihren Löffel in die blau übergossene Schlagsahne. «Sagen Sie, sollte Evangeline nicht nach Venedig kommen?» fragte sie in scherzhaftem Tonfall. «Erzählen Sie mir nur nicht, Sie hätten das arme Mädchen schmachtend im Luxus des Cipriani-Hotels zurückgelassen, während Sie hier die Kühle von Asolo genießen!»

Urbino erzählte ihr, daß Evangeline sich gegen einen Besuch in Venedig entschieden habe und statt dessen nach Rom gefahren sei. Als er erklärte, was es mit Keats, Shelley und dem Protestantischen Friedhof auf sich hatte, zog die Contessa einen Moment lang ihre wohlgeformten Augenbrauen in die Höhe.

Sie aß noch einen weiteren Löffel ihrer *coppa,* ehe sie bemerkte: «O je! Zwei Kirchhofromantiker! Wie war es nur möglich, daß die Ehe zwischen zwei so verwandten Geistern scheiterte? Dann sagen Sie mir doch, ob diese dramatische Begegnung stattfinden wird?»

Urbino war in den letzten Tagen kaum dazu gekommen, sich über Evangeline Gedanken zu machen. Seit ihm Eugene am Montag von ihrem Umzug nach Rom erzählt hatte, war er mit den Behörden in Asolo und Venedig beschäftigt gewesen. Gestern abend im Palazzo Uccello hatte er versucht, darüber nachzudenken, aber er kam nicht weit, ehe ihm unweigerlich Gedanken an Flavia dazwischenkamen.

Erst am Ende seiner einsamen Stunden, während er Serena auf dem Schoß hielt und Mahlers Fünfte Sinfonie auf dem Plattenteller lag, traf er eine Entscheidung.

«Ich werde einige Tage nach Rom fahren», erzählte er der Contessa nun, «aber einen Ausflug zum Friedhof wird es nicht geben.»

«Soll ich deswegen erleichtert sein? Und warum verzichten Sie auf den gespenstischen Besuch?»

«Weil ich Evangeline kenne. Ich weiß, was sie denkt. Wenn ich zum Friedhof gehe, wäre das ein Eingeständnis, daß ich einen Neubeginn in Erwägung ziehe.»

«Ich verstehe! Sie wollen ihre schauerliche Verabredung nicht einhalten, weil Sie es hassen, manipuliert zu werden.»

Die Contessa nickte, als hätte sie damit den geheimen Schlüssel zu den Eigenheiten ihres Freundes gefunden.

«Aber ich habe mich dennoch entschieden, nach Rom zu fahren. Insofern hat sie mich manipuliert.»

«Also so sehen Sie das! In diesem Fall sollten Sie in Asolo bleiben und sich nicht von der Stelle rühren. Der Sommer hier ist großartig, das müssen Sie zugeben. Wir machen es uns gemütlich, unternehmen Spaziergänge oder verstecken uns im *giardino segreto,* wo ich Ihnen dann immer wieder erzählen werde, wie sehr ich Ihnen für das, was Sie für mich getan haben, dankbar bin und daß ich nie etwas täte, das Sie verletzen könnte. Vielleicht könnten wir sogar ein weiteres *fête champêtre* miteinander planen, als Ersatz für mein Gartenfest.»

«Ich *muß* fahren, Barbara», sagte Urbino und war selbst überrascht über seinen entschiedenen Tonfall. «Wenn ich nicht fahre, wird Evangeline das falsch interpretieren. Sie wird glauben, ich hätte noch immer romantische Gefühle für sie, denen ich mich lieber nicht stellen möchte. Außerdem trage ich ihr nichts nach. Sie hat mich zwar damals verletzt, als sie das Verhältnis mit Reid angefangen hat, und ich wünschte, sie wäre ehrlicher gewesen, anstatt es mich auf die Art und Weise, wie es dann geschah, herausfinden zu lassen, aber ich bin zum großen Teil selbst dafür verantwortlich. Ich wollte sie mehr schützen, als daß ich sie liebte. Das sehe ich jetzt viel deutlicher denn je.»

«Es ist erstaunlich, was ein intelligenter Mann alles nicht sehen will, bis er dazu gezwungen wird!» warf die Contessa ein.

«Und jetzt will ich das Ganze endlich vollständig beenden», sprach Urbino unbeirrt weiter, «und darum ist es das beste, wenn ich mich mit ihr treffe. Ich fahre morgen mit Eugene mit dem Zug nach Rom. Evangeline und ich werden zum Abendessen ausgehen, auf zivilisierte Weise ein paar Stunden miteinander verbringen, vielleicht den Park der Villa Borghese besuchen und über die alten Zeiten plaudern. Sie wird erkennen, daß ich sie mag und ihr das Beste wünsche, aber mehr nicht. Vielleicht ist es sogar vermessen von mir, anzunehmen, daß sie etwas anderes im Sinn hat, nachdem ihre Ehe mit Reid offenbar vorüber ist. Aber wenn ich hierbleibe, nützt das keinem von uns. Die Dinge zwischen uns wären immer noch ungeklärt.»

Urbino und die Contessa schwiegen einige Augenblicke. Dann flüsterte Urbino so leise, daß die Contessa nur ein unverständliches Murmeln hörte: «*Colla famiglia* – was die Familie zusammenhält.» Dieses Wortspiel faszinierte Urbino schon lange, denn es bezeichnete zugleich den «Klebstoff der Familie» und bedeutete auch *con la famiglia*, «mit der Familie». Diesen Ausdruck verstand Urbino jetzt mehr als jemals zuvor.

In Italien geschah so viel *mit* der Familie, so viel *für* die Familie und vor allem *wegen* ihr. Die Familie war tatsächlich ein Klebstoff, der die Mitglieder zusammenhielt, aber das war keineswegs immer gut für die seelische Gesundheit jedes einzelnen. Wieder fiel Urbino eine der Leuchtschriften der vorjährigen Biennale ein: «Selbst deine Familie kann dich verraten.» Die Geschichte von Flavia Brollos Familie bewies diese Tatsache auf deutliche und tragische Weise – und das gleiche traf zu auf die Beziehung zwischen Ladislao Mirko und seinem brutalen Vater, in der sowohl der Vater als auch der Sohn einander betrogen hatten.

Und auch die Familie Hennepin wurde von einem solchen «Klebstoff» zusammengehalten, wenn auch wohl in einem geringeren Ausmaß. Dennoch war er so dick wie die Melasse, die in den Zukkerfabriken der Hennepins gekocht wurde.

Ja, der «Klebstoff», der die Familie zusammenhielt. Urbino hatte ihm widerstanden, und er bereute es nicht.

«Ich werde Sie und Eugene von Milo hinunterfahren lassen, *caro*», sagte die Contessa, die offenbar seine Entscheidung, nach Rom zu fahren, akzeptiert hatte. «Vielleicht könnte ich sogar mitfahren. Der

August in Rom ist grauenvoll, aber ich habe Alvises Kusine Nerina seit Ewigkeiten nicht gesehen.»

«Es wäre besser, wenn ich allein fahren würde, Barbara.»

«Du liebe Güte! Ich will ja nicht stören! Wie Sie wollen, *caro,* aber meine römischen Spione werden mir verraten, ob Sie sich auf den Friedhof verirren», fügte sie mit einem Lächeln hinzu.

Der Kellner trat an den Tisch, um die leeren Gläser abzuräumen.

«Un'altra Coppa Duse per il signore», erklärte die Contessa dem Kellner.

«Aber Barbara, ich will keine mehr!»

«Das hat nichts mit Wollen zu tun! Sie brauchen heute nachmittag eine Menge Beruhigungsmittel, *caro.* Ich werde dafür sorgen, daß Sie Ihre Fahrt nach Rom kühl, ruhig und gesammelt antreten. Denn wer weiß, was sonst passieren könnte?» Die Contessa sah ihn ernst an, als wollte sie ihm zeigen, welche Schmerzen bestimmte Dinge, die in der ewigen Stadt geschehen konnten, ihr bereiten würden. Dann trat ein boshafter Blick in ihre grauen Augen. «Und wenn Sie Ihre *coppa* zufällig nicht ganz schaffen sollten, dann helfe ich Ihnen. Wissen Sie nicht, daß dies eines der Dinge ist, die ich auf dieser Welt am liebsten tue?»

Vielleicht spürte sie seine Verwirrung, denn sie fügte schnell hinzu: «Ich meine natürlich meinen Wunsch, Ihnen zu *helfen.* Arme, verwirrte, liebenswürdige Männer wie Sie bringen eine Frau dazu.»

«Wenn Sie das wirklich meinen, Barbara, würden Sie mir dann etwas erklären?»

Urbino machte eine lange Pause.

«Nun, was denn, *caro*?» fragte die Contessa mit einer Spur von Ungeduld.

«Würden Sie mir erklären, warum ich *tatsächlich* nach Rom fahre?»

Die Contessa lachte. Sie schien seine Frage weniger ernst zu nehmen, als er sie gemeint hatte.

«Ich dachte schon, Sie würden gar nicht mehr fragen, aber lassen Sie uns auf die *coppa* warten», sagte die Contessa, langte über den Tisch und berührte seine Hand.

Aber als die *coppa* kam, zögerte die Contessa noch, Urbino mit ihrer Meinung zu beglücken, bis er ihr die ganze Eiskreation hinschob und sich selbst nur einen Löffel gönnte. Mit einem Lächeln auf ihrem attraktiven Gesicht, das Urbino rätseln ließ, ob es die Vorfreude auf den Eisgenuß oder auf die bevorstehende Aufklärung zeigte, begann die Contessa ihm auseinanderzusetzen, warum er ihrer Meinung nach nach Rom fuhr, um Evangeline zu treffen – es wurde eine lange und umständliche Erklärung.

Econ & List

Regina Schönfelder
Rebeccas Mond
Roman
284 Seiten
TB 27371-X
Originalausgabe

Rebecca führt ein unbeschwertes Leben als Schriftstellerin – bis sie in einer Vollmondnacht von einem Unbekannten überfallen wird. Plötzlich brechen die dunkelsten Ängste in ihr auf. Zwar wird der Täter wenig später gefaßt, doch nicht einmal ihr Freund Tony, der als Polizist arbeitet, vermag Rebecca ihre Ängste zu nehmen. Sie verhält sich immer rätselhafter und abweisender. Dann, in der nächsten Vollmondnacht wird ein Mann grausam ermordet. Die Tat scheint ohne Motiv, denn der Tote galt als unbescholtener, ehrbarer Bürger. Nur Tony ahnt, daß seine Freundin etwas mit dem Mord zu tun hat. Am Tatort findet er Rebeccas Ohrringe.

Ein spannender, ungewöhnlicher Thriller über eine junge Frau und ihre unheimliche Mondsucht.

Econ & List

Peter Ustinov
Der Verlierer
Roman
320 Seiten
TB 27374-4

Florenz im Sommer 1944: Der deutsche Offizier Hans Winterschild verliebt sich in eine sechzehnjährige italienische Prostituierte. Diese Entdeckung wirft den jungen Hans, dessen Herz bisher nur für Vaterland und Evangelium schlug, in eine tiefe Krise: Zum erste Mal in seinem Leben wird er von dem Verlangen nach Liebe und Nähe überwältigt. Doch es ist Krieg, die deutschen Truppen befinden sich auf dem Rückzug, und auch Hans muß mit seiner Truppe die Stadt räumen. Dabei verliert er das Mädchen aus den Augen, und eine hoffnungslose Suche nach dem verlorenen Glück beginnt.

Eine ergreifende Geschichte, ein bewegendes Menschenleben, ein kühner erster Roman des jungen Peter Ustinov.

Econ & List

Brigitte Blobel
Der Ruf des Falken
Roman
512 Seiten
TB 27529-1

Als die junge Journalistin Nadine Malten erfährt, daß der gefürchtete und geheimnisumwitterte Scheich Zayed an einem Ort in der Wüste Urlaub macht, verfolgt sie nur ein Ziel: Sie will ein Interview. Gegen alle Widerstände setzt sie ihren Willen durch – und ein Abenteuer beginnt, das sie fast das Leben kostet. Eine unkonventionelle Love-Story – der große Bestseller von Brigitte Blobel.

Jenny Hobbs
Tief im Süden
Roman
568 Seiten
TB 27531-3

Eine Liebe in Südafrika: Rose ist weiß, ihr Mann Jake ist schwarz. Gemeinsam versuchen sie, die Apartheid in ihrem Land zu überwinden. Doch dann wird Jake von der Universität suspendiert und geht in den Untergrund. Eine bittersüße Liebesgeschichte, die von Jenny Hobbs nach einer wahren Begebenheit geschrieben wurde.

Econ & List

Christa-Maria Zimmermann
Die gekaufte Braut
Roman
528 Seiten
TB 27527-5

Die zwanzigjährige Susanna versucht, ihrem Schicksal auf ungewöhnliche Weise zu entgehen. Weil sie nach dem Tod ihrer Eltern bei ihrem überaus strengen Onkel leben soll, flieht sie nach London. Doch statt in einer ordentlichen Pension, landet sie in einem Bordell. Zum Glück trifft sie dort Lord Sinclair, der eine falsche Braut benötigt, um einen mysteriösen Mord aufzuklären … Ein spannender Roman über die Liebe und andere Mysterien im England des 19. Jahrhunderts.

Audrey Slaughter
Wie eine Rose im Wind
Roman
376 Seiten
TB 27533-X

Die lebenslustige Jill Mortimer scheint plötzlich vor dem Nichts zu stehen. Ihr Mann ist unerwartet gestorben. Ihm zuliebe hatte sie alles aufgegeben und war ins ländliche Dorset gezogen. Doch nun ist sie allein, und die Idylle droht sich in einen Alptraum zu verwandeln. Bis plötzlich eine seltsame Schauspieltruppe auftaucht und für Jill ein anderes, turbulentes Leben beginnt. Die empfindsame Reise einer Frau voller Irrungen und Wirrungen.